일 인 자

일인자

— 장인 50選 —

참글세상

서문 ●●●●

　인물 인터뷰는 늘상 새로움의 발견이다. 처음 만난 인물 탐구를 넘어서야 하는 부담부터 자극제이다. 인터뷰어도 행간 속에서 새 의미를 찾아내려는 기자의 접근을 기피하지 않는 근성을 지니고 있다.

　필자의 인터뷰는 대등한 관계로 출발한다. 그래야 찾아내려는 기자의 탐구가 정확성을 기할 수 있고, 인터뷰어도 지나쳤던 자신의 속내를 가식없이 선보일 수 있다.

　상대의 말을 그냥 전달하는 인터뷰는 실패하기 쉽다. 듣고 질문하면서, 상대와의 관계 형성을 통해 내면에 들어가는 과정이 생략되기 때문이다.

　인터뷰 기사에도 기사의 목적성이 분명해야 더욱 가치 있는 양질의 정보가 발굴 전달된다. 우리 시대를 관통한 장르를 펼쳐들고 그에 가늠할 장인을 찾는 일은 처음부터 절대적 가치의 배제가 우선됐다. 고정된 기성언론의 연출 가미형 편성 기법을 타파해야 장인의 내면을 볼 수 있다는 기자의 판단을 고수했다. 기자는 이제 고전적 저널리즘의 인물 탐구로 시대의 장인들과 독자를 연결시키려 한다.

　책에 소개된 50명 장인의 완결성은 다면 평가의 새 맛을 줄 것이다. 인물은 기품보다 직업과의 조화미가 우선이라는 점도 염두에 둘 필요가 있다. 흔한 투철한 장인정신은 가식일 경우가 많다는 점도 여기서 보이고자 한 가치이다. 사물의 실체에 자리잡은 장인들의 마음을 읽어내려는 접근이 그래서 필요했다. 이제 생소한 장인 분야의 작품과 인품의 일체감을 한 눈으로 살릴 기회를 여기에 펼쳐 보인다.

그들은 일에 몰입하는 과정에서 약간의 공통점을 보여줬다. 기자는 이를 다시 객관화해 표현하지 않을 작정이다. 그건 장인 정신의 가치로서 독자의 고유 영역이고 권리이다.

그들과의 약속은 난관도 많았다. 쉽지 않은 인터뷰 약속에서 그들이 기자에게 보여준 호의에 다시금 감사드리고, 불교신문의 지원도 상당했다. 생소한 분야들 속 생경한 용어에서 인식의 활력소가 증폭되는 과정을 보고 싶다는 공동의 목표가 여기에 작용했다.

모든 걸 새롭게 보려는 우리 시대 요구에 부응하기 위해 30여 년 기자의 취재 기법을 다양하게 가동한 현장이 여기에 있다. 움직이는 현장에서 선 일인자들의 세계를 들춰보는 일은 일반인들의 생활에 충분한 활력소가 된다고 기자는 판단한다. 더 많은 장르에서 그렇게 장인과 일인자의 세계가 나올 가능성을 확인하는 길이기도 했다.

2012년 7월

김종찬

2장

삶과 예술을 역사로 끌어안다

3장

詩 · 書 · 畵로
문화 보편성 일궈내다

4장

영혼의 마음
기예로 풀어낸다

5장

역사와의
소통 길목을 터주다

1장

본질 뚫어 꿈 움켜쥐다

임지호 · 권상범 · 이승 · 선우용여 · 안병헌
강태기 · 박범선 · 박병일 · 장형태 · 김개천
김진식

소리로 듣고, 맛보지 말고 요리하라

"혀로 음식 맛을 보려 하지 마라."

최고의 자연요리사가 던진 요리 비결은 의외로 청각에 더 쏠려 있었다.

"입속에서 식재료가 씹히는 소리를 들어보라."

'방랑식객'이라는 별칭이 외모와 어울리는 것은 상처투성이인 두툼한 손이다. 뜨거운 기름도 맨손으로 만지며 자력으로 요리의 세계를 개척한 임지호(55) 씨가 서울 인사동에서 '자연과 생명' 시리즈 평면회화 작품 15점을 지난달 선보였다.

요리와 미술, 그 간극에는 자연과 순수를 연결하는 영혼이 있었다.

그는 시청자의 시선을 사로잡은 SBS '방랑식객' 촬영에서도 맛을 보지 않고 요리를 내 놓았다.

맛은 중용이다
맛있다는 생각을 심으면 그 생각 음식에 녹아든다

자신이 살던 집 근처에서 모든 식재료를 동원해 잘 차린 음식을 산골 노인들에게 맛있게 들라고 권하는 그 태도가 의아했다. 당연히 기자의 질문은 '왜 맛보지 않고 요리하는가?'에 집중됐다. "원래 진정 맛있는 요리는 맛보지 않고 하는 거다." 그 답을 파고들었다. 혀에 대한 체온의 변화, 남녀 간의 혀 온도와 생리에 따른 체질 차이, 술 담배 등 외적 요인에 의한 혀의 온도 변화 등 세속적이며 과학이론에 근거한 전문적 질문이 그의 답 앞에 허물어졌다.

"혀에 의존하지 않고 냄새와 색, 질감과 같은 다른 감각으로 맛을 보는 훈련에 몰입할수록 맛보지 않고도 제 맛에 근접한다." 그의 '제 맛'은 "수행하듯이 맛있다"는 표현에 집중된다. 한걸음 더 나아간 결론은 이렇다. "맛있다는 생각을 심으면 그 생각이 음식에 녹아든다."

자연의 모든 것이 종합되는 음식, 그 속에는 수많은 영혼의 교합이 관건이었다. 그래서 "맛은 중용이다."라는 원칙에 도달했다. "대자연을 포용하는 음식은 육신의 맛을 버리고 영혼을 위해 음식을 만들어야 한다." 너무 어려운 요리철학이라 초보적 자세를 되물었다. 그 답은 "시각·소리·향기·전설 4가지 요소가 맛의 결정요인"이다. 여

기에 다가가기 위
해 손의 기운으로
요리에 뿌려 주는
것이 관건이다.

손과 요리는 11
살부터 전국을 떠
돌며 길에서 요리
를 익힌 그의 족
적이다. 원칙부터
보자. 우선 껍질부
터 속까지 모든 식

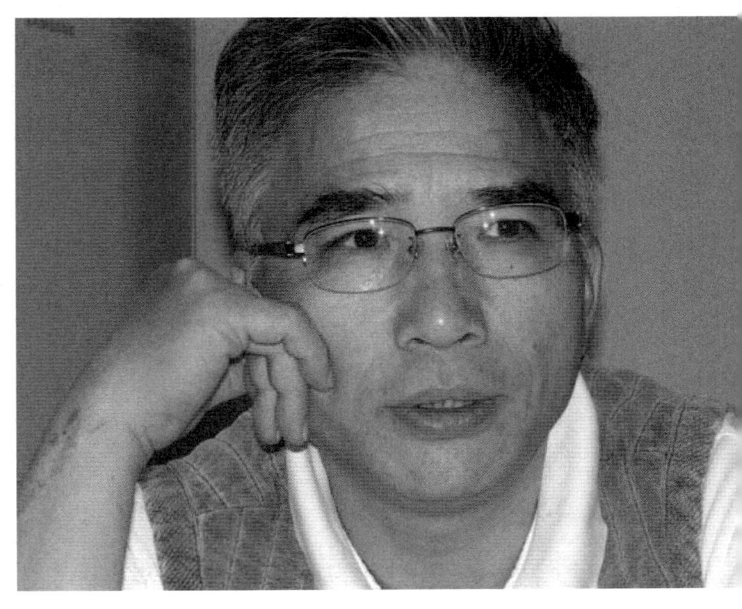

재료를 먹자. 음식을 차려낼 때 생식과 화식을 섞어 놓자. 완전한
음식이어야 쌓이지 않는다. 역으로 좋은 것만 먹으면 몸에 쌓이고,
그게 병의 근원이다. 마찬가지로 오래된 것과 신선한 것도 섞어서
먹자.

원래 재료를 완전히 익히면 맛있는 즙들이 다 나와 버린다. 조리
때 불을 끄고 남은 열기로 익히는 습관을 붙이자. 그러면 아삭함이
살아 있고 즙은 살아 입안을 향기롭게 한다. 인간이 자연과 가까워지
고 자유로워지는 법칙도 요리에 있다. 즉 여러 종의 요리를 생식요리
와 화식요리를 병행해 나눠 먹으면 속도 편해지고 다양한 맛에 대한
경험의 길도 터진다.

이렇게 자유는 밥상에서부터 구현된다. 요리가 결과적으로 생명을 살리는 행위이고, 자연 선순환의 구조라고 지칭하는 이유도 여기에 있다.

사찰 후원에서 공양주와 갱두(羹頭)가 하루 세 차례 1시간가량 장작불과 씨름하는 과정도 그의 체험적 이론에 의해 풀려갔다. 그만큼 불길의 조절이 음식조리와 연결되는 과정은 사찰음식의 본질이었다. 공양주가 가마솥의 쌀과 밥이 끓어오르면 아궁이 장작불을 한꺼번에 빼내어 잔여열기로 밥을 익혀가는 오랜 전통 원리와 같이, 조리 불의 사용에서 은은한 불에서 천천히 익혀갈 것을 우선했다. "일반가정 조리도 하루 한 끼는 그렇게 불의 속도와 열량을 조절한다면 시간은 많이 걸려도 음식에 내포된 정신세계와 에너지를 느낄 수 있다."

요리에서 급한 것은 손실을 키운다. "급하게 하면 요리에서 나오지 말아야 할 것이 나온다. 보기 편하고, 먹어서 기분 좋은 것으로 끌고 가지 못하고 반대로 간다. 천천히 만들면 본래의 영양소나 맛이 살아 있어 은은하며 부드럽다. 그것이 우리를 평화롭게 끌고 간다. 가정 요리도 기본 재료부터 은은하게 천천히 뽑아 준비해 뒀다가 모든 요리에 접목하면 좋다."

그의 자연요리는 사찰요리가 뿌리이다. 식재료 이동거리를 최소화하는 것이 맛의 원천이다. '10미터 이내'가 자연의 이치란다. 사찰에서 가장 흔한 식재료는 솔방울과 산죽이다. 산속 사찰 울타리인 산죽은 천연방충과 면역강화제이다. 특히 방사선 감염 치유에 좋다. "산죽은 파장 보호로 산속 절의 생명체 보호막을 형성하며 산 전체의 순환에 기여한다. 또 염분에 대한 중화작용도 있다." 산죽 요리는 조금씩 잘라 이를 말린 다음, 갈아서 음식에 넣어 조리하면 된다.

식재료 이동거리를 최소화하는 것이 맛과 건강의 원천

마찬가지로 사찰에서 흔한 솔방울과 솔가지로 국수도 만든다. "소나무는 진물이 나오는 열성 아토피에 효능이 있다." 솔방울 국수는 간단하다. 송진을 그냥 먹으면 소화불량이 생기고, 솔방울 1~2개 넣고 끓인 물로 밀가루 반죽을 하고 멸치와 소고기 약간을 넣고 국수나 스파게티를 만든다. 그의 체험상 아토피 염증 치유는 물론 뼈에도 좋다. 더 뼈에 좋은 것이 들판의 잡초다. 물론 풀은 독이 있다. 그는 제주도에서 어린 시절 돌아다니며 말이 먹는 걸 세밀히 관찰했다. 직접 시식을 위해 거의 모든 잡초를 섞거나 갈아서 먹었다. 이제 그의 잡초 조리법은 잡초를 깨끗이 씻고 갈아서 국수 반죽을 해서 수제비를 만들거나 곱게 걸러 만두피를 만드는 것으로 완결됐다. 생즙으로 먹어도 좋다.

"우리가 소나 말과 다를 바가 뭐 있나? 모든 생물은 연결돼 있다. 자연에서 응용하면 우리 몸이 자연스레 좋아진다."

그의 자연에 대한 도전은 그칠 줄 모른다. 집 뒤뜰에 붙은 달팽이로 끓인 국의 조미료는 '숯가마의 흙'이다. "잘 걸러 농도를 맞추면 몇 십 년 쌓인 시간의 시원한 맛을 낸다." 자연의 흙과 돌에 낀 이끼,

심지어 갯벌까지 천연조미료이다. 한라봉 껍질도 버리지 말자. '백년초 무침'에서 함초를 쓰는 대신 한라봉 껍질을 넣어도 된다. 함초는 갯벌에서 자란 풀이다.

요리는 물·바람·불·빛을 담은 우주의 재료에 영혼을 보태기

"요리란 물·바람·불·빛을 담은 우주의 재료에 영혼을 보태는 작업이다."

그의 요리는 공양(供養)의 전형이다. 그가 어린 시절부터 떠돌며 굶던 시절 한 끼를 해 주던 할머니들에 대한 보시이다. 그는 전국을 돌며 요리할 때 봉암사 선원을 위시해 동화사, 해인사 등 주요 사찰 선방에서 대중공양을 직접 한 유일한 경험자다. 은둔적인 선방의 음식 문화도 그렇게 습득했다. 외형상 엄격해 보이는 선방의 단출한 음식이 맛의 정수로 들어갈 지름길을 열어 줬다.

"요리란 절대적인 것이 있을 수 없다. 항상 깨어 있으면 요리가 한결 쉽다."

그는 요리에 빠져들수록 자연에 더 가까워짐을 느꼈다. "미래가 불확실해지고 자연의 변화가 심해지는데, 우리가 살아갈 방법은 할머니가 갖고 있다. 아무리 창작이 뛰어나도 옛것이 없으면 신선감이 아니다. 항상 같이 가는 게 좋다." 어디에도 없는 창작요리를 만들어내면서 정체성은 오히려 옛것에 둔다. 그만큼 간편한 요리가 식감을 더 불러들인다.

그의 직업은 두 가지이다. 요리사와 그림, 미술을 정식으로 배우지 않았음에도 자연 속에 생존하며 익힌 감각으로 작은 드로잉부터 대형 캔버스 작업까지, 작품에 우주에 대한 경외, 자연에 대한 찬미, 사람에 대한 애정 등을 담으며, "요리는 생명을 살리는 음식을 만드는 것이고, 그림은 영혼의 쉼터를 찾아가는 길"이라 말한다.

임지호

KBS '인간극장' 편 '요리사, 독을 깨다'와 'SBS스페셜' 프로 '방랑식객' 편에 출연하면서 알려진 자연요리 연구가이다. 우리 산천 방방곡곡을 혼자 방랑하며 산, 들, 바다에 나는 모든 사물을 식재료 삼아 요리로 만들어 낸다. 11살에 시작된 떠돌이 인생은 초기 제주도 생활에서 식재료와 식감 기반을 닦았다. 자연에서 나는 것들로 음식을 탐구하며, 약초연구가를 찾아가 그 밑에서 공부했고 가는 곳마다 그 지역에서 전해 내려오는 민간처방들을 주의 깊게 조사 기록해 왔다.
저서로 《마음이 그릇이다 천지가 밥이다》와 《방랑식객》이 있다.
경기도 양평에 자리한 산당(山堂)은 '산에 집 짓고 자연에서 산다'는 의미를 요리 시현으로 보여주고 있으며, 서울 청담동의 산당 임지호 요리연구소 입구 문구는 이렇다. "음식은 종합예술이고 약이며 과학입니다."

똑같은 것 반복해야 명품, 경영보다 기술 보존 우선

50년 장정에 비약이란 없다. "명품 빵은 매일 같은 맛을 낸다." 화려하고 다양하다 못해 예술품처럼 진화하는 빵에서 명품이란 일정하게 고정된 맛이란다. 제과 명장 권상범(65) 씨는 일관성이 확연하다. 외래품인 제빵에서도 전통 장인다운 전통의 가치로 가득하다. 어떻게 맛이 같을 수 있을까?

"자연의 조건과 인간이 같이 호흡을 나눠야 한다. 습도·온도·시간의 삼각동맹과 익숙해져야 매일 똑같아진다." 그 결과는 빵의 화려한 외형 진보와 딴판이다. 변하지 않는 기본에 집중하고 기술은 변수이다.

"똑같은 것 반복해야 명품, 그런 정직한 제품이 잘 팔린다." 어떻게 정직할까. 제품은 이윤을 위해 과포장되는 것이 아닌가. 그러나 빵의 제품 특성을 이해하는 각도에 따라 잣대가 달라진다.

최고 상태 매일 반복 유지에 50년

"빵은 인간 피부와 같다. 겉에 윤기가 있고 뒤집어 보면 세포처럼 조직이 일정하며 반점과 줄무늬가 없어야 하고 내부 단면을 잘라보면 기공과 조직이 고르게 탄탄하면서 결이 고르게 나와야 제대로 구워진 빵이다. 칼라·볼륨·맛의 삼박자가 원칙이다."

빵의 가격은 최고의 품질 상태를 기준으로 책정된다. 그렇기에 최고의 상태를 매일 반복적으로 유지하는 것이 빵의 조건이다. 이 조건을 유지하는 범주에서 시장 거래가 이뤄진다.

반면 빵은 생선과 야채처럼 유통이 시장에서 최대 변수이다. '즉석 제조 판매'가 제일 조건이지만, 대도시에서 이는 한계가 명백하다. "지방자치가 발달하고 소도시 중심의 공동체가 중시되는 유럽과 일본에서는 '한번 먹을 만큼만 잘라 파는' 식빵 거래 형태가 상당한 비중을 차지한다."

그는 오랜 기간 기술자로 일하다가 1979년 독립할 때 서민들의 집중 거주지인 아현동 마포경찰서 인근을 택했다. 하지만 지인들 모두 제과점으로 부적격이라 반대했다. 첫 단계부터 고전이었다. 제빵 기술에 집중해 자연 가격이 동네 기존 점포에 비해 30% 높은 것을 고수하자 매일 빵이 남았다. 그날 만든 빵이 다 팔리지 않으면 아예 마포경찰서에 기증했다.

드라마 '제빵왕 김탁구'의 환상은 버려라

1년가량 고전하자 길이 열리기 시작했다. "경영보다 기술 보존이 우선이다." 그에게 기술의 진보는 모든 환경과 변수가 녹아들고 축적되는 것이다. 어차피 빵이란 효모균을 다루는 기술이라서 '온도·습도·시간의 유지'라는 기본 틀에서 기술은 파생상품이다. 자연발효의 이스트에서 글루텐 조직의 관리 방식, 그중 유럽의 제빵업계에서 반죽을 발효시키는 발효종법이 다시 유행하는 것도 이의 연장이다.

그는 기술쟁이 입문 25년 만에 일본 동경제과학교로 유학했다. 그리고 18년 후 유럽의 명문 제과학교인 스위스 리치몬드국립제과학교를 수료했다. "빵은 유럽을 위시한 서구 국가들이 본산이고 앞서 있다. 한국의 밥이 명품이고 전기밥솥이 세계 제일이듯이, 유럽의 빵과 제빵기가 제일 우수하기에 수입해서 쓴다." 그리고 지금까지 제과의 최신 정보는 리치몬드국립제과학교에서 제공받는다.

그는 오히려 사람의 중요성에 더 집중한다. 그가 유학 당시 혼자였던 동경제과학교에 지금은 한국 유학생이 100여 명으로 늘었지만, 귀국 후 제과업 종사자는 20% 선에 머문다. "동기 부여가 잘못된 것 같다. 제빵이 전통에 의존하는 점을 이해하지 못한 탓으로 보인다." 그는 특히 타의에 의해 동기가 주어지든가 부모들이 권유하는 경우에 실패하는 경우를 많이 봐 왔다. 인기 드라마였던 '제빵왕 김탁구'

에서 제과 장인에 대한 인식이 커지고 젊은 층의 선호도도 높아졌지만, 현실은 입문 직후 상당수가 포기하는 상황이다.

원래 제과업의 기본 조건은 가혹하다. 중노동을 기반으로 해야 기술이 붙고 자긍심이 세워진다. 일본 유학에서도 밤(저녁 6~10시) 낮(아침 8~오후 4시)으로 중노동을 해냈고 덧붙여 6개월간 시장조사도 병행했다.

"물과 밀가루라는 단순한 소재에서 극히 작은 기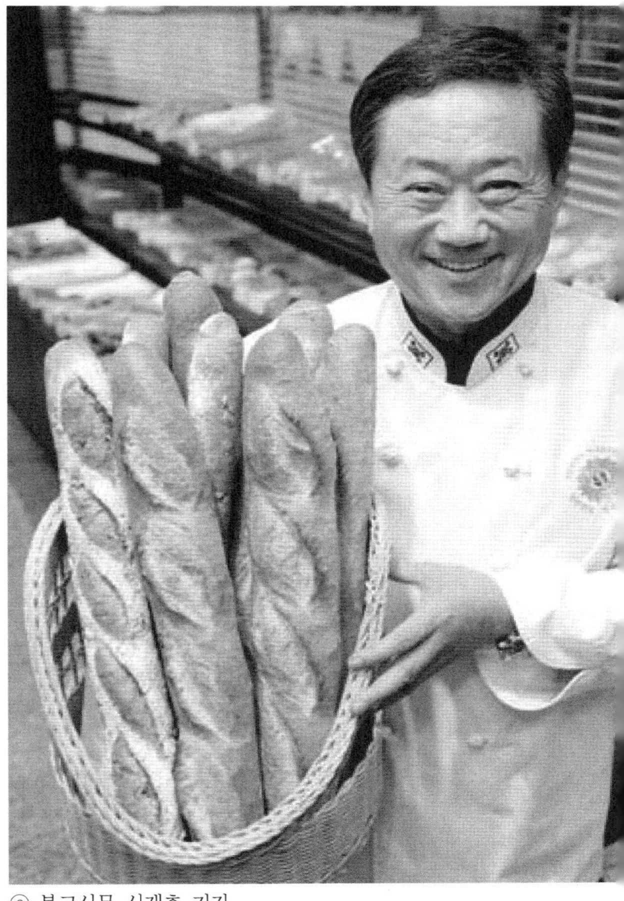

술의 변화가 지속적으로 이뤄져 왔다." 가장 단순하고 기술 익히기가 쉬워 보이는 제과이기에 역으로 오랜 인류 역사와 경험이 깊이 배어 있다는 것이다. 그만큼 창업도 역사와 경험의 연장이라고 본다.

"선진 7개국 G7이 제빵의 선진국이다. 그들의 역사와 문화만큼 독특한 제빵의 기호를 갖고 있다. 일본은 유럽의 축소판이다." 역사를 사랑해야 문명이 보이고 빵의 본질에 다가갈 수 있다는 것이다. 그것이 정체성 확립이다.

일본·유럽 등 유학 통해 다양한 문화·기술 습득하여 빵의 본질에 다가가다

그는 1980년대부터 차근차근 유럽 연수를 다녔다. 프랑스의 넓은 들판에서 생산된 밀로 구워지는 바게뜨, 독일의 주력 생산품 호밀로 구운 호밀빵, 덴마크의 풍부한 우유와 버터를 활용한 데니스 페이스트리(팬 브레이드, 식빵 종류). 피자로 유명한 이태리는 의외로 빵이 대중화되지 못했다. 이태리는 아이스크림 제품이 강하고, 전 세계 커피 기계의 80%를 공급한다. 이태리는 빵 공정이 까다롭고 개별화돼 있다. 올리브·파네톤·치아파타 등 다양한 소재로 더 다양한 공정을 유지하는 것이 장점이다. 그만큼 다양한 기후의 온도·습도, 다양한 문화와 역사가 내면에 흐른다. 그는 각국에서 제빵의 기본을 연수한 후 토종밀의 개량종인 금강밀이 글루텐이 풍부해 제빵 원료로 쓴다.

그 다양성을 어떻게 볼 수 있을까. 답은 '일하는 맛'이다. "좋아서 일하는 맛을 느낄 때 맛이 보이고 기술이 체화된다." 그는 처음부터 스스로의 선택으로 길을 열었고, 그 선택을 지속하며 후회하지 않는 접근방법으로 성장했다. '후회하지 않는 선택의 조건'이 뭐냐고 물었다.

"50여 년간 1964년 2월 15일부터 3월 1일까지 보름간 이외에는 쉬어 본 적이 없다." 일을 지속하는 것이 열정을 유지하는 기본조건이었다. 일하면서 마음도 잘 다스릴 수 있었다. 입문 초기부터 4시간 자고 하루 종일 일하는 구조였다. 새벽에 일을 시작하는 제빵업의 특성에다 통상 밤 12시까지 작업하면서 일을 배웠다. 고향 봉화와 의성에서 시작해 대구로 옮겨 일하다 서울의 성림제과, 풍년제과 등으로 진출해 일할 때는 빵을 구운 오븐 위가 숙소였다.

그렇다고 '일 맛'은 간단하지 않았다. 기술을 가르쳐 주지 않는 당시 장인들의 도제교육이 장애였다. 기술에 목맬수록 일을 더 열심히 만드는 도제식 구조에서 '일 맛'이란 접근 불가였다. 그는 당시 '제과기술학교' 필요성을 절감했고 1993년 리치몬드제과기술학원을 설립했다. 반면 그의 갈망은 좋은 스승과의 인연으로 맺어졌다. 풍년제과에서 당대 제일의 제과 기술자 김충복 선생을 만났고, 그의 추천으로 나폴레옹제과 공장장으로 일하면서 일본 유학의 길이 열렸다. "일이 인연을 만든다." 그런 관계 법칙은 불교의 연기법을 일에 집중시키면서 찾아졌다. "인간의 열정이 연기법의 가관(假觀)이다. 변화의 동력도 내면의 열정이 주는 소산이다."

그 답은 계획된 일에서만큼은 반드시 결실을 직접 본다는 원칙의 적용이다. "새벽부터 구워 낸 빵을 사람들이 선호해야 인연이 맺어지는 것이다." 역시 결과는 "정직한 제품이 잘 팔린다."였다. 이는 나폴레옹제과 공장장 당시 매장 운영에서 직원들을 통해 직접 확인시켰다. 자신이 만든 제품이 어떻게 판매되는지 만든 사람이 지켜보도록 원칙을 정한 것이다. 이는 살아 있는 맛과 식감을 유지하는 기본 방식이다.

사실 빵에서는 고정변수인 온도·습도조차 항상 변하는 불안정 구조
이다. 더구나 인간의 입맛도 생각에 따라 기준 없이 자주 변한다. "변화
를 정확히 보려면 그보다 빠르게 움직이려 노력해야 한다. 일로 훈련된
마음만이 그 변화를 앞서 읽을 수 있다." 그 결실은 "준비한 자만이 승
리한다."이다. 마침내 1979년 2월 프랑스 리용 '월드 페이스트리 컵
(World Pastry Cup)' 심사위원이 됐다. 1999년과 2001년 연이어 심사위
원을 맡은 데 이어 2002년 대한민국 제과명장으로 지정됐다.

정확하게 알아야 응용 가능

"빵은 외래품이지만 가장 오랜 전통 가치가 살아 숨 쉬는 제품 특
성이 있다. 인간의 이상향을 전통 가치의 고수에서 찾을 수 있음을
제빵 과정에서도 확인할 수 있다."

외래의 전통을 습득하기 위해 그는 그 자신의 내부에 이를 차곡차
곡 쌓았다. 축적된 기술과 경험으로 기본 원칙을 정립했다. "정확하
게 배우면 기술도 변한다. 무한한 응용이 있다. 이스트의 많고 적음
에 따라 발효 시간을 조절한다. 온도로도 조절한다. 기본으로 가기
위해 기술은 과정이다."

밀가루를 55%로 해서 이스트와 물을 혼합해 중종법(스폰지법)으
로 숙성하는 제빵의 공정은 60분이 걸린다. 중종 믹싱 → 본반죽 →
분할 → 성형 → 오븐에 넣기 → 꺼내기, 간단한 제빵 공정에서 구워낸
빵은 그 이전 자연효모에 의한 숙성이 더 길고 그게 본질이다. 그에

따라 빵의 수분 유지와 노화를 늦추고 보존성을 좋게 한다. 프랑스는 빵의 고유 풍미를 더 살리려고 자가제 효모로 르방 나튀르(lavain naturel)가 주목받고 있으며, 독일은 오랜 시간 발효시키는 포르타이크(vorteig)법에 의한 발효종으로 밀가루 배합 비율을 줄이고 있다. 약간의 소금을 섞어 도중에 냉장고에 넣어 20시간 이상 발효하는 저온 발효는 다음날 오전에 향기 풍부한 빵을 굽는 데 제격이다. 프랑스는 이른 아침에 빵을 사는 경우가 많아 폴란드에서 시작된 액체 발효제를 쓰는 액종법으로 볼륨이 풍성한 빵으로 복귀한다.

점점 더 다양해지는 제빵의 변수가 그의 내면에서 차분하게 녹아내린다. 2006년 리치몬드제과기술학원이 리치몬드제과점 성산동 본점으로 합류하고 나서 국민훈장목련장을 수상했다. 그에게 제빵은 결과(果)의 경계에서 다시금 인연(因)의 경지로 나오게 하는 종과향인(從果向因)이었다.

권상범

한국의 3호 제과명장. 1972년부터 서울 삼선교 나폴레옹제과 공장장으로 8년 있은 후 1979년 리치몬드제과를 창업했다. 리치몬드제과기술학원으로 기술교육의 새 장을 열어 노동부장관 표창과 재경부장관 표창, 대통령 표창, 국민훈장 목련장 등 화려한 수상 경력을 가졌다. 기술 습득을 위해 동경제과학교, 프랑스 빠띠스사 연수, 스위스 리치몬드국립제과학교 수료 등을 거쳤다. 프랑스 페이스트리컵 심사위원이며, 국제기능올림픽 심사위원, 서울시 기능경기대회 심사장이었으며, 한국 최초로 프랑스 요리·제과협회 해외자문위원을 맡았고, 제과제빵 종합정보지 월간 〈빠띠시에〉 편집위원장도 지냈다.

왼손으로 그림 훈련,
불편해야 원하는 것 찾아진다

화려한 테크닉이 문제인 까닭

한양여대 특강 강의실은 예상 인원을 넘기고 꽉 찼다.

"한국 학생들은 이제 왼손으로 그림을 그려 보라."

한국미술협회 이사장 초청으로 방한한 이승(51) 미국 롱아일랜드 학장의 외모와 강의 내용은 정반대였다. 지난 5일 미대생을 상대로 한국과 미국 학생들을 비교하는 특강 주제에 한국 학생들의 반응은 빨랐다.

"내가 원하는 것을 그리지 말고, 내가 원하는 것을 찾아라."

그 이유를 물었다.

"화가를 지망하는 한국 학생들은 테크닉이 뛰어나다. 반면 미국의 미대생들은 아이디어를 중시하는 교육을 받는다."

화려한 테크닉이 왜 문제인가? 테크닉에 길들여지면 어떤 결함이 생기는 것일까? 질의에 대한 답은 다시 원점으로 돌아갔다.

"그림 훈련에서 불편하게 만들어 줘야 한다. 작업 과정에서 괴롭혀 주는 것이다. 잘 길들여진 오른손을 버리고 왼손으로 드로잉 하는 훈련을 시도해 보자. 새로운 것이 찾아진다. 여기에서 내가 원하는 것을 단순히 그리는 것이 아니라, 내가 진정으로 원하는 것이 찾아진다."

미국 미술대학에서 20여 년 강의하는 기조는 '새로운 내용'에 초점이 맞춰졌다. 배운 기법만을 그대로 따라 그리는 타성에서 벗어나야 내용이 보인다는 지적이다. 이는 감각과 지각에 의존하는 일상의식(everyday consciousness)이 우리 의식의 전부라고 생각하는 구조에서의 이탈이다. 우리에게 '전혀(entirely) 다른 의식'의 출현을 시도하고 체험하라는 설득이다.

사실 이 특별한 의식은 감각하고 지각하는 의식의 바탕이다. 다만 그것은 일상의식이 텅 빌 때 비로소 나타난다. 바로 불교의 공(空) 사상이다. 공 체험의 진면목은 공이면서도 묘하게 되어 있는 진공묘유(眞空妙有)에 있다. 공의 체험은 공이 되었을 때 다시 긍정이 되는 구조다. 그래서 공즉시색(空卽是色)이다.

공은 물론 차별상이 끊어지고 분별이 끊어지는, 부정을 통한 대(大)긍정의 세계이다. 미술 교육이 불교의 정수와 그대로 연결된다. 종교

적 수행이 일상의식의 내용을 비워가는 구조로 되어 있어 그림 훈련
과 같아진다. 참선과 기도가 일상적 의식을 어떠한 주제를 통해 비워
지게 만들어 가는 연장이다.

'비워졌으면 차고, 차면 빈 역설(empty-full paradox)'에서만이 '현
란한 어둠(dazzling obscurity)' '캄캄한 빛(寂光)'을 그려낼 수 있다.
어둠과 밝음이 동시에 공존하는 색감의 창조는 그런 '불편한 자기 훈
련'을 통해 체감할 수 있다.

뉴욕 택시기사 6년… 다양성 체험
버려진 부속품 통해 창조성 습득

그는 "자신이 배우는 게 있어야 제자에게 줄 것이 있다."고 강조한
다. 그리고 "내 자신을 공부하기 위해 작품을 계속 그린다."고 말한다.
생각하는 그대로 제자들에게 해 주기 위해 그는 수를 셀 수 없는 작품
을 그려 왔다. 그의 작품 중에는 제자들이 그리다 버린 그림을 재창조
해 그린 작품이 많다. 학생이 버린 캔버스는 가르침의 실패를 증명하
는 것이므로 그 그림 위에 자신이 그림을 그려 실패를 보완하거나 덧
칠한다. '선택' '그리기' '조각' 등의 예술적 과정을 명백히 하는 것은
새로운 아이디어를 부여하는 것이라서 창조의 정의에 부합된다. 창조
란 물체에 새로운 각본을 끼워 넣음으로써 완성된다는 것이다.

이런 그의 작품은 미국 하버드대 미술사학자 레이첼 바움 박사에
의해 "창조의 정의 완성"이라 평가됐다. "선택이 주관의 유일한 운송

수단이 되면서 완성해 가는 모델이 더 이상 우리 문화의 가치를 전복시키지 않는다. 부패, 파괴, 그리고 재생의 순환과정을 불교의 깨달음의 순환으로 묘사했다." 바움 박사의 평가를 통해 그는 자신이 불교에서 솟아나고 있음을 처음 알았다.

미국 주류사회에서 봤던 그의 정체성은 대륙 사이를 오가며 자신을 되돌아보고 존재를 확인하는 미국인도 이민자도 아닌 경계인의 파편이었다. 한국에서 어린 시절 이민 가 고등학교에서 미술에 흥미를 느꼈고, 대학에서 미술을 전공하면서 브루클린 가에서 거리 그림을 그렸다. 이후 대학원에서 학비를 벌기 위해 뉴욕 택시 기사로 6년을 일했다. 택시 강도를 경험하고, 장학금으로 이태리 유학을 갔고 다시 뉴욕에서 대학교수로 부활했다. 그에게는 논평가들이 '뉴욕의 택시기사와 종신교수' '방종한 펑크' '소외된 아버지' '예술가와 멘토' 등의 호칭을 붙였다.

고교까지 졸업한 볼티모어에서는 이민자였다. 한국인은 물론이고 유색인종 자체가 적은 소수로 존재했다. 다만 한국에서 교사로 재직할 때 불교에 깊게 다가갔던 어머니가 이민사회에서 불자회 회장을 맡아 독실한 불자의 아들이라는 외피가 있을 뿐이었다. 어린 시절을 보냈던 경기도 가평에서 어머니를 따라 현등사에 다녔던 기억은 지난해 귀국전에서야 되찾았다. 초기 이민사회를 지배했던 교회의 등쌀을 이겨내고 어린 아들 다섯을 당당하게 키워낸 어머니의 공덕이 그에게는 카르마(業)로 흐르고 있었다.

"끄는 힘이 있어야 좋은 작품이다. 내가 이해해야 다른 사람이 이해된다. 자신의 의문점을 풀어가면서 작품과 가까워지는 것이다."

'God'에 짓눌린 미국 교육 대신
'내가 부처'라는 본질 인식이 창조의 원천

좋은 그림을 그리는 방법을 제자들에게 가르칠 때 언제나 '왜'라는 질문을 화두로 먼저 던진다. 사회에 길들여지지 않고, 물음을 줘야 작품이 바뀌었다. 당연히 작품이 바뀌니까 아이디어는 더 확산된다. 그에게서 창작은 카르마와 질문의 만남이었다.

미국 〈뉴욕타임스〉 등 언론 논평에서 그의 작품에 대해 불교를 찾아낸 이후 그는 불교 공부를 시작했다. 영문 불교 책을 그제야 보기 시작했다. '내가 부처다'라는 불교의 본질을 보면서 미국식 교육의

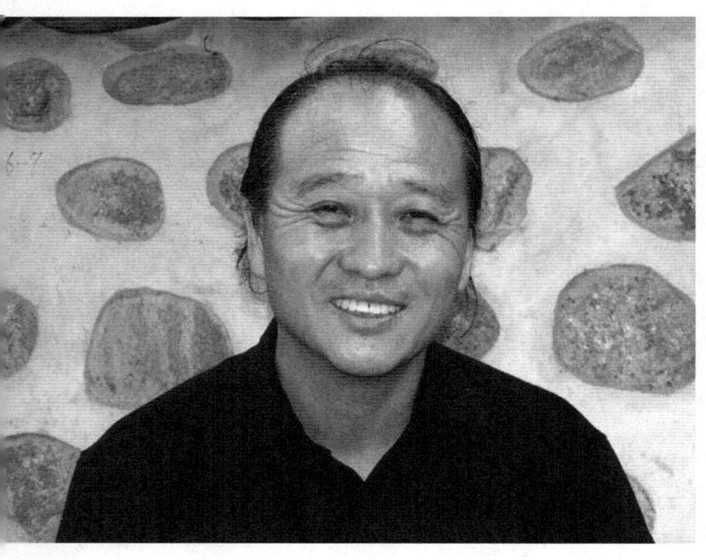

'God(하나님)'에 짓눌려 있던 자아가 살아가는 과정을 체득했다. 미술대 제자들에게는 수업 시작 전에 '나는 불교인이다'라고 주지시킨다. 종강 즈음에선 학생들이 "좋은

강의를 해 주셔서 고마웠다."는 답례가 돌아왔다. 미국 대학에서는 쉽지 않은 선택이었지만, 경쟁과 질시를 뚫고 그는 2002년에 롱아일랜드 미술대학 학장이 됐다.

"생각한 그대로 제자들에게 해 준다. 교육도 새로운 방법을 개발해야 한다. 자신이 배우는 게 없으면 제자에게 줄 것이 없다."

학생들이 보인 다양한 반응, '재미있다' '감동적이었다' '다른 클래스를 택한 것보다 좋았다' 덕에 인종 차별이 심한 뉴욕 예술계의 경계를 넘어 정교수가 됐고 미술대학장을 맡아 9년여를 이끌어왔다.

"내 자신이 인종적 편견을 넘어서지 못하면 인종 차별도 극복할 수 없다. 가장 험한 뉴욕 시 택시 기사로 6년간 일하면서 다양성을 극복하고 인종 차별을 체험한 것이 계기였다. 대학시절부터 언더그라운드로 거리에서 그림을 그린 것도 도움이 됐다."

택시를 몰면서 버려지는 휠이나 부속품을 활용해 작품을 만들면서 쓸모없는 것들에 의미를 부여하고 창조성을 갖게 하고, 이를 반복하는 수련을 거듭했다. 이를 미국 평론가들은 '디아스포라(Diaspora)의 정체성 탐구'라고 지칭한다. 흩어진 유대인처럼, 태어난 터전을 떠나 작품을 통해 문화의 다양성을 조명하고 우리 한국 사회의 현주소를 들여다보는 것이다.

"작품은 답을 주는 게 아니다. 작품은 내가 질문을 할 수 있는 기회이다. 질문이 새 작품을 만든다. 질문할 시간이 없으면 인생은 예술이 될 수 없다."

단순한 조합과 재생이 아니다. 그는 늘 가변적이며 고정적이다. 텅 빈 자리(空寂)이면서 동시에 일체의 모든 것이 다 살아나고 환히 밝은 자리(妙有)를 추구한다. 분별성과 차별성이 끊어진 자리인 '하나'에서 다시 출발해, 예술로서 현실과의 교호로 재생의 힘을 얻고 끊임없는 화해의 시도를 통해 밝은 자리인 영지, 곧 본래부터 항상 존재했던 지혜와 밝음을 찾아낸다.

생존방식에서 예술의 스타일로 진화했다가, 이제는 개인의 철학과 비전으로 자리 잡았다. 그의 교육관이 '버려짐에 대한 배려'에 고정되지 않고 창작으로 이어진다.

"작품은 변해야 한다. 도전하면 작가의 시각이 바뀐다. 피카소는 변화가 심했다. 연필로 그리다 조각에도 손대고 심지어 도자기도 도전했다. 이는 자기에 대한 도전이다. 예술의 창작은 새로운 시도로 채워진다."

그는 더 이상 채워줄 것이 없을 때 출품한다. 개인전 25회, 단체전 80회의 화려한 경력이다. 분별하는 의식이 텅 비어 버릴 때 비로소 제 모습이 작품으로 나타나는, 그게 진정 그가 원했던 작품의 진짜 가치이다.

이 승

전형적인 1.5이민자이다. 어렸을 때 미국 이민으로 볼티모어에서 고교와 대학을 다녔다. 대학에서 드로잉을 하고 뉴욕 Pratt Institute에서 회화

전공으로 석사를 받고 이태리에 유학 후 뉴욕 Long Island 대학 교수로
부임해 현재 미술대학원 학장을 맡고 있다. 그의 회화, 드로잉, 스케일이 큰
설치 작업 등이 미국 전역과 세계 각지에서 광범위하게 전시됐다.
미국 유력 일간지와 예술전문지에서 다채로운 평론을 받았다. 지난해 처음
국내 초대전을 열고 고국으로 회향을 시도했다. 2010년에도 미술협회
초청으로 방한해 다양한 페인팅과 드로잉, 미디어아트 설치 작업 등 20여
점으로 초대전(장은선 갤러리)을 열었다.

넘치면 없어진다

아줌마 엔터테이너, 탄생에 서다

솔직한 입담에 반한다. 그가 말하는 '타고난 일복'은 "넘치면 없어진다."는 지론에서 '삶의 열정'으로 금세 반전되며 특유의 행복론으로 이어진다. "사람은 더불어 산다. 넘치면 없어진다. 자식들에게 하고 싶은 일을 시켜라. 성인이 되면 딸을 독립시켜 그들의 인연으로 돌아가게 해야 된다."는 얘기는 빠르게 불교와 인연법으로 이어진다. "불교는 차별이 없다. 불교는 자유롭다. 그래서 행복하다." 그에게서 그만큼 인연법은 행복의 기초이다.

KBS 2TV 주말드라마 '사랑을 믿어요(극본 조정선, 연출 이재상)'에서 '시대의 어머니'로 다가오는 선우용여(이미경 역, 66)가 돌아설 수 없는 암환자가

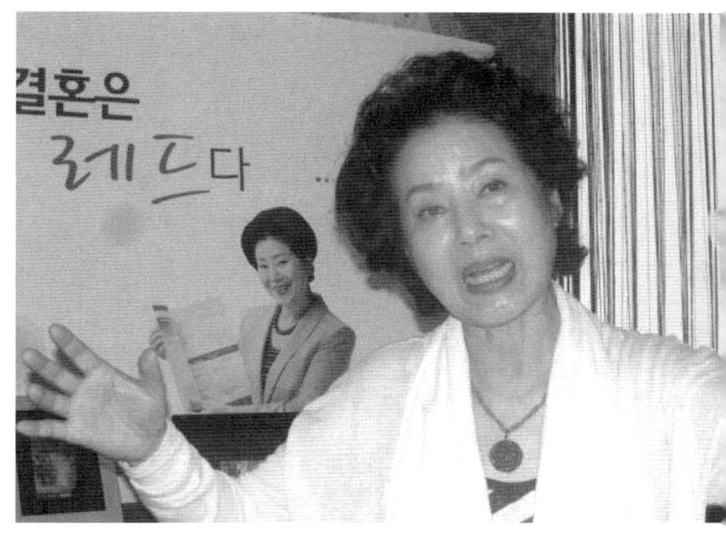

됐다. 처음으로 죽음의 그림자가 드리운 배역이 그에게 떨어진 것이다. 서울 대치동 사무실에서 그를 만난 날 아침은 그에게 고단한 날이었다. 전날의 늦은 드라마 촬영 탓에 힘겨워 보이던 첫 모습은 젊은이들의 삶과 열정에 대한 얘기가 시작되자 인기드라마 '순풍산부인과'로 되돌아간다.

"누워 있는 역이 제일 힘들다." 이번의 역할은 점점 심해지는 환자이다. 수원의 한 병원 촬영장은 누워서 죽음의 운명과 조용히 맞서는 지루함의 연속과 종영 장소이다.

그는 신개념의 '아줌마 엔터테이너'의 주역이다. 지난 3월 27일 방송된 MBC '꽃다발' 프로그램에서는 미국에서 키운 아들 김종욱 씨와 함께 출연, 자신의 이상형에 '애프터스쿨'의 가희를 망설임 없이 지목하는 아들 옆을 지켰다.

방송에 같이 출연해 다정한 부부같이 보였던 선우용여 모자, 그들은 지난 초봄에 같이 경남 통영으로 봄맞이를 다녀왔다. 인기 절정이던 시절 그가 어린 아들을 데리고 미국 이민을 떠났던 38년 만의 인생반전이다. 이제는 시트콤과 예능프로그램 출연으로 왕성한 활동 중이면서 가정의 속내에 더 충실해지는 제3의 인생이 시작된 것이다.

그의 적극적인 개방성은 불교의 인연법에 근원을 뒀다. 자식들도 각자의 인연법이 있는데 부모가 굳이 관여할 바가 아니라는 지론이 강하다. 그런 그가 결혼정보회사 CEO로 또 다른 변신을 했다. 1년 전부터 그는 '레드힐스'의 CEO로 직접 상담과 공개교육을 다닌다.

때가 되면 자식 놓아줘야 독립한다

그는 상담 현장에 대해 "부모의 과욕을 줄이라는 충고를 하기 위해 충분한 정보교육을 한다."고 말한다. 그런 정보교육을 위해 결혼정보에 대한 '시스템 구축'이 경영의 중심에 서 있다.

"나이가 들수록 학력과 경력이 쌓인 미혼들은 눈이 커지고 귀가 커지며 시야가 넓어진 탓에 주관이 강해지기에 객관적 시각이 없으면 결혼이 점점 더 늦어진다. 부모의 과다한 개입은 객관적 정보와 거리가 멀어질 수 있으므로 넓은 의미의 본질인 이해관계를 객관적 시각으로 소통시켜 주는 것이 나의 임무이다."

그런 만큼 그가 합리적일까? 그 질문에 그는 아니라고 손사래를 친다.

"연기로 충전한다. 연극, 뮤지컬 등도 하고 싶어서 한다. 원래 성격도 내성적이다."

다만 '내성적인 사람들이 분출하지 않는 내면의 욕구가 강하다'는 통상의 생각에 반기를 든다. 여기서 그는 '중도는 행복'이라는 말에 집중한다.

"부모와 자식 간에도 보시가 필요하다. 부부지간에도 보시의 주는 마음이 있어야 행복하다. 가정에서부터 무주상보시가 이뤄지면 가정이 곧 복(福)밭이 된다."

그는 "부처님이 얼마나 자유로운가. 불교의 분별심은 가정에서 예의를 가르치고 사회에서 배려와 예법을 가르친다. 그렇기에 불교는 자유롭다."는 논법을 앞세우고 "부처님을 사랑한다."고 말한다.

해방둥이로 격동의 세월 속에 전성기를 연 그이기에 고난의 경험도 다양하다. "미국 이민 당시 식당을 경영하다가 잘 안 돼 여러 가지 직업을 경험했다."

그는 미용 일까지 배웠었다. 오뚜기처럼 일어서는 그의 인생 재기에는 늘 가족이 있었다. 미국 이민 직전에 그의 부양식구는 10명이 넘었다. 자녀 넷에 남편의 형제 8명, 시어머니 간병까지 그가 감당해야 할 몫이었다. 그런 그는 말 그대로 "잠 좀 자기 위해" 1983년 미국 이민을 떠났다.

인기 절정이었던 당시 3편의 영화와 6편의 TV 드라마를 누볐다. 시어머니까지 부양했던 그에게 이민을 통한 자유 추구는 이상에 불과했다. 미국 캘리포니아 주 로스앤젤레스에서의 식당 경영은 녹록치 않은 난관을 불러들였다. "파산으로 바닥까지 갔었다."

그는 빈털터리 신세로 1991년 8년간의 이민생활을 접고 TV 드라마에 복귀했다. MBC '우리들의 천국'에서 가정을 일구는 어머니의 상으로 이미지를 굳히면서 마침내 '포근한 어머니'의 대명사로 변신했다. 이어 1994년 KBS의 '일요일은 참으세요'에서 '신세대 시어머니'의 활달한 모습이 주부시청자들의 공감을 불러일으켰다.

더불어 사는 방식 알고, 중용 지키고 살면 행복

다시 인기 연예인으로의 부활이 시작됐다. 이번엔 연기력에 인생 구력이 보태졌다. 그것은 '아줌마 엔터테이너'의 인기와 맞물렸고, 그만큼 그의 가족 주변으로 대중의 시선이 넓어졌다. 가수였던 딸 최연제의 이혼과 재혼도 미디어의 포커스에 잡혔다. 지난 3월 25일 MBC '기분 좋은 날' 프로에서는 딸 최연제 씨의 최근 모습이 공개됐다. 이 프로에서 어떻게 지내냐는 물음에 "결혼해서 평범하게 살고 있다."고 말했던 그의 딸은 외국인과 결혼 후 미국에 살면서 한의대를 다녔었다. 지난 졸업식 당시, 어머니와 아들은 함께 미국행을 단행하며 가족애에 동참했다.

어머니의 이미지는 그에겐 천직이다. 드라마에서도 그렇지만 현실도 그렇다. 그의 불교관도 어머니에 대한 회상으로 가득하다. "어머니는 말도 못할 보살이셨다. 지나고 보니 어머니의 가르침이 그대로 부처님의 가르침이었던 것 같다. 우리 어머니들은 모두 특별히 따로 배우지 않으셨어도 지혜가 많으셨다. 아마 머리가 아니라 마음으로 실행하며 사셨던 어머니의 가르침이 부처님 가르침과 똑 같지 않을까." 그는 그의 삶 속에서 불교가 끼어들수록 "하나도 다른 게 없다"며, 어머니를 보살이 아니라 부처님으로 격상시킨다.

결혼정보회사 레드힐스 CEO가 되면서 외형은 달라졌다. 타이트한 붉은 투피스 정장으로 열정을 가득 앞세운다. '600만 싱글들을 가정으로'라는 상호에서 보듯이 늦은 결혼과 결혼 포기 사태를 심각한 사회문제로 본다. 사회 안정을 위해 결혼에 집중하자는 그는 "어머니로서 친숙함을 통해 결혼에 대한 인식을 바꾸고 멋있게 걷듯이 행복을 향해 걸어가겠다."라는 사업 동기를 밝혔다.

2시간의 인터뷰 말미, 그는 "사람은 더불어 사는 방식, 중용을 지키며 살면 행복하게 살 수 있다."고 말했다. 대중에게 더 가까이 다가가려는 스타의 진일보 추진 동력은 역시 불교의 중도론이었다.

선우용여

서라벌예술대학 연극영화과를 졸업, 2010년 한국방송연기자협회 부이사장을 역임했다. 현재 결혼전문기업 레드힐스 대표이사이다. 1966년 TBC TV 1기로 데뷔하여 '고려장년' '부초' '여자의 방' '나는 소망한다 내게 금지된 것을' '연애, 그 참을 수 없는 가벼움' 등 많은 영화와 드라마 '너는 내 운명' '태희 혜교 지현이' '멈출 수 없어' 등에 출연했다. TBC 여우조연상(1972), 대종상 여우조연상(1977), MBC 방송연예대상 특별상(2009) 등을 수상했다.

순간예술 춤 공연무대로 훈련 중독성 씻어낸다

20세기를 빛낸 한국인의 반열에 선 무용가 최승희, 현존하는 최고의 무용수 김백봉, 두 거물을 큰어머니와 친어머니로 둔 작은 무용수 안병헌(48)이 설 땅은 처음부터 비좁았다. 그나마 과학과 합리가 빚어 준 원융무애가 버팀목이 됐다.

무용가 최승희의 조카, 김백봉 선생을 어머니로 태생적 춤꾼

"무애인의 의미를 알기까지 속퇴와 회향의 반복이었다. 무용의 압박에서 벗어나려고 대학에서는 전자공학과를 택해 대학원까지 마쳤다. 공학도가 되기 위한 부단한 노력에도 다시 춤으로 끌리는 힘에 결국 굴복했고, 대학원에서 체육학 이론으로 재도전했다. 논리적으로 맞아야 융통무애의 지혜를 터득해 나가는 것 같다."

고전무용에 체육학을 접목, 이걸 회향으로 표현하기까지 그는 새로운 편견과 싸워야 했다. 박사학위 취득과 교수직을 얻고서야 그 전에 자신을 괴롭혔던 '국악＝기생'이라는 사회적 편견에서 벗어날 수 있었다. 이제 회향은 무아와 과학이 춤에서 염착하듯 자리 잡게 된다.

"스포츠학의 운동원리, 과학적 접근방법을 알고 더 즐거워졌다. 결과보다 과정을 중시하고, 그렇게 하나가 되는 답은 연습 몰입이었다."

어차피 춤의 생명력은 중독성이었다. 무대가 순간예술이라는 점도 확연해졌다. 그럴수록 정서적 경험보다는 무대 변화에 민감해졌다. 변수가 많아서 살아 움직이는 무대야말로 무아지경의 산 경험장이었다. 고정된 것은 발전이 없었다. 고(苦)에서 제행무상으로 이행이었다.

무대 위에 선 춤과 소리, 그것은 매번 달라지면서 생멸한다. 똑같은 동작이라도 춤이라서 다르고 변한다. '심청전'에서는 배 위에서 떨어지기 전 '죽음의 공포'를 배의 흔들림과 배합하면서 귀밑 솜털의 떨림도 달라진다. 같은 후렴, 같은 동작이라도 무대마다 다르기에 우리 춤과 소리가 존재한다.

"춤 중에서 부채춤이 가장 어렵다. 내 심장을 부채 끝에 전달해야 한다. 퍼지면서 춤이 시작되고 접히면서 호흡이 없어진다. 부채를 통해 마음을 전달한다. 손과 부채는 별개의 생명체이다. 각각이면서 하나가 돼야 한다."

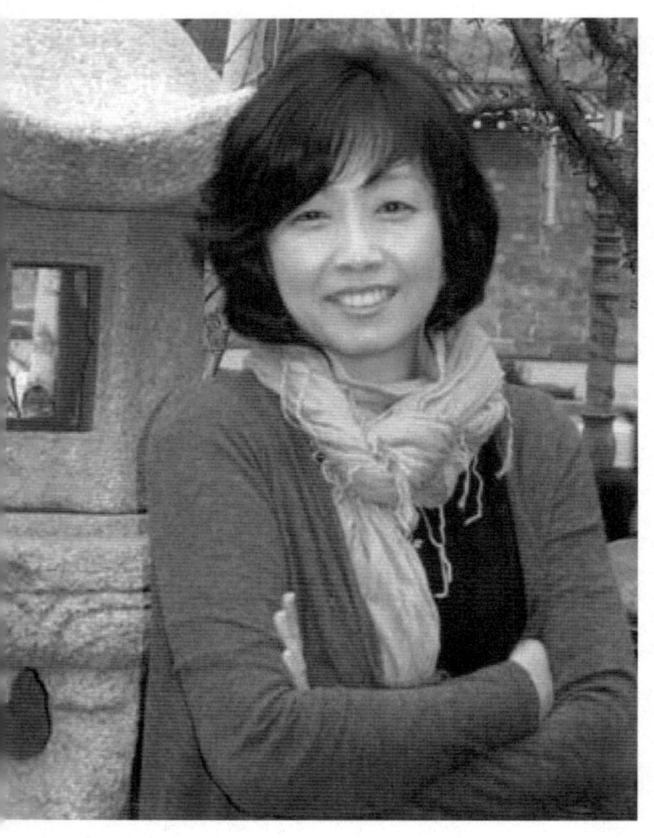

완성도를 높이기 전까지 '목적과 과정의 혼존'은 지속된다. 부채를 소도구로 보면 이를 벗어나지 못한다. 부채의 생명력과 나의 존재는 체력과 근력운동으로 다시 이어진다. 아니면 부상을 입는다.

원래 최승희무용연구소에서는 기초훈련이 전통적인 춤사위가 아니라 발레와 현대무용이 단련 수단이었다. 여기에 남방 무용과 일본 무용이 가세하고 나서야 한국 무용의 걷기 기본동작으로 가르쳤다. 무용 수업은 무용가로서 몸과 기능이 우선되는 무예 훈련의 연장이었다.

그래서 최승희의 공연이 일본인에게 민족적 열등감을 안겨줬고, 조선인의 자긍심을 충족시켰다. 이를 김백봉 선생은 "힘든 초기 수련이 무용가로서 생명을 지키는 데 절대적 뿌리였다."고 회고한다.

여기서 창작과 무용 동작 구성은 초보훈련에서는 배제됐다. 상체부터 하체까지 굴곡을 허용하지 않고 그 축을 신체 중심에 두어 바른 자세를 유지하게끔 훈련이 반복됐다. 정교한 발동작은 호흡에서 나온다. 하체로 단전호흡을 연결해야 들이마시는 동작에서 전통 춤사위 기법이 나온다. 어깨가 올라가지 않고 유연한 자세를 유지하는 방식도 그런 하체와 단전호흡의 연결에 의해 자연스러움이 이어진다. 이것은 무엇보다 연습이 아니라 공연무대 실전에서 생명력이 생긴다. 춤과 소리의 결합력은 그래서 강하다.

춤은 버리는 직업, 창의력은 연습 중독의 소산

"무대를 준비할 때마다 서도 소리의 본질이 무엇인가라는 화두에 골몰한다. 그 답은 교(嘐)와 요(搖)였다. 김매던 농부가 보리 싹 가시에 찔려 허리를 펴고 하늘을 보기 위해, 뒤로 허리를 젖히며 내뿜는 소리다."

부르짖다는 '교'를 소리로 한껏 질러보자. '초목이 다 성림한데 나하아 에헤/ 구경가 에헤도 제가 즐겁도다/ 마를 네야 에헤 에헤로 지로구나/ 마를 네야 아하아/ …에라 듸여 어허야 요홀네로구나/ 녹양에 벋은 길로 북향산 쑥 들어간다…'

뿜어내는 그 소리는 청초하다. 우주에 공명되는 소리다. 하늘 높이 풀어 마음 또한 관대해지게 만든다. 우리 조상들이 거친 풍토 속에 북방 이민족과 겨루며 굳세게 살아온 면면이 살아서 이어져 온 소리다. 굴리는 멋과 조(調)를 살리면 강물 흐름처럼 울림이 있다. 굽이치며 흐르는 소리, 느린 듯 긴 듯 화창한 듯 애처로운 듯, 구슬프며 느긋한 음색이 비브라토와 같다. '수심가' '양산도' '방아타령' '잦은 방아타령' 등이 대표적이다.

> '에헤에헤 에헤야 어허라 우겨라 방아로구나 / 반 넘어 늙었
> 으니 다시 젊기는 꽃집이 앵도라졌다' ('방아타령' 중)
> '양덕맹산 흐르는 물은 감돌아든다고 부벽루하로다 / 삼산은
> 반락에 모란봉이요 이 수중분에 능라도로다' ('양산도' 중)

"어려서부터 국악을 배웠지만 그게 나의 업이라는 기대는 없었다. 그저 그 소리가 반가워 한걸음씩 걸어왔다. 이제는 전체를 이해하고 연출할 수 있다. 여기서 생기는 창의력이 희망의 에너지이다."

역시 반복 훈련은 '확신과의 약속'이었다. 이런 연습만이 창의력을 주고, 그것에서 희망이라는 에너지를 얻을 수 있었다. 연습에선 몰입이 필수적이다. 몰입하지 않으면 부상을 입기 쉽다.

그런 몰입된 연습 속에서 웃음이 나온다. 춤을 추면서 웃고, 그 웃음이 곧 비우는 것이다. 그래서 그는 "춤은 영혼으로 춘다."고 말한다. 그 영혼은 곧 '하나가 되는 것'이고 '무아지경'에서 자신을 버리는 것이다.

춤에 대한 그의 철학은 '움직임은 거짓말을 할 수 없다'는 것에서 출발한다. 이로써 '춤에서 냄새가 난다'는 말을 이해할 수 있다. 이를 종합하면 '춤은 영혼이 비쳐지는 거울'이며, 춤꾼의 입장에서는 '무

당 같다'는 말이 '마음이 느껴진다', '비슷하다'는 의미가 된다.

찰나에서 마음을 느끼고 진실을 발견하는 것은 춤과 불교의 공통점이다. 어차피 느낌을 받기 위해선 아집과 아상을 버려야 하는 것도 같다.

표현에 집중할 것 같은 춤이 왜 내면을 더 중시할까. 이를 "느낄 수 있어야 가질 수 있고, 가질 수 있어야 표현할 수 있다."는 말로 대체한다. 표현이 중요할수록 내면의 가치가 높아지는 이치 때문이다.

"춤은 자기를 버리는 직업이다. 무대에 올라선 무용수는 시간에 쫓긴다. 무대의상만 갈아입고 배역이 순식간에 바뀐다. 거지에서 왕비로, 다시 무당으로, 이런 극적 변환 속에 시간과 공간의 여유는 없다. 바뀐 배역마다 표현 기법도 다르다. 자기 아상을 버리지 않고는 역동성을 다 소화할 수 없다. 고(苦)에서 출발한 제행무상이 제법무아로, 다시 열반적정으로 가는 이치와 흡사하다."

우리 부채춤은 김백봉 선생에 의해 60년대부터 국제화됐다. 지나치게 관제화된 부채춤에 창작자인 그 자신도 불만이었다. 이를 딸인 그가 창작력을 가일층 불어넣고 있다. 감고 뿌리고 던지고, 그 내면에서 이뤄지는 근육의 이완 수축이 내용과 정서를 잘 전달할 수 있게 되살리는 것이다.

창작이 지속되기엔 문화재 지정이 부정적이다. '화관무' '청면심수'도 마찬가지. 장구춤인 '여인의 향기'가 여인의 화사함을 전달하는 민요에서 창작되었기에, 문화재 지정으로 '작가의 겸손'을 전달할 표

현의 여백이 줄어드는 것을 막아야 한다. 이제 '우리 춤가락만으로
이야기를 풀어가는 힘'과 '마음의 전달'을 살리는 창작력이 관변에
기댄 전통무용의 한계점을 무상세계로 회향시키고 있다.

안병헌

전설적 무용가 최승희와 그의 수제자인 한국 현존 최고 무용가 김백봉을
큰어머니와 친어머니로 둔 운명의 무용수이다. 월북해 북한에서
최고인민회의 대의원이 된 최승희는 1999년 한국예술평론가협의회가
선정한 '20세기를 빛낸 한국의 예술인'이 됐고, 동서 김백봉은 600여 개의
창작 작품을 발표한 최고의 무용가이다.
6세에 춤을 시작한 김백봉 선생처럼 시작된 춤 수업은 대학과 대학원에서
전자공학과 석사로 탈출했다가, 스스로 경희대 대학원 체육학과에 다시
입학해 무용수로 회향했다. 체육학 박사를 받고 현재 한북대 교수이다.
'PC를 이용한 인간의 기본동작 기록체계와 운동학 시뮬레이션' '심상유인
고(考)' '조선시대 무용의 사회적 가치소외배경' 등 과학과 체육, 고전무용
등이 결합된 다양한 주제의 논문과 《무용 감상을 위한
이해》《신무용학개론》《안병헌의 춤 이야기》 등 저서가 있다.

예술가는 자유 아니라 속박에 익숙해야

"연극은 종교다. 모두 본질을 파고들어 그렇다." 연습장의 그는 가냘프게 보이는 외모와 달리 강단이 그득하다. 불교 수행과 연극 무대를 동일시하는 그는 스님이 된 기분을 만끽한다. 목탁도 진지하게 친다. 연극 '갓바위' 공연보다 진지함이 강렬하다. 탤런트이자 정통연극 배우인 강태기 씨의 첫 일성은 "연극으로 수행하는 이유를 이제 떳떳하게 말할 수 있게 됐다."이다. "내 안의 모든 것을 드러내며 나를 찾고 진실을 찾고 내면을 성찰하고 있다."

한국불교역사문화기념관의 전통문화예술공연장에서 2011년 10월 5일부터 공연 중인 연극 '이뭣꼬'의 무명 스님으로 열연하는 그를 대학로 연습장에서 2011년 9월 7일 만났다. 선이 굵은 현대사의 인물들을 연속으로 연극 무대에서 소화해 온 그간의 이력도 이번 무명 스님 역으로 회향하는 지금도 그는 '수행의 연장'임을 강조한다. 애국가를 작곡한 안익태, 천재시인 이상, 천재요절화가 이중섭, 민족의 시인 김소월 등 역사의 고뇌를 온몸으로 맞서 온 예술가들이 그의 단골 배역이다.

"그들의 내면을 탐구하고 살려내는 것이 연극이다. 그중에서 실존인물들의 생존의 기억이 생생한 현대인물의 배역이 가장 힘들다. 그에 대한 친구·가족 등의 느낌이 여전히 강하기 때문이다."

외형을 배우려 하지 말고 인간 존재를 탐험해야

이런 힘든 점을 뚫고 나가는 것에 연극의 매력이 있다. 그는 기인으로 평가된 시인 천상병 역을 예로 든다. 그를 이해하고 받아들이기 위해 시인이 살았던 집에도 가 보고, 방에 누워 있기도 했다.

"인물 캐릭터는 외형에 의존하는 것이 아니라 내면의 깊은 성찰에 파고들어야 한다."

결과는 처음 그에게 거부감을 보였던 천상병 시인의 부인이 직접 평가한 것이다. 대본을 보고 연기 연습하는 과정에서 "남편과 다르다"고 거부감을 보였던 부인은 실제 연극을 보고 "여보"라고 그를 불렀다. 이어 시인의 친구들과 다른 가족들도 인정했다.

그의 인간탐험 역시 수행의 연장이다. 연극 '이뭣꼬'에 열중하던 중 그는 이미 새 연극에 도전하고 있었다.

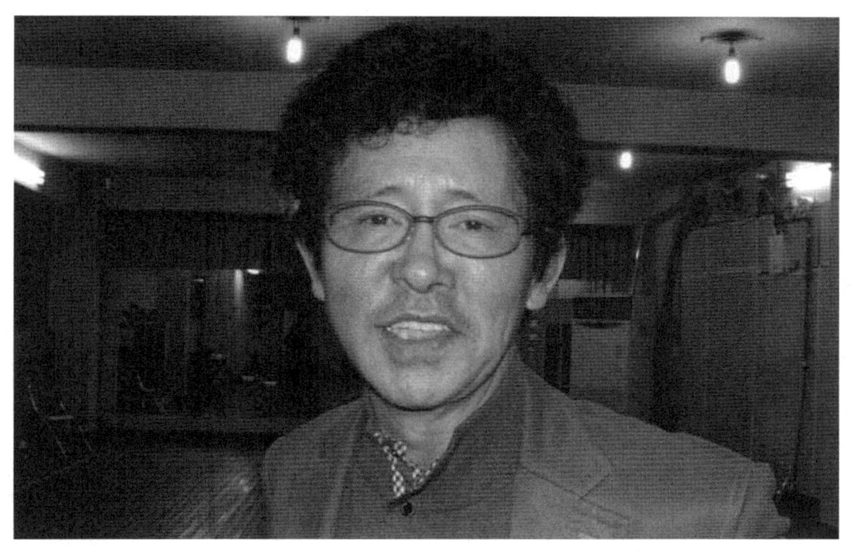

　한창 사회 문제가 된 영화 '도가니'의 연극 '30분의 7'에서 아버지로 무대에 오르게 됐다. 광주인화학교 사건을 영화화한 영화 '도가니(감독 황동혁)'와 국회 국정감사가 한창인 가운데 지적 장애인 실화를 바탕으로 한 연극 '30분의 7'이 2011년 11월 4일 대학로 무대에서 올리는데 그가 주역이 된 것이다. 연극 '30분의 7'은 시골 보건소에서 운영하는 지적 장애인 시설에 지적 장애인 딸과 함께 한물간 만화가 한명수가 자원봉사자로 일하게 되면서 벌어지는 휴머니티 연극이다. 그는 한명수 역을 맡았다. 실제 나이 30살에 7살 지능으로, 어린 시절 낯선 남자에게 성추행을 당한 상처를 안고 있는 지적 장애인 딸을 너무나도 사랑하는 아버지로 그가 다시 인간탐구를 시작했다.

　"외형을 배우려 하지 말고 인간 존재를 탐험해야 한다. 외모는 전혀 다르지만 내면의 세계로 들어가면 진실 찾기가 가능하다.”

TV 프로그램 ‘도전지구탐험’에서 티베트 현지에서 오체투지를 체험했던 것도 그런 이유다. 연극 ‘갓바위’에 집중했던 이유도 “업 찌꺼기가 실타래처럼 풀려나가 떨쳐버리는 맛을 느꼈기 때문에 대본을 단숨에 읽고 큰스님 걸어온 길을 따라 걷기로 했다”고 말했다.

TBC 공채탤런트 출신인 강태기는 ‘에쿠우스’ 등 연극을 비롯해 영화와 TV 드라마 500여 편에 출연했고 2008년 연극배우협회장을 맡았다. 특히 2008년 4월 8일 초연을 시작한 연극 ‘그대를 사랑합니다’에서 400회 연속공연의 기록을 세우고 실력파 중견배우들의 심금을 울리는 연기로 젊은 관객들뿐만 아니라 중년 관객들까지 공연장으로 끌어 모았고, 그는 2010년 ‘꽃 봉지회’에서 수여하는 ‘올해의 배우상’을 수상했다.

스스로 작품 테두리에 가두고 고통 속 창조에서 희열 느낀다

“진솔하자, 내가 맡은 역에 최대한 자신을 투영하자, 예술을 하는 사람은 자유가 아니라 속박에 익숙해야 한다. 스스로를 작품의 테두리에 가두고 엄청난 고통 속에서 무언가를 창조했을 때 비로소 희열을 느낄 수 있다.”

강렬한 그의 연극관은 그가 전 조계종 종정 서암 스님의 유발상좌라는 점과도 통한다. 그는 불교와의 깊은 인연을 “이번 ‘이뭣꼬’에서 스님들의 깨달음을 연극으로 보여주고 싶다.”는 발심으로 연결했다.

"배우와 성직자는 같다고 본다. 성직자와 수행자는 중생을 위해 기도해 주고 온 마음을 다해 수행한다. 대충 하지 않는다. 만약 그런 성직자가 있다면 그 교회나 성당·사찰을 찾겠는가. 연기하는 배우도 마찬가지다."

배우들의 프로정신을 강조하는 그의 희망은 전용극장 건립에 맞춰져 있다. 배우협회장으로서 전용극장을 만들어 365일 작품을 올리고, 협회에 등록된 배우들에게 고정적 일자리를 주고 싶은 평소 지론을 향해 매진 중이다.

그만큼 연극의 미래와 후배들에 거는 기대가 크다. "철저히 자신과의 싸움을 통해 연극이 이루어지므로 외형, 겉으로 드러나는 말초신경만 자극하는 연기만으로는 미래가 없다. 연극이 예술인 것은 자기 자신만의 연기를 창조할 수 있어야 가능한데 남의 흉내나 내는 행위는 자신의 미래를 갉아먹는 우둔한 짓이다."

20세에 시작한 연극이 그에게는 은퇴 없는 직업이다. "앉아 있을 수만 있어도 연기는 가능하다. 연기와 연극의 매력은 연극을 통해 자신을 반성하고 희망을 가질 수 있다는 점이다. 순수하고 진지한 공연으로 관객과 함께 카타르시스를 느끼는 과정은 불교의 수행과도 연결된다."

왜 TV 드라마보다 연극에 더 몰두하느냐는 질문에 답 역시 인간 내면의 탐구와 연결시켰다.

"인간관계에서 느낄 수 없는 엄청난 다양성이 내재한다. 연극은 깊

이 들어가도 신비감이 줄어들기는커녕 도무지 그 깊이와 변화무쌍을
가늠하지 못한다." 수행과 참선의 희열을 그는 다양성이 더 큰 연극
에서 실감하고 있었다.

강태기

TBS 탤런트 6기로 데뷔했으며, 서울연극학교를 졸업하고 21살에 연극을
시작했다. 2010년 제13회 꽃 봉지회 올해의 배우상과 1998년
서울국제연극제 연기상 등을 수상하였다. 드라마에서는 2002년 KBS
'명성황후' 등에 출연했다. 그는 출연작마다 다양하고 굵직한 현대사를
반영하였다. '명동백작(2004)'에서 이중섭 역을 비롯해 '남부군(1989)'에서
최소대장역, 그리고 '조광조(1996)', '뜨거운 비(1993)', '에미의 들(1992)',
'도둑의 아내(1991)', 'B타임의 정사', '돌아이4 둔버기'(1988), '천사 늪에
잠들다', '어울렁 더울렁', '불씨', '화려한 유혹', '불타는 욕망'(1985),
'울지 않는 호랑이(1984)', '여자가 더 좋아(1983)', '2월 30일 생(1983)',
'들개(1982)', '이 깊은 밤의 포옹(1981)', '달려라 풍선(1980)',
'어느 여대생의 고백(1979)', '나비소녀(1977)' 등에서 다양한 배역의
주역을 소화했다.
1975년 연극 '에쿠우스'에서 '알렌' 역 연기에 대해 평단에서는 "젊은 천재
배우의 출연"이라 평가했고, 이어 400회 공연을 마친 '그대를
사랑합니다'의 김만석 역을 통해서도 "고집 강하지만 정 많은 김만석 그
자체"라는 호평을 받고 2010년 '올해의 배우상'을 수상했다.

내진으로 흡입되는 음향 진동을
반복 감지하라

"사찰 목조 법당 속에서의 소리 감청은 건축 음향의 정점이다. 소리의 고조에서 잡음을 최소화해 텅 빈 공간 높은 지붕 대들보를 넘나드는 음성을 내내 부드럽고 뚜렷한 소리로 간추린다. 음향기기는 그 속의 편안함으로 빠져 들어가는 보조 장치이다."

건축 구조상 사찰의 큰 법당은 단순구조로 보이지만 소리를 흡수하는 복잡한 내진 장치의 결정체다. 법당의 내부 구조, 다양한 목조 구조물의 제각각 방향 설정, 소재의 특이성, 유독 중앙부에만 설치된 마이크의 방향 수시 전환. 4계절의 급격한 기온 격차와 강수기·갈수기의 습도 급변, 음향 기기의 설치에서 최악의 악조건만 겹겹이 쌓여 있

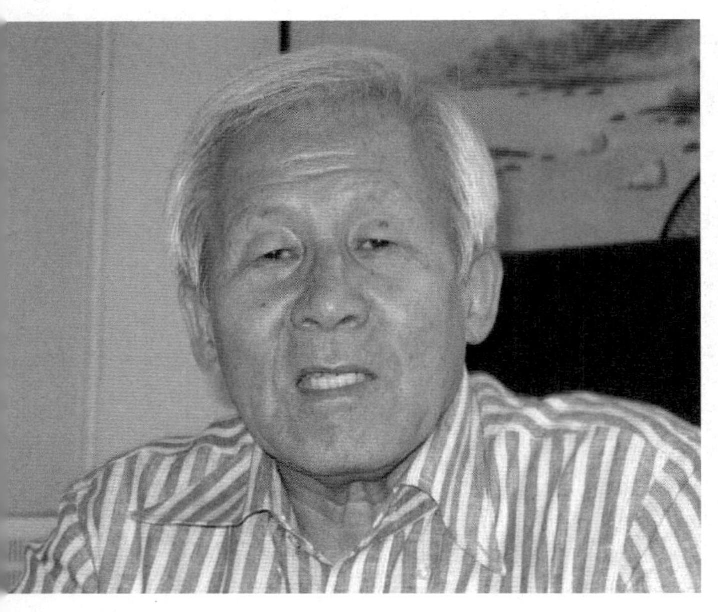

는 사찰 법당의 제
일 가치는 만민공동
의 '맑음'이다. 그것
도 조용하면서 장엄
하고 청아한 소리라
는 최상의 기준을
충족시켜야 하며, 산
속 깊은 지방에서 먼
길을 오가면서 짧은
시일 내에 성패를 가

르는 음향 기기의 설치이다.

사각지대엔 도전도 줄기차야 했다. 반세기 전인 1963년 범한산업을 설립하고 법당 음향 기기의 설치 현장에서 여전히 건재를 보여주는 박범선 씨. 그에게 있어 음성이란 과제는 자신의 눈과 귀부터 노화를 거부하고 청정상태를 유지해야 하는 절박감으로의 출발이다.

"사찰 법당에 들어가서 소리를 들으면 스피커의 위치 선정, 앰프 기종 선정, 마이크 설치 위치가 머리속에 그려진다. 그걸 바탕으로 음향 기기의 설계도가 컴퓨터에서 완성되고 기술연구소에서 장비 테스트가 이뤄지고 최종적으로 현장에 설치를 위해 기술진이 출장을 간다."

현장 설치에는 당연히 그가 직접 출동한다. 소리 감청에 그만큼 오랜 경험을 터득한 전문가가 없다. 대중이 함께하는 염불송과 개인의 설법이 반복되는 소리를 별다른 변환 장치 없이 줄곧 중앙 마이크만으로 잡아내야 하는 기본구조는 경험에 의한 '거리감'이 관건이다. 여기에다 성당·교회와 달리 수시로 방향이 180도 전환된다. 오른쪽의 신중단과 왼쪽의 영단으로 순차적으로 돌아가는 과정도, 법당 천장에 가득한 음향 흡수 시스템의 구조에서도, 문화재에 전기선과 시설이 화재 방재와 규제법에 겹겹이 둘러쳐진 현실이 설치공사에서 소리 없이 처리해야 할 선결과제다. 그 속에서 높은 음압과 뛰어난 명료도에 4계절 내내 거의 방한과 방습이 안 된 가혹한 환경과의 내밀한 경쟁에서 이겨낼 강한 내구성도 유지해야 한다. 그만큼 윗대로부터 내려온 산속의 법당은 현대식 전자 기기에겐 최악의 환경이다. 요즘 더 심해진 급격한 날씨 변동에 문풍지와 문틈이 헐거운 문짝으로 외부 노출과 마찬가지 상태이지만, 법당 구석구석에 동일한 음향이 지속적으로 전달돼야 하는 명제를 외적 장치로 충족시킬 가능성은 처음부터 없다.

건축 음향의 사각지대에서 10년 무상 점검

최신 음향 기기가 초고가 행진을 거듭하는 첨단장비 경쟁의 현실에서 전통의 감청 본능만으로 기술 진보를 대응하고 영업력을 확장하는 이유부터 물었다. 그는 현장, 곧 기기 설치 법당에 누가 많이 가느냐가 관건이라 말한다. 그의 자체 기술연구소의 전문 인력이 대부분 10년에서 많게는 30년 장기 재직자들이라는 점도 중요한 장점이었다. 오래 묵은 경험이 소리의 영역에서 최고의 조건이란 논박이다. 이를 경영으로 이끈 구조는 무리해서라도 기술자들 모두가 수시로 전국을 순회하며 애프터서비스를 담당하고 현장 소리를 정기적으로 듣도록 강제한 것이다. 그렇게 해서 누구도 시도하지 못했던 '직접 시공한 음향 기기의 보증수리 기간 10년'이 구조화됐다. 결국 전국에 깔린 시공 법당에 대해 정기적으로 무상 순회 점검하는 것은 자체 기술 진보를 위한 투자였다.

"장거리에다 무거운 장비를 지고 올라가는 경우가 많은 법당 설치 특성상 고장 나고 긴급 출동으로 수리하는 것보다 정기 점검으로 기기와 음향을 조절해 주는 것이 비용이 적게 든다. 서울서 장거리 출장을 했다고 출장비 받으면 신규 수주하기도 곤란하고 거리감이 생길 것 같아 아예 처음부터 무상 서비스로 경영 방침을 정했다."

더구나 사찰의 행사는 특성상 없을 때는 다 같이 없고 생길 때는 한꺼번에 터진다. 기계를 쓰지 않고 뜸하다 열리는 경우에 고장 신고가 많아 긴급출동이라도 하려면 소요 비용이 상당하고, 이를 사찰에 전가하면 신용 훼손이 곧장 돌아왔다. 10년 무상 수리는 그 틈새 실리의 완결구조였다.

더 나아가 소수인력의 자체 기술진을 갖고 부정기적으로 황급히 출장 가는 것보다, 단체가 돼서 수시로 전국 사찰을 순회하는 방식이 더 합리적이었다. 물론 그 자신도 여기에 동행한다. 이는 기술 보전과 경영 안정 양축을 동시에 가동하는 이득을 안겨 줬다. 지방까지 장거리 이동은 심야를 이용하고 사찰 특성상 새벽에 일을 시작하는 특이 구조도 전국 무료서비스 망 구축에 일조했다. 그렇게 짜여진 10년 서비스가 업계 경쟁에서 우위를 지켜줬다.

그의 음향 설비는 성당과 교회에도 경쟁 입찰로 들어간다. 대형 시설이 요구되는 이 시장에는 고가의 음향 기기의 경쟁이 한창이다. 그는 'Martin Audio'라는 독자 브랜드로 오디오와 앰프 기기를 개발 공급하기 시작했다.

건축 공간 이해해야 최적 스피커로 정확한 사운드 디자인

그가 개발한 프리미엄 사운드 마틴 오디오 'Wavefront 시리즈'는 둥그렇게 휘어지면서 공중에 매달아 소리를 증폭시켜 야외 공연장에서 유용한 신기술의 집약체이다. 이는 고사양의 건축 공간을 이해하는 최적의 스피커로 평가받았다. 그런 건축 공간 이해는 종합 건축의 압축물인 법당 내부의 정확한 이해도에서 배태됐다. 이로써 역동적인 야외 공연을 위해 크레인에 매달린 그의 마틴 오디오가 급변하는 공연장에서 임기응변에 의존하지 않고 안정적으로 부드러운 주파수 응답을 보여준다.

"건축 공간을 이해해야 최적의 스피커로 정확한 사운드를 디자인할 수 있다. 부드러운 주파수 응답은 최고의 소리를 내는 최적의 조건이다."

그의 건축 구조 이해는 법당 내부에서 처음 출발했다. 한 눈에 움켜쥐듯이 살필 수 있는 법당 내부는 잘 짜여진 건축의 종합판이라서 음향의 기술 진보인 하이브리드 기술의 산실이다. 저방사율의 하이볼릭 혼(뿔나팔형) 방식이 그것이다. 이는 저주파 대역의 출력 확장에 필수적인 반사 방식으로 설계됐다. 이 하이브리드 기술은 법당 설비의 오랜 경험이 저주파 응답 확장과 혼로딩 고효율 성능 충족을 만들어낸 것이다. 전체적으로 휘어지면서 스피커가 뿔 나팔 형식으로 퍼져나간다.

이는 넓은 연설장이나 음악회장 등에서 전 범위에 걸쳐 동일한 음질을 유지시켜 준다. 사찰 대웅전의 중간 두 곳에 세워진 원형 기둥이 건축의 중심이고 청중의 중앙이라는 점에 설계도가 기인했다. 애초 단선형의 극장에 맞춰진 오디오 시스템의 변형이고, 야외형 설비가 실내형으로 들어오는 변형의 완성체이다.

'컴팩트한 실내형이며 동시에 야외형의 음향 설비'를 요구하는 법당의 독특한 시스템은 이렇게 완성됐다. 방사형이면서 분산되지 않게 컴팩트한 효과, 실내에서의 동일한 음의 분산과 흡수, 이로 인한 전 범위의 동일한 음질 유지, 근접거리 사용을 위해 독립적이면서도 적은 수의 스피커 본체 사용, 눈에 거의 띄지 않을 정도의 색상과 규모, 여기에 다양한 문양의 목조 건축 내부 구조와의 완벽한 조화. 공간의 제약이 많기도 하고 다양하면서 노출된 변수도 많은 법당 내부 음향 설비를 통한 기술의 진보는 결과적으로 실험 정신을 생생하게 자극했다.

이 실험은 중소기업으로 버거운 자체 기술연구소 가동으로 이어졌다. 마침내 독창적 기술의 특허 출원이 완료됐다. 디지털페이징콘트롤러, 페이징시스템단말기, 방폭스피커, 방송메인콘트롤러, 인터페이스앰프 등 5종이 특허 출원 됐고, 기술연구소는 중소기업청에서 인증을 받고, 지식경제부에서 선정하는 우수제조기술연구센터(ATC)로도 지정됐다. 그 이전 국제표준인 ISO9001 인증과 ISO 14001 인증을 획득했다.

"기술의 진보는 내 맘이 편해야 순조롭다. 욕심을 덜어낼수록 소리는 더 청명하게 잘 들린다. 지방 출장이 잦고 등짐 지고 산을 오르내리며 산골 법당을 찾아가는 기술자들의 이직률을 줄이는 것도 마음이 서로 통해야 한다."

그의 중소기업 40여 년 경영은 하나의 원칙에 의해 지속됐다. '어떻게 해야 마음이 편해질까?' 하나만 파고는 그의 음향 기술은 재주에 의해 완성되는 것이 아니라 순탄한 마음의 전달에서 진일보한다는 점에 집중한다. 애초부터 서면 계약이 존재치 않았던 사찰의 설비 공사, 반대로 까다로운 전문기술자의 잦은 출장, 절에서 숙식을 꺼리는 젊은 기술자들의 속성 관리, 새벽 공사와 기술 점검이 흔한 사찰의 관습, 이런 극과 극의 조화는 결국 그에게 '10년 무상 수리'로 활력을 찾게 했다.

그것은 자신의 마음도 열리고 기술자의 마음도 열고, 주지스님의 마음도 여는 공감대였다. 기술자들은 그걸로 자신이 설치한 사찰 설비에 대해 자기 집의 개인 시설처럼 애착을 갖고 관리했다. 주지스님들도 그로 인해 식구로 맞이해 주고 언제라도 상담 전화를 해, 돌발 고장과 응급 출장이라는 악재를 사전에 막아 줬다.

"종교는 첨단 기술 세계에서 장애물로 비쳐진다. 기술자들이 자신의 종교를 잘 드러내지 않는 이유도 그래서 그렇다." 반면 그는 음향 분야에 한 마음으로 파고들면서 그 장애를 극복했다. 그런 마음의 결산이 어려운 법당의 음향 시설은 아예 무료로 공사하게 만들었다. 애초부터 군 법당에 무료 시설을 줄곧 시행해 온 동력도 여기서 나왔다. 직원들도 '마음이 편해야 기술이 진보한다'는 경영 원칙에 공감한다. 일 년에 세 차례 반드시 실시되는 그의 4박4일간(저녁 출발 후 새벽에 작업 시작하고 최종일 밤에 서울 귀환) 전국 순회 무료 서비스 여행은 그래서 돌아올 때가 더 즐겁다.

박범선

서울에서 태어나 서울 한 곳에서 같은 업종으로 줄곧 사업체를 꾸려 왔다. 대학에서 경영학을 하다 군 입대 후 복학하지 않고 주한미대사관에서 근무하다 음향 기기의 설치에 몰입했다. 범한산업을 설립해 한 업종으로 반평생을 보냈고, 사업장도 광화문 한 곳을 고수한다. "재주가 없어 옮길 수 없었다"는 것이 주된 이유였다. 사찰에 음향 설비를 하면서 가까워진 스님들이 많지만 과거 종단 분규의 현장을 인접거리에서 실감한 것이 가장 가슴 아픈 기억이다.

복잡한 전자회로 갈파해 급발진 첫 규명

사고 승용차의 검증이 날카롭다. 사고 순간 날카로운 금속이 전기 배선을 잘라버렸다. 에어백은 터지지 않았고 모든 것이 멈춰버렸다. 애초 사고 분쟁에서 제조사(르노삼성)와 운전자간의 치열한 공방에서 이는 발견되지 않았다. 운전자는 억울하다며 MBC를 찾았고, 원인 공방은 자동차 명장으로 넘어왔다.

취재는 인천 남동공단 그의 작업장에서 이뤄졌다. 그 이전 2010년 11월 7일 SBS는 현대자동차 신형 아반테의 '무단 핸들 잠김'에 대한 공방을 다뤘다. 여기서도 명장의 해석은 날카로웠다. 독일제 부품의 국산 카피에 의한 것으로 "잠김이 생길 수도 있다."는 결함 쪽에 실마리를 달았다.

자동차 회사 중심에서 소비자 신뢰로 중심축을 옮기는 최초의 자동차 명장 박병일(54) 씨. 그는 1999년 세계 최초로 급발진 재현 실험에 성공해 원인을 규명했고, 이후 언론에 의해 '장인 분야의 그랜드슬램 달성'이라 명명됐었다. 정규 학위에 의한 박사를 빼고 자력으로 가능한 거의 모든 자격증 17개에, 실무 분야의 기능장에서 이론의 기술사까지, 2002년 대한민국 1호 자동차 명장에 이어 2006년에 명장 선정 심사위원으로 급부상했다.

**세계 최초 급발진 재현실험 성공
'장인 분야 그랜드슬램 달성'**

그렇다고 그가 자동차 강국에서 메이저 자동차 회사 출신도 아니다. 그는 정비공으로 출발해 단지 책으로 이론을 탐구했을 뿐이다. 첨단전자 자동차 시대에 맞선 독립 장인의 삶, 그곳에 "책에 길이 있다."는 명제가 깔려 있다. 그렇게 자동차 기술의 뒷전에 밀려 있던 정비가 자동차 산업의 중심으로 옮겨가는 데 그가 앞장섰다.

"1982년 독일 출장 갔던 모임 회원이 독일 자동차 기술서적을 가져와, 이를 복사·번역해서 보곤 충격과 절망감에 사로잡혔다. 그간 자동차 책은 거의 마스터하고 자격증도 많아 자신감에 차 있었는데 유럽의 자동차는 이미 전자 시스템 시대였다. 곧장 전자 학원에 등록하고 번역본 책을 탐독하며 다시 전자제어엔진을 들여다보자 안목이 확연히 넓어졌다.”

당시 ‘한밝자동차연구회’의 모임에서 모든 회원들이 ‘한국의 전자 자동차는 우리 은퇴시기에 도래할 것’이라 말하며 외면했다. 빨라야 10년 이후의 부분적 도입이라서 후배들이 정비를 담당할 것이지 당장 정비사의 몫은 아닐 것이라던 대부분의 예측은 1986년 그랜저와 로열살롱이 등장하며 깨졌다. 정비 공장에 비상이 걸렸다. 생산 자동차 회사조차 처음 외국의 전자제어기술을 접목시킨 것이라 정비사들이 기술적인 것에 손도 대지 못했다. 하지만 그는 이미 회로도에 익숙한 탓에 전국으로 전자 제어 실무특강을 하러 다녔다. 쏟아지는 강의와 수리 경험은 경이적 발전을 가져 왔다. 강의를 통해서 이론은 더욱 깊어졌고, 의뢰가 쏟아질수록 수리 경험에서 기술은 축적됐고 자료도 쌓였다.

“이때 난이도가 있는 고장은 자세히 기록하기 시작했다.”

정비공으로 출발 독립장인의 삶, 끊임없는 독서·기록이 밑바탕

두 개 축이 삶을 결정했다. 독서와 기록이다. 자동차 정비공으로 15세에 입문하던 시절 정비에서 이론은 없었다. 그가 선배의 권유로 접했던 일어번역본 《자동차백과사전》이 분기점이었다. 숙달된 선배 기술자와 책에서 본 이론을 접목하면 그의 기술 숙련은 가속이 붙었다. 그렇게 10년이 걸리던 ‘작업반장’에 2년 만에 고속 승진했고, 연이어 기능사 자격증을 취득했다. 더구나 수리 자체가 기술 진보의 핵이었다. 그의 첫 저서 《현장정비사례》는 1992년 그렇게 나왔고 대단한 인기를 누렸다.

기술자에게 전통의 금기인 '노하우 공개 기피'라는 풍조를 그가 깨고 나섰다. 노하우를 공개하면서 오히려 자신이 진보를 이룬 것이다. 현장 경험의 정비 사례를 모아서 4권의 《정비사례백과》를 발간했다. 정보의 축적은 잡지에 정비 사례를 연재하고 교통방송과 TV에 자동차 상담으로 출연하면서 점점 배가됐다. 난이도가 높은 사례를 체험하는 것은 정비에서 축지법에 해당됐다.

1998년부터 터진 급발진 사고에서 이는 실증됐다. 답은 처음부터 명확했다.

"기계는 거짓말 하지 않는다. 전자는 거짓말 한다."는 명제의 확인이었다. 전자제어는 편의와 기술 진보를 주는 만큼 고장의 확률도 높였다.

"왜 외제차와 고급 대형차에서 급발진이 일어나는가?" 이 화두에서 답은 찾아졌다. 고급이고 대형일수록 전자 시스템 7~8개가 겹쳐졌다. 소형차는 1~2개 정도라서 상호 겹쳐져서 생기는 회로상의 오류를 일으킬 가능성이 처음부터 없다.

"기계식 카뷰레터 방식이 아닌 전자제어엔진, 즉 센서 신호를 받는 엔진 컨트롤 제어장치인 ECU가 장착되면서 급발진이 시작됐다. 전자부품은 온도·습도·진동에 취약하고 ECU는 입력신호에 따라 출력이 변환되고 있었다."

여기서 그는 자신의 차로 실험하고, 이어 자비로 5대의 승용차를 사서 실험을 했다. 실험은 대성공이었고 이를 국가기관에 알렸지만 냉대만 당했다.

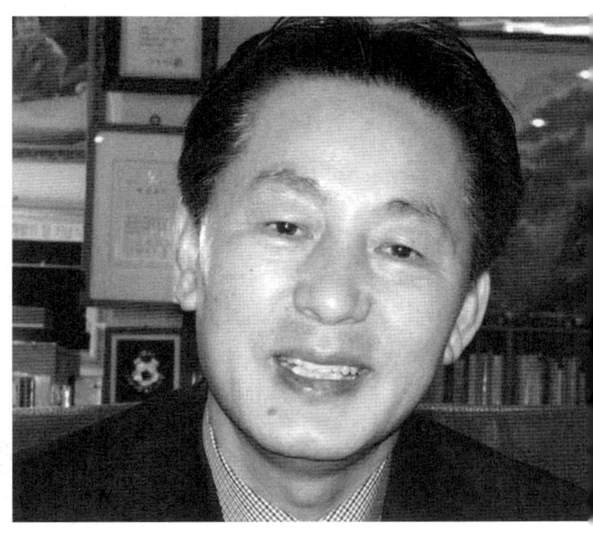

"자동차 회사는 데이터 자체를 무시했다. 언론 인터뷰도 나갔지만 힘에 밀리는 듯 보였다."

이후 건교부와 자동차 회사들이 그의 방법을 차츰 수용해 ECU시스템을 개선해 급발진 사고가 많이 줄었다.

그는 여기서 독창적인 4차원 정비모델을 창안했다. 전통의 육안정비(1차원)와 소리를 듣고 고치는(2차원) 것을 넘어 각종 검사를 종합하는 '데이터정비(3차원)', 여기에 '시스템정비(4차원)'를 정립했다. 시스템의 장단점을 파악해 고장 나기 전에 미리 사전정비가 가능하게 만든 것이다. 그가 차를 직접 보지 않고도 데이터와 시스템만으로 문제점을 찾아내는 기술은 여기서 비롯된다. "자동차는 사람과 같다. 단지 연령이 주행기록으로 대치될 따름이다. 주행기록을 잘 기록하고 정비일지를 건강검진 하듯이 작성하면 50만km는 충분히 탄다."

그는 생필품이 된 자동차에서 음지의 정비를 양지로 바꿔간다. 불신이라는 장벽을 먼저 전문성으로 깼고, 제조사의 권력을 소비자의 주권으로 대치해 줬다.

부친은 전통기와장이었다. 가세가 기울어 정규학교를 포기하고 버스회사 정비공으로 시작된 장인의 길은 반복되는 고된 일상에서 자신의 독특성을 찾아내며 돌파했다. 오직 반복과 훈습, 도제식 교육의 그늘에서 고된 잡일과 뒤치다꺼리에서 자신을 찾는 유일한 방식은 메모 습관이었다.

짧은 휴일 휴식시간에 청계천 헌책방을 뒤지며 자동차 관련 책을 찾아내던 과정이 자아 형성의 기초였다. 책을 기피하던 기계쟁이들의 세계에서 일본어투성이의 현장 용어에 토를 달아가며 문자로 옮겨 익혔던 방식이 합리적 사고 틀을 잡아줬다.

그가 겪은 기계의 세계는 합리를 요구하는 신천지였다. 단지 기능쟁이들이 합리의 한쪽 켠에서 생존의 줄다리기를 하고 있었다.

"고기능인일수록 질문에 화를 먼저 냈다. 기술 전수는 일방통행이라는 관행이 크기 때문이었다. 선배에게 그런 경험을 당하면서 자세히 보니 이론을 배우지 않아 설명에 부담을 느낀 점이 공통적으로 깔려 있었다."

원리와 이론을 외면해 온 현장 중시의 장인 훈련에서 이론으로 자신을 무장하기 시작했다. 물론 이론은 책을 통한 독학으로 다졌다. 마침내 선배 기술자와 '이론과 실무의 빅딜'을 성사시켰다. 실기를 배우면서 그가 이론으로 설명하기 시작했다. 기술의 진보는 빠르게 이뤄졌다. 이론은 기계구조의 과거와 미래도 설명해 주며 자동차 정비의 지평을 열었다.

현장에서 익힌 이론과 실무로 20세에 자동차 정비기능사 시험에 합격했다. 다음해에 1급 기능사 자격증도 땄다. 군에 입대해 자동차 검사 1급, 중기정비 1급, 중기검사 1급, 교사면허 등 자격증은 모조리 거머쥐었다. 가속도가 붙은 자격증 시험에서 17개의 국가 면허를 취득했다.

직장동료와 자신 스스로 재교육

이론과 실무의 접합이 보여준 신세계는 그가 창안해 낸 새 고속도로였다. 기능사의 최고봉인 기능장과 이론의 공증서인 기술사를 같이 딴 첫 사례가 됐다. 그리고 명장·기능한국인 등의 타이틀이 붙었다. 그의 사무실 한쪽 별실은 '선방'이다. 참선이 그와 그 가족 동료들의 일상 속 부분이었다.

"인적 투자가 기술의 미래이다." 자신을 스스로 재교육하는 데 참선이 있고 강의가 자리했다. "강의는 인적 투자이면서 나의 재교육이다." 강의 재교육, 독서와 집필 등은 순환 고리로 한 몸이었다. 그만큼 자신에 대한 재교육도 철저하다. 자동변속기 탐구를 위해 일본 아이싱사에서 전문교육을 받았고, 독일에서 전자제어엔진을 다시 공부했으며, 휠얼라이어먼트 교육으로 미국 센트루이스헌터사에서 국내 최초로 해비듀티 자격증을 취득했다. 물론 해외 교육 직후 귀국해 관련 전문서를 집필 출간했다.

그는 사우디아라비아, 중국, 베트남, 태국 등 해외 자동차 현장에서 자신이 무료로 교육시킨 정비 인원을 국내 교육생과 합쳐 20만 명 정도로 추정한다.

'자동차 기술이 바로 세계 기술 언어'라는 생각에서 현장을 교육과 연결한 결실이다. 세계 기술 언어의 문법은 자신의 작업현장이고 그 현장엔 책 5,000여 권이 꽂혀 있다. 작업장에 가득한 책과 자료 모음, 미숙한 교학(敎學) 근거들은 순서와 관계없이 무작위였다. 이제 이들 간의 관계를 밝히고 정립하는 교상판석(敎相判釋)의 지혜를 찾는다. 날카로움이 지혜를 만나면서 백척간두의 진일보를 보여준다.

박병일

2002년 대한민국 자동차 명장 1호를 받고 2006년 기능한국인으로
선정됐다. 17개 기술자격증을 갖고 있으며, 국가기술자격 정책심의위원이다.
노동부장관 표창과 대통령 산업포장을 수상, 노동부의 2008년 기능장려
논문에서 최우수상을 받았으며 34권의 기술서적을 저술하였고, 9개의
특허권을 갖고 있다. 자동차 급발진 원인을 최초로 규명한 이후 중요
언론매체에 자주 등장한다.
신성대학과 국민대 겸임교수이면서 월간 〈카테크〉의 고정 칼럼리스트이다.
인천 기능인들이 모여 작은 섬을 매주 목요일 순회하며 각종 기계류와
보일러·가전 생활용품 등을 무료 수리하는 한국마이스터연합회를 만들어
회장을 맡고 있다.

꽃과 식물의 생로병사에서 산 지혜 터득

농업은 고도의 정밀기술이다. 농부가 IT산업보다 더 고도과학이다. 2010년 연말 대통령 표창을 받은 종자 명장 1호 장형태(56) 씨는 인류의 가장 오랜 과학은 농업이라 자신한다. "벼농사야말로 예부터 88번 손이 가야 하는(米가 그 의미) 기술의 집약체다." 그것도 숙달된 고도 경험의 기술자가 그보다 더 고도화된 자연환경에 부응하며 최장기 생산양식 체제를 유지해야 한다. 그 고도화가 하나로 고도 집적된 '종자', 세계에서 가장 우수했던 우리의 토종 쌀·배추·고추·무 등의 기초식량 종자가 이제는 외국회사 소유이다.

그는 시대의 조류가 된 '한식의 세계화' 접근 방식에 대해 냉소적이다. 고추·무·배추 등 김치의 기본재료들 대부분의 종자가 모두 외국회사 소유이고, 중국에서 기른 종자를 개수까지 세어가며 한국에 되파는 씨앗 시장을 먼저 살펴보라고 토로한다. 종자를 됫박으로 팔던 시대가 개수 계량 시대로 넘어가면서 값도 많이 뛰었고 농산품의 성향도 바꿨다.

농업의 다양성·평등성이 생태계 유지

"고추가 다양한 종류로 개발돼 맛이 다양하게 발달된 것은 한국 종자 산업의 우수함을 입증한다. 그 다양성이 외국종묘회사에서 보장받지 못한다."

그는 다양한 종류가 자연환경에서 최우선 가치라 여긴다. 종과 개체 수가 많아야 먹이사슬이 돌아가고 식물과 곤충·동물로 선 순환되는 생태가 유지된다. 종의 다양성은 자연에서 평등의 보장이다. 농업의 다양성과 평등성이 생태계를 유지하는 근간이다.

부친의 가업이었던 종묘, 여기에 농업. 그런 뿌리에서 그는 왜 꽃에 집중하는가?

"꽃은 생식기관이고 자연 순환의 고리이다."

사찰 앞마당을 화려하게 장식한 외래 장미꽃은 자연환경의 파괴 고리였다. 전국의 사찰과 국립공원을 거의 답사했던 그의 눈에 비친 모습을 보자. 국립공원 내 사찰 인근에 '씨드 스프레이'로 뿌려지는 사초과 식물 '글라스류(볏과 식물)'는 빠르게 녹화되지만 그 이후 식생의 변화가 무서웠다. 외래종이 큰 키로 빨리 자라버리면 인근에 작은 크기의 토종을 급속히 도태시킨다. 햇빛을 차단하고 영양분을 독식하며 종의 다양성을 급속히 파괴한다. 결과는 사찰에 집중된다.

"사찰이 자연 생태계에 비집고 들어가 토목공사와 건축을 했고, 다시 생태 복원이 집중되는 곳이라서 그렇다."

국립공원 내의 사찰 인근에서 그는 미국 쑥부쟁이의 번식을 봤다. 예전에는 서울 경기 일원의 하천 주변이 주였던 것이, 덕유산 국립공원, 계룡산 국립공원 갑사 지구, 속리산·지리산·치악산·설악산에서 1m의 큰 키에 많은 꽃가루가 나와 무리지어 하얗게 핀다. 개체당 4만 개까지 종자를 생산하며 바람에 씨를 날려 왕성하게 번식한다. 가지가 많아 키가 작은 하층 식물들에 대한 배제작용이 매우 커 생물 다양성에 치명적이다.

그는 사찰 문화재 앞에 식생된 페튜니아 꽃·서양양귀비·붉은 장미 등, 여기에다 키 큰 외래 단풍나무에도 이의를 제기한다.

"색상부터 주변과 부조화이고, 식물사회학이나 문화재 가치 유지에도 벗어난다."

그가 강조하는 식물사회학에서는 '건강한 땅에 건강한 식생'이 기본이다. 전통의 가치가 가장 건강하게 유지되는 사찰, 주변 땅도 건강의 상징이라야 한다.

"생태교란종의 식생은 땅의 조건이 건강하지 못하다는 근거다."

곧 수술이 불완전해서 항생제를 남용한 격이다.

"식물은 배타성을 갖고 있다. 균형 잡힌 생태계에 교란종이 들어가면서 배타성이 독점 영역을 키우고 사찰의 정신적 공간도 피폐해진다."

더불어 사는 공간을 최고 가치로 치는 식물사회학, 이는 사찰의 건강함을 유지하는 틀이다.

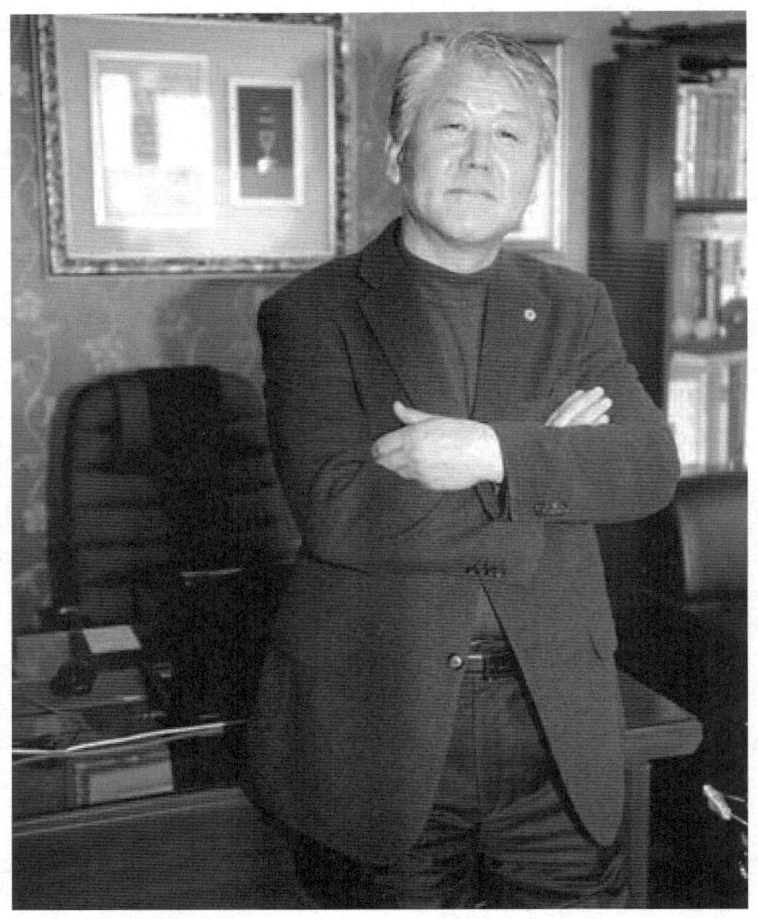

ⓒ 불교신문 김형주 기자

"아침 첫 대면부터 일본산 붉은 철쭉을 보고나서 대웅전 앞마당에서 일주문까지 외래 꽃이 늘어선 도량은 점차 생태계가 바뀌고 신심도 바뀐다."

잘 균형 잡힌 사찰 생태계가 온갖 자연 재해를 막아주는 방파제 역할도 하기 때문에 더욱 그렇다.

국립공원 내 사찰은 자연생태계 보존의 뿌리

그는 20대 중반 경북 영주 출신으론 처음으로 전남 구례에서 땅을 임대해 묘목 심기를 시작했다. 단감·매실·유자·배나무 등을 생산했다가 수요자가 없어 대부분 폐기처분하기도 했다. 2년째 뉴질랜드에서 수입하던 '키위'라는 이름의 양다래 묘목 생산에 성공하며 상당한 성과를 봤다. 드디어 묘목 생산 기술 개발에 홀로 뛰어들었다. 당도 높은 양다래 성공작을 들고 농장을 세웠다. 이때 유통의 선진화를 꿈꾸던 정운천 전 농수산부장관을 만났다. 수입가의 절반 가격으로 농가에 보급했고, 마침내 국내 생산량이 수입을 전량 대체하는 상황을 이끌어냈다.

다음 단계는 과수의 종자 개발이었다. 상당한 인내심이 필요했다. 투자에서 회수까지 시일이 너무 길었다. 우루과이라운드로 농업 위기의 악재도 겹쳤다. 1994년 평소 오르내리던 지리산에서 듬성듬성 피어난 야생화와 풀에 주목했다.

"10여 년의 화두를 푼 기분이었다." '야생화 재배'는 그렇게 시작됐다. "당시 한 해 70억 이상이 꽃만 지면 폐기하는 외국 꽃 수입에 들어갔다."

화두 참구는 간단치 않았다. "야생화와 대화하듯 오랜 시간 공을 들여야 변화와 기능까지 거울에 비춘 것처럼 훤히 들여다보인다. 그 순간 야생화와 내가 한 몸이라도 된 것 같다." 경외감이 들었던 생명의 원리를 깨닫는 과정이었다.

"식물 역시 인간처럼 사회화 과정을 거치며 태어나고 자라나 흙으로 돌아가는 생로병사의 일생을 살아가는 걸 비로소 배웠다."

산에서 불법 채취해 농장에서 증식한 잡초들, 거의 700종에 달하는 이들을 근간으로 야생화 종자와 종묘를 처음 1995년에 출하했다. 보급이 더 큰 장벽이었다. 지리산자생식물연구원을 만들었지만 아무도 돈을 주고 야생화를 구입하지 않았다. 그로 인해 숱한 야생화 전시회가 열렸다. 대량으로 생산한 할미꽃·구절초·꽃향유 등을 광주비엔날레 행사장, 서울 여의도생태공원, 인천국제공항 등에 공급했다. 동시에 이용방법으로 분류했다. 조경용·환경용·복원용·식용·약용·염료용 등 기능으로 나눠 전문화를 시도하고 상업화도 추진했다. 1999년 야생화를 이용한 소득 작목화 성공사례로 신지식인 농업인에 선정됐다. 2002년 월드컵은 그에게 큰 성공을 안겨 줬다. 22개 구청 영업소에 야생화를 공급해 '우리 꽃길'이 조성됐다. 이후 전국에서 주문이 폭주했다. 그의 야생화는 그렇게 전국으로 번식했다.

그가 조달청에 공급 계약을 맺은 꽃 이름은 200개가 넘는다. 금불

초·꽃향유·꿩의다리·마름·뻐꾹나리·하늘매발톱·수호초·연꽃, 이들 모두의 종자를 보관하고 식생한다.

그는 전국을 돌며 강연에 나섰다. 강연에서 '우량종묘(優良種苗) 필유부국(必有富國)'이 자주 등장한다. 그가 처음 개척한 종자시장은 20여 년 전에 고작 연간 100만원을 밑돌았다. 이제 국내 종자시장은 1000억 원으로 급신장했다. 이 증가 속도는 더 가속화될 전망이다. 외국의 다국적 기업들이 국내 종묘상을 인수하는 이유가 그것에 있다. 그렇기에 꿈이 '씨드 뱅크(SEED BANK)' 설립이라는 점도 털어놓는다. 동참자와 식물사회학에 대한 공감대를 넓혀 갔다.

동참자가 늘어나는 이유도 특별하다.

"꽃을 채종하면 종합 지식을 얻는다. 들풀이 사는 곳의 기후와 햇빛·바람·습도·토질 등이 모두 확인된다."

그렇게 들여다보면 꽃에 우주 만유가 담겨 있었다.

"들꽃에 담긴 소우주의 질서와 규칙이 불교의 가르침에 버금간다. 객관적 기준이 우선되는 꽃이 식생으로 인해 주관적 가치관을 드러내기에 도량의 꽃 종류가 신도들에게 영향을 준다고 본다."

인위적 식생이 없이도 꽃 축제로 주목을 끄는 지리산 불갑사에 그는 주목한다.

"오랜 역사 자연이 그대로 영양체 번식의 과정을 담고 있어 꽃이 만개한다."

자연경관에서 조계산을 사이에 두고 선암사와 송광사는 단적 대비

를 보인다. 사찰에서 식물다양성이 차지하는 비중이 돋보인다. 자연
생태계 보존의 핵심이 국립공원 내 사찰이라는 점에 집중해 보면 환
경의 우선순위가 새로워지고, 꽃의 종자에서 '자타불이(自他不二)'의
지혜도 다시금 들춰 보게 한다.

장형태

1호 종자 명장이면서 2010년 대통령 표창을 수상했다. 농림부장관 표창
2회를 비롯, 환경부장관·행정안전부장관·산림청장·농촌진흥청장상 등
여러 부처에서 표창을 받았고, 2001년 농촌진흥청에서 세계농업기술상을
수상했다.
국제기능올림픽 조경 부문 관리심의위원이었으며 세계농업기술인협회
전라지회장 등으로 국제무대에 섰다.
한국자생식물협회·한국환경생태학회·한국야생화개발연구회·
환경생태복원협회 등에 회장·부회장·이사 등으로 참여 중이다.
호남대 환경원예학과와 단국대 환경복원 석사를 거쳐 녹지조경학전공
박사과정 중이다.

없는 것에 잠긴 우리의 아름다움
건축에 불어넣다

국민대학교 조형대학 2층 강의실에는 '공즉시색'이 있다. 움직이는 벽체가 1실과 3실로 변신하고 바닥은 온돌에서 낮은 책걸상을 담고 있다. 한없이 넓어 보이기도 하고 들어앉으면 정원과 같은 느낌이다. 2010년 2월 18일 있었던 국제템플스테이센터 상량식 주역과의 만남은 불교와 공간의 정점이 교차하는 강의실 선상에서 이뤄졌다. 설계자인 김개천 교수(52)는 공(空)과 색(色)을 건축학의 Less(적은)와 More(많은)에 적용해 실마리를 풀었다. 강의실 이름도 '담담원(담담하게 담소하는 정원)'이다. 이 강의실은 전년도 명가명인상(실내디자인상)을 받았다.

벽 없이 기둥 살려 '공즉시색(空卽是色)' 건축

만해마을 설계로 그는 먼저 현대 건축에서 스님의 일상이 잘 드러난 길을 찾았다. 만해사 내부의 그림자는 철야정진의 느낌을 그대로 살렸다. 내부에 벽이 없고 기둥과 문만 있는 공즉시색(空卽是色)의 불교 건축으로 만해마을에서 일박(一泊)하면 스님의 여러 일상을 만날 수 있다. 우주만유가 거실이 되는 공간, 그의 무한한 확장이 건축에 담겨지면 검소한 형식이 보여주는 불교의 아름다움에 다가갈 수 있다.

건물 전면은 '허공의 일획'이 두 개로 그어져 있어 공중에 떠있는 구조이다. 내부의 부처님 뒤는 자연경관이 그대로 살려져 후불탱화를 연출한다. 벽이 없고 기둥만 있는 '아무 것도 갖고 있지 않은' 선(禪)의 상태를 그려준다. 이는 2004년 한국건축가협회 '올해의 건축상'을 수상했다.

'기둥과 문만 있으면서(Less), 거의 대부분을 포괄하는 것(More)'이란 개념은 건축학 교수가 불교학을 전공한 끝에 얻은 진성이다. 현대 건축학의 'Less is More(더 단순한 것이 더 풍부하다)'라는 용어가 공즉시색과 만나면서 'Less but More(적은 그러나 많은)'로 진일보한 것이다.

온갖 것이 다 담겨 있는 '건축의 풍요 시대'가 만들어낸 'More is More'가 보수의 정수라면, 그의 'Less but More'는 진보와 보수를 총괄하는 근본이다. 이를 그는 유무상생과 화광동진(和光同塵)의 '어느 곳도 머물러 있지 않은 양쪽 모두의 깨달음에 서서히 다가가는'으로 풀이한다.

동양 건축에서 무한함 발견하다

"다이아몬드 같은 건축가가 되고 싶다. 다이아몬드는 여러 면에서 빛나서 아름답다. 다양한 이론을 받아들이고 여러 면에서 빛나는 건축디자이너가 되려는 것이다."

그런 그에게 스님이 지어준 법명은 석천(石千)이다. 좋은 것을 천 개 지으라는 뜻이다. 다행히 천 개를 넘볼 길이 열렸다. 잇따른 수상 경력이 그의 동력을 가동시킨다. 근래 불교 건축물에 건축 관련 수상 소식이 전무하던 불운이 그에 의해 깨지기 시작했다. 2001년 정토사 무량수전의 한국건축가협회 '올해의 건축상' 수상이 단초였다.

원래 고건축 연구에 몰입하였고, 사찰은 전공분야 중 하나이다. 불교를 알수록 불교는 고건축의 근간임을 알게 되고, 불교에 전문적 접근이 필요해졌다. 불교와 건축의 합일은 동양건축의 '거대함' '무한함'으로 함축된다. 전통사찰의 특성을 그는 "무엇이라 말할 수 없는 형식"이라 규정한다.

"만들어진 집에 사는 것은 불행이다. 집도 인간관계와 비슷하다. 벽이 없고 뚫려 있는 고건축 기법이 상대도 배려하고 자신도 자유롭게 만들어준다. 자연스럽고 소박하고 검소하고 특별한 것이 없는 특성이 한국의 미이다. 이것은 천인합(天人合)의 '무한한 인간' '거대한 인간'의 재발견이고, 이는 불교의 무위유위의 진여이다."

그는 최초로 타 전공자가 동국대 선학과 박사과정에 입학하는 길을 열었다. 처음에는 건축학 전공자가 박사과정 특차입학에서 탈락했고, 필기시험을 다시 봐서 입학했다. 당시 면접 질문은 "왜 불교냐?"였고, 이에 그는 "형이하학보다 형이상학을 하고 싶다."고 답했다.

동국대 선학과 박사과정 수료 후 건축의 형이상학에서 성과는 확실하고 빨랐다. 불교를 전공하고 나서 '한국 건축의 미적 세계'를 《명묵(明黙)의 건축》이라는 책으로 완성했다. 여기에 '색으로 보는 미래'는 '무색의 공간'으로 저술됐다.

좋은 건물은 각각의 크기로 느껴

수상에서도 마찬가지다. '20세기 대표적 디자이너(실내디자인 부문)'로 선정됐고, 한국실내건축가협회의 '황금스케일상'도 수상했다. 무엇보다 2009년에 국내 최초로 '레드 DOT 디자인 어워드(건축부문)'를 수상했다. 2009년 세계 3대 건축상 중 하나를 석권한 기록은 서울역 인근의 동부건설 '주택문화관'이다.

"좋은 건물은 설명이 불필요하다. 각각의 크기로 느낄 수 있다. 건축에서 불교를 이해하고 나니 서양을 더 이해할 수 있고, 서로 시너지 효과도 있다. 그래서 우리 것과 서양 것 양쪽을 다 알아야 한다. 그래야만 이 시대가 뭘 요구하는지 새로운 동향을 알 수 있다."

그에겐 불교의 전문적 탐구가 확실한 투자였다. 독학으로 불교를 본 것과 확연한 차이도 체감했다. 전문 영역은 역시 스승의 역할이 컸다. 스승의 오랜 수행공덕은 '순간순간에 충실한' 길목을 열어 줬다. 그만큼 눈에 보이지 않던 것도 보게 해 줬다.

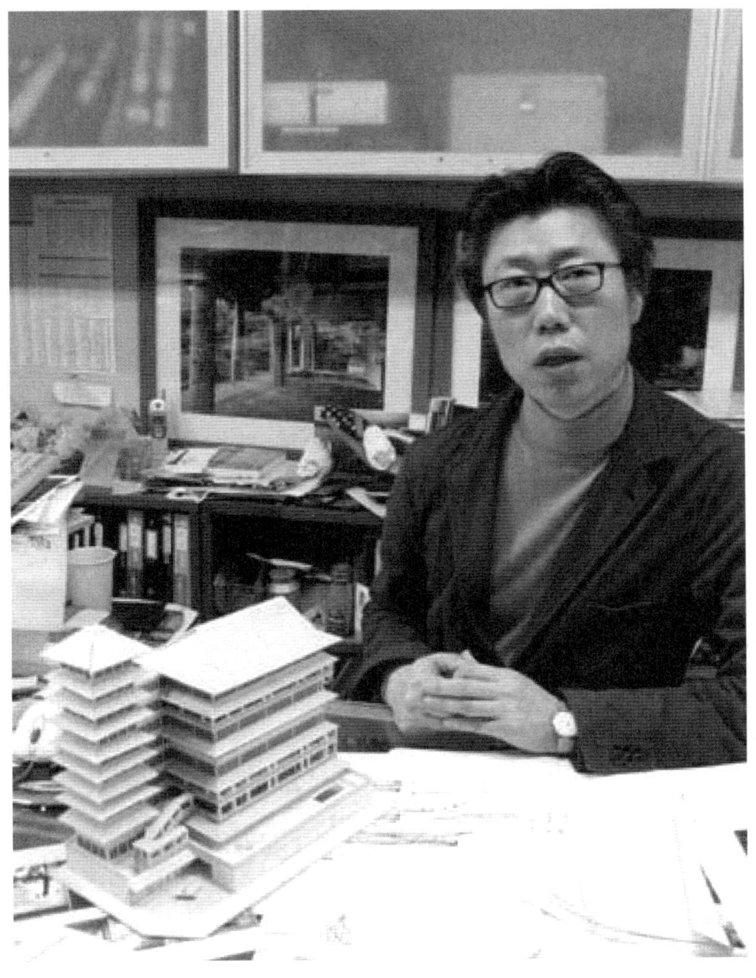

그가 시연하고 있는 사찰의 전통한옥 탈피는 첫 단계에서 스님들의 거부감과 부닥쳤다. 건축물에 '법을 전한다'는 무언의 말을 담아내는 과정은 기와지붕의 사찰 전형에서 쉽게 탈피할 수 없었다. 진전은 3단계로 이뤄졌다. 전통을 현실에 차용하는 것으로 국제템플스테이센터에서 시도했다. 또 전통을 현대에 접목하는 것으로 이는 음성 법천사에서 좋은 평가를 받았다. 이어 완전한 현대적 적용은 만해마을과 정토사에서 시도됐고, 건축가협회상을 통해 객관적 평가를 받았다.

"화려함은 비어있는 것이다. 이것이 법화의 정신이다. 아무 것도 갖고 있지 않은 화려함은 공(空)과 같다. 이는 건축에서 장엄함으로 나타나고, 때론 감동·희열·탐구의 다양함을 구현한다."

템플스테이센터는 엘리베이터 공간이 9층탑으로 변신했다. '한 덩어리이고 각자이면서, 각자끼리 역할이 있는' 화엄사상을 탑의 형식으로 구현한 것이다. 사찰의 빈 공간이 점점 줄어들면서 탑이 들어설 절대공간의 부족 사태를 해소하는 동시에 현대건축 구조물로 사찰의 풍성함을 더해줬다.

탑의 특성도 완전히 살렸다. 탑은 원래 보는 관점에 따라 다르게 보인다. 계속 변화하는 형식이 무엇이라 말할 수 없는 형식이고, 이는 곧 전통사찰의 특성이다. 엘리베이터 타워는 이의 실행형식이다.

"정해진 목표가 없다. 곧 비틀거리며 사는 것, 왔다갔다 사는 것이다. 정해진 삶을 산다고 하는 것이 아니라 순간순간 충실하며 사는 것이 불교의 삶이라 본다. 선사에게 목표가 있다는 건 어울리지 않는다. 평범한 목표 없는 삶이 나의 건축과 불교이다.”

그의 ‘비움의 미학’으로 인해 건축비는 더 절감된다. 있는 소재를 충분히 활용하고 내부의 벽을 가능하면 없애고 ‘거실의 무한함’을 보여주는 건축디자인 기법이 비용절감의 부대효과도 얻어준다. 복도에 적용하는 문과 벽의 비움이란 기법은 검소한 형식이 곧 무한한 형식이다. 부산에서 지은 30평대 주상복합은 ‘거실의 무한함’과 건축비 절감의 동시효과를 누렸다. ‘적은 그러나 많은’ 그의 건축기법이 전통사찰에 담긴 ‘없는 것의 아름다움’을 되살리고 있다.

김개천

국민대 조형대학 실내디자인학과 교수이면서 실내디자이너와 건축가로 활동하고 있다. 중앙대 대학원 건축학 석사를 받은 후 미국 파사데나 아트센터 디자인대학에서 환경디자인을 수학했고, 이어 동국대 대학원 선학과 박사과정을 수료했다. 한국 실내건축가협회 회장으로 있으며, 2009년 서울디자인올림픽 자문위원이다. 《명묵의 건축》《미의 신화》《무색의 공간》 등의 저서로 전통건축과 한국 미(美)의 조형사상에 대해 연구물을 내놨다.

목수는 재목을 다루고
지혜로운 이는 자신을 다룬다

"예술의 극치는 선이고, 선의 백미는 한옥 처마 곡선입니다. 이런 한옥을 살리고 지킨 건 불교입니다. 이제 불교가 한옥의 세계화에 나설 때입니다." 항상 '최후'와 '최초'가 동시에 붙어다니는 40대 도편수 김진식 씨는 한옥의 선에 육체와 정신을 모두 걸었다. 미술교사를 하다가 영주 목재소 창고에서 치목을 시작하며 한옥 일을 배운 것이 갈림길이었지만, 이제는 한옥의 세계화에 대못을 박았다.

한옥의 정통성에 불교와 사찰을 설정한 그의 신념은 철저하게 현실에 바탕을 뒀다. 1970~80년대 한옥은 정부에 의해 사멸의 길을 걸었고, 이때 목수가 생존하게 만든 곳이 사찰이다. 건축 규제상 소방법으로 시내에 목조건물을 못 짓게 만든 정책이 사찰에서 한옥의 정통성을 살린 격이고, 이제는 친환경이라는 명분에 비싸진 건축비가 문턱을 다시 높였다. 여기에 방법은 있다고 자신 있게 말한다.

자연 그대로 살린 한옥 처마 선에 매혹

"목조건축의 절반을 차지하는 나무 깎기가 기계화로 가능하다. 여주 산림조합에 있는 CNC 프리커팅기로 목재를 미리 다듬어 지은 한옥 건축이 성공적이었다. 조립 단계에서만 대목수의 전문성이 기능하면 되고 공기도 단축된다. 특히 목재 부속물의 표준화를 통해 썩거나 망가진 것에 대한 부분교체가 손쉬워 보수공사도 간편해진다."

여기에다 벽체 소재도 상당히 발달돼 나무의 신축성을 충분히 보완해 주므로 기계화엔 아무 문제가 없다는 것이다. 그는 원로 목수들의 '일감 줄어드는 걱정'도 풀어준다. "낮은 가격의 한옥 집짓기로 한옥 수요가 확대"되면 오히려 목수의 일감이 더 늘어날 것이라는 시장론도 믿음직스럽다.

도시의 한옥은 점점 처마선이 짧아지나, 사찰의 처마 선은 그 품위를 그대로 유지하면서 그만큼 목수의 일감을 더 공급한다. 공기도 길고 일할 맛도 난다. 그는 16채의 사찰을 지었고 100여 채의 한옥 건축에 손을 댔다. 처마 밑, 다포·주심포·익공계 등을 쳐다만 봐도 목수의 기량을 가늠할 수 있다. 한옥 소매와 버선의 곡선이 처마 선으로 이어지면서 자연의 선이 어떤 것인지를 명확히 알려준다.

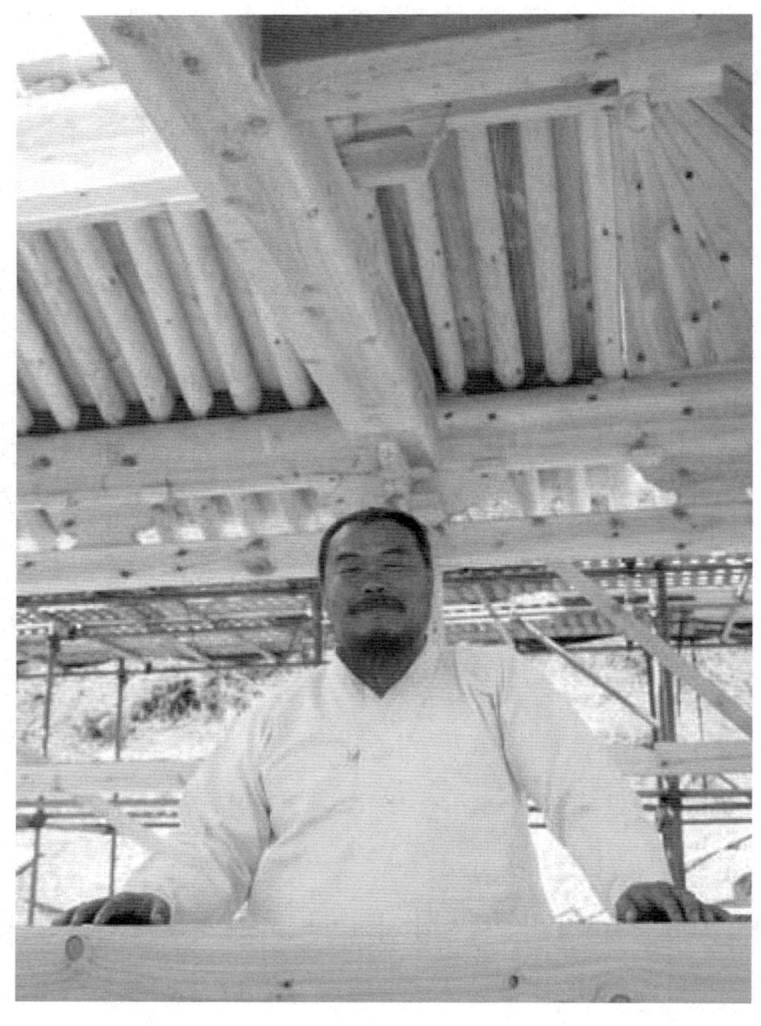

그렇지만 이제는 자치수를 밀리미터로 환산해서 컴퓨터에 입력하고 이를 시스템으로 만들어 기계가 목공일을 대신하는 시대가 됐다. 이를 통해야만 해외에서 한옥 집짓기가 가능하다. 1970년대 대표적 해외불사였던 하와이 대원사 건축 때처럼 국내에서 모두 제작해 공수하는 것은 아예 불가능한 시대이다.

**동호인들이 해외에서 한옥을 짓고
다함께 볼 수 있어야 진정한 세계화**

"해외에서 한옥 집을 지어야 세계화이다."라는 지론은 서울 북촌의 개량 한옥에서 짧은 처마선과 오밀조밀한 내부구조를 '외국인 한옥 체험'으로 포장하는 세태에 부닥친다. 여기서는 '한옥은 춥고 불편하다'는 속설을 헤쳐 나갈 수 없다. 세계 국가 모두가 해외에서 자국의 목조건축이 가능하게 지원하는 상황에서 한옥의 낙후성은 이제 털어내야 할 당면과제다. 이를 불교가 해낼 수 있다는 주장을 보자.

"소나무를 양보하면 된다. 한옥에서 소나무를 수입목으로 대체하고 이를 표준화시켜야 한다. 귀중한 소나무를 더 이상 주건축 자재로 쓰지 말아야 보존도 된다. 굵은 소나무가 주로 쓰이는 사찰에서 이를 조심스레 펴나가면 한옥의 세계화가 가능하다."

물론 한계를 그도 인정한다. 경건함의 상징인 법당에서는 소나무의 면모가 중요하다. 소나무의 우수성은 그가 목수의 길로 들어선 동기이다. 그렇지만 이제는 큰 법당에 쓸 굵기를 감당해낼 재목이 거의 없는 현실이 안타깝다. 짧은 기간 도편수에 오르기 위해 걸었던 험로는 그의 이런 지론을 더 단단하게 만든다.

"아침 7시부터 저녁 6시까지 도제로 일하는 초보 목수 일을 꼬박하고 일당 5만원으로 만족하기에 가능했다. 기술은 고된 일 속에 어깨너머로 배웠다."

지금이야 한옥학교들이 전국으로 퍼져가고 있지만, 1990년대엔 한옥에 접근하려면 목수 밑에서 일하며 배우는 도제 이외엔 길이 없었다. 도제는 기술을 배우는 것이 나중이고 먼저 주어진 일을 조건 없이 단순 반복하는 훈련방식이다. 그는 이를 불교학생회 지도스님이 "먼저 외우고 나서 뜻을 풀어주는 승가의 경전 교육법을 배우라."고 지도했던 것과 비교한다.

이렇게 배운 목수의 길은 한옥학교에서 교육비를 내고 훈련 받은 것과 달랐다. 육체로 먼저 배운 일은 평생을 함께하지만, 관심 충족을 위해 교육비를 내고 교육받은 한옥학교 출신들은 거친 목수 일에 육체와 정신이 합쳐지는 과정이 늦게 찾아온다. 그만큼 오래가는 목수가 많지 않다.

최초로 기계화 시도한 신세대 도편수

소나무를 끌과 망치로 다듬는 치목 일과 미술교사가 그려 본 한옥의 우아한 곡선 간에 거리는 멀었다. 대구에서 크면서 어릴 때부터 어머니를 따라 팔공산 갓바위를 오르던 만큼 험난한 오르막이었다. 갓바위 오르막은 커갈수록 오르기 쉬웠고, 목수 일도 연장을 다룰수록 육체와 정신이 모두 편안해졌다. 특히 소나무를 다듬으며 맞는 향기는 곡선에 대한 경외심을 상쇄시키기에 충분했다. 작업복에 밴 소나무 향은 다른 사람의 후각도 만족시켜 줄 정도로 깊었고 한옥의 매력도 여기서 배태됐다.

"나무는 잘렸다고 죽은 게 아니다. 성장이 멈췄지만 살아서 기능한다. 그래서 기둥 나무는 거꾸로 세우면 썩는다. 그중 가장 오래 사는 나무가 소나무이며 육질이 좋아 연장이 잘 먹고 색깔이 잘 살아나고 세월이 흐를수록 더 빛난다."

한옥 집짓기는 나무 다듬는 일이 절반이다. 공기가 긴 절 건물은 통상 1~2년간 치목에 매달린다. 그는 1996년 봉화 무룡사 치목부터 절 짓기에 참여했다. 그리고 이제는 한옥 건축의 총감독인 도편수의 지위에 올랐다. 도편수는 대목수에다 와공(기와), 석공, 단청까지 총괄하는 우두머리이다. 이제 젊은 세대는 도제로 목수가 되는 길을 택하지 않고, 한옥학교에서 학비를 내고 이론과 기술을 배우는 방식으로 변했다. 그래서 최후 도제식 도편수이며, 최초로 기계화를 시도한 신세대 도편수라 불리운다.

그 덕에 KBS 휴먼다큐 '피플 세상 속으로'에 출연해 한옥 사랑을 알렸다. 대구 TBC TV '좋은 생각' 프로그램에서 '털복숭이 행복 짓기'로 소개됐다. 그의 "한옥 집도 기계화가 가능하다."는 주장엔 "목수에겐 불가능이란 없다."는 우리 속담이 연결된다. 그리고 여기에 "물대는 사람은 물을 끌어들이고/ 활을 만드는 사람은 화살을 곧게 한다/ 목수는 재목을 다듬고/ 지혜로운 사람은 자기 자신을 다룬다."는 《법구경》을 펼친다. 이 경구는 그가 창립한 고건축연구소 '법고창신'의 지주목으로 안내문 어디에나 걸려 있다.

　문화재수리기능인이기도 한 그는 제도와 현실의 틈새를 항상 고뇌한다. 문화재보수수리기술자들이 원로급 대목장인 문화재수리기능인을 '지도 감독'하게 규정한 현 문화재보호법의 불합리의 당사자이기도 하다. 기술자들은 국가시험 자격자들이란 자격 규정이 이런 법규상의 한계를 만들었다. 늘상 이론과 관습의 벌어진 틈바구니를 도제 훈련으로 메워 온 신세대 도편수의 새 실험, "한옥의 기계화를 위해선 사찰도 소나무에서 초월해야 한다."는 이제 치목 단계로 들어섰다.

김진식

문경에서 태어나 대구에서 어린 시절을 보냈다. 영남대학 미술대 조소과를 나왔다. 풍기중학교 미술교사로 3년 재직하다가 도편수 서경원 씨의 제자로 들어가 목수의 길을 걸었다. 나무와 조각이라는 두 화두에 매달려 죽령장승보전회 회장을 시작으로, 소백장승학당을 만들었으며, 영주에서 전국장승경연대회 추진위원장을 맡아 이를 주최하기 시작했다. 2006년에는 러시아 볼고그라드 '고려인축제'에 초청돼 장승을 깎아 세우기도 했다. 그가 영주에 건립한 법고창신은 '옛 법을 토대로 새 것을 창조한다'는 취지로 만든 '한국고건축연구소'이다. 문화재수리기능인이면서 안동대 대학원에서 민속학 과정을 밟고 있다.

2장

삶과 예술을 역사로 끌어안다

고수익 · 한상대 · 서광수 · 박철원 · 박성규
이재만 · 송창일 · 박문열 · 문상호 · 손대현
장용훈 · 이효우 · 홍창원 · 황순자 · 유희순
이영자

종이 문화재 보수의 세계 일인자, 동사섭 50년

2010년 2월 KBS '느티나무' 프로그램에 등장한 '장황사(裝潢士)' 명칭. 한·중·일 문헌 고증과 현지 조사로 이를 찾아낸 표구 이론가이며 고서화 문화재수리기능자 고수익(66) 씨에게 첫 공인이다. 이 프로그램은 표구가 예능과 과학을 겸한 장인의 고도의 기술임을, 그의 작업과정 7시간 연속촬영 끝에 고증한 산물이다. 애초 '표구'로 취재됐다가 방영에서는 '장황'으로 명칭 자체가 바뀌었다.

10여 년간 중국, 대만, 일본 등지를 오가며 표구 전문가들과 문헌을 뒤진 끝에 찾아낸 '장황'. 이는 원래 '불경을 꾸미는 작업'이라는 의미다. "고대의 경권용 종이는 '황벽나무'에서 뽑은 노란 즙으로 물들여 사용했고, 그래서 불경을 '황권'이라 부르기도 했다. 이 즙은 좀과 곰팡이 번식을 억제해 종이 보존에 탁월했다.《세종실록》11권에 장황 기록이 나온다."

풀 쑤기로 단련한 장황사의 길

그는 중앙고교 재학 중 1960년 11월, 조계사 맞은편 견지동 91번지에서 표구를 배우기 시작했다. 숙련의 첫 과정은 '풀 쑤기'의 단련이었다. 50년 종이와 동사섭(同事攝)은 그렇게 시작됐다. 종이는 사람 몸과 같아서 장기 보존을 위해 '목욕시키고 옷 입히는' 표구를 거친다. 다만 지질이 좋지 않은 고문서와 병풍을 복원해 다시 표구하는 수리 복원은 접착제인 풀과 기술의 집약체로서 대개의 복원 작업은 곰팡이 번식 때문에 시간을 다투는 경우가 많았다.

1972년 경복궁 국립박물관에서 분수대가 터져 수장고가 물벼락을 맞은 사건이 그에겐 기회였다. 그는 촉박한 시일에 쫓기며 8개월간 국보급 고서화류 200여 점을 직접 손질했다. 반 감금 상태의 통제 속에서 완벽한 복원이 시도됐다.

2002년 공주 신원사의 괘불탱화(국보 299호) 복원에서 그는 다시 진일보했다. 국내에서 처음으로 문화재청에 〈수리 복원 보고서〉를 냈다. 이젠 당연한 문건이 됐지만, 일본에선 진작부터 보편화된 고서화 수리 보고서가 한국에선 60년간 전무했다.

13m×7m 크기의 대형 탱화의 수리 복원은 그 복잡한 과정만큼이

나 섬세하게 진행된
다. 때를 벗기고 원화
를 살리는 과정에서
채색이 번지지 않게
해야 한다. 삼베 12조
각을 정교하게 기우
고 그 위에 채색한 탱
화를 만질 때 "색감
이 너무도 황홀했다"
고 말한다.

1970년도에 박물
관에서 고서화와 고
문서를 수리 복원해
온 기술에서 그는 이
론을 찾기 시작했다.
표구 기록이 전무한
상태에서, 일본과 대

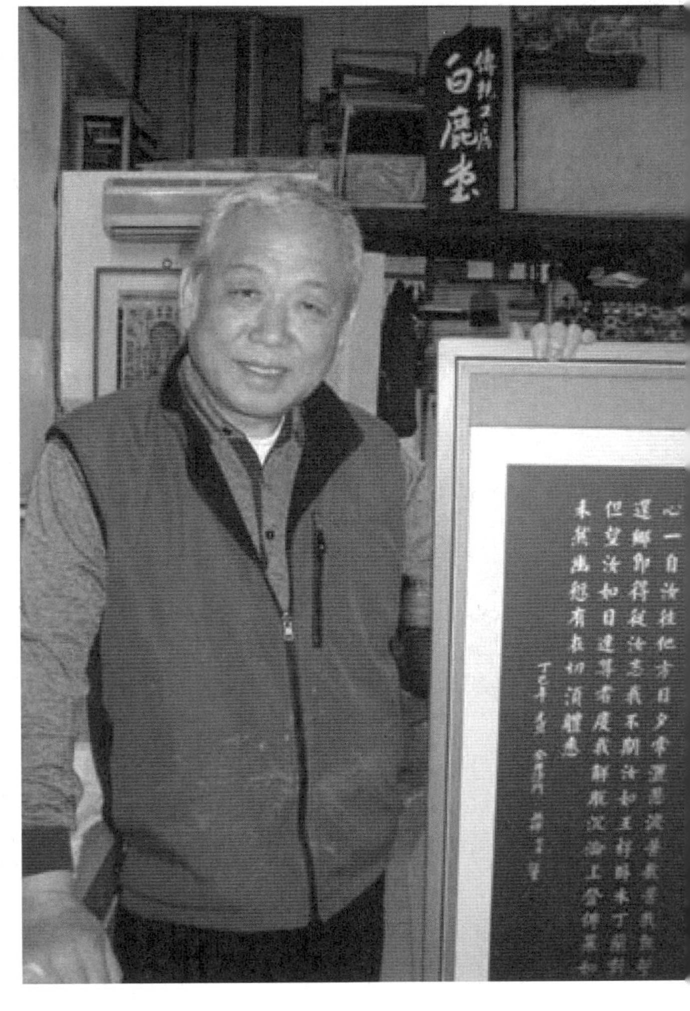

만을 먼저 뒤졌다. 표구 용어도 일본에서 왔고 옛 이론과 기록도 많
았다. 무엇보다 도쿄 박물관에 국보수리소가 있었다. 국내 복원이 기
술 검증과 신뢰라는 두 장벽에 막혀 있던 현실이 일본에선 구조적으
로 해결된 상태였다. 최고(最古) 오랜 불국사 《다라니경》 복원에 일본

기술자가 나선 이유도, 고려 불화의 80여 점 중 70여 점이 일본 소장인 원인도 여기에 기인했다.

표구 이론 개척, 저술도 남겨 장황사의 길 열다

그렇지만 종이와 풀, 병풍의 돌쩌귀 원천 기술은 우리가 앞섰다. 이는 그의 고증을 통해 밝혀졌다. 병풍을 중시하는 일본에서 유일하게 '한국의 기술 도입'을 수긍하는 돌쩌귀는 양쪽으로 젖혀지는 우리 고유 기술이다. 이 족적을 거꾸로 훑어 나가며 맨발 연구가 시작됐다. 지질이 떨어지고 습도와 온도의 악조건이 일본의 표구와 복원 기술을 키운 족적도, 5차례 중국 답사에서 일본 전승 과정과 표구의 역사자료도 찾아냈다. 구전으로 배운 표구가 장황으로 길을 연 것이다.

"종이의 결점을 보완하기 위해 배지(褙紙)와 표구가 생겼다. 책을 만드는 장황도 마찬가지다. 불교 전래에서 불화와 불경이 두루마리 형태로 전달되고, 원본 보호 차원에서 색상이 좋은 비단으로 옆단을 둘렀다. 고구려 건국초기 역사서《유기》, 최초 사찰 이불란사(伊佛蘭寺) 창건에서 장황되어진 경문과 통병풍이 나온다. 중국보다 200여 년 앞서 채륜이 종이를 만들었고, 일본 자수교과서에는 '백제에서 304년경 봉채녀(縫彩女)가 일본으로 건너와 자수기술을 전했다'고 기록했다. 신라시대엔 자수병풍이 유행해 처벌법도 있었다. 610년 고구려 담징(曇徵) 스님이 일본으로 건너가 종이 뜨는 기술과 호적 적는 법, 책 만드는 방법 등을 전해줘 삼국 모두 표구에 열의가 대단했다."

그의 탐구는 1,800여 년을 거슬러 올라 우리 기술이 책과 불화 병풍의 원형을 만든 족적에 집중됐다. 이어 고려 불화에서 고급품인 비단으로 꾸민 형태가 일본에 그대로 남아 있으며, 고려 불화 70여 점이 일본에서 일본식 족자로 개장돼 있음도 확인했다. 일제 강점기를 맞으며 기술이 다시 역수입됐다. 명칭도 일본식 표장이란 용어 탓에 표구로 굳어졌다. 그의 역사 탐험은 그만큼 흥미진진하다.

"조선 중기 임진왜란, 정유재란 시기 이후 종이 질이 나빠졌다. 이전 책이나 두루마리는 좀이 침범하지 못했으나 이후는 습도에 약해 보존에 문제가 생겼다. 이는 지공(紙工)들의 소멸을 의미하며, 조선 초기인 1442년에 장황사가 등장했다가 중기(1628년)에는 배접장 이름이 나오고 이후 궁중에 회장장(繪粧匠)이 등장했으며 말기엔 화가들의 작품이 만개하게 된다."

일제 강점기는 우리의 고서화에 심취한 일본 수장가들이 기술자까지 데려와 일본식으로 개장하고 이름도 '표구'라는 용어로 정착됐다. 한편 이는 서화류가 왕실에서 서민의 품으로 돌아가는 데 기여하기도 했다. 게다가 일본식 미닫이문이 들어오고 병풍이 서민들의 애호품이 되면서 표구사는 늘어났지만, 일본식 아라모니(荒品) 형태의 기술자가 양산된 반면 고서화 수리기능자는 극소수로 전락했다.

이렇듯 그가 복원한 기록은 불교의 전래와 밀접하다. 풀에 대한 탐구는 더욱 극적이다. 종이보다 우리 풀에 대한 옛 기록이 풍성하다. 《산림경제》에 나온 제조법은 섬세하다. 이는 표구가 장인의 고유기술 영역이었던 데 반해 풀은 객관화된 과학 기술의 정수라서 그렇다.

풀 제조법 찾아 괘불탱화 복원, 국내 첫 수리보고서

"풀은 불순물 제거와 농도의 강약 조절, 인장력의 유지에서 정석화됐다. 계절마다 다른 제조법, 익히고 덩어리로 굳혀서 석회탕에 넣었다가 다시 끓여서 삼베로 짜는 일련의 작업 과정이 소상히 기록된 것은 그만큼 기술의 자신감 표현이다. 황랍과 백반, 호초 달인 물의 사용 방법과 용량, 이는 살충해독제와 휨 방지에 완벽한 조화다."

풀 제조법은 중국과의 기술 교류로 더 발달했다. 승정원 기록에는 녹말 내리기법에서부터 중국 밀가루의 사용법도 나온다. 그만큼 고서화와 경전 등이 교역의 주요 품목에 들어 있었다. 중국은 녹두 풀을 족자용 비단에 잘 썼다. 중국에선 훈륙향가루로 벌레를 막는다.

12세기에 중국 심월(心越) 스님이 일본에 풀 제조법(糊法)을 전했다. 흰 무와 오동나무기름을 첨가하는 독특성이 있다. 이와 같은 기록은 《심월전집》에서 찾았고, 그는 이들 3국간의 표구 기술 교류에는 스님과 불교가 중심이었음도 밝혀냈다. 그것보다 역수입된 일본의 후노리 풀의 원조가 우리 한천(寒天) 풀이라는 점에 더 집중한다. 이는 우리 다라니경을 일본 기술자가 복원한 뼈아픈 원인도 밝혀준다.

"남해와 강에 흔한 한천은 우뭇가사리로 습도조절 능력이 뛰어나서 풀 제조에 상용됐다. 비와 바다로 습도가 높은 일본에서 이 풀이 많이 사용되고 있지만, 원조는 한국이다. 고서화 재표구에는 필수적인 이 풀에 익숙해야 고서화 수리 복원이 된다. 다라니경 복원에서 기술적으로 충분했었으나 당국이 일본 기술자에게 기회를 넘겼다. 당국의 불신 때문이었다."

그는 불신을 넘어 신원사 탱화 복원에 한천 풀을 자신 있게 썼다.

한천은 우리 생활에 깊숙이 들어온 흔한 재료에 고유 기술로 만든 것이다. 기본 원리는 한옥에서부터 의례용품과 약품에도 적용돼 왔다. 그는 닥종이도 우리가 중국보다 앞섰다고 자신한다. 유럽에 종이를 전한 중국 고선지 장군은 고구려인이며, 장병들 상당수가 지공(紙工)이었다. 종이를 통해 역사와 민족의 동사섭을 찾는 행군이 보시·애어(愛語)를 거쳐 이행(利行)·동사(同事)로 들어섰다.

고수익

표장(表裝) 연구소 백록당을 운영하며 표구에 관한 책을 국내 최초로 집필했다. 1960년 동양미술표구사에서 시작된 표구 50년은 1971년 문화사 기술자가 된 이후, 국립중앙박물관, 서울대 규장각, 서울시립대 박물관, 이대박물관, 예술의 전당 등에서 고문서·고서화 등을 수리 복원하고 표구 제작으로 이어져 왔다. 뒤늦게 1983년 문화재수리기능자로 등록, 저서 《표구의 이해》는 유일한 대학 교재이며, 본인도 원광대 등에 출강했다. 《표구미학개설》은 '48년간 맨발로 쓴 자전적 기록'이라는 부제가 붙었다. 그것은 독학으로 한문과 일본어로 된 자료를 섭렵하고 순수 자비로 해외답사와 사료를 뒤진 족적이다. 그는 탱화가 보존방식을 지키지 못하고 수리 복원에서도 '경쟁 입찰'로 격하돼 버린 현실이 일본 기술자들에게 더 의존하는 왜곡구조를 만들었다며 문화재의 전문적 수리 복원이 점점 뒤처지는 현실 타개책으로 독립기구의 설립을 생각한다.

스스로 터득해야 창작품 생명력 강하다

무관(無冠)의 제왕이 떴다. 숱한 명장과 대학교수급 전문가들의 숲을 헤치고 그가 국새장인이 됐다. 5대 국새 인뉴(손잡이)를 조각한 한상대 씨(52)는 첫 테이프를 끊은 기록이 많다.

금속조각가로서는 정규대학(원광대)에서 금속조각을 이수한 첫 세대이고, 대졸자가 남대문 시장에서 보석세공의 공인으로 혹독한 수련을 거친 첫 인물이다. 그는 장인들이 지배하는 기능세계에서는 대졸자를 인정하지 않고, 이론의 대학가에서는 기능에 대한 냉대가 정당화되는 시대의 산물을 깬 첫 세대이기도 했다.

"제작자 나름대로의 변화와 강조를 적절히 조화시킨 조형성도 잘 표현되었음, 특히 쌍봉(雙鳳)의 자세, 날개와 꼬리 부분을 역동감 있게 조각하여 힘 있고 단정하면서 웅건한 봉황의 느낌을 충실히 표현함."

이론과 실습의 결합이 이미지의 완성으로 연결돼

2011년 2월 25일 발표된 행정안전부의 다섯 번째 국새 모형 당선 작에게 심사위원들이 남긴 심사평은 전통과 창조력의 조화에서 진정한 장인의 실체를 찾아내고 있었다. 심사평의 결론은 이를 더욱 확고히 한다. "조각기술이 섬세하며 안정적인 자세의 봉황과 적절히 조화된 생략과 강조의 부분이 잘 표현."

6척 장신에 90kg의 거구, 두툼한 손이 자그마한 국새 모형제작의 쌍봉 전체를 덮어버리는 우람한 손끝에서 어떻게 그런 미세한 조각기능이 나올까. 2011년 5월 21일 찾은 그의 문래동 공방은 수백 종의 전통 공구와 현대 공구의 전시장이었다. 손때 묻은 각종 공구들이 금속을 깎고 두들겨져서 잘 다듬어진 연륜을 간직한 채 구석구석을 메웠다.

"선 하나에 3~4시간씩 매달려 조각하는 것이 우선이다. 생각한 선을 디자인으로 그려서 이를 작업하면 다시 선이 마음에 따라 이어지고 움직여진다."

당선된 국새 인뉴는 봉황이 벼슬 깃털부터 꼬리 날개까지 한 선으로 이어지며 돌아간다. 더 이어져 날개와 몸체 전체를 돌아가는 선의 조화가 작은 금속공예에서 부드럽지만 날카롭게 이어지는 정교함이 가득하다. 그런 쌍봉 위는 무궁화 꽃이 만개한 상태로 하늘을 받친다.

만개한 꽃의 형상이 심사평 그대로 '활짝 폈다'.

　디자인과 장인의 손길이 밴 조각선의 조화, 이는 국새모형심사위원 단이 "상징의 표현을 넘어 국운의 기상을 잘 상징화"하였다고 호평한 배경이다. 그는 0.05mm까지 실측하고, 고궁박물관의 삼인검 재현에서는 굵고 큰 검의 손잡이 제작에서 무쇠의 내부를 전부 손으로 파내는 수작업으로 일관하여 1인 완성작을 고수한다. 이제는 주몽과 선덕여왕 같은 사극의 왕관·비녀·검 등 장신구가 그의 손에 의존한다.

　실측에서 차이는 확연하다. 국보와 보물의 실측에서 금속의 손상을 방지하기 위해 쓰는 플라스틱 계측자의 부정확성을 그는 날카로운 정밀금속자로 대체해 쓴다. 박물관 측이 그에게만 허락한 이유는 단 한 차례도 쇠끼리 맞부닥치는 소리가 나지 않았다는 점이다. 그만큼 눈으로 보고 움직이는 손은 미세하고 정확하다.

　"대학 1학년 때 교수님이 새끼손가락 한 마디 크기의 금속에 불상 조각을 지시했고, 바늘에 실을 감아 손가락에서 돌아가지 않게 한 다음 불상을 조각해냈다."

　미술대의 첫 금속공예학과에서 시작한 금속조각은 23년간을 작업과 디자인 몰입의 인연을 낳았다.

　그의 공방 원칙은 혼자 처음부터 마무리까지 일관하는 것이다. 이를 위해 나이가 어린 공인들에 섞여 금속세공·보석세공 등의 거친 작업현장을 누볐다.

　"놀림을 참 많이 당했다. 나이 어린 직장 동료들이 대졸자가 연습공으로 들어왔다고 엄청 괴롭혔다.
어떻게든 빨리 떨쳐내려는 행위
가 미우면서도 기특해 보였다.”

괴롭힘은 왕따 수준이었다. 난
관의 극복은 한 길밖에 없었다.
말을 하지 않고 연마와 세공 작
업에 몰두하는 것이었다. 집중해
서 몇 시간이든 꼼짝 않고 일하
는 습관이 그렇게 몸에 뱄다. 그
덕에 입체의 조각품을 눈으로
이미지의 감을 잡는 속도가 빨
라졌다.

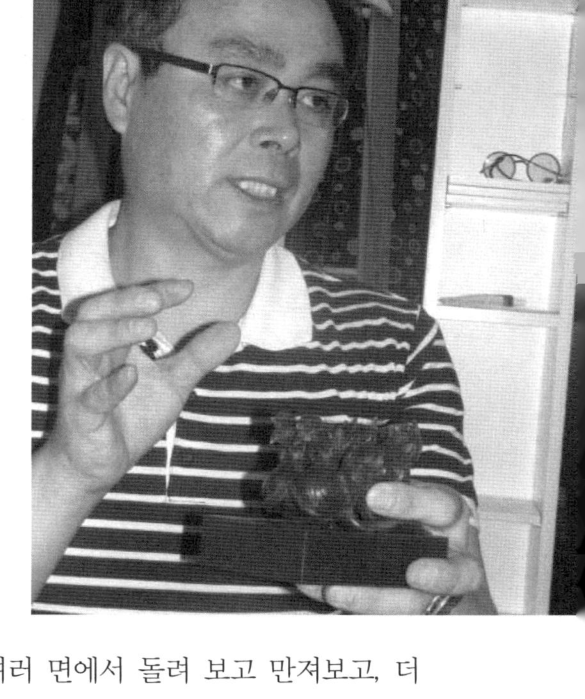

“입체미는 손으로 그려지는
평면도 위의 선 감각과 다르다. 여러 면에서 돌려 보고 만져보고, 더
중요하게는 이를 그대로 재현하는 금속공예 실습을 해 봐야 전체 이
미지를 균형 있게 살리는 선 감각이 살아난다.”

그렇게 이론과 실습의 결합이 이미지의 완성으로 연결됐다. 그의
국새 당선은 실제 이론과 실제제작의 결합체이다. 그간 현장 제작에
강한 장인들의 이론을 외면한 추세와, 이론에 강한 대학교수들이 직
접제작 현장을 소홀히 했던 공간을 그가 파고 든 것이다. 마침내 ‘국
운상승’이라는 미래의 가치를 이미지화하는 데 기본적인 조화와 균

형감의 완성도로 승부를 봤다.

0.1mm를 넘어 이미지 직접 터득하면, 눈 감고도 조각 완성

그는 궁중유물 재현에서 전문성을 인정받았지만, 특별한 상복은 없었다. 각종 공모전에서 수상하고 20여 차례 기능경기대회 심사장과 심사위원 등으로 평범한 장인의 길을 걸었다. 애틀랜타 올림픽기념 이봉주 마라톤화와 월드컵트로피 금형제작을 통해 잠깐 유명세를 탔을 뿐이다.

"보면 볼수록 좋은 것이 진정한 디자인이다. 처음에는 좋아 보이다가 금방 질리는 것은 디자인으로서 상품화가 어렵다." 그것을 터득하는 과정이 그간의 공방 생활이었다. 그는 장인들이 60년대에 혹독한 수련과정을 거치며 고생하던 과정을 90년대에 거쳐야 했다. 공방 수습으로는 많은 나이이기도 했지만, 이론을 갖춘 공인의 수련과정에서 감각과 판단이 한결 빠르게 움직였다.

그는 이제 "눈 감고 하는 조각을 완성하는 실력을 갖췄다."고 자평할 정도이다. 그만큼 조각에서 손과 이미지의 감각이 일체화됐다. 과정은 혹독했다. 남대문 보석세공 공방에서 팥알 만한 산호비취를 10년간 깎았다. 이는 예술과 실용의 접합을 일깨워줬다. 앞면 뒷면은 물론 어느 면을 둘러봐도 아름다운 입체의 디자인 감각이 그렇게 완성됐고 전체선의 조화가 관건인 금속조각의 장벽을 뚫었다.

"주물 공정에서 미세한 디자인 선을 살리는 것이 관건이다. 디자인이 생명력이 없으면 작업 후에 이상한 선이 나온다." 선의 완성이 이번 5대 국새 인뉴 당선으로 연결됐다. 예리하며 날카로운 선, 그렇지만 묵직하고 날렵한 이미지의 인뉴의 쌍봉황 선은 실용과 예술의 확실한 접목을 형상화한 것이다. 그렇게 0.1mm의 두께감을 금속공예에서 구현했고, 이를 실제 주물에서 관철시켰다.

"이미지는 직접 너득에서 온다." 늘 작업시간과 씨름하지만, 선에 대한 집중은 시간과 공간을 넘어 전통과 미래를 연결하는 고리였고 디자인의 시작과 끝이었다. "전통공예의 선과 단추는 인간 내면에서 나온다. 그런 선의 미학은 섬세하며 강해야 이미지가 살아나고 창작품의 생명력도 강해진다."

국새의 상징물 봉황과 무궁화를 모두 한 선의 디자인으로 연결해 전통주물의 금속공예를 완결시킨 이미지의 승리, 5대 국새의 명장 탄생엔 전통과 현대의 조화에 선의 이미지가 육중하게 담겨 있음을 재발견케 한다.

한상대

원광대 미술대학 금속공예과를 졸업. 2011년 그의 작품이 다섯 번째 국새의 인뉴(印鈕)로 최종 선정됐다. 20년 넘게 귀금속 산업현장에서 대공, 세공, 정밀주조, 보석가공, 디자인 등 전통금속공예가로 활동 중인 한상대 씨는 MBC 전통사극 <주몽>, <선덕여왕>, <이산>, <동이> 등에 쓰인 왕관과 비녀, 검 등 다양한 장신구를 제작했다. 이외에 궁중유물인 고궁박물관 소장 삼인검을 재현하기도 했으며, 20여 차례의 공모전과 기능경기대회 심사장 및 심사위원 등을 역임했다.

생각지도 않던 작품 구워져 도자기 맛 낸다

완벽은 자연의 힘이다. 자연스러움이 인공의 차순이다. 완벽하게 빚어낸 도자기는 불의 영역에서 자신의 형체를 스스로 찾는다. "생각지도 않았던 작품이 가마에서 구워져 나오는 것이 우리 도자기의 맛이다." 도예가로는 처음으로 인간문화재가 되고 명장이 된 서광수 씨(63)가 도자기 인생 50년을 맞았다. 작품전을 위해 구워낸 자기는 대부분 처음 보는 형태와 색상이다. 평생 8만 점 가까이 성형하고 구워냈다는 그도 처음 보고 느끼고 있었다.

노란 호박색의 항아리. 그건 유약의 색채가 아니라 불의 조화였다. 또 다른 자줏빛 유약은 불의 영역에서 다양한 무늬를 그려낸다. 단지

호박색 달항아리는 유약을 두껍게 바르고 두 번 구워낸다. 유약이 불길 속에서 흘러내리며 그름이 그려지고 둥근 선이 나타나는 도자기의 멋은 가마 속의 불이 주는 조화다.

"가장 인공적인 것이 가장 자연적이다. 단 영역을 지키면 된다."

두 개 합쳐야 완벽한 동그라미 완결
영역 지키면, 가장 인공적인 것이 가장 자연적

그의 경험은 달항아리에서 실마리가 풀어졌다. 제작 과정을 그대로 보면 된다. 덩치 큰 항아리가 원래 발 물레질의 한계를 넘어선다. 선조 장인들은 이를 극복하기 위해 두 개의 둥근 바가지 형태로 성형을 만들고 이를 맞붙여 항아리 형태가 된 후 유약을 발라 가마에 넣고 구워 냈다. 불가마니 속의 두 원틀은 위 아래로 맞물려 고열의 불길을 받으며 그들만의 방식으로 결합한다. 결과는 약간씩 주저앉아 붙는 것이다. 강한 불길을 못 이기면 심하게 내려와 쭈그러지기도 한다. 너무 많이 내려앉으면 옆의 작은 도자기들과 붙어버리면서 마치 꿰어 찬 형태도 보인다. 이것이 도자기의 새 생명이다.

잘 붙어 큰 항아리가 성형된 것이라도 둥근 테와 곡선이 모두 제각각이다. "다르다는 것이 도자기의 생명이라는 점을 알아가는 과정에 주목해야 한다." 묵직함과 둥근 선, 그 조화는 누가 결정할 것인가. 장인이 아무리 총력을 기울여도 조화는 자연의 영역이었다. "도자기에서 장작 가마가 왜 중요한지, 가스 가마와 장작 가마가 어떤 차이가 있는지를 이런 과정이 설명해 준다."

가스 가마 도자기는 획일성이 확연하다. 일정한 불길에 의해 인공의 영역을 벗어날 수 없다. 성형에서 기묘한 자연미를 주고 쭈그리거나 변형을 통한 자연미를 줘도 그건 인공일 뿐이다. 전통의 장작 가마는 이와 다르다.

"가마도 독립적인 생명체이고 불길도 독립적 생명이다."

가마 안에서 불길은 그들만의 힘으로 움직인다. 사찰 후원에서 공양간과 채공간의 불길 조절도 마찬가지다. 인간은 불을 지피고 거리를 조절할 따름이지 불길 자체를 결정하진 못한다. 그래서 그는 사찰 음식의 관건이 불길에 있다고 본다.

"공양은 불길을 한꺼번에 빼고 뜨거워진 가마솥 내의 끓은 물이 자체 온도로 밥을 익힌다."

그 이유는 도자기 가마에서 불길을 다루면서 숙지된다. 물만 끓이고 쌀을 직접 불길로 끓이는 건 아니다. 끓은 물이 쌀알을 독자적으로 익혀가야 밥은 완성된다. 자기의 흙알이 불의 혼으로 서로 결합하는 이치다.

투박해 보이는 전통 자기, 1960년대에 일본에서 폭발적인 인기를 누렸던 이유도 여기에 있다.

"그때 일본이 자연의 미에 눈떴던 것 같다."

당시 그는 거의 밤샘 작업을 했다. 1965년부터 10여 년 동안 막사발, 청자, 백자 등이 매달 수천 개씩 일본으로 수출됐다. 전통 가마에서 하루에 수백 개를 구워낼 정도였다. 일본 단체 관광단이 이천에 그가 일하던 지순택 선생 가마로 몰려들었다. 전성기에 그는 중앙정보부장을 지낸 이후락 씨가 광주에 차린 '도평요' 공장장으로 스카우트 됐다. 거기서 다시 10년간 전통 도자기의 국제적 가치가 얼마나 높은가를 체감했다.

"묵직함, 터프한 맛, 무게감에 일본인들이 반했던 것이다. 중국의 깨끗한 색감에 화려함이 더해져도 우리 도자기에 비견되질 못했다."

우리 전통 도자기를 모방하면서도 불의 혼으로 모양과 색깔이 나오는 기법만큼은 일본이 재현치 못했다.

그는 성형 단계에서 생각하지 못한 도자기가 소성(燒成) 후 가마 밖으로 나오는 것에 전통의 힘을 연결한다. 불과 흙이 만나 새 생명을 만드는 과정에 인간의 영역은 한정적이다. 장인의 성형은 경험의 축적이지만 소성에서 그걸 넘어 새것을 창조한다. 발과 손, 전통 발물레질, 두툼한 주둥이 그가 이를 고수하는 이유도 경험의 축적에 충실하기 위해서다. 흙에서 도자기까지, 그 선 중간에 끼어 있는 인간의 한정 영역에 경험으로 집중해야 자연의 힘이 도자기에 더 박힌다는 것이다.

조선 백자의 진가는 불의 혼을 입증한다. 아무 그림도 없는 무지 백자는 구워진 후에 결함이 없다는 반증이다. 백자 색감처럼 일정하게 나오기 힘들다. "깨끗하면서 텁텁한 맛" 그가 요약한 백자의 맛깔은 욕심 없이 스스럼없는 잔재주에 의존하지 않는 전통이 주는 따스함이다.

그는 무지 백자 달항아리로 경기 무형문화재 41호가 됐다. 백자는 자연의 기법을 완벽히 살린 우리의 자랑이었다. 캐나다 몬트리올 전시회에서 그는 다시금 확인했다. 백자·청자·분청 등이 일본과 중국의 도자기와 같이 전시됐던 상황에서 우리 도자기는 형태·색상·문양·질감 등의 분야에서 모두 독창적인 것으로 평가됐다. 그 독창성이 보면 볼수록 심취하는 매력을 준다는 것이다.

자연이 주는 입체의 미학 통해
'다름'과 '조화'의 가치를 보다

"조선 초기에 쓰였던 계룡산 철화기법, 청자의 상감기법, 무·유약의 자연유 기법 등의 전통 도예 기법은 이미 세계인의 심성에 자연스레 녹아들어가고 있었다. 다만 종주국인 우리가 그 가치를 홀대하고 있었다."

백자 항아리에는 보이지 않는 힘이 온몸에 흐른다. "유순하지만 섬세함·강인함이 정지되지 않고 지속적으로 흘러나오는 형체", 이를 두 성형 틀이 불로 구워지며 스스로 붙어가는 달항아리 족적은 철저한 자연기법의 고증이다.

"장작 가마를 열면 같은 것은 하나도 없다. 만물이 각각의 생명을 잉태하듯이 도자기도 단 하나의 생명을 갖는다."

장작 가마는 회수율이 20%에도 못 미친다. 장작 가마가 왜 두려울

까. 실패 확률이 너
무 높아서 그렇다.
불길은 가늠할 수
없기 때문이다. 반면
실패를 봐야 그 힘
의 흐름을 느낄 수
있다. 불길을 통제하
려다가 스스로 힘의
느낌을 상실하고 만
다. 그만큼 자연은

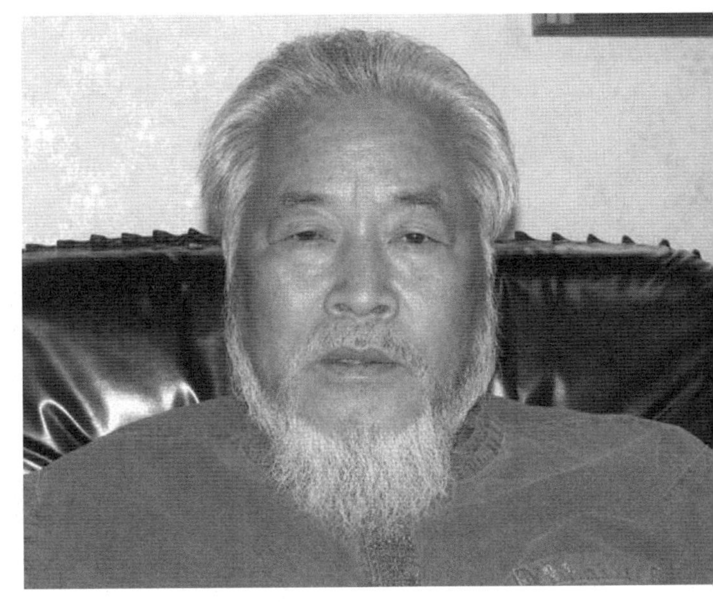

통제가 아니라 공존의 영역이었다.

1986년 '한도요'로 독립하며 다음해 전통미술공모전 특선 이후 개인전과 일본·프랑스·중국·미국 전시회를 연이어 가졌다. 출생지인 이천 신둔리의 깊은 산으로 들어가 장작가마요를 만들었다. 연기가 인가를 피해야 했다. 장작은 폭설과 태풍이 지나간 후 강원도에서 구해 올 수 있었지만 땔감으로 쪼개는 일에 노동력이 엄청났다. 6형제 모두가 도자기로 입문하는 길도 그렇게 형성됐다. 사위까지 도자기 전공을 택하면서 가족공동체가 도자기로 모였다. 불교는 공동체에서 공감 폭을 확대하는 견인차였다. "성형은 새벽에 한다. 생각난 그대로 물레를 돌리며 성형을 한다." 생각은 경험의 축적이지만 그 속에는 50년 전부터 만들어 온 전통 도자기가 모태이다. 전통 발 물레는 발힘이 도자기에 전달되는 과정이다. 각각의 힘이 차곡히 도자기로 응축되는 과정이 전통이라는 주장은 그래서 설득력이 있다.

한 사람의 손과 발로 빚어진 '백자 다완' '진사(辰砂) 다완' '분청(粉靑) 다완' 등 세 종류 다완(茶碗)을 손쉽게 놓고 보자. 같은 크기에 같은 형체라 비교가 쉬워 보기도 편하다. '백자 다완'은 유순·섬세·강인함의 삼박자가 더 다가온다. 조선시대 흔했던 '분청 다완'에서 자연의 한 측면에 다가가는 길을 본다.

변형과 창작은 언제나 한 갈래이다. 분청 다완에서 불의 깊이를 느끼자면 너무도 다양한 색의 변화를 본다. 문양과 색감의 다양성도 무궁무진이다. '분청흑유용문다완' '분청운학문다완'. 백자 다완에서 연꽃 문양은 필수다. '백자상감운문다완' 이외 '백자양각연문다완'에서 연꽃 문양은 다양하게 변신하며 백자의 유순함과 섬세함에 가세한다.

그가 재현에 주력해 온 '진사 다완'은 불의 힘과의 씨름이다. 색감이 인간의 영역에서 전통의 몫으로 이양된다. 자줏빛 자연유가 불의 힘으로 흘러내려 그려진 그림이 다완을 감싼다. 불길이 그림을 그린다. 색상도 결정하고 그림 구도도 불이 결정한다. 호로병 모양의 '진사병'이 자연이 주는 그림을 보여준다. 인간의 그림은 아무리 팔각에 그려도 평면이지만 자연의 그림은 입체가 원형이라는 구조적 차이를 확인시킨다.

입체의 도자기에 인간의 그림은 평면의 연장이다. 불길의 힘에 의해 36시간 구워진 도자기 그림은 입체에서 분절되지 않고 잘 연결된 완벽한 조화이다. 자연이 주는 전통의 입체 미학은 그렇게 도자기에 담겨 있었다. 청자·백자·분청·청화·진사·진채를 기본으로 인화·음각·투각·문양도 그 입체 속에서 비로소 진면목을 드러낸다. 그가 재현한 '청화백자연꽃문수반'은 연꽃의 입체미를 앞뒤 양면에서 비춰 준다.

자연의 힘을 간직한 전통 도자기, 첫 걸음은 기교나 허식 없이 해묵고 투박한, 그러면서 묵직한 조선조 그릇의 안주기심(安住其心)이다. 원인과 조건의 결합에 의한 생멸 구조인 '의타연생법(依他緣生法)을 전통 도공이 반야행인(般若行人)한다.

서광수

대한민국 도예 명장 14호이고 경기도 무형문화재 41호이다. 도공으로서는 처음 인간문화재로 지정돼 '자기장(磁器匠)'의 칭호를 받았다. 2012년이 입문 50주년이라 예술의 전당에서 회고전을 연다. 지순택 선생의 문하에서 성형장(成形匠)을 했고 도평요 공장장을 거쳐 전통 가마를 갖춘 한도요로 독립했다. 전승공예대전 동상, 문화관광부장관 표창, 경기도지사 표창, 국무총리상 수상 등 이외 일본의 이만리 시장, 야나이 시장 등의 감사패를 받았다. 일본 각지에서 도예전으로 주목받은 후 미국, 프랑스, 캐나다, 중국 등 해외 전시회를 가졌다. 1994년 일본 세계도자기축제에 출품했고 2001년 이천 세계도자기 엑스포에도 출품해 국제무대에 섰다.

색감으로 과거와 미래 연결해야 맑은 색

가장 맑은 색은? 맑은 색을 가장 오래 보존하는 방식은 뭘까? 선조들이 창출해 낸 방식은 역시 청자와 백자였다. 도자기에 담긴 색감은 아주 오랜 세월 변치 않는 우리 모두의 마음의 색이다. 그렇다면 맑음과 수행을 일체화했던 법정 스님이 즐겨 본 맑고 향기로운 색은? 우리의 자연이 잘 살아나는 자연색과 어떻게 연결될까?

담박·검소가 차의 진정한 운치

색감을 잘 모르는 문외한이 맑은 색을 찾는 기준은 역시 자연이었다. 눈(雪)과 하늘이 조화를 이룬 색, 그 색감을 손안에 넣고 굴리면서 자연을 한 움큼 삼키고 음미할 방법이 있다.

설백자(雪白磁)와 하늘의 푸르름이 뒤섞인 색감에, 잘 빠져 미끈하고 얇고 가벼운 찻잔으로 햇차를 담아 만지면서 마시는, 오감을 가장 편안하게 늘려주는 도자기의 미학. 수행 내내 차를 가까이 했던 법정 스님이 "이제 군더더기가 없다. 이런 것 찾기가 어렵다."며 자주 찾아가서 도자기에 글씨를 즐겨 썼던 이당도예원을 찾았다.

흔히 백자는 다섯 가지 색으로 구분된다. 회백자·설백자·백자·청하백자·황백자, 이 다섯 가지 중 설백자와 청하백자의 중간색을 가리키는 박철원(51) 씨의 손길은 "이게 내 마음을 가장 끌고, 남의 마음도 깊게 끄는 것 같다."고 말한다. 그 색감이 과거와 미래를 연결하는 고리라는 것이다. 그는 마음을 끄는 세련미에 대해 "옛 마음에다 시대를 한발 앞서는 마음이 추가돼야 다른 사람의 현재 마음을 움직인다."고 말한다. 그 마음은 결국 도자기 몸매와 색감으로 나타나고 이는 만드는 사람의 마음에서 비롯된다는 설명이다.

색과 도자기는 불가분이며 도예의 근본은 1인 완성이다. 여러 사람의 손을 타는 것은 남의 마음을 끌지 못한다. 한 사람의 손에서 완결되지 못하면 도자기에 마음을 실을 수 없다. 작업 과정에서 옮기는 데 여러 사람의 손길이 닿으면 섬세함이 줄어든다. 그래서 알듯 모를듯 훼손도 생기고 날렵함도 달아난다.

어차피 명품이란 일관성이었다. 상대가 선택할 수 있으려면, 늘 들고 자신과 붙어 다닐 마음이 생겨야 한다. 물건에 마음이 따라가려면

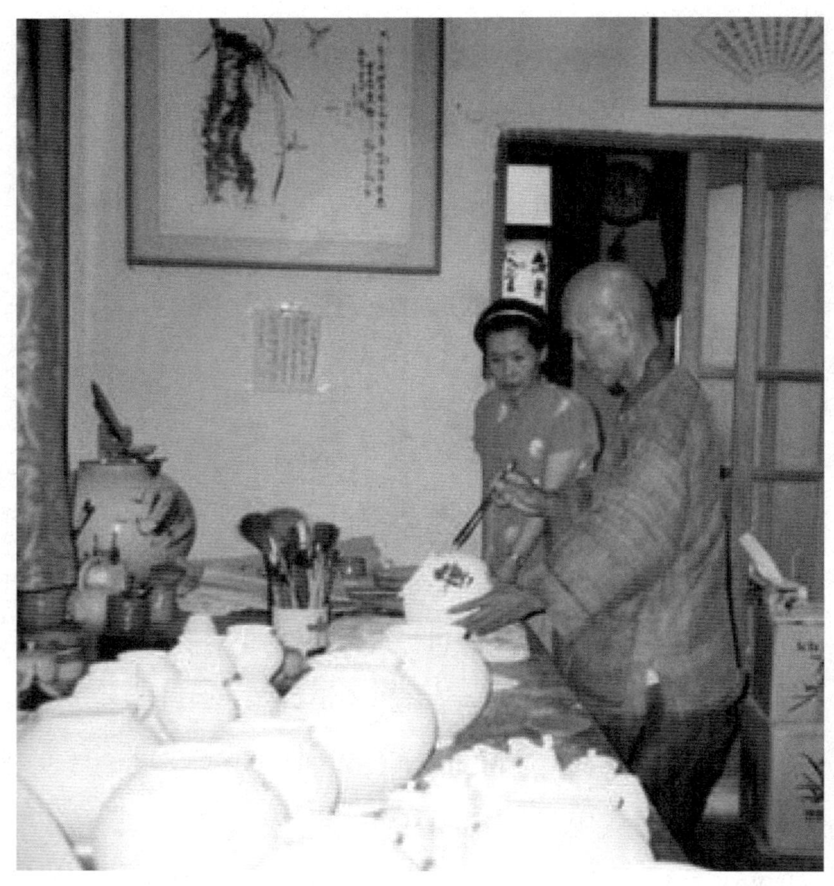

"군더더기가 없다"시며 박철원 씨의 도자기에 글씨를 즐겨 쓰셨던 법정 스님

한 사람의 마음으로 일관되게 공정이 이뤄져야 한다. 명품에선 핸드백과 찻잔이 공통점이 많다. 관상용이 아니라 실용이라서 더 그렇다.

"찻잔이 마음에 들지 않으면 입에 자꾸 대기가 어렵다. 자꾸 접촉하고 싶은 마음을 간직하는 것이 찻잔이다. 남의 마음을 가져가려면 서늘하고 선이 빼어나야 한다."

그는 도자기를 고르는 안목에 대해 "선택이 아닌 필수"라고 말한다. 순간순간 필연적으로 일어나는 그 마음이 서로 맞아 들어가야 한다. 그래서 이천에서 열리는 왕실도자기전에 출품하지 않는다. 공판이 도자기의 대중화엔 기여했지만, 마음의 요구를 줄이게 만들어서 그렇다.

흙의 반죽과 성형, 초벌구이에 문양과 글씨를 쓰고 유약을 입히는 모든 공정을 그는 일관되게 홀로 한다. 다만 그의 도자기에 글씨를 써 넣은 외부인의 길은 법정 스님이 1996년 열었다. 1994년부터 줄곧 도예원을 찾던 스님은 '無所有'를 도자기에 썼다. 초벌구이 도자기에 글씨는 붓이 달라붙어 쓰기 어렵다. 구운 '고구마항아리'에 선명히 드러난 '無所有'는 사진에서 보듯이 살아 있다. 아예 '흙의 혼'이라는 도판글씨도 썼고 '달항아리'에 '觀世音菩薩'도 썼다. 그리고 찻잔 안 밑에 붓으로 '茶'를 써 찻물 속에 비치게 했다.

이당도예원에는 "차는 빛과 향기/ 맛을 온전하게/ 사는 일도 마찬가지 96년 봄/ 利堂에 와서 법정 합장"이 달려 있다. 법정 스님이 남긴 족적은 스님의 대표 저서《오두막 편지》에서도 나온다. "차의 진정한 운치는 담박하고 검소한 데 있다. 그릇이 지나치게 호사스러우면 차의 운치를 잃는다. 차의 원숙한 경지는 번거로운 형식이나 값비싼 그릇으로부터 해방되어야 한다. … 차를 마시려면 거기에 소용되는 그릇이 필요하다. 가게마다 다기들로 가득가득 쌓여 있지만 눈에 띄는 그릇을 만나지 못했다. 대부분 차를 모르는 사람들의 손으로 빚어진 그릇들이기 때문이다. 차를 마시기 위해 그릇이 있는 것이지만, 다른 한편 그릇의 아름다움이 차를 마시도록 이끌기도 한다. 그릇에서 아름다움을 찾는 것은 마음에 맑음과 고요를 구하는 것과 같다.”

도예가의 입장에선 몸체가 잘 만들어지고 이어 글씨와 그림을 선택한 다음 작업공정까지 같은 마음의 연장이다.

“도자기에 그림이 너무 많으면 철 지난 도자기 같다. 그림이 없으면 무겁다. 그림도 도예의 연장이다. 잠복돼 있던 안목의 재발견에 기여한다.”

흙의 ‘만물 상호의존성’과 오롯한 마음 깃든 힘 담아
의도 잊어버리고 그릇 스스로 형태 만들어가야

그래서 그는 글씨와 그림은 마음 내키는 대로 작업한다. 여기에는 잡혀진 기일이 없다. 마음이 주어지지 않는데 글씨를 써 넣을 순 없었다. 차를 유독 즐기고 찻잔에 관심이 컸던 법정 스님은 도자기와 찻잔을 보면 평상시처럼 글을 써 넣었다. 그만큼 마음의 이동이 빨라 보였다.

그의 찻잔을 들고 인도를 여행했다는 시인 류시화는 이렇게 평했다. “그것들은 단순하면서 기품이 있고, 소박함 속에 은근한 화려함이 있다. 그에게 이제 대가가 된 것 같다고 말하자, 그는 말했다. ‘그것들은 내가 만든 것 같지 않다. 무엇인가가 나를 통해 그것들을 만든 것 같다.' 작품을 만들 때 어느덧 그가 자신을 모두 비워 버렸음을 느낄 수 있었다."

도자기가 마음을 담듯이 도예가의 긴 공정에는 수행이 담겨 있다. "그릇을 만들 때 만드는 내 자신이 사라져 버리는 경험을 종종 한다. 그럴 때 작품의 탄생을 본다. 나의 의도는 잊어버리고 그릇이 스스로 형태를 만들어가는 것이다. 단지 내 손은 무음의 춤이 돼 돌아가는 물레 위에서 하나의 모습을 지켜보고 있었다."

그릇은 어딘가에 존재하는 자신의 다른 형태였다. 흙이 가진 만물과의 상호의존성을 그대로 드러내는 데 기술과 재주가 가담할 뿐이었다. 그래야 찻잔 안에 나무와 구름과 봄날의 햇빛이 존재하고 있음을 볼 수 있었다. 형태는 그릇이지만 산과 바람과 비, 눈이 축적된 그 흙에 나무 불로 더 단단하게 만들어 글씨를 써 넣은 일련의 공정은 우주만유의 함축이었다.

때론 가업의 전승자가 이런 공정의 일관성에 매몰되지 못하므로 도공의 숙명을 치르기도 한다. 대를 이은 도예가가 성공하기 힘든 이유도 여기에 있다. 무의식의 안목은 전승을 거부하기 마련이다.

그는 자신의 생일을 잊어버려도 가마 생일잔치는 매번 화려하게 치른다. 여기에 작두타기의 대가 김금화 선생도 가세했다. 꼽추 춤의 공옥진, 고은과 신경림 시인 등도 참가했다.

법정 스님 입적 직전 그는 다기를 들고 병실을 찾았다. 매화차를 '맑은 빛 찻잔'에 마신 스님은 "향기가 좋다. 좋은 솜씨로 아름다운

그릇을 보게 해줘 고맙다”고 말했다. 16년간 도예원을 자주 찾았던
스님과의 회향은 맑은 빛깔에 향기 나는 차와 찻잔이었다.

박철원

1987년 전국 기능올림픽 도예부문 금메달리스트이다. 1990년 국제예술대전
입상을 시작으로 동아대전 전통도예부문, 전승공예대전, 국민미술대전,
불교미술대전, 세계도자기 엑스포 주최 99생활도자전 등에서 수상했다.
세계도자기 엑스포 초대작가로 선정됐으며, 미국과 캐나다에서 작품
전시회를 가졌었다. 2003년 제2회 세계도자기 비엔날레 ‘전통 가마 워크숍’
작가로 선정됐으며, 1991년에 만든 이당도예원을 꾸려나가고 있다.
저서로 《도예입문》이 있다.
그의 부인 유재희(50) 씨는 도예원을 자주 찾은 법정 스님이 10여 년간
된장찌개에 무쌈을 즐긴 반가운 도반이었다. 오두막으로 옮긴 이후 감기에
잘 걸리는 스님이 도예원을 찾은 날 따뜻한 감자밥으로 가족 모두가 공양을
함께했다. 스님은 도예원 작업실에서 그의 가족들을 위해 초벌구이
항아리에 ‘無所有’를 써 넣었다.

가죽이 옻칠 입어 철강보다 강해진다

고려 경함, 고려시대 불경의 보관함은 의외로 가죽으로 둘러싸여 있었다. 유일하게 현존하는 고려 경함은 일본의 보물로 지정됐다. 이를 눈으로 보고 완벽히 재현해 냈다. 그 옆에는 가죽으로만 만든 다기세트가 음용되고 있다. 도자기와 똑같은 가죽칠기인 피태칠기(皮胎漆器)는 우리 조상들의 삶과 더불어 가장 오랜 실용공예품이다. 칠기 명장 06-8호 박성규(58) 씨의 고양시 공방은 온통 가죽으로 포장된 목기제품이다. 가죽이 가장 오래 보관되는 이치를 들어보자. "옻칠로 다져진 가죽 갑옷은 활과 창을 이겨낸다. 방습·방열·방충·방부의 효과에서 최고 수준을 보여준다." 그런 현물을 그는 안동 하회 마을 유성룡가의 개인 박물관(보물 460호, 漆皮漆器)에서 찾아냈다.

당시까지 재질도 몰랐던 보존 갑옷이 소가죽에 옻칠로 단장된 것임을 밝혀내고 이의 수리방식을 자문해 줬다. 20번 이상 옻칠을 반복하여 가죽편을 만들고, 이를 가죽 끈을 엮어서 가벼우며 따뜻한 갑옷이 재발견된 것이다.

활과 창 이겨낼 정도로 질기고, 방습·방열·방충 효과 탁월한 전통 가죽의 재발견

그는 애초부터 가죽 전문가는 아니었다. 옻칠 명장으로 유물의 수리 복원을 처리해 오면서 옻칠 가죽의 가치를 재발견했다. 문헌을 뒤지던 그가 직접 전국을 돌면서 가죽공예품의 잔흔을 찾은 결과였다. 물론 사찰도 샅샅이 뒤졌다. 국내에 조선 중기 이후의 문서함이 가죽 공예로 포장된 것 10여 개를 찾기는 했지만 고려 때 것은 없었다.

'고려 경함'의 외형은 검은색에 화려하다. 나전(螺鈿)을 박고 칠화 기법으로 완벽하다. 이를 가죽이라고 볼 하등의 이유는 없었다. 단지 촉감이 좀 다르다. 단순 옻칠함이 아니라 가죽을 입히고 옻칠로 단장하고 나전칠기를 그 위에 붙이면 문양과 글씨가 살아나면서 원형이 천년 이상 보존되는 완벽함이 서려 있다. 그는 불상도 이 전통 방식으로 제작하면 목불의 칠까지 그대로 보존된다고 본다. 다만 사찰에서 가죽의 사용에 대해, 자연사한 소가죽을 사용했던 북 등에서 대형 가죽 원판이 공식적으로 쓰였던 만큼 가능성이 남아 있다.

물과 열에 약한 가죽과 틀어지고 갈라지는 나무의 약점을 상호보완하면서 영구불변의 조형물을 만드는 방식. 그가 그 창안자이면서 동시에 가장 전통에 충실한 추종자이다. 투박하고 밋밋한 질감이 아름답고 다양한 공예로 환생하는 순간을 본다. 유물에서 옻칠한 나무, 여기에 삼베를 입히는 기술, 다르게 가죽을 입히는 기예는 삶과 지혜의 산 결합체였다.

"신라 흥덕왕 9년 국왕직속부에 피전(皮田)공방이 있었던 삼국사기 기록이 있다. 5세기의 경주 천마도에서 장니의 가장자리는 가죽을 대어 옻칠을 한 것이다. 일본에는 가죽에 나전을 박고 칠을 한 말안장이 있다. 중국은 기원전 6세기 은·주 시대에 가죽에 칠과 그림을 그렸다."

그의 탐구는 항상 실전이다. 전국 탐방에서 황칠을 발견한 것도 그다. 지금은 전라남도 명품으로 지정된 황칠을 완도와 보길도에서 그가 처음 발견했다. 황칠이 귀해 중국 진상품 목록에 "서 말씩 보냈다"는 대목이 발단이다. 독일 함부르크 박물관으로 건너가 '황칠 문서함'을 세밀히 관찰했다. 소나무 뼈대에 소가죽을 붙인 다음 연당초문 나전을 박고 금색의 황칠로 마감한 우리 유물이다. 그는 이것 역시 똑같이 재현했다. 세계 유일의 황칠 보물 존재도 그렇게 알려졌다. 1,000여 년 전의 '고려 경함'보다 제작 시기는 뒤이지만 실용성에서 앞섰다.

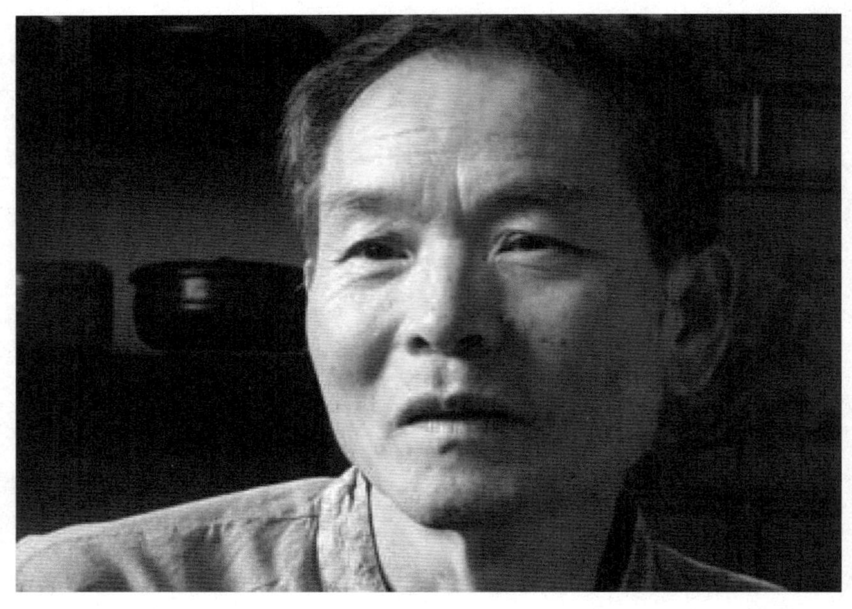

실물을 보면 30여 년 전 전 세계적으로 유행했던 트렁크 형 가죽 손가방의 원조다. 안에 강한 종이로 두 개의 앞뒤 사각 면과 몸체 사각 면 틀의 구조물을 만들고 그 위에 금색 가죽으로 딱딱하며 각지고 두꺼운 손가방으로 전 세계 직장인의 마음을 사로잡았던 유행의 원형을 보는 맛이다. 귀퉁이와 중간에 쇠장식(장석)을 붙인 것도 흡사하다. 1993년 전승공예대전 문화관리국장상 수상작인 또 다른 서류함은 홍송으로 뼈대를 만들고 양피로 감싸며 타출(打出) 기법을 썼다. 전체 모양은 함부르크박물관 소장 보물과 같으며, 이는 원광대박물관에 소장돼 있다.

황금색을 내는 황칠나무 명물화 과정도 그렇다. 사시사철 푸른 나무라서 정원수로도 적당해 과거엔 남도 지방에서 학교에 식목됐었다. 이제는 천연 황금색의 황칠 가치가 국제화되면서 전남 보호수로 지정돼 집중 육성되고 있다. 다만 그의 탐사가 실증용이라서 후에 학술적 입증이 그와 무관하게 진행된 아쉬움이 있다. 그는 처음 전통적으로 비녀 등 왕실의 공예품에 주로 쓰인 부분에 집중했고, 사찰의 황금색 도료로도 사용 가능했던 황금색 옻칠에도 가능성을 열어 뒀다. 갑자기 수요가 급증한 황칠나무지만, 그가 발견하기 이전에는 땔감과 꽃꽂이용으로 남벌돼 전멸 직전이었다.

그는 자연재료에 대한 믿음이 강렬하다. "전통재료는 말썽을 일으키지 않고 오래간다. 이를 바탕으로 현대 기술을 접목해야 한다. 디자인만 현대적 관점으로 응용할 필요가 있다. 그래야 전통이 계승되고 진화한다." 실제 그렇게 해서 가죽공예는 완벽해진다. 가죽을 다룬 인류 역사의 경험이 그대로 배어 있어 그렇다.

보고 재현… 치열한 반복, 그래야 전통 계승-진화돼

그런 결정체는 실용 가능한 가죽 다기이다. 찻잔은 따뜻한 물의 온도를 유지하면서 아주 가볍게 차의 맛을 음미하게 한다. 큰 공예품은 속심을 넣지만 작은 찻잔이나 주전자, 쟁반 등은 속심이 없이 가죽으로만 강도 유지가 가능하다. 옻칠로 인해 열도 견디고 깨질 염려도 없이 이동에 편리성을 준다. 물론 보관에 정성만 기울이면 영구보전이다. 실제 문화재의 필요조건을 모두 충족시킨다.

가죽은 어피(魚皮)와 거북이등(玳瑁甲)도 상용됐다. 어피는 상어껍질을 붙여 사포질하고 주칠과 노랑색을 여러 번 칠한 '인장함'을 그가 재현했으며, 덕수궁 유물전시관에 소장됐고 미국 스미스소니언 박물관에도 소장돼 있다. 옛 장수들의 칼에 어피가 상용된 것도 찾았다. 손잡이에 정교하게 어피로 감싸고 옻칠이 가해졌다. 국립박물관 소장 '패월도'의 칼집에도 어피가 쓰였다. 특히 옥새 함 '어제유서통(御製諭書筒)' 외피에 어피가 쓰여 가치를 높여준다. 이 역시 그가 재현했다.

"하나하나 세밀하게 보는 게 배우는 것이다." 스승이 없는 이 분야의 개척자는 오직 "봐야 한다."는 명제에 매달렸다. 독학은 보고 복습하고 다시 보고 재현하는 반복의 치열함이 전부다. 농방 나전부에서 시작된 공예의 길 40여 년은 새 것을 찾기 위해 옛 것을 치밀하게 관찰 복원하는 반복이었다. 모든 분야에 가능성을 열고 보는 것, 그 것이 옛 것을 가장 정확하게 보는 방법이었다. 그의 결론은 이렇다. "장인의 연마는 정확하게 보는 훈련이다."

맨 위 표면에 나타난 피태 칠기에서 시작해 내부로 파고든 시각 위주의 관찰은 그렇게 이뤄졌다. 겉칠을 보고 내부의 구조를 파악하는 기법은 관조의 힘에 뿌리를 뒀다. "사적(史蹟)을 추적하면서 '자연자수(自然自修)'의 이치를 깨닫는다." 전통공예는 그에게 자연으로 돌아가는 정도를 가르쳐 주었지만, 가죽재료를 접하면서 삶의 역경은 시작됐다. 20여 년의 자기와의 싸움은 1992년 전승공예대전에서 칠피가죽상자를 출품해 문화부장관상 수상을 계기로 바깥세상과 만났다. 단절됐던 피태 칠기의 제작기능 부활이 공인된 것이다.

그렇지만 그는 '과피장(果皮匠)'의 복원에 닿지 못했다. "아무도 없으니까 도리어 장인 장르에서 빠졌다." 현존 장인이 있어야 전승자가 되고 중요무형문화재로 승인되는 문화재 정책의 허점 덕분이다. 전통적으로 가죽을 다뤄서 물건 만드는 '과피장'은 우리 고유 장인이고, 가죽 원피를 '무르질'하는 '무르장'도 장인이었다. 가죽을 주무르고 다루는 전통장인의 기술 전승이 보장되면 우리 가죽 기술은 이태리나 독일, 일본의 고가 가죽을 능가할 수 있다.

그렇지만 현실은 전통의 '과피장'이나 '무르장'이 인정되지 않는 학계와 문화정책 구조이다. 문화재 정책은 '현존 계보가 없으면 인간 문화재가 없다'는 원칙 고수일 뿐이라서, 그는 여전히 칠기 명장 9호이고 '기능전수자 가죽장 99-3호'이다.

발굴조사와 연구결과가 없다고 장인의 탐구결과마저 공인되지 못하는 현실에 피태 칠기가 있다. 가죽과 옻칠의 만남은 조상의 지혜의 재발견이었다. 모든 사물을 분석하여 그 본질을 깨닫는 석공관(析空觀)의 실현이었다.

완벽에 가까운 방습·방열·방부 효과는 어디에서 올까. "찹쌀 풀과 옻칠의 혼합이다." 이것이 불경의 보관함과 문서함으로 완벽하게 보존되는 것을 1,000년 이전에 선조들이 알았고 직접 제작했었다. 지혜는 이제 생활용품과 군수품으로 넓게 번져갔다. 국내가 아니라 세계무대에서 이런 옻칠의 방습·방열·효능은 첨단기술에 흡수되고 군수품에 응용되고 있다.

"유물의 수명 연장은 국가의 품격이다. 이를 가능케 하는 원천 기술에서 응용은 무궁무진하며 디자인 세계를 바꿀 수 있다." 세계 유일의 우리 전통기술이 충격에 강하고 열과 습도를 견디며 벌레를 이겨내고 활과 창을 막아낸 원천 기술의 진보 과정에서 '고려 불경함'을 찾은 그는 다시 사찰 강원에서 학인들이 공부할 때 쓰는 작은 경상(經床)에서, 윗면에 가죽과 옻칠을 입히고 음각한 후 금박으로 〈반야심경〉을 붓으로 잔잔하게 썼다. 기자는 공방의 그 작품을 보면서 전통 디자인은 왜 빈틈없이 짜여지는가를 다시 실감하였다.

박성규

1992년 전승공예대전에서 문화부장관상을 수상한 이후 거의 매년 출품과 수상의 연속이었고 2005년 국무총리 표창을 받았다. 작품은 1994년부터 단체전을 한 해에 두세 차례 출품했었다. 뒤늦게 2001년 칠피 공예 개인전을 열고 칠피 공예전이 독자적 길을 가게 했다. 1991년 일본 공예가회 초청으로 일본에서 시연회를 가졌으며, 1994년 패 세공 기능사, 1995년 칠기 기능사, 1995년 문화재 수리기능사, 1999년에 기능전수자 지정에 이어 2006년에 대한민국 명장(06-9호)으로 지정됐으며 2007년에 국새제작단에 참여했다.
한국전통공예미술관 건축학과 강사를 맡았으며, 최근 동국대 대학원 문화재학과에서 이론 탐구를 시작했다.

소뿔로 화사한 세계의 미감 장악

비파에서 비천도가 빛을 발한다. 그림에 칠한 빛이 아니라 밑에서 비쳐지는 투명함이다. 실제 윤택을 내지 않았음에도 오방색이 투사되는 민속화라 맛이 다르다. 그림을 닦아낼수록 미감이 더 산다. 전통의 화각(華角) 목각함과 장롱에만 고스란히 붙어 광채를 내던 기법이 진동하는 나무 악기에 붙어도 끄떡없이 소리를 살린다. 덩치 큰 가야금에서 들고 연주하는 해금까지, 흔들리고 요동쳐서 목각의 파동을 견디지 못할 것이란 관념이 허물어진다.

세계에서 가장 얇고 오래 보관되는 전통의 소뿔 화각은 그림이 뒷면에 그려져 투명하다. 손으로 깎고 다듬은 0.4mm 두께에 거꾸로 뒷

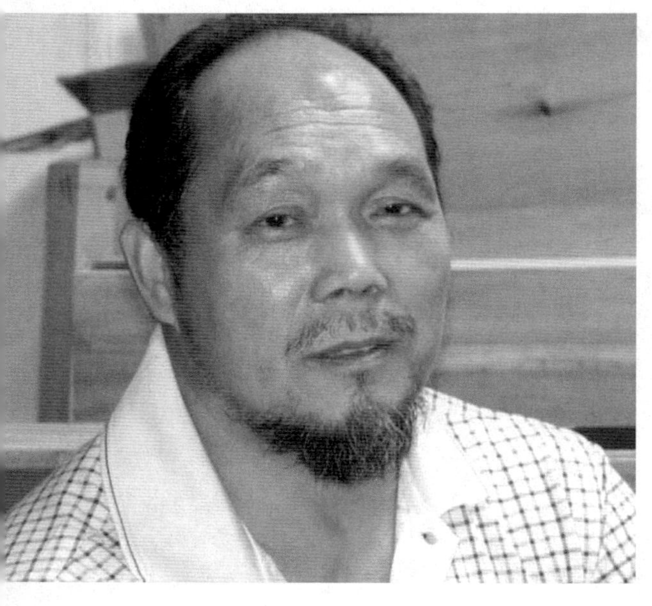

면에 그려진 우리 문양이 전통의 장식에서 실용악기로 둔갑하는 순간이다. 일반인에겐 낯선 화각장, 원추형 소의 뿔을 펴서 투명하고 균일하게 다듬어 거꾸로 그림을 그려서 고급 장식장에 접착하는 세계 유일의 전통 공예기술이 견고함으로 실용품에서 되살아난다. 그만큼 나무와 소뿔의 서로 다른 신축성이 고도의 기법에서 정밀함을 유지한다.

완벽함은 감각·촉각·후각 3박자에 맞춰
한 사람이 자급자족으로 공정 마무리
숨소리도 잦아들 일정한 손 작업 반복

조선 왕실에서 옹주의 혼례품으로 제작됐던 화각 기술은 이제 불교 장엄품으로도 확대된다. 석탑이 목각으로 기초를 구성하고 그 위에 화각으로 재탄생한다. 사리탑이 화각으로 둘러싸여 장엄미에 화사함이 더해진다.

국가중요무형문화재 109호 화각장 이재만(60) 씨의 공방은 10년이 넘은 목각 공예품이 가득하다.

"나무가 건조되면서 틈이 벌어지면 반갑다. 틈을 메우고 다듬으면 완벽해진다. 나중에 언젠가 변형이 불안정보다 좋다."

10년이 넘어 바짝 마른 나무항아리는 종이제품만큼 가볍다. 반면 소뿔을 펴는 화각은 오래 묵혀둘 수 없다. 공기에 맞춰 신속하게 만들고 정밀하게 그림이 그려져 접착해야 한다. 감각으로 초정밀 기계를 다루는 공정이다.

소뿔은 단단하고 속은 거칠다. 삶아 속을 뺀 다음, 박을 타고 숯불에 구워서 펴고 눌러서 원판이 된다. 1차 초벌 가공은 1mm 두께로 투명하게 비치도록 연마하는 것. 원추형에서 맨 위 뾰족한 부분을 잘라 강제로 펴진 소뿔은 천천히 다듬으면 재차 원형으로 복원된다. 그렇다고 너무 빠르면 두께에서 고르지 못해 투명도가 떨어진다.

소뿔은 유기질 덩어리라서 가공만 잘 되면 보존성이 좋다. 일반 톱이 안 들어가는 고강도에 연마만으로 투명하고 오랜 내구성이 유지된다. 석채로 뒤집어 그려진 그림이 비쳐지면서 진가를 발휘한다. 화각은 큰 뿔을 가공해도 손바닥보다 작은 크기인 5×7cm 정도가 나온다. 이를 수십 장 연이어 붙여지면서 하나의 영구불변 장식화로 탈바꿈한다. 마침내 목각 공예품이 화각 그림으로 포장되는 것이다.

그림이 그려진 소뿔 평면 장식은 0.8mm에서 0.7을 거쳐 0.4mm 두께로 단계별로 깎여 나간다. 손의 힘과 눈, 코와 마음의 감각만이 이 평면에서 소소한 두께감을 감지한다. 아차 하는 순간 구멍이 뚫리면 작업은 원점이다. 화각 장인의 손은 숨소리도 잦아들 정도로 일정하다. 느리지도 빠르지도 않은 수백 년의 전통 속도에 맞춰 움직인다.

조각 소뿔 평면도판 연이어 정밀함 완결

"아름다움은 디자인·설계·균형미 등이 다 갖춰져야 한다. 완벽함은 감각·촉각·후각의 3박자에 맞춰 한 사람이 자급자족으로 모든 공정을 마무리할 수 있어야 한다."

그는 달궈진 인두를 코끝에 대고 온도를 감지한다. 전통의 어교(魚膠)가 미리 준비된다. 신축성에 완벽을 보여주는 전통의 풀 어교는 민어 허파만 모아 졸여서 걸러내고 풀을 쑨 엑기스이다. 이는 소뼈와 어우러져 목각 공예 위에서 완벽한 신축성을 보여주면서 장기간 접착력을 유지한다. 목공예와 소뼈의 어교 접착은 그의 감각으로만 조정 가능한 달궈진 인두의 다림질에 의해 눌러진다.

조각조각 소뿔 평면도를 연이어 붙이는 기능은 정밀과학이다. 신축성이 크지만 강도가 센 재질이 어떻게 맞물려 그림의 완성도를 유지할까. 마치 작은 철판 조각을 연이어 붙여 큰 철판을 틈새 없이 성사시키는 고난이도다. 0.4mm 정도의 이음새 사이에 소뼈 깎아 만든 얇은 막대기를 다시 삼각형 막대기로 깎아 이를 쐐기로 끼워 넣으면서 어교로 접착한다. '십이장생도'나 '부모은중경'은 화각 100여 장이 넘게 이렇게 조합된다.

화각장은 세계에서 우리밖에 없다. 중국은 회색빛이 나는 '대모(거북이 등)'이다. 일본도 중국의 영향으로 대모를 이용한 공예품이 있다. 일제 강점기에 우리 화각 상당수가 일본으로 탈취된 원인도 진가를 반증한다. 조선조의 왕실 화각 상당수가 일본 박물관과 개인 소장품으로 있다.

화각의 뿌리인 소뿔에서 한우와 수입 소의 차이는 절대적이다. 그림의 색감을 결정하는 투명도와 보존에서의 강도 차이를 보자. 수입 소 뿔은 하단부가 검으면서 회색빛이 돈다. 심지어 풀 먹은 소와 사료 먹인 소의 차이는 박을 타서 속을 보면 유기질 질감에서 확인된다. 그런 만큼 소뿔 고르기는 화각장의 근간이다.

젖소도 속이 검어 화각장에 쓸 수 없고, 암소는 통상 뿔이 가늘고 속이 막혀 있어 국궁의 깍지 제작에 쓰인다. 화각장에 쓰는 소뿔은 한우 숫소 중에서도 2~3년생이 선택된다. 늙은 소뿔은 유기질이 엉켜 투명성이 없다. 전국의 소 거래상들이 500두 정도 모이면 연락이 오고 직접 가서 선별한다. 각지의 소뿔 이송에 '냉동 보관 운반비' 상승이 새 장벽이 되기도 하는 게 현실이다.

그는 원래 만화를 그렸다. 소뿔과의 인연은 어머니가 매개였다. 화상으로 손가락 상당 부분을 잃은 그가 만화에 몰입하고 있을 때, 출가시키듯 음일천 선생의 시봉으로 들어갔다. 왕실 집안으로 화각장이었던 선생을 12년간 시봉했다. 절집에서 단련한 어머니의 수행 기준을 그대로 맞춰, 3시부터 행자 수행과 같은 일정이 반복됐다. 새벽 3시부터 2시간 동안 그리기, 아침 식사 준비, 오전 소뿔 연마 등으로 시작되는 일과는 저녁 9시까지 스파르타식 훈련으로 12년간 지속됐다. 모든 연장과 작업 도구는 직접 만들었다.

선조의 지혜와 기술의 정수인 화각은
일제가 뺏어가지 못한 유일한 전통 공예

"모든 공정이 자급자족이었다. 어머니가 가끔 가져다주시는 참기름과 반찬 이외에는 외부와 접촉할 일이 없었다. 선생님도 드물게 서울 인사동에 다녀오시는 일 이외 외출이 없었다." 12년간의 시봉은 선생님이 '한 군데서 꾸준히 빛이 나는 돌이 되라'는 의미로 '원석(元石)'을 호로 지어주며 독립의 길이 시작됐다. 1974년 동아공예대전 입상이 계기였다. 그로부터 20년 후 1993년 그는 화각장으로 문화체육부 장관상을 받았다.

"화각은 일제 강점기 당시 뺏어가지 못한 유일한 전통 기능이다. 조선 왕실에서 실내용 장식품으로선 가장 화려함을 유지했다. 목 가공에서 옻칠, 그림과 소뿔 연마 접착 등 모든 공예 분야가 종합적으로 이뤄지는 장르이다."

화각 붓질은 날카롭다. 매끄럽게 나가는 세필 붓을 한 치 오차 없이 맺고 끊어야 한다. 초교 위 색채에는 석채와 어교가 섞인다. 여기에 즉석 스케치가 살아나야 한다. 작품은 항상 새로운 착상에서 시작된다. 실측 도면과 그림이 그렇게 언제든지 탄생한다.

"집중력이 생기면서 쌀알에 글씨를 쓰는 것도 가능했다. 이후 어떤

소품도 언제든지 만든다는 확신이 섰다."

전통 공예로 문화상품 개발을 성사시킨 공로가 인정돼 '신지식인'에 선정됐고 인천광역시 신지식인연합회 초대회장을 6년간 역임했다. 전통 공예가 신기술과 매개가 되면서 신지식인의 영역이 확산됐다. 인천시가 속초·목포시 등지와 자매결연을 맺는 고리가 됐고, 기념패는 그의 화각 장식으로 증정됐다. 2002년 월드컵은 그에게 새로운 도전을 안겨줬다. 2개월 기간을 두고 기념품 700개 제작 의뢰가 온 것이다. 정부에서 결정된 2개월은 그에게 초인적 기록을 던져 줬다. 하루 3시간씩 자고, 밥상 옆에서 까치 호랑이 그림을 그리며 화각으로 700개 월드컵 기념함을 제작했다.

목각 공예에서 화각 칠을 넘어 신 디자인까지 그의 영역은 늘 일관된다. 오방색과 간색으로 봉황이나 용·모란·십장생 등 전통 그림과 문양이 목각 위에서 투명하게 비치는 화려함은 정밀과학의 조립이라 공정의 일관성이 생명이다. 선조의 지혜와 기술의 정수를 보여주는 전통 공예의 독특한 장르 화각, 이를 불가의 수행처럼 전수하는 공주(共住)의 미진겁에서 도피안을 본다.

이재만

1966년 화각 공예 입문 이후 1974년 인도에서 세계공예가협회
초대전시회를 시작으로 국제무대가 그를 더 불러 주었다.

후쿠오카박물관(1986), 미국 5대 주립대학(1986~88),
대북 국제전통공예대전(1993), 다까시마야(1993), 베를린(1999),
하노버(2000), 뉴욕 맨하탄(2002), 교토(2002), 도쿄(2003), 파리(2004),
뉴욕(2005), 나고야(2006), 뉴욕(2007), 베이징(2008), 항주 주빙련(2008)
등으로 국제무대를 넘나들었다.
1996년 국가중요무형문화재 109호 화각장 보유자로 지정됐고,
전승공예대전 목칠 분야 심사위원 등을 지냈다.

철주물의 미소 꿰뚫어 청동상 초석 닦았다

"주물이 1,000년을 가듯 주물 기술도 1,000년 전 기술이 우월하다."

우리 조상의 '천년기법'이 청동 주조물에 살아 있다면 문화재도 같은 청동 주물로 복원해야 한다는 주장을 펴는 청동 불상 제조 전문가 송창일(55) 씨는 정부 주도의 문화재 보존 방식에 이의를 제기한다. 그는 청동 주물의 경우 정교한 청동 용접이 원형 보존의 왕도라는 원칙을 갖고 있다.

현재 문화재 보존은 청동 불상이나 주조물에서 떨어져 나간 부분을 목각 FRB 등 다른 조형물체로 대체하는 보완형태를 고수하고 있다.

문화재에 대해 손을 안 대는 것이 원형 보존의 원칙이 아니냐는 물음에 대한 답은 단호하다.

"청동 주조물은 1,000년 이상의 장기보존 가치가 생명이다. 용접으로 원형을 만들어 보존하는 것이 가장 확실한 장기보존이다. 용접 기술의 핵심은 주조물의 성분과 같은 용접봉을 쓰고 주조 당시의 온도와 정확히 맞춰야 한다."

**조각술 '불상 탐구'서 비롯, 철물과 조각의 결합으로
청동 주물의 진수 이뤄**

관건은 청동 주조물의 배합 비율과 용접 온도 등 기술이다. 여기에 청동 주조물의 훼손을 앞당기는 것은 '도금'에서의 기술력 부족이다. 이것은 원칙의 문제일 뿐, 주조와 도금 용접은 오랜 숙련 과정을 거친 전문가의 미세한 손길과 감각이 결정 요인이다.

곧 1,000년 전의 원천 기술로 돌아가면 청동의 용접이 장기보전에 더 유용하다는 것이다. 철물 주조에서 1,000년 전 기술은 자신의 몸 안에 과학과 기예가 녹아들어간 상태이다. 설계도면이 없이 완벽한 대칭과 기포 없이 균일한 두께의 불상과 동종을 만들어 낼 수 있는 장인 기술을 말한다. 여기에 진품 감정도 뛰어넘을 주조와 도금기술이 가세한다.

그의 철물 주조는 2010년 2월 EBS(교육방송)의 '극한직업'에 소개됐다. 1,500도 이상 올라가는 거센 불길에서 빚어지는 거친 주조물

과 예술품의 미세한 감각은 어떻게 연결되는 것일까. 그는 여기에 대한 답이 에밀레종이라고 말한다.

최고의 동종으로 공인된 신라 에밀레종은 배합과 미적 감각의 완결체이고, 금·은·동·주석·아연·인 등 7종의 합금 12만 근과 예술적 감각이 어우러져 현존 기술로 재연이 불가능하지만, 여기에 근접하려는 합금과 조형조각의 동시연마에 도전하는 철물 숙련자조차 극히 희소하다. 역설적이게도 철물 숙련의 관건은 철물과 조각의 이질성 극복이다.

동대 코끼리·연대 독수리
상당수 주조물 조각

'철물과 조각의 결합' 여기에는 청동 주물의 진수를 보여준 신라 천년의 불상과 청동 종이 있다. 그는 국보 83호인 미륵 반가사유상의 원형을 떠서 청동 주조물로 만들고 순금으로 도금해 완벽한 모조물을 재현하는 영광을 누렸다. 미국 카터 대통령 방한 당시 선물용으로 요청 받아 만든 것이 정밀함을 인정받았고, 이후 500여 점 제조해 대한항공 해외 지사 등에서 '한국의 얼굴'이라는 명칭으로 해외에 증정 전시됐다.

철불에도 도전해 최초로 국보 117호 철조 비로자나 좌불상을 복원했다. 그의 철물 조형 기술력은 1970년대 최치원 선생 주조물에서 군부대 삼존불 주조 등을 거치며 물량이 늘기 시작해 기업화되기 시작했다. 연세대 독수리 상, 동국대 코끼리 상, 소파 방정환 동상, 서울 전쟁기념관 작품 주조 등 일반인이 접하기 쉬운 주조물 상당수가 그의 손으로 조각되고 주물이 부어졌다. 국내 최대 동상조각인 여수 자산공원 충무공 동상도 그의 작품이다.

생존을 위해 철물을 배운 것이 창작으로 발전하는 과정에 불교가 있었다. 그의 조각기술은 '불상 탐구'에서 비롯됐다. 조각가 최규원 교수에게 2년간 사사받기는 했지만, 버스를 타고 전국을 일주하며 30여 사찰의 불상을 친견하고 카메라에 담은 덕분이다.

최초의 독자 불상 작품인 서울 성심사 삼존불을 만들면서 '조각+철물'의 기본 구조에 접근했다. 이후 불미전의 출품과 수상은 '청동탱화'라는 새 장르를 열었다. 1984년 불교미술대전에서 청동으로 후불탱화와 삼존불을 출품했을 때 삼존불은 수상했지만 후불탱화는 심사에서 아예 제외되는 고난을 겼었다. 당시 불교 이외 각계에서 도리어 청동 후불탱화에 더 후한 점수를 줬고, 이제는 사천왕상 등에까지 청동주물이 다양하게 번지고 있다.

"주조물에서 미적 감각이 조화를 이루는 완성체는 선조들의 문화재이다. 신라 천년의 불상과 청동이 그 본보기이다. 그럼에도 이를 보고 익히는 주조물의 연마는 어디에도 없는 현실에서 청동 불상은 이의 명맥을 이어주는 유일한 끈이다. 불상이 보여주는 조형의 완벽함과 주조물의 배합 기술이 철물과 조각의 결합에 근거한다."

실제로 화로 위에 시뻘건 철물을 만지면서 도공의 흙을 빚어 석고 부처를 밑바탕 조형물로 만들고, 조각에서 완전한 미를 찾아 눈동자를 그려 넣는 종합판 장인을 길러내는 기술적 수련은 완전히 실종됐다. 기술의 원천이 조각이 아니라 거친 철물 다루기라서 신세대가 처음부터 접근하지 않는다.

그가 2009년 2회 한민족 대상과 신지식인협회 회장상을 수상한 사유도 그런 의미다. 희귀직종의 장인이라는 현실의 반영이었다. 그렇지만 그가 보는 청동 주조물

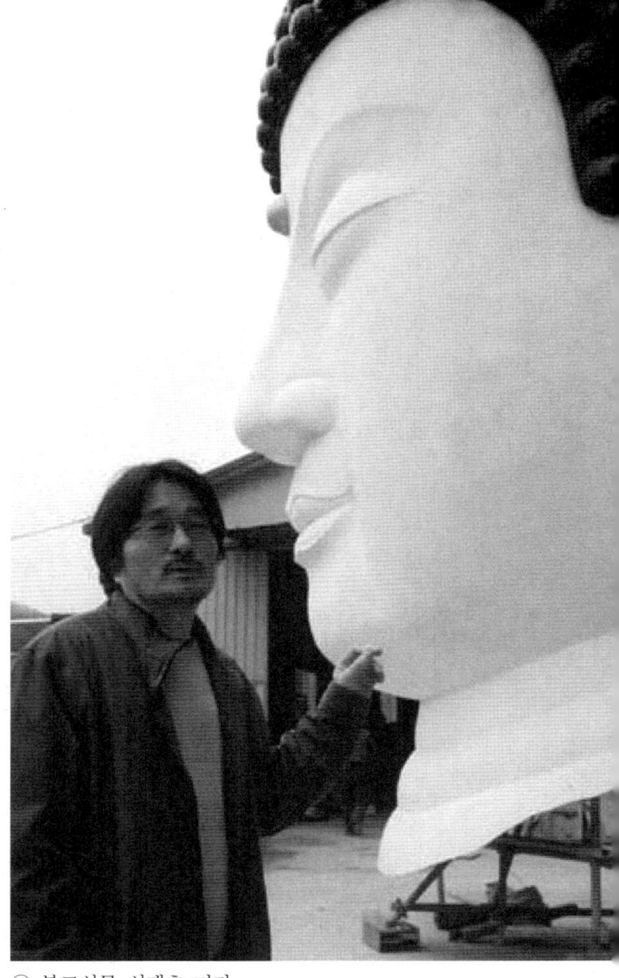

© 불교신문 신재호 기자

의 미래는 밝다. 범종과 청동 불상에서 한때 중국으로 넘어가던 주문이 다시 국내로 넘어오는 현실의 반증이다.

중국·일본 등과의 경쟁에서 승부는 품질이고, 이는 조형미와 배합기술에 의해 결정된다. 청동 주조물의 기술력 입증 방법으로 그는 동종의 '여음'을 강조한다. 청동종을 만들어 여음이 3분 이상 지속되지 못한다면 이는 기술력 부족이나 배합 결함이라는 주장이다.

그가 만든 '춘천 시민의 종'은 2005년 12월 강원대 기술팀의 조사에서 4분 20초를 기록했다. 실측 조사는 기계메카트로닉스 공학부 김석현 교수가 맡았다. 반면 새로 만든 동종의 대표격인 종로 보신각 종은 '2분 30초'에 불과하다는 주장이다.

미륵반가사유상 재연, 철조 비로자나 좌불 복원 '청동 탱화' 새 장르 개척

이 같은 동종의 품질 차이는 합금 종류와 배합 기술에서 온다. 동에다 주석을 섞은 전통기법과 달리 최근 아연이나 실리콘을 배합하는 신기술이 초점이다. 최근 실리콘을 동 주조물에 배합하는 이유는 질겨서 쉽게 조형이 이뤄지기에, 품질보다는 주조의 편의성에 치중하기 때문이다. 전통 기법의 주석과 실리콘의 가격 차이도 주요 요인이다. 가격은 약 13배로 주석이 고가 상품이다.

상업화로 주조 과정에서 성형이 쉬운 실리콘이 대중화된 것이 화근이다. 중국에서 많이 쓰는 아연이 섞인 것도 질적 저하를 가져왔다. 아연이 섞인 황동은 부식이 좀 더 빨리 진행된다. 청동 주조물 선호 이유가 최고 장기 보존이라는 점과 배치된다. 실리콘 배합은 일본이 앞섰고 이를 신기술로 응용하는 한국의 세태에 안타까움을 보인다. 강도가 좋아 작은 조형물에는 적합하나 두꺼운 동종에선 소리 결함을 키우고 불상에선 보존에 문제를 준다.

그는 황수영 박사와 더불어 국보급 문화재의 모조품 제작에 참여하던 당시가 기술을 키운 계기라고 설명한다. 옥으로 된 세종대왕 옥새와 영조의 목각 옥새, 금으로 된 마패 등 500여 개 보물 진품을 만지고 조형본을 고무 모형으로 직접 떴다. 조형 기술이 바탕이 돼, 사천왕상 청동 주조물을 보편화시켰고 후불탱화에도 청동 주조물의 시대를 열었다. 이제 그의 조각 기술은 대형 청동 불상의 경쟁 체제에서 진가를 발휘한다. 한국에서 시작됐지만 중국도 가세한 100미터급 초대형 청동 불상 제작 상황에선 얼굴의 균형미가 최대 관건이고, 이는 한국의 전통 불상을 탐미해 온 기술이 우월성을 느끼게 해 준다.

"신라와 고려 불상의 잔잔하면서 밝은 미소를 깊이 인식하지 못하고 완벽한 조화미를 갖추기 어렵다. 현대 조형물이 화려함과 아름다움에서 앞서지만 전통미는 완벽함에 있다."

여기에는 조각기술에서 대형 조형에 맞춰 개발한 스티로폼 조각 모형이 위력을 발휘한다. 이제 16미터의 아미타 청동 대불이 마지막 공정에 들어가면서 그는 눈동자 그려 넣기에 몰입한다. 완벽한 조화미의 명암이 걸린 최종 단계에 그의 40년 손 기술이 치열하게 움직인다.

송창일

16세에 주물을 배우기 시작했고 홍익대 조소과 최규원 교수에게 조각을 수학한 것 이외엔 현장에서 주물과 도금 모형제작 등의 산 기술을 익혔다.

초기에 문화재청의 의뢰로 국보급의 진품에 고무형태를 떠서 복사품을
만들면서 기술이 늘어 삼보주물을 창업했고, 이를 지금의 천종사로
개명했다.

불상 보수 등 문화재 보수에도 많이 참여했으며, 불교미술대전에서 조각부
특선을 비롯, 대한민국 불교미술대제전 조각부 특선, 서울올림픽기원
불교미술대제전 입선, 대한민국 청소년 민족문화예술대전 불교조형미술
대상(통일부 장관상) 등을 수상했다.

지난해 신지식인 협회장상과 한민족 대상을 수상했고, 2012년 2월 EBS
'극한직업' 프로그램에 그의 거칠면서 세밀한 작업이 방영됐다.

가식은 장인의 적, 쉼 없이 마음 밭 갈아야

광복절에 맞춰 복원된 새 광화문 현판이 활짝 열렸다. 육중한 대문의 밑에는 두 개의 ‘시우쇠’가 맞물려 있다. ‘신쇠’와 ‘확쇠’가 암수를 이뤄 회전한다. 페인트칠 없이도 녹슬지 않는 쇳덩어리는 각각 80kg과 40kg이다. 쇠질 강도는 최고다. 칼날을 만드는 전통기법으로 담금질을 거듭했다. 여기에 전통의 비법이 더해졌다. 들기름으로 벌겋게 단 쇠가 식어 가는 어느 순간, 들기름을 부어 굽는다. 그 순간을 놓치면 차후에 부식이 시작된다. 그 순간은 두석 장인만이 알고 있다.

흙으로 만든 거푸집이 석고와 달리 기포를 없애는 주조부터 단조와 착색 모두 구전된 이론 복원이다. 조선시대 두석장인(豆錫匠人), 쇠로 기물과 장석을 만들던 전통기법이 명맥을 유지하기 위해서는 마음과 몸이 항시 같이 움직인다. 반복되는 단조와 주조는 동시성을 유지하는 동력이다. 중요무형문화재 64호 두석장 박문열(62) 씨는 집중력과 승부욕의 결합으로 장인의 길을 열어 왔다.

전통·현대 접목, 집중력과 승부욕의 결합

그는 1993년도 전승공예대전에서 자물쇠로 장관상을 받았다. 당시 '기기묘묘한 자물쇠'가 언론 지면을 장식했다. 선조들의 자물쇠는 비밀의 문처럼 아예 열쇠 구멍이 없다. 서양의 열쇠에 길들여져 열쇠와 자물쇠가 기계적으로 맞물리는 '열쇠 선의 직선과 굴곡 구조'가 기술의 진보라고 여겨온 상식의 파기이다. 전통의 자물쇠와 열쇠 사이에는 입체 구조에 의한 여러 각도가 동원됐다. 몸통 전체가 개폐를 포괄하는 포용과 조화 방식, 이는 인간과 우주만유 질서를 하나로 인식하는 두석 장인의 가치를 찾아준다.

그의 전통 자물쇠는 통상 7단의 단계별 풀이가 기본이다. 처음 자물쇠 몸통을 4단계까지 순서대로 손으로 풀어줘야 비로소 열쇠 구멍이 보인다. 열쇠 각도를 꺾어주며 몸통에 접목되고 다시 회전하면서 비로소 열쇠의 기본 작동이 시작된다. 과학적 구조와 인간의 창의력이 일순간 결합되면서 순리와 합리의 면모를 확연히 보여 준다. 이는 전통의 계승이 기술의 진보와 맞물리는 현장이다. 손 기술의 정밀함이 아니라, 장인에게 왜 마음의 단련이 우선되어 왔는지도 확인된다.

"1993년 2월 진주의 태정민속박물관에 찾아가 간청한 끝에 7단 비밀 자물쇠를 볼 수 있었다. 개인 박물관 소장품이라 소중하게 보관돼 보자기에 곱게 싸여 있었다. 소장자는 촬영과 스케치 모두 허용치 않았고, 물건을 보면서 그와 대화를 나누는 사이 기계장치와 구조를 눈과 머리에 입력했다. 대화가 끝나고 진주버스터미널로 가서 대강 스케치했다. 서울로 올라와 옥상공방에 가자마자 4일간을 꼬박 밤을 새웠다. 풀리지 않던 의문이 5일째 답으로 돌아왔다. 옥상이 워낙 추워 집에 들어가 한숨 자고 나와 곧바로 제작에 들어갔다."

지금도 그는 눈짐작으로 치수를 정확히 맞춘다. 설계도면 없이 자물쇠 구조를 그대로 제작하는 기법은 '너무도 많이 만들어 본' 그의 눈과 손이 마음으로 결합한 결산이다. 구멍이 숭숭 뚫려 있는 투각, 단조로 펴고 징으로 파내서 문양이 새겨진 장석은 정밀한 치수로 복잡하지만, 전체 구조에서 정확한 배열로 꽉 짜여진다. 그냥 철판의 구멍이 아니라 정밀과학이 그려낸 기계장치이다.

"전통 자물쇠는 겨레의 과학이다."

중요무형문화재 시연에서 '숭숭이 장석'이라 불렀던 그의 투각은 현대 과학이 분업화되기 이전 전통 과학의 특성을 살린다. '설계와 제작의 단일 몸체'가 진가를 보여주는 그의 강의에는 전통 기법 훈련이 근간이다. 한국전통건축학교 강의에서 연간 2주가 이론이고 30주 실습이다. 철판을 두들겨 필요한 두께에 맞춰 펴가는 고된 반복 훈련이 시작이다. 요즘 방학임에도 단조에 몰입 중인 연습생이 많아 기초

훈련의 진가가 재평가된다.

"장인의 능력은 생각의 힘에 있다. 틀에 박히면 작업에 생명력이 없다. 전통기법은 시대에 맞게 변화를 추구하는 장인에게 생각하는 힘을 준다. 현대와 전통을 접목하며 자신과의 싸움을 이겨내야 한다."

전통은 손과 마음의 업그레이드 대상이다
창작일수록 작품 승부욕 벗어나야

그의 '심경장석공방' 작업은 단순 명료하게 진행된다.

"창작일수록 작업에서 자신을 깨달아야 한다. 낙선과 입선의 아픔 과정에서 욕심을 버리는 방식을 배웠다. 작품으로 승부하려는 욕망에서 벗어나지 못하면 실체를 터득할 수 없다."

그래서 일관성을 중시한다. 장관상을 타고 궤도에 올라서자 작품이 나오기 시작했다. 그래도 새벽 4시부터 9시까지 창작품을 만들고, 9시부터 5시까지 작업 일을 하고 다시 저녁 창작품 작업이 밤 10시까지, 이 방식으로 평생을 버텨온 결산이다.

"억지를 쓰면 사고 난다. 욕심을 버리고 마음을 갖고 작업해야 한다." 어려운 기술과 부닥칠수록 이렇게 마음을 다잡는다. 가로 형태의 현판인 '광화문' 달기는 공중에 걸고리를 달아야 하는 고난도 기술이다. 12개의 철근 고리가 만들어졌고, 비스듬히 박는 전통기법이 가동됐다. 막판 작업에 혼선이 생겼다. 이때 나사못은 일체 쓰지 않는 전통에서 벗어나려는 유혹이 뻗쳐 왔었다. 문에 달린 '박공'

‘철렵’ 등 광화문 복원에서 쇠 장석은 모두 그런 전통기법에 의한 그의 작품이다. 창덕궁 낙선재와 내의원, 경복궁·건청궁·함화당·집경당, 국립중앙박물관 8각정·청자정 등의 장석이 다 그의 손을 거쳤다.

눈으로 계측하기엔 도전도 많다. 지난해 조계사에 세워진 ‘8각 10층 석탑’ 상층부도 그 중 하나다. 그는 월정사에 가서 ‘8각 9층 석탑’을 몇 번이고 반복 관측했다. 상륜부 앙화부터 철주까지 세밀한 청동 구조물이 그의 ‘관찰에 의한 실측’이 관철된 것이다. 그의 투시는 폭과 규격에서 정확도를 위해 황금비례 기법을 원용한다. 전통제작에는 그 황금비율이 가장 폭 넓고 정확하게 쓰였다. 황금비율은 자연미와 과학성의 기초였다. 사찰의 건축과 구조물에서 그 황금비례는 철칙이다. 전통 장인에게 황금비례란 숱한 반복 경험의 축적물이다. 그 이전 통도사 금강계단, 법주사 대웅전, 불갑사 대웅전, 구인사 대조사전, 봉정사 장석물, 뉴욕 한마음선원 등의 장석이 그의 손으로 만들어졌다.

“전통기법은 합리적이다. 전통이 자연미를 살린다. 재래식 방법은 선이 고정되지 않는다. 프레스로 찍듯이 일정하지 않기에 기술자의 미적 감각이 살아난다.”

그의 자연미는 자연의 축적과 인간의 경험 축적이 합치될 수 있음을 보여준다. 주물의 착색에도 이는 적용된다.

그는 15살부터 쇠 담금질을 시작했다. 마포에서 남영동 삼흥주물

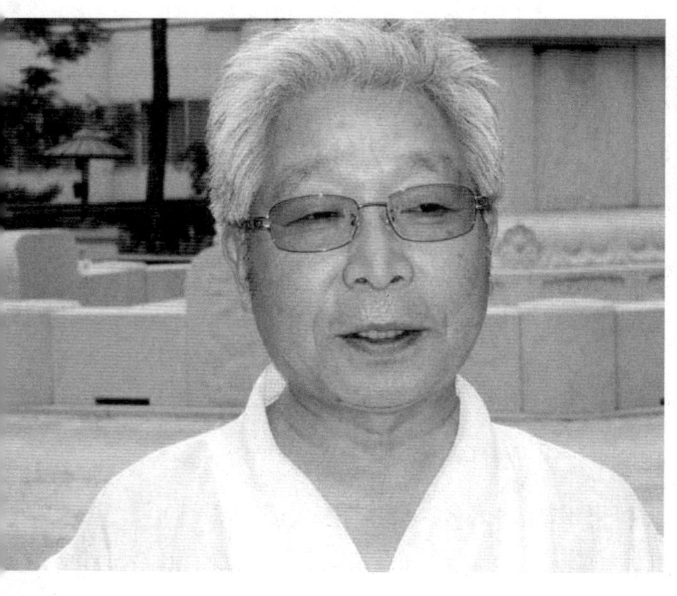

공장까지 산을 넘어 걸어 출근하며 새벽 5시부터 일을 시작했다. "당시에는 남보다 잔업 수당을 더 받기 위한 경쟁심에서 일에만 매달렸다."

5시부터 9시까지 4시간 새벽잔업 수당을 더해 숙련공 연장자보다 5원 많은 월급 50원이 채워졌다. 일을 좋아하면서, 쇠를 두들기는 단조가 마음먹은 형태로 만들어지는 과정에 맛이 커졌다. 1968년 윤희복 선생의 공방에 입문하면서 전통장석의 길이 열렸다. 인사동에서 훼손된 골동품을 전문적으로 수리했다. 이때 다양한 모형을 거의 섭렵했다.

"자신과 싸우면서 전통의 미가 살아난다. 고된 작업보다 마음 다루기가 더 어렵다." 그의 호 '심경(心耕)'은 마음도 밭처럼 계속 갈아주는 대상이다. "장인에게 가식이 가장 큰 적"이라며 가식을 버리기 위해 마음을 닦는다. 작품에서 힘이 부칠 때면 도봉산에 붙어 암벽을 탄다. 손의 악력과 평상심 유지에 제격이다.

그에게 전통이란 업그레이드 대상이다. 전통과 현대의 접목으로 전통 기술을 발전시키고 그 경험이 전통의 색을 만든다. 정을 이용해 조이질로 문양을 만드는 주름질 기법도 그의 손맛에서 살아난다. 광화문 시우쇠에 들기름을 이용한 전통 착색도 온도가 안 맞으면 허옇게 벗겨진다. 철물 장석에서 검은 빛으로 쇠질이 살아나는 것은 그만큼 손질이 많이 간 증거다. 손과 마음의 이사불이(理事不二)에서 장인의 업그레이드를 본다.

박문열

1993년 전승공예대전에서 문화체육부장관상을 수상하고
2000년 중요무형문화재 '64호 두석장'으로 선정됐다.
1991년 문화재 수리기능자(철물공) 취득에 이어 1997년
한국산업인력관리공단 노동부 기능전승자(전통장석제작)로 선정됐다.
1992년부터 국립민속박물관 유물 가구 및 장석류 보수를 전담하면서
경복궁 전통 자물쇠 150여 개와 종묘 자물쇠 등을 제작했고 이번 광화문 복원에서 장석물 제작과 설치를 담당했다.
1989년 13회 전승공예대전에서부터 23회(1998년)까지 한 해도 빠지지 않고 출품해 입선·장려상·특별상 등을 연속 수상했고, 1994년 서울 정도 600년 '자랑스런 시민상'을 받고, 2001년에 국무총리상을 수상했다.
일본 메그로 미술관(1997년)·고마가내고켄 미술관(1998년), 미국 5개주 순방전시 및 시연(1999년) 등 해외 전시회와 10여 회의 국내 전시회를 연속으로 가졌으며, 2009년 조계사 8각 9층 석탑 상륜부 제작과 설치를 전담했다.

붓의 털끝 하나씩 간추리며
0.1mm 속 살핀다

과학 실체 보이는 우리 붓, 인장력·압축력의 완벽한 조화

인장력과 압축력의 완벽한 조화가 우리 붓에 있다. 건축 구조의 숙제를 강제된 결합이 아니라 자연의 순리로 안정성을 유지한다. 기름기가 말끔히 빠져 속이 텅 빈 염소 털 가락 100여 개가 한 올 한 올 미세 간극을 두고 순차적으로 쌓여 뾰족한 끝에서 두툼한 중간 형태로 길쭉하게 뻗쳐 올라간 붓의 형체를 구축한다. 내면은 서로 간의 자연적 결합력이 단단하게 뭉쳐져 있어 털이 빠지지 않는다. 이제 듬뿍 찍힌 뻑뻑한 먹물이 마음먹은 힘만큼씩 흐르거나 멈추며 과학의 실체를 속속 보여준다.

힘과 균형의 서예에서 붓이 보여주는 과학성을 놓치기 쉽다. 흔히 붓의 정밀함은 붓글씨의 화려함에 가려져 왔다. 그러나 물체와 힘이 주는 상관성을 정밀하게 적용하면 붓에 투영된 선조들의 지혜가 과학으로 인정된다.

조선시대 최고의 필력가로 인정받는 추사 김정희의 고목나무 꺾듯 힘찬 글씨체를 보여주는 '갈필(葛筆)'은 우리 들녘에서 캐낸 칡넝쿨로 만든 붓이다. 갈필은 무형문화재 4호 문상호(69) 씨에 의해 복원됐다. 여기에다 갈대로 만든 '노필'은 부드러움이 염소 털로 만든 모필(毛筆)에 육박한다. 특히 그의 죽필은 글씨에서 모필과 같은 글씨 모양을 보일 정도로 완벽하게 먹과 붓의 조화를 보여준다. 죽필은 부드러우며, 힘을 보여줄 때는 꽉 눌러쓰면 그제야 대나무의 강인함을 드러내며 서체의 힘과 유연함이 최대로 살아난다.

수입되는 갈필과 그의 갈필은 확연히 차이가 난다. 아주 부드럽게 써지는 글씨체에서 판명된다. 게다가 우리 선조들이 가장 흔히 썼던 '고필(稿筆)'을 볏짚으로 복원하면서 붓의 소재 섭렵에 탄력을 더했다. 처음에는 볏짚 그대로 만들었고, 뒷면을 이용해 모필과 똑같은 모양새의 정밀한 붓을 복원했다. 볏짚 모양을 살린 붓은 글쓰기에서 서걱서걱 소리가 난다는 옛 어른의 증언을 토대로 한 것이다.

이는 무형문화재 신청에서 증거가 됐다. 고필의 존재 자체를 전면 부정하던 관계와 학계, 서예계에 그가 처음 고필의 전승 가치를 입증한 것이다.

그는 일본에서 보존형으로 만드는 '탄생필'의 우리 원형인 '태모필 (胎毛筆)'도 복원했다. 엄마 뱃속에서 태어난 영아의 머릿결은 모공의 끝이 살아 있어 붓 끝을 살린다. 그의 태모필은 실전이 가능하다. 그는 백수에 얼마 전 작고한 어머니의 머릿결에서 새로 났던 결만 간추려 붓을 만들고 있다.

우리 전통기법을 되살려 전승공예대전에 등귀하다

그의 갈필과 달리 중국산·일본산 갈필은 글씨체가 거칠다. 그는 1992년 죽필과 갈필 복원으로 전승공예대전에 등귀하고 이어 1993년 고필도 입선하게 된다.

바닷가에서 자란 갈대를 붓의 소재로 만드는 과정은 말 그대로 정밀과학이다. 단순해 보이지만 과정이 복잡하게 얽힌 미로를 찾아간다. 뻣뻣함을 죽이기 위해 소금물로 삶아낸다. 부드러워지면 아교가 흡착된 먹물의 견인력과 잘 싸워 이겨내야 한다. 스스로 압축되면서 붓글씨의 굵고 가는 선의 정밀함에 탄력을 이겨내는 비결은 어디에서 왔을까? 붓에 입문한 이후 평생을 이사하지 않고 광주광역시 백운동 집에서 살며 붓만을 만든 경력이 독특하다. 오직 개인 연구로 볏짚과 갈대, 대나무 칡넝쿨이 다뤄졌다. 그 결실은 붓의 소재가 질겨지고 동시에 부드러워지는 조화점을 찾아내는 것이었다. 신소재 찾기와 같은 그의 전통기법을 보자.

소금으로 질기게 만들고, 볏짚의 잿물로 부드럽게 만드는 조화가 핵심이다. 대나무는 10시간 이상 소금물에 약간의 볏짚을 넣어 삶아 낸다. 갈대도 마찬가지. 단지 고필을 만드는 볏짚은 소금물로만 삶아내면 된다. 그런 고필이 예서와 전서에서 힘과 기예를 동시에 살려준다.

이 전통기법은 완전히 망각된 상태에서 그에 의해 되살아났다. 염소 털로 만든 모필 제작으로 시작된 그의 필기능(筆技能) 입문이 독립적 기예로 길을 찾아 나선 것이다. 결실은 전승으로의 복원이었다. 염소 털의 기름기를 제거하는 데 화공약품에 의존하던 제작 공정에 반기를 들고 그가 찾아낸 전통의 기법은 모필의 염소 털에서 찾았다. 염소 털의 속을 텅 비게 만드는 소재는 우리의 왕겨였다. 왕겨를 태워서 나온 기름을 먹물에 넣어 쓰는 전통비법을 응용한 것이다. 가장 고급스럽게 써지는 글씨는 왕겨를 태운 기름이 배합된 먹을 갈아서 만든 먹물이란 전통기술의 내역을 역으로 적용했다. 그렇게 염소 털 내면의 기름기를 제거하면서 화공약품으로 기름기를 뺄 때 섬유질이 파괴되는 작은 부작용마저 해소했다.

그는 기름기 제거방법으로 다림질을 동원했다. 다림질의 뜨거움이 염소 털 가락 속에 차 있는 기름기가 왕겨로 옮겨가는 이치였다. 그 뜨거움의 온도는 그의 감각에 전적으로 의존한다. 오랜 반복 작업이 그의 마음에 흡착된 손길로 작업을 완수한다.

"염소 털의 속을 완전히 비워야 그 구멍으로 먹물이 스며들어 가서 저장됐다가 글씨를 쓸 때 서서히 흘러내린다. 쥐의 수염으로 만든 서수필은 속이 비어 있질 않아서 흘러내리는 힘의 균형을 위해 염소 털과 3:1로 섞는다. 서수필은 구양순체의 특성을 최대한 살린다."

극미세의 빨대 효과를 과학적으로 접근하기에는 문헌과 자료가 턱없이 부족했다. 손 감각과 반복되는 작업의 정밀함에서 농축된 기술력이 결집된 것이다.

합리는 경험의 한계를 넘어 전승 복원에서 완벽성을 보여 준다

그는 붓을 많이 쓴 보림사 인근에서 자랐고 공방도 '보림필방'으로 열었다.

"똑같은 일정과 작업 공정으로 반복되는 공방생활이 지극히 합리적이었다."

그는 그런 일관성에서 모필의 과학성을 찾아냈고, 이를 근거로 전통의 죽필, 갈필, 고필, 서수필, 태노필 등을 과학 이치로 복원했다.

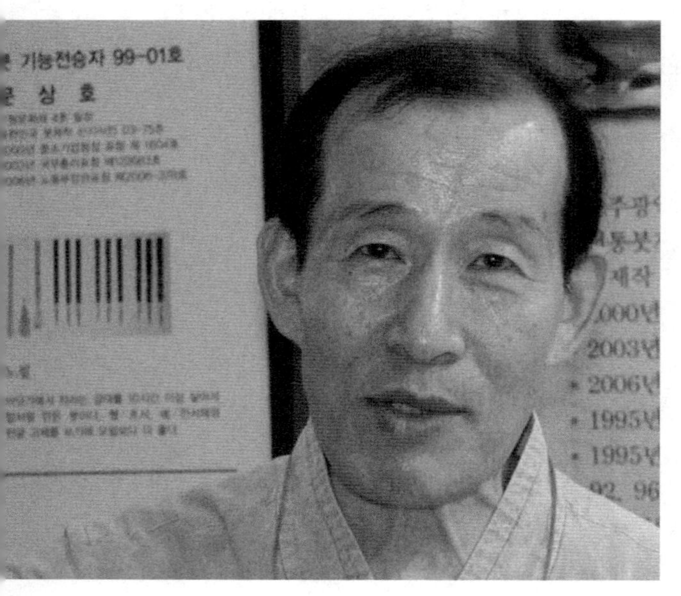

"정밀함은 일관된 기준으로 평상심을 잘 유지하면 이뤄진다." 그의 초합리는 여기서 발현됐다. 불교의 합리적 사고 훈련은 그런 초합리주의의 밑바탕이었

다. 거기서 늘리거나 줄이지 않고 그대로 관조하는 무증감(無增減)에 빠지면 집제(集諦)와 멸제(滅諦)를 동시에 보는 멸법지인(滅法智忍)의 마음을 본다.

합리는 경험의 한계를 넘어 전승 복원에서 완벽성을 보여준다. 선조들이 중국과 달리 붓의 소재를 매우 다양하게 썼다는 실체의 확인도 그렇다. 불행히도 기록은 현존치 않지만 소재와 기법은 우리의 실체에 잠재돼 있었다. 1992년 수상작 '죽필'은 모필과 모양새가 같지만 실제 형태는 천양지차다.

대나무 끝을 털 가락처럼 가늘게 잘게 썰듯이 깎아내려 붓의 형체를 만들었다. 물론 몸체와 붓 모양의 상층부 털 가락 끝은 한 몸체로 대나무 원형 그대로 이어지며 붓의 모양은 힘과 유연성이 단연 돋보인다. 이 같은 전통의 시연은 그간 옛 글씨체 검증에서 능력의 한계를 보여 온 서예계에도 충격이다. 다양한 글씨체들의 특성을 재분석하는 데 붓의 소재가 결정 요소로 자리 잡게 만든다.

그만큼 붓은 서예와 고서화의 본체이지만, 관련 책자 한 권 없는 것이 우리 현실이다. 모두가 구전과 추론이다. 0.1mm 터널 속으로 손과 마음의 탐험이 그렇게 교괴(敎壞)되어 다가왔다.

흔한 모필이 애초 출발점이었다. 야생의 흰 염소, 그것도 수놈 2~3년생의 털만이 붓에 쓰이는 그의 작업은 온통 중국산 수입품으로 뒤덮이는 현실에 직면해 있다. 그것도 환경 변화에 따라 야생 염소가 줄어든 탓으로 모발이 짧아진다. 야생 염소가 풀을 먹으며 추위를 이

기기 위해 긴 털을 유지할 수 있었는데, 기름진 사료와 사육으로 털에 변화가 온 것이다. 이제 전통의 복원이란 시대의 명제를 앞서 그가 열었다. 붓 하나 구하기 어려웠던 유배지의 선비들이 현지에 흔한 소재로 붓을 만들어 썼던 족적은 소중한 우리 전통기술이다.

문방사우 중 핵심인 붓에 대한 책은 우리나라 어디에도 없다. 오직 경험담과 구전에 의존한다. 그래서 붓을 적합하게 보관하는 법도 비상식 투성이다. 흔히 붓을 물에 빨아 걸어두는 방식은 붓을 망친다. 붓에서 먹물의 아교성분을 물로 씻어내는 기능은 털구멍이 빈 공간에서 붓이 썩게 만든다.

먹물이 밴 붓의 냄새는 먹물에 남은 아교 성분이 남은 탓이다. 붓의 생명력은 오히려 온도와 통풍이다. 장마 때에 썩고 겨울에도 썩는다. 집안의 온도와 습도 때문이다. 그래서 냉장고에 넣어서 보관하고 쓰는 것이 안전하다. 물론 먹물도 냉장고에 보관하면 생명력이 유지돼 붓이 잘 나가게 기능한다.

"관찰하는 힘은 잡념을 끊어버리면서 살아난다."

견도(見道)에 앞서 견소단(見所斷)의 번뇌를 끊어버리는 과정을 그에게서 본다.

문상호

무형문화재 4호 필장이다. 붓 제작 고유기능전승자 99-1호(노동부)이고, 붓 제작 신지식인 3-75호(행안부)이다. 2003년 국무총리 표창, 2006년

노동부장관 표창을 수상했고, 1969년 붓 제작을 시작한 광주광역시 백운동에서 한 차례도 이주하지 않고 41년 동안 한결같이 붓 제작에만 몰두하고 있다.

1995년 25회 전국공예품대전 은상 통상산업부장관상 수상을 비롯해, 23회·26회·30회·34회·38회 기관장상, 광주광역시 공예품대전 최우수상, 2003년 2회 대한민국 전통공예대전 동상 등의 화려한 수상 경력을 갖고 있다.

도막 내면을 숨 쉬며 잠들게 하라

옻칠로 만든 병이 도자기보다도 유연한 자태로 단단하기 그지없다. 실제 칠기제품들은 도자기의 역사를 앞지른다. 기원전 종이통 칠기(漆器)는 중국 한나라에서 찾을 수 없는 고유 양식이다. 여기서 한걸음 더 나아간 새끼줄 공법이 1호 옻칠장 손대현 씨의 손을 거쳐 모란 당초문 건칠화병을 뽑낸다. 새끼줄 위에 점토, 그 위에 삼베와 옻칠이 반복되며 협저칠기인 화병이 완성된다. 유려한 곡선과 기물의 형태가 장인의 마음으로 결정된다.

삼베 실올의 미세한 턱이 토회와 찹쌀로 쑨 풀로 메워지며 굳혀져 가는 2,000년이 더 된 우리 공법에서 오늘의 철근구조 위 콘크리트

성형 원조를 보여준다. 옻칠에서 이런 고래질 법은 첨단보다 한 수 위임을 입증한다. 덧칠이 아니라 한 번에 고르게 먹는 칼날 같은 붓질이 얇지만 강한 옻의 장점을 살린다.

"옻칠이 너무 두꺼우면 산소와 접촉할 기회가 없어 삼베와 토회에 마르지 않는 부분이 생기고 강도가 약해진다."

옻칠은 붓질과의 사투, 산소를 투과시켜라

옻칠 입문은 붓질과의 경합이다. 처음 칠하는 생칠(生漆)이 6년 훈련을 거친다. 여기에 토분과 어교(魚膠, 민어 부레에 쌀뜨물로 쑨 풀)가 곁들여져 삼베의 턱을 메우는 주걱 바르기가 있고, 다시 중칠에서 5년의 붓질 수련. 그는 12년의 붓질 연습 끝에 상칠반으로 승급했다. 마무리 붓질인 상칠에서 2년을 붓과 씨름하고 나서야 스승인 민종태 선생이 독립을 허용했다.

"한 번에 옻을 붓에 찍고 일정 거리만큼 같은 두께로 한 번에 붓질이 가해져야 한다." 여러 차례 붓질이 가면 숨을 쉬는 옻칠의 장점이 반감된다. 일정한 힘으로 거리만큼 붓질이 나아가게 하는 훈련은 옻칠 장인의 기본이다. 장기보존에서 가장 우월함을 보여 온 우리의 옻칠이 견고함을 유지하는 비결은 자연 친화력이다.

말총 털로 만든 붓은 날이 서 있어 칼날 같다. 털 내부 공간이 빈 곳에 옻칠이 먹었다가 조금씩 흘러내리는 과정에서, '찍어서 바르고 세워서 일정 두께를 유지'하게 붓질이 가야 흐르는 옻칠 장력을 감당한다. 옻칠이 적셔진 양과 붓질이 가야 할 길이를 미리 가늠하는 것이 관건이다. 이렇게 옻칠이 먹은 목기(백골)는 기원전 제품도 발굴된다. 중국이 자랑하는 '명 13릉'을 넘어, 우리의 고분에선 그들의 한나라까지 더 거슬러 올라가는 보존력을 보여 줬다. 우리는 낙랑시대 왕릉 고분에서 종이로 만든 활통이 나온 것에 그치지 않고 기원전 기록도 있다. 심지어 일본 문헌에서 우리 옻칠의 기록이 나온다.

고구려 시대 닥나무에 옻을 입힌 통이 발굴됐다는 것도, 발아도 안 된 씨앗이 그대로 보존된 사례도 있다. 《삼국사기》에도 유사 기록이 있다. 그만큼 우리 옻은 스스로 숨 쉬는 힘이 생명이다. 만리장성에서 가장 견고한 부분은 옻칠로 강도를 높였다는 점이 이를 반증한다. 특히 중국보다 종이 만들기에서 앞선 우리 선조들이 종이 활통에 옻칠로 우월성을 보여줬다.

고려 때 만든 일본 국보 '국당초문대모염주함' 복원

그는 고려시대 만들어진 일본 국보 '국당초문대모염주함'을 처음 복원했다. 귀한 염주를 보관했던 염주함은 일본 박물관 소장품이지만 문헌 고증만으로 복원해 1986년 전승공예대전에 출품했다. "동선을 꼬아서 쓰는 기법이나 대모 기법 등이 가장 탁월하다." 이후 1998년 호암미술관에서 '대고구려 국보전' 때 실물이 국내에 들어온 것을 기회로 진품을 직접 보고 다시 재연했다. 염주함의 산스크리트어는 나전칠기 기법으로 붙였다. 상칠까지 이뤄진 후에 조개껍질을 줄음질

('주림질'로도 부름, 자개 오리기) 기법에 따라, 실톱으로 외겹을 45도 각도로 잘라 곡선을 만들고 어교로 붙인 후 지짐질, 이어 따뜻한 물로 비벼서 어교 잔흔을 모두 씻어 내고, 줄음질이 다시 이뤄지면 붙은 자개 위에 생칠이 가해진다. 다시 자개 접착 면에

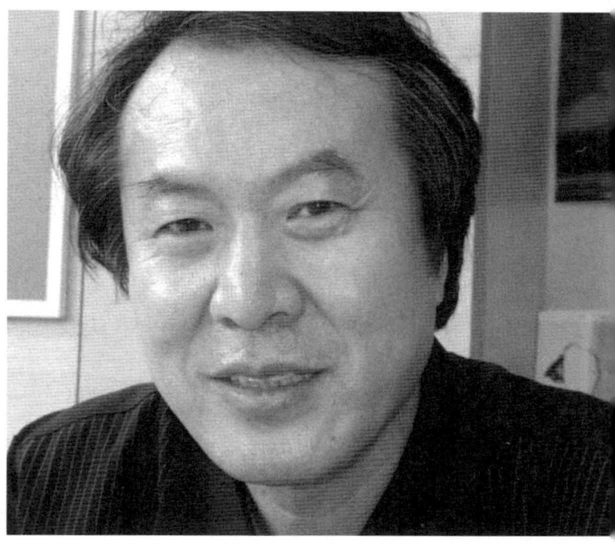

토회로 갈기, 그리고 초칠·중칠·상칠, 다만 자개 위의 칠을 칼로 긁어내는 시간이 중요하다. 덜 마르면 칠면이 약해 흠이 날 수 있고, 너무 마르면 칠이 마르고 강해져 긁어지지 않는다. 적당한 시간은 7~8시간 정도, 이 역시 손에 익은 감각으로 결정된다.

고도의 손 감각은 마음과의 합일이 관건이다. 똑같은 기법을 반복하면서 손과 마음의 일체감을 유지해야 한다. 그러기 위해 작업에서 손을 뗄 수 없다. 극미세 공법의 수련은 여기에서 발현된다. 삼베 결을 메우는 고래질 기법을 보자. 주걱으로 찍어 바르는 두께는 0.4mm 정도, 고운 황토를 만들기 위해 황톳물을 몇 번 걸러 물을 따라낸 후 생칠과 1:1로 섞은 다음 주걱으로 개서 실눈 같은 삼베실의 턱을 균등하게 메워나간다. 그는 이의 완성을 위해 밤에 혼자 연습하는 과정

을 반복했다.

"일본 동경예술대 세미나에서 발표했을 때 스페인 박물관 책임자가 한국의 옻칠 공예에서 놀라움을 발견했다고 직접 말해 줬다. 그는 옻칠이 일본의 전유물인 줄 알았다가 한국의 옻칠에서 우수성을 더 한층 발견했다."

스페인에는 4~5세기 전 일본이 파견한 옻칠공이 직접 왕실 가구에 옻칠을 바른 것이 현존한다. 이로써 유럽은 일본의 옻칠에 정통성을 둔다. 그는 이런 국제 인식에 반기를 든다. 일본이 습도가 높은 지형 조건으로 옻칠이 정교하게 발달했지만, 시원에서 우리가 앞선다. 게다가 나전칠기의 아름다움은 단연 우월하다. 이제 나전칠기에 대한 국제적 인식 확대는 그의 새로운 목표이다.

거친 나무 육송에 고래질 기법, 찹쌀가루를 혼합해 균일하게 생칠을 하는 것에서부터 나전칠기의 우아한 색상과 접착력, 조개의 주름질 기법, 돌덩어리 같은 화병의 섬세한 선이 빚어지는 협저 칠기에 적용되는 새끼줄 꼬기와 삼베 입히는 기술 등 옻칠 공법에서 세계 유일을 자랑할 거리는 많다. 특히 종이와 옻칠의 결합에서 중국보다 우월하고, 조개껍질 활용은 우리만의 기술이고, 건융지와 화선지에 옻칠로 연한 갈색을 내고 고고함을 뽐내는 고서화는 우리 고유의 몫이다.

궁중과 사대부 집에서는 장판에도 옻칠을 썼다. "옻칠은 미세먼지가 흘러내리게 만든다." 세척하지 않고 대중공양에서 닦기만 하는 스님의 발우에도 옻칠은 필수다. 옻칠한 불상에 금박을 입히면 영구불변이다. 철불상의 경우 밀착도가 높아져 녹이 안 슬고 금도금이 살아난다. 그래서 고려 때엔 염주함도 옻칠로 만들었다. 그만큼 고려불교와 옻칠은 밀접하게 맞물렸고, 고려 말 공민왕대에서 영정과 자개병풍에 옻칠이 상용된다.

손 감각 12년 반복 수련, 나전칠기 수려함을 반복교반으로 재생

생칠이 보편적이던 우리와 달리, 정제칠을 많이 쓰던 일본과 비교해 보자. 원래 정제 기법도 우리가 원조이다. 이를 굳이 일본에 원형을 두려는 경향에 우려를 보인다. 특히 기후환경으로 옻칠을 일상으로 만든 일본에서 옻칠의 새 유형인 캐슈가 밀려온다. 열매에서 추출하기는 하지만 포르말린 독성이 있다. 값이 싸고 건조가 빨라 칠하기 편하다는 점 때문에 국내에서도 캐슈를 다량 혼합해 쓰고 있다.

그러나 캐슈는 상온에 건조되기에 습도에 약해 장기보존과 독성 배출에서 취약점이 있다. 옻의 분자활동이 가장 활발한 조건은 습도 75%에 온도 23°c이다. 옻나무에서 채취한 유백색 액체의 생칠(生漆)은 공기와 접촉하면서 우루시올(漆酸)과 락카제(효소)의 자체중화 과정을 거쳐 갈색으로 변하면서 견고하게 굳어지면서 도막을 형성한다.

"도막은 숨 쉬며 잠을 잔다."

좋은 옻나무는 산간 내지 큰 산을 끼고 추운 지방에서 동해(凍害)를 입지 않고, 단기간에 비가 자주 오고 일조량이 많은 조건이라 한국 옻나무가 고품질이다. 교반(攪拌)으로 생칠에서 수분을 증발시키는 전통기법이 원조는 응당 우리이지만 이젠 일본과의 논쟁점으로 빠져들었다. 그보다 현실의 무력감은 일본에서 옻칠이 워낙 생산량이 많아 기술의 발전에서 우리와 격세지감이 눈에 보일 정도다. 목조 건조 기법과 훈제 기법도 우리가 일본보다 앞섰던 사실도 현재의 생산 조건 낙후란 자괴감 앞에선 무기력해지는 장인들을 속출하게 한다.

그는 다른 장인과 달리 그 속에서 새 출발지를 찾아낸다. 정제칠(精製漆)에서 반복 교반(열의 전도를 균일하게 융합시키는 것)으로 입자를 고르게 하며 수분을 3% 가량 줄이고, 표면 평활도를 높여 고광택과 투명도를 유지하여 반무광 색칠까지 다양한 기법을 구사한다. "옻칠에 들기름을 넣고 교반작업을 하면 광택을 얻을 수도 있고, 반대로 반무광의 투명 옻칠을 할 수도 있다."

그는 옻칠 장인 수곡(壽谷) 민종태 선생에게 1964년 입문했다. 나전칠기의 수려함에 반해 옻칠을 배우려고 찾아간 것이 계기였다. 그의 은사는 궁중유물을 수리하던 수곡 전성규 장인의 제자였다. 그는 3대째 '수곡' 호를 대물림했다.

장인의 길은 늘 그렇듯이 손 감각을 익히기 위한 몰입이 관건이었다. 손으로 오는 느낌을 깨닫는 데 12년의 반복 수련과 난행도(難行道)가 그를 기다리고 있었다. 반복의 고단함은 전통적 수행이 답이었다. 고려 염주함에의 몰입은 그에게 수행처럼 독립된 자아를 일으켰다. 고려시대 옻칠장들이 수행으로 난승지(難勝地)를 찾아낸 그 길 위에 다시 그가 섰다.

손대현

1호 나전칠기 명장으로 지정됐고, 서울시 무형문화재 1호 옻칠장이다.
그의 작품은 국립민속박물관에 영구 소장됐고, 유럽 7개국 국가원수에게
증정됐으며 영국 엘리자베스 여왕 방한 때도 증정됐다.
문화재 수리기능사로서 도리사 관음불상 문화재 보수를 옻칠로 단장했고,
구인사 옻칠도 담당했다. 프랑스 · 일본 · 미국 · 중국 등에서 작품전을
열었으며, 전승공예대전에서 국무총리상과 대통령 표창, 철탑산업훈장
수훈의 화려한 경력을 갖고 있다.
《전통 옻칠공예》《한국 전통 칠공예의 재료와 기법》(동경예술대) 등
저서를 내고 서울대와 배재대에 출강하였다. 한국전통공예건축학과
교수이면서 칠기공예연구소를 운영하고 있다.

고려지, 음양지 – 한지가 첨단과학과 겨룬다

종이가 보자기 천보다 질기다. 마치 소가죽 같다. 한지에 물이 묻지 않게 천연 코팅을 입힌다. 종이 만들기의 원조가 중국의 기술력에 앞서는 것은 당연하다. 닥나무의 품질이 중국을 앞지르는 자연조건이 우선한다. 역사 속의 지공은 고구려인과 백제인 차지였다. 당나라 장군으로 중앙아시아를 정벌했던 고선지 장군과 지공들이 유럽에 종이 만드는 기술을 전했다는 역사적 사실도 있다. 담징 스님이 250년 경 일본에 종이 뜨는 법과 호적 적는 법, 붓 만드는 법 이외에도 식물에서 색을 뽑아내는 채색법까지 가르쳐줬다는 사실이 일본의 사기에 기록되어 있다.

그만큼 사찰은 종이의 보고(寶庫)였다. 사찰에서 종이를 뜨고 사경을 하는 것은 수행의 필수 코스였다. 기록과 유물이 남아 있지 않지만, 노스님들은 종이 감별에 대한 실력이 뛰어나다. 왜 그럴까? 추석이 지나면 사찰에서 종이뜨기가 시작된다. 닥나무를 자르고, 쪄서 껍질을 벗겨내 '피닥'으로, 물에 불려 닥칼로 벗겨내 '백닥'으로, 잿물에 삼아내고 섬유질을 살려낸다.

소가죽보다 질긴 한지의 원조기술 복원

종이 뜨는 일은 다량의 물에 의존한다. 중국이나 서양식이 물을 가둬 양발로 '가둠 뜨기'를 하는 방식과 달리 우리는 '물을 흐르게 해서' '흘림 뜨기'에 외발로 뜬다. 계곡에 풍부한 수량을 확보한 사찰이 종이뜨기에는 제격이었다. 더구나 유통이 어려워 사경과 문풍지용이 자급자족되던 시절 종이뜨기는 겨울철 운력의 필수 종목이었다.

장성 백양사에서 종이를 떴던 고 장경순 옹, 올해 그의 손자 장용훈(74) 씨가 중요무형문화재 117호 한지장으로 지정됐다. 조부에 이어 그의 아들 장성우 씨는 무형문화재 16호 지장(紙匠) 계승자가 돼 4대가 한지 공예의 맥을 잇는다.

"통상 다음해 3월까지 사찰에서 종이를 떴다. 조선조에서 종이의 3대 소비처는 왕실과 사찰, 사대부 문중이었고, 불화와 탱화·사경 등의 수요로 인해 사찰의 종이 제조는 상당한 수준이었다. 다만 모든 시설이 나무로 만들어졌기에 대나무 문발이나 틀 등의 기구들이 현존하지 않는다. 사찰이나 인근에 평평한 큰 돌이 있으면 종이 뜨던 흔적이라고 볼 수 있다.”

종이뜨기는 실외 작업으로 추위와 싸우는 고된 기능이었다. 펌프가 없던 시절의 물과 한지는 자연 이치로 연결됐다. 수로의 연결은 수학과 도형의 결산이었다. 대나무와 나무껍질로 이어지고 돌을 깎는 수리시설이 사찰에서 발달된 흔적이 역력히 남아 있다. 지금도 시원한 물줄기를 뿜어대는 사찰 도량의 수곽시설에서 당시의 과학기술의 면모는 물론이고 종이뜨기에 대한 사찰의 열정이 충분히 읽혀진다.

수덕사 영인본, 해인사 복장 유물 보존 처리
탱화 조성 때 쓰는 5m 이상 한지 재현 몰두

한지장 장용훈 씨는 수덕사에서 영인본 보수 수리, 해인사 복장유물 보존처리 등으로 그의 기능을 보여 줬다. 이제 그는 종이에 전통의 기법으로 새 생명을 불어넣는다. 전통 한지에 감물을 먹이고 옻칠을 하고 들기름으로 코팅하면 물이 스며들지 않으며 천보다 질긴 질감을 유지한다. 자라나는 물이끼를 채집해 파란색 실문양이 살아 있는 ‘태지’를 만든다.

그의 경기도 가평 공방 장지방은 한지의 고정관념을 파괴한다. 희고 약한 한지가 아니라 다양한 색상과 문양이 자연의 멋을 그대로 담아낸다. 63×93cm의 창호지·전지 개념도 무너진다. 전통의 장판지(갑장지) 120×90cm가 작아 보인다. 탱화용으로는 한지의 크기를 더욱 확대하여 수요를 키운다. 가장 수요가 많은 창호지는 건축 구

조 변화의 지배를 받
는다.

"일제 강점기부터
한지 사이즈가 커졌
다. 건축 구조의 변
화가 변동 요인이었
다. 불화와 탱화도
과거에는 전지를 이

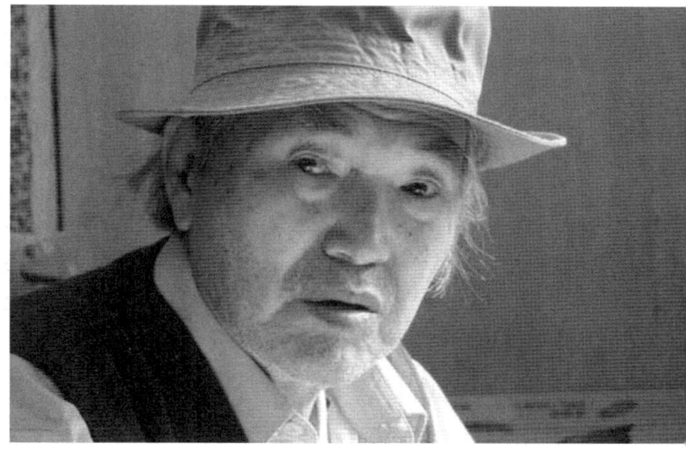

어붙이는 방식으로 대형화했지만 이제는 아예 대형 한지를 작품용으
로 요구하는 경우가 많다."

그는 더 길고 크게 5m 이상의 한지 재현에 몰두한다. 이를 그는
'고려지의 복원'이라 부른다.

세계적 종이 예술가들을 사로잡은 '음양지'는 우리만의 고유종이
다. 우리로서는 선조들이 서화도와 서책에 가장 흔히 썼던 한지라서
보통 종이이다. 방식은 한지의 기본 뜨기의 연장이다. 닥섬유가 잘
풀어진 지통(나무에서 지금은 스테인레스 틀로 바뀜) 위로 대나무 발
을 흔든다. 그 전부터 물질은 계속된다. 종이 두께를 가늠하고 대나
무 발을 꺼내 뒤집어 버린다. 묻어 있던 닥섬유가 얇은 종이를 형성
한다. 같은 작업으로 이번에는 반대편으로 뒤집어, 두 장의 섬유판을
하나가 되게 하면 전통 한지의 기본이 된다.

발틀을 전후로 흔들어 '앞 물질'로 종이 전체의 형태를 잡고, 발틀을 좌우로 흔들어 '옆 물질'을 통해 종이에 살을 붙이는 형식이다. 두 개를 붙이면서 종이의 네 방향으로 닥물이 흐르게 만든다. 이런 구조로 섬유질이 서로 균형 잡혀 엉켜 질긴 장력을 유지한다.

여기에서 처음 만들어진 섬유판을 아래 위가 엇갈리게 덧대어 만든 한지가 바로 '음양지'이다. 장력의 강도를 한층 높이고 균형을 더욱 안정화시킨 방식이다. 현존하는 가장 오랜 종이인 《무구정광대다라니경》(석가탑 출토)이 음양지이다. 불행히도 음양지 제작은 우리 선조가 했지만 문화재 관리 관료와 학자들은 다라니경 복원을 일본 기술자에게 맡겼다. 단지 '못 믿겠다'는 명분이었으나, 그 전에 복원을 의뢰하는 기술 자문을 우리 장인에게 구한 적도 없다.

"1998년 일본 종이예술가들이 음양지를 구하러 왔었다. 이후부터 지금까지 일본에서 음양지를 꾸준히 주문해 가고 있다. 예술가 사카모토 나오아키 씨는 2005년 서울에서 음양지로 작품전을 열기도 했다."

'불화지'는 그림에서 음양지보다 얇아 초선을 그리기 적합하다. 밑본 본뜨기를 위해 비치도록 만든 것이다. 요즘 흔히 쓰는 '문양지'는 개량형이다. 얇은 문양들이 은근히 배어나오게 해서 다용도에 적합하다. 섬유질을 더 강하게 살린 '운용지'도 있고, 예부터 마음을 전하는 서한용이나 연서로 썼던 '태지'는 애초 물이끼의 파란색이 살아나다가 점차 노란색으로 변해간다. 사대부가 가장 선호하던 '소지'는 제 사용으로 태워 재로 날려버리는 기능을 살리기 위해 닥나무 껍질로

만 뜬다. 섬유질이 타면 재가 무거워 날지 못하기 때문이다.

종이도 옷감처럼 염색을 한다. "종이 염색이 기능을 살린다." 가죽같이 질긴 쌈지, 물이 먹지 않는 판지, 옻칠한 만년지 등으로 진일보했다. 일반 주택용으로 잘 쓰던 장판지는 왕실용이 대세였다. 한지에 콩댐과 들기름 입히기로 자연 코팅해서 물과 때를 극복해 갔다. 콩댐은 전통 기법의 전형이다. 콩을 물에 불리고 맷돌에 갈아서 나온 찌꺼기를 광목천에 싸 짜낸 후 '즙액'으로 방바닥에 붙인 한지에 바르는 것이다. 들기름은 한지에 입혀서 6개월가량 장기간 말리는 방식으로 '절인다'고 부른다.

콩댐과 들기름을 먹인 종이를 꼬아서 요강으로 만들어 쓸 정도이다. 작은 천 조각을 이어 붙인 조각보를 대체하는 쌈지는 가죽처럼 신축성이 좋고 단단해 보자기 대용으로 쓴다. 이는 과거 곰방대와 담배쌈지로 서민의 대명사로 그림에 등장했으나, 지금은 지갑으로 쓰인다.

한지를 물에 적셔서 주무르고 겹쳐지게 붙이며 옻칠이 반복되면서 소가죽처럼 질겨진다. 영의정을 지낸 유성룡의 갑옷이 그런 한지 공법이다. 전통적으로 화살촉에 옻칠을 해서 촉이 부러지지 않게 했으며, 병사의 겨울 방한복에 한지가 사용됐다. 종이에서 파생된 전통 기법이 국방과학의 첨단기술로 이어진 것이다.

그는 여전히 전통의 도침과 황촉규를 고수한다. 무궁화과에서 추출된 점액이 지료(종이 원료)에 첨가되는 전통 기법에서 기술의 진보

가 이뤄졌기 때문이다. 인(因)으로서의 선행이 공덕선근(功德善根)의
실행을 보여준다.

장용훈

서당 수학 후 1955년 부친 장세권 옹이 운영하던 '청웅 한지'에서 13년간
전통 한지를 전수받았다. 1983년 2월부터 일본에서 열린 국제지(紙)회의에
초대돼 한지 기술을 선보였고, 그해 일본 전통공예관에서 한지 만들기를
지도했다. 1994년부터 전승공예대전에 연속 출품해 입선 3회(19, 20,
21회)와 장려상(22회)을 수상, 1996년과 1997년 한국전통공예미술관
12공방에서 한지 공방 시연을 했다. 1996년 통상부의 기술 개발
기획평가단 전통고유기술분야 위원으로 선정됐으며, 1996년 12월 경기도
무형문화재 지장 제16호로 지정됐다.
1997년부터 2000년까지 대한민국 과학축전에서 '전통 과학 기술 체험
한마당'을 시연했고 1997년 10월 제27회 경기도 및 전국 공예품 경진대회
특선 후 1998년 8월 특허(160457호, 무늬가 형성된 한지와 제조법)를 출원,
1999년 일본 시고꾸, 아오미시마 등지에서 음양지 시연, 2000년 6월 일본
도야마 국제물상전 초대전 등을 가졌다. 2002년 프랑스에서의 대한민국
전통 공예 작가전에 전시했고, 2004년 핀란드 헬싱키의 아라비아디자인
센터에서 전통 한지를 전시했으며, 2007년에는 베네수엘라의 현대작가
조니델에게 전통 한지의 기술을 전수했다.
〈e-Circular〉지 2008년 6월 12일자에 'Enduring Traditional Art and crafts
of Japan and Korea'로 전통 한지를 소개한 주역이며 2008년 10월 '부천
세계 무형문화유산 엑스포 전시 및 체험 행사'에서 시연했다. 2009년 미국
필라델피아 크라프트쇼 전시회를 갖고, 2010년 3월 국가 중요무형문화재
119호 한지장으로 지정됐다.

천 년 전 책 표지와 '시전지'로
현대문방구 압도

책의 진화는 표지의 발달이 대변해 준다. 전통의 불경은 정반대이다. 천여 년 전 불경의 표지와 제본법을 완벽히 복원하면 진가는 곧바로 나타난다. 책을 숱하게 들춰도 책장이 수백 년을 보전될 수 있는 것은 지금의 양장제본으로 불가능하다. 전통의 배접장이 책장을 고르고 제본기술자가 성장본으로 묶어 제본하면서 가장 큰 비중은 책 표지 제작이다.

불경의 표지는 전통 제본 기술의 압축이다. 능화판(菱花板)에 다양한 문양이 그려지고 밀랍(蜜蠟)이 코팅된다. 가장 흔한 문양은 만(卍)자를 드러내는 표지다. 인도에서부터 불교의 법륜(法輪)으로 상징화된

이 문양은 고려 때 책표지에 쓰이면서 길상 문양으로 보편화된다. 연못에서 자라는 식물 마름꽃인 '능(菱)'에서, 책이 화재를 입지 말라는 의미도 가세했다.

불경(佛經) 표지는 전통제본기술, 우리 고유방식… 수백 년 보존

능화판 장인 이효우(72) 씨의 재현 기법을 보자. 능화판 위에 밀랍을 충분히 바른다. 밀랍은 꿀 찌꺼기를 끓여 걸러내서 만든다. 그 위해 다시 밀랍을 칠한 전통 한지를 놓고 밀돌(동그란 돌덩어리)을 압박하며 문지른다. 표지 한지는 여러 겹을 먹인 배접지를 쓰고, 여기에 문양이 새겨지고 밀랍으로 코팅되는 방식이다. 이는 중국에도 없는 우리 고유의 제본방식이다.

이렇게 제본된 책은 물만 피하면 수백 년 동안 쓸 수 있었다. 현존하는 것으로 300여 년 전 제본된 고서가 있다. 쓰면서 귀퉁이가 해지는 것은 수리하면 된다.

"책은 훼손되기 마련이다. 책장을 넘기면서 침을 발라 모서리 부분이 떨어져 나가는 경우가 많다. 이를 책과 같은 나이의 종이질을 만들어 이어 붙이는 배접이 고서 수리 복원의 기본이다. 여기에 산성화돼 퇴화되는 종이를 강알칼리성으로 중화시키기 위해 매실즙을 이용하고 염화나트륨으로 도표를 하면서 표지까지 산성화 방지 처리를 해 준다."

책에 관한 한 사찰은 '생산기지'이고 '종합병원'이다. 외과적 시술과 수술도 그 시원지는 사찰이었다. 능화판은 그 시원을 말해 준다. 연못에서 흔히 자라는 마름꽃이 왜 등장했을까. 능(菱)자는 '모난 언덕(陵)처럼 생긴 풀(草)'에서 왔다. 마름모꼴은 '능형(菱形)'이라 하고, 마름모꼴의 격자무늬가 교차하는 것에는 반드시 卍자 무늬를 넣었다.

"만(卍)자는 고대 인도의 인류 구원 화신인 크리슈나의 가슴 털 문양에서 사용되기 시작됐지만, 부처의 교법이 중생의 번뇌와 망상을 없애는 전륜성왕의 윤보(輪寶)가 돼 수레바퀴 모양의 무기로 불교 문양에 다양하게 드러난다."

고려 불경의 만자 문양 표지는 점차 진화했다. 처음에는 연꽃이 겹새겨지지만 점차 매화·석류·국화·모란꽃 등이 길상의 의미로 석류·열매·용·학 등이 겹쳐졌다. 그 화려함은 조선조에 많이 등장하는 족보의 표지에서 잘 나타난다. 또한 만자에 기초한 격자 문양은 옷과 침구류 등의 문양으로 다양하게 번져갔다. "왕실 책에는 용이 등장하고 서원에는 사군자, 사찰에는 연꽃, 족보에는 다산의 의미로 석류와 모란 등이 쓰였다."

세계 최초로 목판 인쇄본 《무구정광다라니경》을 만든 우리 민족은 책 표지에도 최초이며 유일하게 만자 무늬로 코팅했다. 격자 무늬의 선은 책이 지니는 격조의 산실이었다. 인쇄기계로 찍힌 디자인 선은 표지 위에서 날카로운 이미지를 준다. 그러나 '연화판' 나무 위에서 찍혀 올라온 표지 위의 격자 무늬는 사람의 감성을 그대로 받

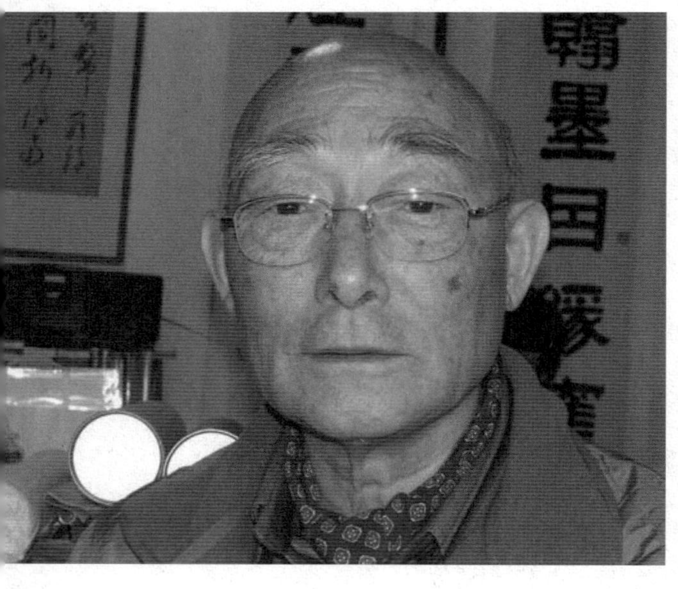

아주는 무늬이고 선이다. 치자 물을 들이면 금색으로 표지 색상이 살아난다. 절에서 흔히 먹는 아욱 즙을 한지에 물들이면 맑은 푸른색이 은근하며 강렬하다. 불경의 표지도 그렇게 색상을 입혀왔다. 혹은 홍화씨로 붉고 맑은 표지도 제작했다.

옛 어른들의 지혜와 풍류가 녹아든 시전지, 오늘날 팬시용품의 원조

전남 강진의 절터가 본가인 그는 초의 선사의 서신을 접하고 서책에 집중하면서 책과 종이에서 생업을 시작했다. 서울로 와 해운당에서 고서 수리를 배우면서 능화판 인쇄의 실마리를 찾았다. "고서 복원 수리에서 뿌리에 해당하는 책 표지 재질 연구에 다른 전문가들의 관심이 없었다." 불경의 표지는 그에게 길을 열어줬다. 오직 한국에만 있는 책 표지의 능화판 기술은 고서의 수리 복원의 핵심이면서 책 종이의 원류에 접근할 기회였다.

불경의 내용은 세로로 일정하게 그어진 선을 따라 경귀가 인쇄됐다. 그렇다면 이 줄은 어떻게 편집되고 인쇄됐을까. 실제 경판 인쇄에는 줄이 그어진 한지에 2차 인쇄물도 있었다. 결국 첫 인쇄물인 줄친 부분이 정교한 편집 형태를 거친 다른 목판 인쇄물이 존재했었고, 목판 인쇄에서 글씨보다 판형의 인쇄술이 더 발달된 상태였다.

이의 현존하는 족적은 조선조 선비들이 즐겨 썼던 '시전지(詩箋紙)'의 시원을 밝혀줬다. '예쁘고 작은 종이'를 의미하는 '꽃종이'는 편지지의 원조이다. 한지에 줄이 쳐져 있고, 다른 색상으로 다양한 꽃의 문양이 인쇄된 전통의 색종이, 이는 시(詩)와 편지지로 즐겨 사용돼 기록물로 현존하는 것이 많다. 조선 때의 시전지 목판화의 원판은 유물로 개인 소장되는 경우가 많다.

안타깝게도 종이와 색종이 제작에 대한 기록이 중국 당나라에는 있지만 고려 때 것은 발굴되지 않았다. 조선조의 기록은 있다. 서유구의 《임원경제지》의 '이운지(怡雲志)'에 종이 제작법이 나온다. '조제색전법(造諸色箋法)'으로 오색전을 만드는 섬세한 공정을 설명하며 육홍전(肉紅, 살색)·분청전(粉靑, 옅은 청색)·규전(葵, 해바라기 빛깔)·송화전(松花, 솔꽃색)·천운전(淺雲, 옅은 구름색)의 종이 염색 방식이 구체적이다.

조선 초기 인물인 최덕지의 시고(詩稿)에는 임금에 대한 공경의 뜻으로 종이 왼쪽 하단에 노랗고 빨간 국화꽃이 목판으로 새겨져 시전지의 원형을 잘 보여준다. 그는 조선 중후기의 추사의 시전지가 대개 중국 수입품이라서 학자들은 조선의 시전지가 중국 수입품이라고 주장하는 것에 반기를 든다. 제주도 유배지에서 철저하게 고립돼 그나마 제자 이상적이 중국을 오가며 추사에게 구해준 사실에 기인할 뿐, 실제 색전지의 제작은 고려 때가 시원으로 추정한다. 이는 고려 불경의 표지에 입혀진 색종이로 얼마든지 반증된다.

　스님들이 시전지를 사용했던 흔적도 있다. 일민미술관에 보관된 〈파산창수첩〉에는 다섯 스님에게 답신을 받기 위해 옅은 푸른색의 시전지를 보낸 기록이 있다. 서신 작성자는 율곡 이이의 친구인 성혼의 아버지이다. 굳이 색종이가 아니더라도 세로로 줄이 그어진 책혈(冊頁) 무늬 목판 인쇄물의 종이는 이런 '시전지'의 원형이다.

　"글씨를 반듯하게 쓰기 위해 칸을 친 시전지는 조선시대의 일반화된 양식이었다. 연암 박지원의 시전지는 문인들이 전용 200자 원고지에 이름을 인쇄하듯이 개인 전용표시로 꽃문양을 넣었을 정도로 보편화됐다. 소박하게 고졸한 기명절지(器皿折枝)나 화훼 무늬를 새겨서 처사(處士)들이 쓴 시전지도 있다."

　김생의 필치로 보이는 족적에서 불경의 사경도 나온다. 〈은니서(銀泥書)〉'감지(紺紙)'는 쪽물을 들여 다듬이질한 종이에다 불경을 쓴 것이다. 일상의 연장으로 시전지가 쓰였음을 보여주는 사례도 많다. 송화 가루에 아교를 개어서 먹물을 들인 도침장지에다 글씨를 쓴 이서의 〈정자계회음(程子契會吟)〉도 있고, 홍화로 물들여 바탕색이 분홍빛에다 한글로 물품 목록을 적은 기록지도 그가 보관하고 있다. 그의 소장품 중에는 치자·칡즙·쑥·팥·수수·아욱 등으로 물감을 들인 시전지들이 화훼와 산수·인물 등이 목각으로 새겨져 있다. 그는 명지대 문화예술대학원 지류문화재보존학과 제자들의 도움을 받아 시전지 전시회를 연다.

"이메일과 문자메시지 시대에 옛 어른들의 지혜와 풍류가 녹아든 시전지를 통해 전통의 우월함을 되찾아보고 싶었다. 연화판으로 찍어낸 책 표지와 시전지는 오늘의 팬시 용품의 원조를 보여준다. 우리 고전의 판화기법에서 오늘의 판화와 인쇄 디자인이 더 원숙해지길 기대해 본다."

200자 원고지의 원조는 시전지에서 나오는 세로줄 편집의 책혈 무늬가 자리 잡고 있다. 아울러 이런 시전지는 불경 편찬과 사경에서 그 원류가 찾아진다. 시전지들은 점차 책혈 무늬에다 꽃병을 배경 무늬로 새겨 넣고, 테두리를 꽃무늬 띠로 둘러치는 진화 형태를 보여줬다. 연암 박지원의 '닥섬유에 선명한 꽃무늬', 독특한 서체인 '원교체'를 완성한 원교 이광사의 시전지에 나오는 매화 무늬, 평생 책 4,000권을 썼다는 동주 이민구의 시축에는 책혈 무늬 안에 쓴 서체 앞의 서두가 연꽃 무늬로 선명하다.

그는 불경의 표지는 무늬와 색상 처리가 기본이었다고 본다. 표지는 기본적 처리 과정이 필수적이었고 불경은 책을 만드는 원조기술의 집약체라는 것이다. 책 제작과 서화 표구의 장인을 일컫는 장황사(裝潢師)라는 호칭에서 황(潢)은 색상을 입힌다는 의미이다. 괘불탱화의 처리와 수리도 장황사가 담당했었다.

"능화판으로 문양이 효과를 보려면 치자나 황벽나무로 염색한 한지가 기본이다."

그의 경험상 목판 인쇄에서 염색 한지의 진보는 너무도 당연한 귀결이다. 단단한 박달나무로 만든 능화판에 만자 격자 무늬를 새겨 밀랍을 듬뿍 바르고 밀돌로 밀어낸 고려 불경의 표지가 전통 기법의 우월성과 품격으로 감각적 디자인의 현대 문방구를 압도한다.

이효우

화려한 수상 경력도 자격증도 없다. 단지 50년간 고서화를 만졌고 같은 자리에서 40년간 표구사를 열어왔다. 50년 전 만난 임창순 문화재위원장과의 인연으로 고서화와 고서 복원에 주력해 오면서, 〈월인석보〉 등 보물 10여 점과 중요 문화재 상당수가 그의 손을 거쳐 수리·복원 됐다. 그런 복원 기록으로는 1,000여 점이 넘는다. 명지대 문화예술대학원 제자들은 문화재 지정기능자로 많이 탄생했지만 정작 본인은 자격증이 없다. 그가 평생을 지켜온 낙원표구사의 고서화보존연구소는 '고전의 종합병원'이라 불린다. 장황(裝潢)이라는 고유 명칭을 찾아내고 《장황지》를 번역서로 펴냈다. 추사체로 〈반야심경〉을 사군자 무늬로 능화판에 먹인 책자를 전통 방식 그대로 재현하는 등 그가 만든 책이 능화판의 실체이다.

삶과 공유하는 가장 폭넓은 예술이 단청

경복궁 단청을 끝으로 그는 4대 궁궐의 단청을 해냈다. 단청장 홍창원(56) 씨는 1986년 창경궁 문정전 고색 단청을 시작으로 경복궁과 창덕궁·덕수궁의 단청을 줄곧 이뤄냈다.

구선원전 단청(1992년), 경복궁 강녕전·교태전·경성전·연생전·행각 등 단청(1994년), 경회루·사정전·원길현·양의문·행각 등(1995년), 경복궁 건천문(1996년)·자경전(1997년)·자선당·비현각·행각 등(1998년), 동궁 회랑(1999년), 홍례문 권역(2000년), 덕수궁 중화전(2001년), 창덕궁 구선원전 권역(2002년), 경복궁 근정전(2003년), 태원전 권역(2004년), 그리고 2009년 단청장에 지정된 이후 올해에는 숭례문의 단청도 그가 마쳤다.

물론 광희문과 북한산성 대동문, 낙성대 외삼문·내삼문, 조계사 옆 우정국 등 역사의 현장에는 어김없이 그의 손과 눈이 갔다. 그가 15세에 신촌 봉원사 만봉 스님 문하생으로 입문한 이후 40년간 단청에서 그의 족적이 곧 대형 단청의 역사다. 그가 해 낸 일에서 우리의 궁궐에 산재된 각종 전각의 명칭을 두루 섭렵할 수 있다.

대형 궁궐 단청에서 이론과 과학 접목
역사 현장에 '손과 눈길' 남겨

여기에 1990년 신촌 봉원사 대웅전의 실측 조사 보고서와 다음해 창덕궁 인정문 단청 문양 모사 실측 조사 보고서를 시작으로 문양에서 과학과 이론이 접목되는 시대를 열었다. 서울 궁궐을 넘어 지방의 일이 더 많다.

칠장사, 흥국사, 신륵사, 숭림사(완주), 석남사(안성), 홍제암(해인사) 등 주요 사찰의 대웅전과 부석사 무량수전, 청평사 회전문, 송광사 국사전·영산전·약사전 등 중요불교문화재, 삼척 죽서루, 서울 우정국 등 일반 문화재에서 향교인 화산서원(포천), 광주향교 대성전(경기도)까지 고건축물 각 분야를 두루 섭렵하며 단청 문양의 실측 조사를 마쳤다.

경기도 광주시 퇴촌의 한국단청연구소는 수리 복원 당시 버려지던 각 부재로 가득하다. 목재 부재들이 바쁜 수리 복원 공정에서 별도의 가치를 받지 못해 퇴출되던 것을 차곡차곡 모아서 흐릿한 문양이지만 원형을 추정하는 작업에 열중한다. 부재는 종목별과 연도별로 세밀하게 보관됐다.

"문양의 건축물의 전체 크기와 부재별 위치에 의거해 초안이 그려진다."

다른 한쪽에는 단청 조사에서 찍은 단청 슬라이드 사진 자료가 6만여 장 빼곡하다.

"단청 문양에서 흔히 쓰이는 연꽃도 시대별로 변화가 있다."

그만큼 단청의 초는 문양의 도안이고, 그 도안은 건축물 전체 크기와 부분의 완벽한 조화이다. 그것도 평면이 아니라 아주 굴곡이 심하고 다양한 "수백 가지 공간의 건축 내면을 전체적 균형 잡기"로 완성해 나가는 과정이면서 부자재별로 문양이 다르다.

경복궁 유화문의 단청 작업 공정도를 보자. 처마 밑의 도리·주두·평방·창방·부연·평고대·개판·착고 등. 모양과 위치 기능이 다른 만큼 단청도 각각의 생명이 다르다. 평면이 아니라 입체를 형성하는 미적 감각, 그것도 시대별로 변화하는 문양의 특성을 고려해 '시대적 통일성'을 기해야 한다.

연꽃과 호수의 물결 문양이 동일 세대 관점으로 동일한 색감에 따라 문양과 단청이 입혀지는 형태. 그가 복원한 단청에서 연꽃은 여러 형태로 등장한다. 여름에는 연잎이 한껏 피어 뒤집혀 '번엽' 형태로 있는 경우를 조선 중기 단청에서 찾아냈고 말려 올라간 형태의 연잎까지 연꽃이 보여주는 다양성 밑에는 단청에서 연꽃이 필수품인 이유도 반증한다. 필연적으로 등장하는 연못의 물결 문양 파동의 '휘'에서 다양성은 단청의 예술 가치와 연결된다.

골팽이 사이에 장단딱지 문양, 색항아리, 장단직휘, 장단골팽이, 삼청골팽이, 궁전의 권위와 위풍당당한 법당의 장엄에 걸맞게 넓은 세계를 포용하려고 다양한 문양이 그려졌다.

많이 보고 많이 생각하고 많이 그려보라

"왜 그랬을까?" 단청의 원형 복원에서 이 화두가 작업의 시작이다. 북한 향천사 대웅전과 보현사 대웅전, 심원사 등의 단청을 복원할 수 있었던 것도 그런 작업의 관성 때문이다. 그 시절 화사와 단청장들의 심정으로 돌아가 보는 것, 단청의 본질로 바로 들어가는 첩경이다. 치밀함으로 무장된 눈썰미도 여기에 가세한다.

"한 번 보고 특성을 놓치지 않고 그릴 수 있어야 한다."

의외로 복잡한 구도의 단청 문양에다 다양한 색상을 외워서 칠해야 하는 문하생 때의 훈련방식이 그를 그렇게 단련시켰다.

초본 그림에 바늘로 구멍을 뚫어(천초) 조개껍질 가루로 초안을 그려 넣고(타초), 이어지는 색 지정에 대해서는 일일이 가르쳐 주지 않는 것이 훈련 때 관행이었다. 이것을 재빨리 보고 색감을 외워서 익히는 실전학습에서 문하생 중 그가 제일 빨랐다. "많이 보고 많이 생각하고 많이 그려보는 것이 지름길"이라는 해석이다. 머리에 입력하고, 저녁에는 촛불 켜놓고 홀로 연습하는 반복 뒤에 그는 단청 복원에서 심지어 현미경도 동원한다. 현존하지 않거나 북한의 사찰 단청 재연이 그렇다. 1910년도에 사진을 곁들여 제작된 《조선 고적도보》 28권에 실린 사찰 단청을 재현하기 위해 현미경으로 관찰하고 작업했다.

과거의 송광사 대웅전과 북한의 양천사, 보현사, 심원사 대웅전 단청이 그렇게 복원돼 큼직한 8폭 병풍으로 표구해 났고, 경복궁 누각

권순합도 이렇게 단청을 살려 병풍에 넣었다. 고건축물의 단청이 기본적으로 흐릿해져 색감과 문양 복원이 어려운 한계를 넘어서기 위해 훈련을 통해 익힌 '잔흔을 찾아 전체를 복원'하는 방식이다.

1428년에 제작된 안동 봉정사 대웅전 어간고주 벽화를 3년에 걸쳐 복원해 낸 것은 그런 기술의 정수다. 397×352cm의 대형 벽화를 훼손된 부분까지 있는 보토작업

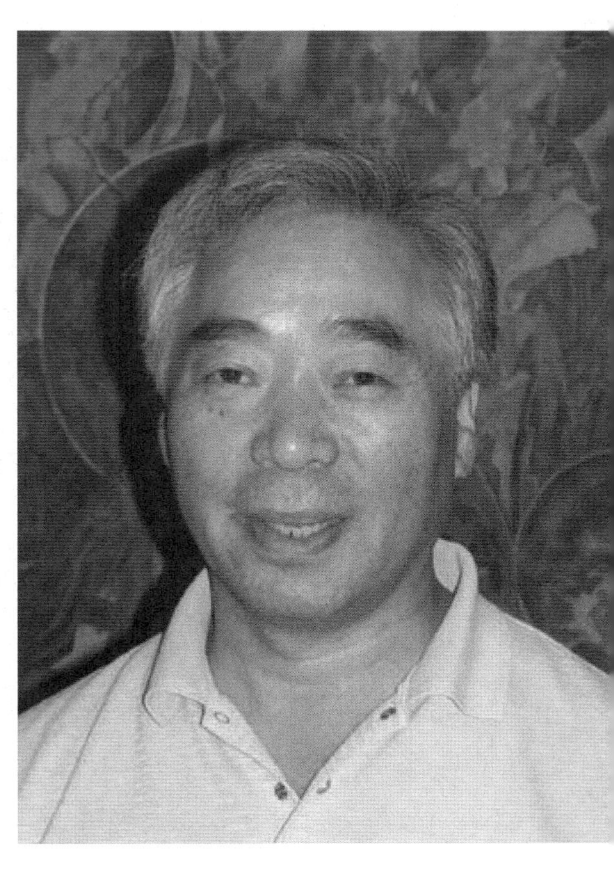

을 했고, 원형그림 그대로 복원해 냈다. 모사된 탱화의 원본은 1750년 옥양목에 새롭게 그려지고, 당시 화사들이 '부처님 얼굴을 가린' 독특함도 그대로 재연했다. 이는 석가모니불이 영취산에서 설법하는 영산회상도로서 현존하는 최고의 고려 불화이다.

그가 10년째 이어오고 있는 한국단청연구소에서 정리한 단청 용어와 문양 해설은 88문항이나 된다. 출초·타초, 초빛·이빛·삼빛, 먹기화(문양 사이 돋보이기 선)·시분(음영 구분 테두리 백선), 휘(휘다리, 물결무늬)·늘휘·인휘·바자휘·파련바자휘(버선코 모양의 문양)·쇠코바자휘, 나근동(나비모양 문양), 온(元)골팽이·속골팽이 등은 순수 우리말의 실감나는 표현어휘를 한껏 살려낸다. 곡선 문양에 곡을 주어 골짜기를 만드는 곳을 지칭하는 '오금'과 골팽이 문양 이후 문양과 문양을 연결해 주는 선인 '질림'도 있다. 인체의 갈비뼈 형상이 나타나는 궁궐 단청에는 '갈비실'도 등장한다.

머리초가 형성되고 계풍 방향으로 물결 무늬를 나타내는 '휘'에는 늘휘와 직휘가 있고, 직휘에는 장단직휘·먹직휘·군창직휘·하엽직휘·광두정직휘 등 전문성이 용어로 압축 진화한다.

땅에서 단청 문양을 올려다보면 가장 흔하게 보이는 형태가 장단 딱지와 항아리, 장구머리, 병머리 모양이다. '장구머리'는 머리초를 좌우 대칭으로 마주보게 해서 상하에 반바탕 문양을 넣어 장구 모양을 보여준다. '병머리초'는 머리초를 반등분하여 호로병 모양으로 그리며, 온바탕에 연꽃으로 '하엽공터'와 '반바탕공터'가 나타난다.

"단청은 오행설에 기초한다. 방위의 중앙과 사방을 기본으로 삼고, 그 사이 8방(方)과 16방의 간색을 설정하여 사신 사상을 도입한다."

음양오행의 색상과 방위와 계절의 상징을 체계적으로 이해하면 단청 문양이 보다 쉽게 눈에 들어온다. 이는 우리 선조들의 생활상과 마음을 이해하는 출발선이다.

여기서 '여의운형(如意雲形)'이 추가된다. 효를 상징하는 '여의', 마음을 여는 '여의'가 '길상'의 의미로 단청에 기본개념을 구축한다.

"단청은 생활 주변의 사물에 대한 형상의 표현이다. 자연 그대로이든 변형이든 그 형상은 결국 예술의 근간이다."

단청은 인간의 삶과 공유하는 가장 폭넓은 예술이다. 청·적·황·백·흑 다섯 색을 기본으로 재질의 단점을 보완해 주고 건축물의 영구 보존을 넘어 권위와 장엄미, 그리고 장인들의 마음을 담았다. 그는 단청에 앞서 고심과 토론을 많이 한다. 고 건축물에서 단청이 떨어져 나가 문화재 보수가 시급해지면, 고색 재단청이냐 고색 유지냐를 두고 갈등한다.

'고풍스러움의 유지'란 가치도 높고 목재 건물의 장기보존에 고색 단청이 필요함도 알고, 고심은 나아가 '전통 단청의 망실'이라는 안타까움과도 연결된다. 이를 어떻게 전문적 합의 절차에서 사회화할 것인가? 그는 '안료 연구'에 새 출구를 둔다. 한국의 오랜 건물에서 새 소재로 파고드는 그의 탐구욕이 전통의 계승에 연착륙할 것인가?

마음이 대상을 따라 움직이듯이 반연(攀緣), 곧 대상에 따라 마음이 달라붙는다.

홍창원

1970년 중요무형문화재 48호 단청장인 만봉 스님 문하생으로 입문해, 전수장학생 선정(1981년)과 이수자(1986년)를 거쳐 2009년 중요무형문화재 48호 단청장으로 인정됐다. 1984년 대한민국 전승공예대전 입선을 시작으로 현대미술대전 특선(1992년), 전통미술대전 특선(1992년) 등 수상. 벽연회 단청전을 6회 열고 개인전과 중국 성도 초대전 등을 개최했다. 동국대 교육대학원을 나와 동방불교대학 불교미술과 교수를 역임했고, 전통건축미술학교와 명지대 문화재관리학과 등에서 단청 강사를 했다. 1990년 한국단청연구소를 만들어 운영 중이며 사단법인 단청연구원 이사장, 한국 중요무형문화재기능보존협회 사업학술분과장, 경북 문화재 전문위원 등을 맡고 있다.

매듭은 황금비율의 체화 통로,
치수의 완결점

2010년 전승공예대전에서는 108염주가 사상 처음으로 입선했다. 흔한 생활용품처럼 대중화되면서 저가품과 수입산이 대세인 염주에서 수공예품의 신기원을 연 황순자(59) 씨는 전통 매듭으로 108염주의 새 형태를 창안했다. 한국매듭공예연합회장으로 '전통 매듭이 모든 실용품의 뼈대'라는 인식을 재확인하기 위해서다.

전통 매듭의 진화는 무궁무진하다. 승방에 걸려 있는 옷걸이용 대나무 횟대도 매듭의 기초다. 여기에 실을 묶어(合絲) 솔을 만들면 생활용품으로, 색실을 섞어 끈목을 친 다음, 그 굵고 가는 끈목을 두 가닥으로 늘어 뜨려 각종 모양으로 맺어나가면 훌륭한 예술품이 된다.

108염주는 염주 알 하나하나에 실매듭으로 직접 포장했다. 단순 뜨개 형태에 보리수 알을 집어넣은 형식이 아니라 향나무 열매 한 개씩을 매듭으로 직접 감싸며 108개가 연결됐다. 콩알 같은 염주 한 알 매듭에 통상 하루가 걸리는 정교하면서 고된 작업의 반복이었다. 왜 했느냐는 질문에 답은 명쾌하다.

손끝 미세한 강약으로 일용품 모두 매듭공예

"매듭으로 모든 일용품을 만들 수 있음을 보여주겠다."

실제 매듭은 모든 생활용품에서 만들어져 왔다. 노리개 같은 장신구는 물론이고 집안의 생활용품이 대부분 줄로 이어지고 연결됐다. 그래서 매듭은 입체 구조학의 정수이다. 서방의 데생과 디자인이 인체 해부학에 근거했다면, 우리 전통에는 매듭에 의한 자연의 구조학이 존재했다. 자연의 모든 사물을 인간의 손 안에 집어넣으려는 공예로서 매듭에 자연물에 대한 구조적 이해가 필요했던 것이다.

"매듭은 황금비율의 체화 통로이다." 전통에서 매듭의 비중은 크다. 매듭의 간극과 길이에는 눈에 잘 익은 자연의 맛이 있다. 손에 들고 다니면서 가장 편안한 노리개의 치수가 있고, 늘상 허리에 둘러 편안하게 쓸 정도의 장신구가 있다. 이는 치수로 한 번도 재어보지 못한 전통의 미가 배인 족적이다. 그는 이를 계량 치수로 전환하고 있다.

불행히도 명주실을 합사해 만들어져온 전통 매듭은 보관에 한계를 보여 새로 창안하는 것이 많다. 오직 손과 눈에 익은 감각으로만이 전통의 황금비율을 찾아갈 수 있다. 30여 년의 반복 작업에서 전통의 재현은 불화의 가치를 재

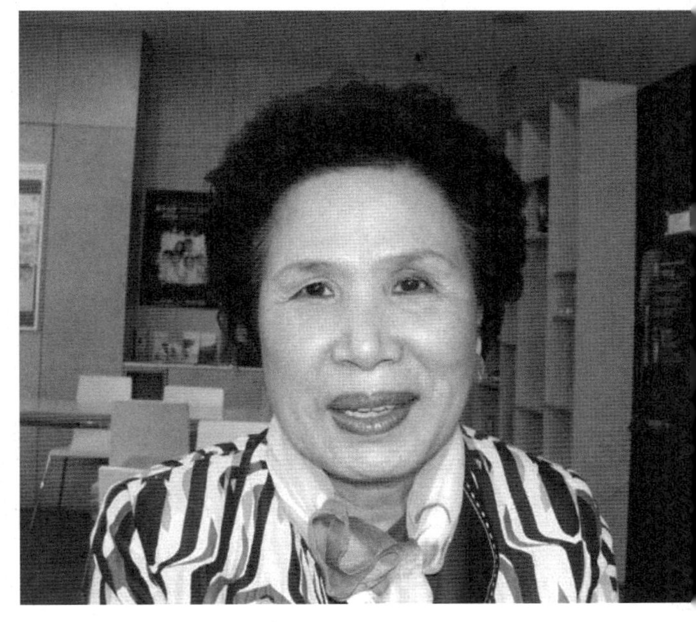

발견케 한다. 황금비율은 불교 예술품의 기본 가치이다.

"왜 가장 아름다운 비례와 완벽한 조화를 금강비율이라 불렀겠는가?"

용도·소재·형태·문양·색채 구성, 이 모든 요소에서 가장 자유로울 수 있는 예술을 그는 전통매듭이라고 본다.

"프랑스 전시회에서 그 맛을 느꼈다. 매듭에는 경험의 축적과 인간의 심리 묘사가 섞여 있다."

전통매듭의 고전이 압축적으로 확실히 간직된 '번(幡)'은 사찰에 있다. 그가 재현한 '인로왕번(引路王幡)'은 매듭의 균형미가 잘 압축됐다. 통도사의 '오방 번'도 그가 재현했다. 조선후기 작품의 정교함에

6개월간 매달렸다. 사찰에서 재 지낼 때 쓰는 번은 벽걸이 장식의 종합판이다. 통상 실크에 천연염색 문양 글씨 등이 어우러져 균형 잡힌 몸매를 자랑한다.

입체구조의 완숙된 균형감이 매듭의 강점이다. 조각과는 전혀 다른 차원의 입체구조의 균형이 핵심이다.

"전통작품을 개인이 완성시키는 데 따른 만족감을 충족시키기에 적합하다."

중소기업청 강연에서 매듭은 어렵지만 완성도에 다가갈수록 개인의 충족감으로 높아 수강인원이 줄지 않는다. 특히 초보라도 개인이 꾸준히 하면 완성도는 확연히 높아진다.

손만이 아는 길이와 강약 조절이 기계보다 우월

"매듭의 관건은 강약의 조절이다. 전통 비법은 손에 익어지는 강약 조절이 기계보다 우월하다는 것을 보여준다. 손만이 아는 길이와 강약의 깊이에 파묻혀 가면 저절로 마음 수행이 된다."

내면의 심리가 손끝을 통해 바깥세상으로 분출되면서 우주 만물의 생명체 속으로 흠뻑 빠져드는 느낌은 매듭에서 가능하다. 장인의 고도로 높은 경지가 아니라도 매듭이 이를 가능케 해 준다. 우주를 포용하는 매듭 공예, 그래서 그는 매듭이 고려 사찰에서도 사용됐을 것으로 본다. 작품이 실제 남아 있지는 않지만, '번'의 원형이 화려한 오방색을 기초로 하고 있고 문양의 형태가 변함없는 전통의 감각을 유지하면서 모두 손에 의한 감각작용으로 이뤄지기 때문이다. 특히 아기자기한 매듭의 특성과 '번'의 장엄미의 조화가 지극히 불교적이다. 통상 길이 3m 폭 80cm에 달하는 '번'에는 각종 불교 문양이 세심한 배려로 면면히 깔려 있다.

'뛰어난 손끝의 하나뿐인 예술' 그가 매듭으로 첫 개인전을 연 주제였다. 매듭이 단체전과 회원전의 대명사였던 한계를 그는 개인전으로 돌파했다. 들기름을 듬뿍 입힌 '물밤'을 연결한 매듭, 호박 딸기 5개를 작은 것부터 크기별로 매달고 뒤에 술을 연이은 노리개, 연꽃 씨에 구멍을 뚫어 매듭으로 연결하고, 곤충 장수하늘소가 외출하는 장면이 매듭으로 세밀하게 재현된다. 우리가 알고 있는 단계별 매듭 구성을 따라가면 '오봉술 벽걸이' 같은 자연 소재가 등장하고, 형식이 자유로워지면 '낙지발 삼작'이라는 동물이 다가온다.

지난해 개인전은 '엽전열쇠패'가 압권이다. 쇳대박물관에 보존된 흔적을 완벽히 재현한 전통의 '엽전(동전) 묶음'이 가닥가닥 부채처럼 펼쳐진다. 엽전열쇠를 20여 패로 연이은 것은 매듭의 정수다. 모든 공예기술이 축약돼 나타난다.

"매듭에서 개인전이 없었던 이유는 그만큼 다양한 소재의 작품을 개인이 만들기 어려웠기 때문이다. 전통 속에 살아 숨쉬는 여성의 삶에 잠재된 슬기와 신비함은 다양한 매듭 공예에 고스란히 담겨 있다. 이를 재현하는 것은 전통의 심리 묘사에서 시작된다."

매듭 인생 30여 년은 천지와 통하려는 마음 수련이었다. 조바심이 없고 느긋한 정서적 정감이 기본기였다. 이를 위해 불교에서 공존의 가치가 되살아난다. 그만큼 자연 친화력이 관건이다. 이는 한·중· 일 삼국간의 매듭 비교에서 잘 나타난다. 매듭이 일상화된 일본은 섬세함에 집중돼 있다.

반면 중국은 단순 명료함이 장점이다. 한국의 매듭은 큰 것에서 작은 것까지의 '소통'이 기본 구조이다. 자연의 생명력이 그 소통의 지혜에서 투영된다.

"사람의 지혜 안에 매듭의 본성이 있다는 전통 의식의 발현이다."

전통 매듭에서 우아함의 우위를 뽐내는 '황제우수'를 보자. 그가 재현해 영국 박물관 큐레이터가 탐냈던 작품이다. 왕의 도포 대례복 위 허리에 두르는 '후수'는 멋과 품위, 단순 명료와 복합 상징의 결합이다. 그렇다고 유럽 왕의 복식과 장식에서처럼 복잡한 개념과 상징으로 점철되지 않았다.

단순하지만 완벽한 조화와 색감, 여기에 걸으면서 나는 옥 노리개의 울림소리까지 동적 조건이 품위와 권위에서 완벽한 조화를 이룬다. 조화의 핵심은 역시 마음에서 거슬림이 없는 것이고, 이는 자연과의 협업 정신이다.

"협업 체계는 종류의 다각화에서 살아난다. 모든 소재를 매듭에 사용했던 선조들의 전통이 소재간의 충돌을 회피하는 지혜를 만들어 냈다."

전통 매듭은 의외로 국제무대가 넓다. 민간 교류의 중요 소재라서 그렇다. 그건 프랑스 전시회에서 다시 확인됐다. 매듭이 각국에 공통적 공예이지만, 국가 간 전통의 차이가 종합적으로 드러나는 맛이 국제 교류의 호재로 작용한다. 그가 1984년 한국매듭공예연합회 창립에 뛰어들면서 국제 교류전에 집중했던 계기도 여기에 기인한다. 1984년 4회 국제 매듭전을 서울에 유치하고 이어 대만과 일본에서의 국제 매듭전에 참여했다.

우리 매듭의 특성은 신성(神性)과 속성(俗性)의 배합이다. 하늘과 땅을 맺어주기에 다른 물건과 다른 의기(儀器)로 대접받는 한편, 잘못 맺은 것은 잘 풀어주는 인생살이의 필수품이라는 양면이 병행한다. 기본적으로 쓰이는 끈목은 둥근 것(동다회, 圓多繪)과 납작한 줄(납다회, 廣多繪) 두 가지이다. 도포 끈으로도 쓰이는 매듭의 동다회와 달리, 납다회는 날줄과 씨줄로 납작하게 직조되어 일상의 끈으로도 쓰인다.

단독으로 쓰이질 않고 혼자서는 뽐낼 수 없는 매듭. 어느 기물에 매달려야 입체 구조의 맛과 기능이 살아나는 전통 매듭은 기본기만 익히면 누구나 쉽게 만든다. 그 기본은 인간 본연의 창작 욕구에서 출발한다.

전통은 그 본연을 기능에서 보존해 줬고, 그는 매듭의 탐구로 피안과 차안을 연결하며 자연의 이치에 다가간다. 그렇게 광명심전(光明心殿)은 오지(五智)가 의거하는 전당이며 심전(心殿)은 색구경천(色

究竟天)에 있었다.

황순자

한국매듭공예연합회 회장이며 (사)근대황실공예문화협회 부회장이다.
1982년 김주현 명장에게 사사를 시작으로, 김계순 인천시문화재에게 침선
사사, 후수전승자 장순례 선생에게 망수 사사 등을 거쳐, 2008년 문화재청
근대문화유산 공예분야 연구원 및 황실문화재단 명인 매듭장으로 지정됐다.
문화관광상품대전과 서울시 공예상공모전 심사위원 등을 역임.
1988년 제4회 국제매듭전(서울)을 유치하면서 제11회 국제매듭전(일본
교토 문화박물관)까지 물꼬를 텄다. 2008년 104회 프랑스 파리국제박람회,
2009년 영국 런던문화원 전시회에 이어 2011년 3월 일본 동경문화원에서
전통매듭개인전을 열었다.

창조는 자연의 연장, 자수 색감으로 구현

색깔이 500 종류가 넘었다. 공방 한 면이 다른 색실 뭉치로 차곡하다. 자연의 색이 그렇단다. 자수의 본질이 색감이라는 장벽에 걸린다. 작업 중인 자수 색깔이 현란하다. 오바마 미국 대통령이 쓴《딸에게 보내는 편지》첫 대목에 나온 미국 화가 조지아 오키프(Georgia O'Keeffe)의 작품 색이 전통 자수로 살아난다. 최근 미국 언론이 집중 조명했던 여성화가 오키프는 '황금색 심장을 가진 커다란 흰 꽃'을 그렸다. 지금까지 알려져 있거나 알고 있던 흰색과는 전혀 다른 흰색이 여기에 등장했다. 광활한 아메리카 대륙의 원주민과 뉴멕시코의 자극적 원색을 창조적으로 받아들여 생각하는 색감을 바라보는 세상과 동일한 색으로 만들어 냈다고 평가받는 천재화가, 그런 색감을 그가 자수의 명주실로 재현한다.

미국 화가 조지아 오키프(Georgia O'Keeffe)의 작품 색을 전통 자수로 살려내다

"색상은 하나하나가 별도의 생명이다. 천연색은 각자 색이 다르기에 친화력이 더 크고 동화되기 쉽다." 자수 명장 유희순(54) 씨가 적과 청의 배색을 붙인 작품에서 이를 다시 본다. 물론 화학물감이 아닌 천연염색이다. 면 바탕에 면실을 쓰는 유럽 자수인 십자수와 명주실을 꼬아 쓰는 한국 자수는 색감 차이에서 확연히 다르다. 한국의 꼰사는 중국과 일본의 가는 푼사실과도 대비된다. 사실 그대로 표현에 치중하는 중국과 일본의 자수에 비해 상징성과 문양을 중시하는 한국 자수의 차이가 알수록 극적이다.

그의 말대로 천연염색을 할 때마다 색상에는 차이가 있다. 그걸 구분하고 골라 쓸 수 있으려면 경험의 힘이 필요하다. 오키프의 그림에서 그의 색감이 국제적으로 공인됐다. 2008년 일본의 세계적 의류 디자이너가 그에게 처음 오키프의 그림으로 브로치 자수를 10점 의뢰했다. 50여 종의 오키프 작품 화집을 보내오면서 자료 선택은 그가 하는 것이었다. 백합의 매끄러운 촉감, 검은 붓꽃의 벨벳 같은 감촉, 확대된 한 종류 꽃송이가 더 제각각이 되는 구조를 자수로 재현하는 것이다. 가장 인공적이지 않다는 오키프의 그림을 가장 자연스럽고 입체적인 자수로 대체하자는 의도였다.

부드러운 바탕을 얻기 위한 독창적 초벌질의 유화그림과 색감의 경합. 그 현장에는 조선조 남자들의 자수기법인 '안주수'가 가동됐다. 통상 불화에 들어가는 자수기법인 안주수 기법은 돗자리의 부드러움을 그대로 살려준다. 전통 한지 위에 불화를 그린 느낌이 나게끔 편안한 색감과 부드러움을 구사하며 '자릿수'로 불리기도 한다.

의뢰품 완성 이후 독자적 작품에 들어갔다. 그만큼 현란한 색채가 기분을 좋게 했다. 자수 작업의 중독성이 색감으로 창조력을 자극했다.

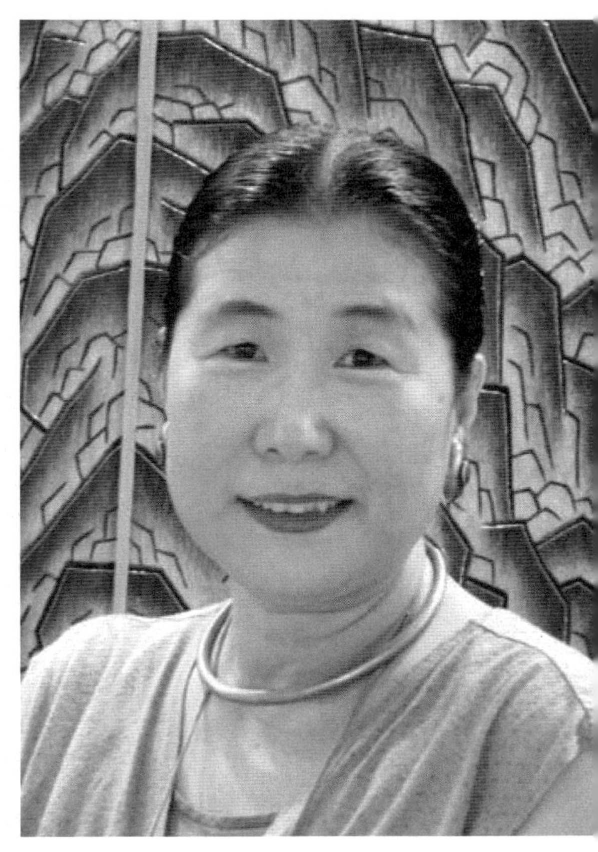

"왜 자수하던 선조들이 그렇게 오래 작업에 몰입할 수 있었는지 체득이 됐다."

그가 오는 12월 8일 오키프 작품으로 자수 전시회를 준비하던 과정에서 '오바마의 책 출간'이 외신을 탔다. 한국 언론들도 워싱턴 발 기사로 오키프의 창조력과 작품에 대한 오바마의 찬사를 연이어 전했다. "창조는 자연의 연장이었다."

그가 이 작품에 자수를 놓으며 내린 결론이다.

거침없이 유물 복원, 내용은 무한 진보

자수는 흔한 몰입과 다르다. 내면으로부터 솟아나는 창조가 있었다. 그가 2003년 명주실 자수에서 한계를 느꼈을 때 머리카락 자수를 시도했다. 기록에서만 봤던 머리카락으로 자수를 놨다. 이에 도전하려고 일찍부터 머리를 길렀지만 도전은 인공과 자연간의 격차에서 이뤄졌다. 상원사 동종의 '주악비천상'을 그린 머리카락 자수 3점은 인공된 염색실 기교의 한계를 체득케 했다. "기교는 한계가 있다. 색실 자체가 꾸밈이다. 천연재료인 머리카락 자수는 일체의 기교를 거부한다."

머리카락 16~18올이 겹쳐지게 수를 반복해야 비천상의 선 하나가 나온다. 명주실과 달리 쉽게 '끊어지고, 뜨고, 엉키고, 겉도는' 한계가 있다. 이것 역시 원류는 고려 불화이다. 일본 다이아데라(當麻寺)에 소장된 '아미타삼존래영도'는 고려시대 머리카락 자수의 걸작이다. 굵고 강한 필체의 '나무아미타불(南無阿彌陀佛)'이 흑색 머리카락으로 큰 획을 내려 긋고 글자 중간에 금색이 섞인 아미타상과 연꽃이 자수로 겹쳐지는 장쾌한 모습이다. 다만 천년의 보존 기간이라 수백 겹의 머릿결이 고르게 퍼지지 못하고 엉키는 형체로 변형돼 철사 줄처럼 윤기 없이 뻣뻣하다.

2002년 자수 명장으로 지정된 직후 슬럼프 기간엔 108골무에 매달렸다. 골무도 중국, 일본과 천양지차다. 우리 골무는 광목 7~8겹을 풀로 배접해 손가락의 타원형에 맞춰 중간선은 '귀밥 치기'로 연결하고 둥근 막대기를 넣고 펴서 원형을 만든다. 중국과 일본 골무는 종이판 두 겹을 편평하게 붙여 꿰매서 손가락에 끼워 쓴다. 만들기 간편하지만 쓰다가 곧잘 실밥이 터지고 정교한 작업에 못 미친다. 우리 전통골무의 '귀밥 치기' 기법은 단단해 터지거나 변형이 없다. 이것을 각기 다른 문양 108개로 만들며 500여 색실을 마음껏 활용했다.

대형 작업도 새 문화를 만들었다. 2005년 아시아태평양경제협력체(APEC) 정상 회의장을 장식했던 '일월오봉도' 제작은 초대형(624×348cm) 병풍이지만 단 2개월의 시한에 쫓겼다. 공방이 좁아 크고 빈 작업장을 구하는 것에서부터 작업에 이르기까지 동국대 수강생들의 도움이 컸다. 12폭의 자수 병풍은 불가능해 보이던 일정을 소화하면서 자수 문하생들에게 상당한 자극제가 됐다. 외신과 국내 언론들이 21개국 정상회의 사진을 1면 톱으로 올리며 '자수 명장 유희순의 작품'이라는 기사를 달았다. 그는 이를 계기로 '전통 자수의 유물 복원 원형 및 응용전'을 기획했고, 이를 내년 동국대 사회교육원 강의 14년 결산으로 제자들과 복원한 전통 자수를 총결집한다.

"자수는 전통 기법에 익숙하면 내용은 무한히 진보한다. 그렇기에 전통 자수에서 많은 경험이 축적되면 유물의 복원에 거침이 없다."

자수 기법은 곧 전통에 내재된 무한한 창조력을 숙지하는 것이다. 평수, 선수, 징검수(징금수), 자련수, 자릿수, 느낌수, 씨앗수, 가름수 등. 실제로는 무한대로 뻗는 기법의 진화가 전통의 진수이다. 전통 자수는 일제치하를 거치며 사멸됐고, 일본 유학에서 돌아 온 학자들에 의해 신기술로 급속히 대체됐다. 그도 동경여대 자수과 출신의 김태숙 선생에게 처음 입문 수학했다. 전통의 꼰사(꼰 명주실)를 기피하고 '반푼사'로 일본의 신 기법을 한국식으로 원용하면서 60~70년대를 풍미했던 배경으로 반푼사의 대세였다. 이는 전통 자수에 근접할 수 없었다. 깊고 투박한 맛의 전통 자수는 많이 달아서 낡은 상태가 돼도 올이 풀리거나 보풀지 않는다.

자수 색감, 평면 아닌 공간과 색깔의 입체 미학

그는 인간문화재 한상수 선생에게 다시 입문했다. 전통의 활력은 창조력을 자극했다. 바늘에 실을 꿸 때 침을 바르는 것도 실은 전통 기법이 아니었다. 밀랍 덩어리에 실을 한 번 훑어내고 바늘에 꿰었다. 이는 불교 장엄용 바느질에서 원용했다. "부처님 용품에 침을 바를 수 없다."는 말을 한 차례 들은 게 발단이 되었다. '인로왕번' 복원에서 이를 적용했다. "전통 자수는 어떤 표현도 소화한다. 그만큼 막힘이 없다."

밀랍은 국새받침과 보자기를 만들면서 공식화됐다. 그는 29인의 국새제작단에서 자수 전담으로 선정돼 국새 내함 보자기와 국새 받침 석, 가죽주머니 등의 제작을 맡았다. 국새가 지니는 국보에 대한 공경의식을 불교 자수에서 깨친 밀랍 실밥으로 원용했고 이는 문화재 가치에 부합됐다. 국새 보자기는 자수를 놓고도 귀퉁이가 정확하게 맞춰지는 완벽한 규격 확보가 관건이었다. 이 역시 전통 자수 기법의 우월성 반증이었다.

"좁아진 시야는 치밀함으로 새로움을 본다. 자수가 결코 시야를 좁게 하지 않는다. 넓은 안목을 키운다. 색감의 확대도 그 연장이다."

그가 처음부터 색감이 뛰어났던 것은 아니다. 유물 복원에 집중하기 위해 천연 염색에 뛰어들면서 자연의 색감에 가까워졌고, 회화처럼 물감으로 직접 색감을 내지 않는 자수의 실이라는 입체도구를 거치면서 역으로 색감이 깊이를 더해 줬다.

"자수의 색은 평면이 아니라 공간이다."

그는 전통 자수 유물에서 색깔의 입체 미학을 본다. 사실 자수는 입체가 가장 많이 정확하게 겹쳐지는 공간의 압축판이다. 겹치기 이전과 이후의 색상은 다르다. 입체가 수만 겹 겹쳐지는 공간의 미학에 '다라니 주머니' 왕실의 '향낭', '후수', '활옷' 등이 존재한다. 그보다 우리의 어머니들이 집에서 만들어준 베갯모(베개 씌우는 겉보의 양 귀틀에 붙이는 문양보)를 자세히 보자. 자투리 천으로 남았던 각양각색의 천 조각을 방향을 틀어가며 바느질로 꿰어놓은 그 문양이 공간 미학의 압축판이다. 이는 어머니와 가족의 우주 질서이고 다라니였다. 사각 조각이 돌아가며 점차 8각·16각·32각으로 좁아지는 심연을 색상이 공간으로 유도한다.

공간의 확보는 굵고 가는 꼰사로 전통 자수가 반복되는 과정이다. 전통 유물은 그런 공간의 내면이다.

"불교 자수 유물은 그 공간의 전체 구조를 보여 준다."

꼰사로 수놓아진 일본 국보 '천수국만다라수장(天壽國曼多羅繡帳)'은 그림과 기법 모두가 고구려 전통의 압권이다. 경주 불국사 광학장(光學藏)에 서기 886년 걸렸던 석가모니상 번기(幡旗)는 불교 자수의 절정이다.

자수는 베이징 올림픽 2관왕 궈징징(중국)이 "자수 놓으며 집중력 키웠다."고 말해 다시금 국제 소재가 됐다. 숙일수록 더 깊고 넓게 보이는 자수, 머리를 숙이며 불덕(佛德)을 바라보기에 공양은 역시 면앙(俛仰)이다.

유희순

1983년부터 전승공예대전에서 내리 14회 연이어 수상하고, 1984년에는 노동문학제 수예 대상, 1997년 불미전에서 동상, 1988·1989년 서울시 문화관광상품전 금상 2회 연속 수상 등의 화려한 수상 경력 소유자다. 2002년 자수 명장으로 지정, 2007년에 국무총리 표창을 받았고, 이전 2005년 아시아태평양경제협력체(AECP) 부산정상회의의 서밋 회담장 벽면을 장식한 '일월오봉도'를 직접 제작해 국제적 명성을 쌓았다. 이어 엘리자베스 영국 여왕의 방한 때 '방석'과 '한복 숄' 등을 디자인 제작해 선물했다. 대한민국 국새의장품에서 자수 제작 담당이면서 동국대 사회교육원에서 강의를 한다.
전통 유물 복원에서 '길상도'(덕수궁 궁중유물전시관 소장), '문·무관 흉배'(전쟁기념관, 전통공예미술관 소장), '반짇고리'(영국 한국문화원 소장), 김천 청암사 '인로왕번', 영의정 이단하 '봉황흉배' 등의 작품을 냈다.

역사의 가교로 영원함 내뿜는 항아리가 평등 가르쳐

항아리 옹기에 깃든 평등과 조화

옹기에는 세상을 안아주는 포용력이 있다. 소외도 없다. 삐뚤어지고 쭈그러진 것이 진가를 발휘한다. 뜨거운 가마 속 맨 앞에 선 불막이용이나 기포가 생겨 꽈리를 틀어 존폐가 위태로운 옹기도 동등한 완성품이다. 그래서 우리의 항(缸)아리 옹기에는 평등이 기본이다.

늘 옹기가 그런 대접을 받은 것은 아니다. 현대화로 장독대가 사라지기 직전부터 옹기는 버려지고 잊혀지는 대표 품목이었다. 세간의 불평등을 그대로 간직한 잔흔이 옹기의 역사이기도 하다. 그런 옹기를 끊임없이 수집하고 전문박물관에 모으면서 새 생명이 탄생했다.

이영자 옹기민속박물관장(66)은 옹기에 늘 새 이름을 붙여준다. 그는 아시아에서 최초로 박물관인대회(ICOM)가 2004년 서울에서 개최될 당시, '쭈글이전'으로 세계의 이목을 집중시켰다. 주저앉은 독에 '프레스'라는 이름을 붙이고 예술과 생명을 합체시킨다.

2010년 10월 10일 찾은 서울 쌍문동 옹기민속박물관에는 혜화여고 학생들이 학예사의 지도 아래 옹기 만들기에 열중하고 있었다. 별관의 체험 학습장, 개인 박물관이 경영의 어려움에도 불구하고 실전 중시의 현장을 고수한다. 그 자신도 주전공인 그림 그리기에 몰두하고 강의에서 실전 비중도 여전히 높다.

"그림 그리기에서 내일을 본다. 불교방송 문화센터 강좌에서 사회적 지위와 학벌 전공, 그리고 연령의 격차가 무의미해지는 걸 체험한다."

그는 문화센터 강의 현장에서 마음이 넓어지는 것을 체감했다. 여기에 옹기민속박물관이 평등과 조화를 체화시켰다. "민화는 평등과 보시를 깨우쳐 주고 가르쳐 준다. 전통 교육과 사립박물관은 그 가교이다."

그만큼 옹기는 그에게 세상의 가교다. "옹기는 끝이 없다. 도자기는 잘못 되면 깨버리지만 옹기는 모두 가치 있게 실용적으로 쓴다. 부서져도 쓸 용도가 있고, 뚜껑은 맞춰진 것이 아니라 별도로 만들어진 것을 치수로 맞추고, 심지어 판자를 적당히 잘라 써도 된다. 물이 새면 옷 보관함에 제격이다."

버려지는 옹기가 더 가치 있다는 것을 알면서 그의 가치도 달라졌다. 집요하게 박물관 건립을 추진했던 남편 고(故) 정병락 씨가 1991

년 고려민속박물관을 설립, 1993년 옹기민속박물관으로 문화관광부 등록과 기틀을 완성한 이후, 그는 화가와 박물관 경영의 겸행이라는 과제를 떠안았고 옹기가 자연 정체성 확립의 초석이 됐다. 이미 옹기 2,500여 점, 민속생활용품 1,500여 점을 넘어 소장품에서 대형급 박물관에 화가의 전문성이 더해졌다.

생활필수품이던 옹기를 역사의 주인공으로

오는 11월 2일부터 특별전으로 열리는 '단청이 있는 박물관전'이 그런 형태다. 나무판 액자를 직접 만들고 단청 문양을 찍고 그리며, 보는 박물관에서 참여하고 즐기는 박물관으로 다가간다. 보다 다양한 단청 문양을 위해 경복궁 등 5대 궁 단청을 담당했던 단청장 홍창원 씨의 퇴촌 공방을 직접 찾아 작품을 골라 옮긴다. 물론 박물관에는 사찰과 궁궐의 단청 문양 800여 종이 별도의 '단청 전시실'에 보존돼 있다.

"새로운 문양이 경험을 살린다. 문화센터에서 평범한 시골 할머니가 민화의 초 그림을 독립적으로 완성하는 것을 봤다. 오랜 농축 경험이 새로운 창작을 자극한다."

그런 교육 현장에는 늘 창작 욕구를 자극하는 과거와 현재의 연결이 있었다.

그에게 '가교'는 숙명이다. 갑작스레 떠맡은 옹기민속박물관은 옹기에 대한 독학으로 빠르게 돌파했다. 그의 박물관에서 펴낸 《옹기와의 대화》,《옹기나들이》는 대학의 도예과에서 필수 교본이 됐다. 2007년에는 서울·경기지역 옹기조사연구를 주도하고 보고서를 통해 박물관에 새 정보를 채워 나갔다.

서울·경기지역은 햇빛 차단이 남쪽보다 덜해 옹기의 주둥이와 밑바닥의 너비가 비슷하고 중간이 배부르며 약간 뾰족한 형태이고, 충청도는 대류 현상에 맞춰 이보다 중간이 더 불룩한 타원형이며, 강원도는 이동 편리와 해산물이 많아 작으면서 잘 깨지지 않게 하기 위해 배 부분이 거의 일직선이거나 주둥이가 아주 좁은 형태, 농경지가 발달해 크고 둥글며 배 부분보다 어깨 부분이 더 불룩한 형태의 전라도 항아리, '오지 그릇'의 제조가 활발했던 경상도 내륙지방과 달리 해안선을 따라 독의 유통이 많았던 경상도 지역의 옹기는 어깨 부위가 발달돼 있고 입지름과 밑지름이 좁다. 조사가 진척될수록 옹기에서 삶의 지혜와 실용성이 만나는 접점을 다시 본다.

"조선조에서 숭문천기(崇文賤技)로 인해 찬란한 전통 문화가 순박한 민예품이나 생활용구로 스며들면서 항아리에 다양한 문양이 남았다. 작가의 의도가 중시되는 현대공예와 달리, 공정 과정이나 재료의 특성을 살린 시유 방법에서 다양한 점토의 특성을 미로 승화시켰다." 형식과 길들여진 사고가 개입되지 않고 작업의 연장으로 손놀림이 연장처럼 문양이 새겨지는 전통 기법이다. 이를 '환을 친다'는 용어로 민중 예술의 뿌리를 보여준다.

가장 흔한 대나무 잎과 활 모양 문양, 산(山)이 지니는 부드러운 선

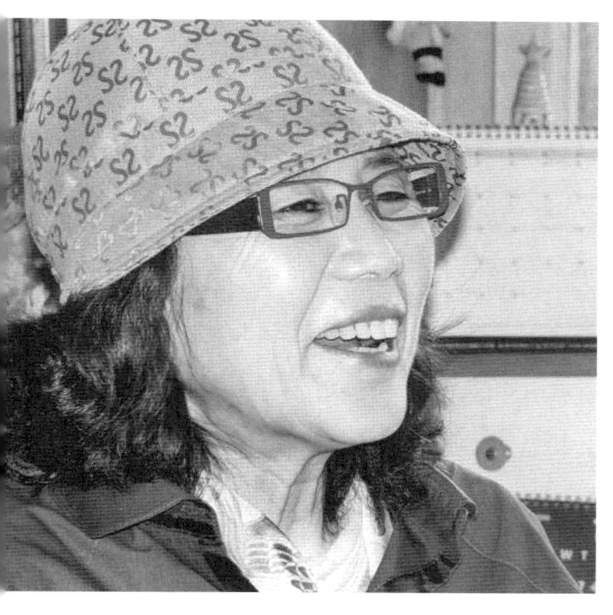

의 형태를 연속으로 테를 둘러 둥근 항아리에 조화를 이룬 형태, 물결 문양, 파도 문양, 술병의 용수철 문양, 풀꽃문, 구름문 등은 자연과 항아리에 조화미를 안긴다.

사찰 항아리의 연꽃이나 민간의 물고기 문양은 염원의 상징이라 변화가 크다. 단청의 필수품 연꽃이 시대별로 잎에서 피고 꺾이고 반전되는 변환이 나타나듯, 민화에 흔한 물고기는 다산(多産)·입신·출세·재물의 상징이라는 전통의 축에서 역사 흔적을 포용한다.

옹기에서 가장 흔한 물고기 문양의 역사는 남다르다. 그의 연구조사로는 1866년 대원군의 천주교 탄압령으로 프랑스 신부 9명과 8,000여 명의 신자들이 체포·처형당한 사건(병인사옥) 이후 산 속으로 피신한 가톨릭 신자들이 옹기와 숯을 구워 생계를 유지하고 옹기 파는 집을 거점으로 선교가 이뤄지면서 옹기 문양에서 물고기가 커지고 생생해졌다. 이는 당시 옹기가 일찍 세계화되는 과정을 보여준다. 앞서 1894년 프랑스의 《르 몽드》 일뤼스트제 삽화에 '긴 물동이'가 그려진 것도 이의 연장으로 볼 수 있고 몇 해 전 프랑스에서 우리의 옛 여인이 앞가슴을 드러낸 채 동이를 머리에 이고 서 있는 사진이 전시됐던 사례와도 연결된다.

우리의 '동이'는 일찍부터 은연중 세계인의 뇌리에 파고 들어왔다. 여기서 단원 김홍도의 '풍속화첩' 중 우물 편에 그려진 '옥동이'와 1894년 프랑스의 '긴 물동이'가 그려진 유사성을 연상할 수도 있다. 그만큼 문화의 깊은 구조에 옹기가 자리하고 있다. 우리 농촌의 물길 이용 '동이'가 생활필수품이었기에 역사의 주인공이라는 주장이 그렇게 성립된다. '동이'는 구연부에 귀를 붙인 '귀때동이'에서 귀가 떨어지고 실금이 가면 소변통이나 가축의 먹이 저장통으로 재활용되며 생활용기로 끈질기게 살아남아 우리 주위를 떠나지 않았다. 속담 '이왕 깨려거든 질동이'가 하찮은 것의 지칭을 넘어 '재활용'의 가치를 깨우치는 지혜가 된다.

"문화에서 옹기가 치지하는 비중은 크다. 서민들의 삶을 대변하는 산물이면서 자연친화적이라 오랜 역사를 포용한다. 응어리진 삶을 자유분방하게 표출한 민(民)·기(技)·예(藝)를 겸한 종합예술이며 민중미술의 산실이다."

그는 도자기 용어가 식민사관에 오염돼 일본용어가 많은 것을 치유하기 위해 옹기의 전통용어 살리기에 집중한다. 몇 남지 않은 옹기장이들의 이야기를 모아 작업장 용어들을 그대로 써보는 재연에 치중한다. 잿물 유약에 점력을 높이는 '깨기질'과 '곧매질', '수래'와 '도개'로 벽 다지기, 도구로서 물레·밑가새칼·근개·무가새칼·물

가죽·들보, 유약으로 검댕이, 질그릇에서 구울 때 온도를 높이기 위해 소금을 뿌려 광택을 겸해 내는 '푸레독', 오짓물로 유약을 쓰는 옹기인 '오지' 등의 용어는 안타깝게 없어져 간다.

확독은 확(풋돌)과 독(그릇)의 복합이며 음양사상이 배어 있다. 보리를 갈거나 숭늉용 쌀뜨물을 내리는 넓직한 그릇이다. 손맛 유지를 위한 기능 때문에 태토의 점력이 강하고 높은 온도로 굽는다. 옹기장이의 기술력을 검증할 수 있지만, 조리 기구의 개량화로 일찍 퇴조해 용어조차 없어졌다. 흔한 양념통의 연원에는 우리의 '단지'가 있다. 수분이 밖으로 나오지 않으면서 짝을 지어 평형 연결고리에 손잡이를 만들어 삼단지·사단지·이단지를 만들고, 오단지는 사단지에 위로 한 단지를 올려붙여 기하학을 응용했다.

그는 민화 때문에 몽골에 3차례 갔다 왔다. 오히려 노동력과 유통이 문화 발달에 밀접하게 맞물린 역사를 확인하며 유통과 옹기의 유관 적합성도 다시 본다. 문화재청 요청으로 지난해 추운 겨울 내내 보온밥통에 아교를 넣고 그린 '십장생' 병풍, 근본에서 일미(一味)의 미세 의식이 중단 없이 이어지는 일미온(一味蘊)의 원리로 사립박물관의 새 역사를 쓴다.

이영자

옹기민속박물관장이며 화가로서 사립박물관의 원조이다. 1999년 사립박물관 미술관 문화상품전을 시작으로 '그릇 빚기 전', 미국 오하이오

대 초청 'Korea Art Exhibition-Onggi Potter / Folk Painting' 전시, 2001년
'세계도자엑스포2001경기도' 여주 〈옹기전〉 전시, 2002년 2002
월드컵기념특별전 '옹기 문양전', 단청특별전 '오색 빛을 찾아서', 2005년
'옛 옹기 그리고 지금은…', 특별전 '필름 속에서 꺼낸 항아리', 파주 어린이
책 잔치 옹기 시연 '독짓는 늙은이', 몽골에서 열린 'The Korea-Mongolia
Cultural Exchange Project 2006-The Korean traditional Onggi and Folk
painting Exhibition' 전, 2007년 특별전 '옹기, 운현궁에 나들이가다',
2008년 서울시박물관협의회연합전 '서울이 아름답다',
2008년 베이징올림픽기념특별전 중국전 '한국민화초대전',
2008년 베이징올림픽기념특별전 한국전 '현대민화작가전',
2009년 2009 특별전 '서울·경기도의 옹기', 연합전 '근대 100년 한국인의
삶', '한국 박물관 개관 100주년, 박물관 대축전', 2010년 단청특별전
'단청이 있는 박물관전' 등을 줄기차게 열어왔다.
옹기와 관련된 책 발간 실적도 상당하다. 《숨 쉬는 항아리》《옹기와의
대화》《옹기 나들이》《옹기전》《옹기 문양》《쭈글이 옹기·빼뚤이
민화》《오색 빛을 찾아서》《옛 옹기 그리고 지금은…》《옹기》
《 The Korean Traditional Onggi and Folk paintings
Exhibition》《옹기민속박물관》《숨 쉬는 그릇, 옹기》《경기도 옹기점 현황
조사 보고서》《단청이 있는 박물관》 등을 개인 저술이나 박물관
자료집으로 내왔다.

3장

詩·書·畵로
문화 보편성 일궈내다

정완영·정상옥·박경호·전준엽·윤인수
강창호

정직하려면 시를 써라

사물을 정확하게 보고 싶은가? 그럼 시를 써라. 자신을 정직하게 읽고 싶은가? 그렇다면 시를 써보라. 그만큼 사물이 정확하게 읽힌다. 그의 눈으로 들어 온 사물은 시를 통해 입체적으로 재조명된다. 7시간 동안 그와 같이한 자리는 역사와 사상을 넘어 인간 내면의 성찰이었다.

"정신적 개종을 원하면 시를 써라." 70여 년간 2,000여 편의 시를 쓴 시인은 세계의 명시 2,000여 편도 구절구절 그의 말로 듣게 해 준다. 불교계의 대표적 시조시인 오현 스님에게 시를 가르친 백수(白水) 정완영(93) 선생의 시어는 우리말의 완결성도 맛보게 한다.

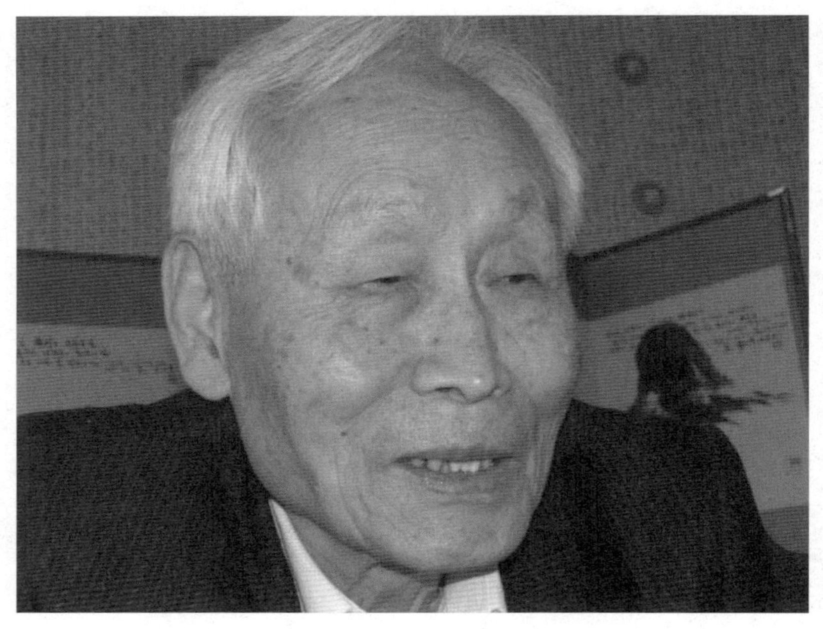

그의 아호는 백수, 김천시와 국고의 지원과 직지사에서 부지를 마련하여 건립한 '백수문학관'은 그 기념비이다. 그곳은 전 세계 시인과 시를 공부하는 사람들이 찾는 세계적인 시의 집적지로 발돋움 중이다. 3번째 백수문학제(2011년 8월 6~7일)가 열리기 전 그를 찾았다.

"마음이 즐거운 날이면 내가 가만 안경을 쓰고/ 목숨이 서러운 날이면 안경이 짐짓 나를 씁니다/ 시름도 차고 여우는 해와 달의 길목에서."

김천시 그의 자택과 백수문학관을 거쳐 그의 시 편액이 벽에 가득한 단골 찻집에 들렀던 지난 2011년 7월 15일, 기자에게 그는 자신의 안경을 들고 그렇게 시로 말했다.

정신적 개종 원하면 시를 써라

실제 우리 주변의 사물 모두가 그의 시어로 표현됐다. 잘 알려진 '애모'도 그의 시어로 표현됐고, 우리가 보는 사물들 대부분이 그의 시어로 들려진다.

'감자꽃'은 "흰 구름 설핏설핏 그림자를 놓고 가면/ 그 옛날 쪽진 머리 울 어머니 닮은 꽃이/ 고향벌 시절 좋다며 바람 끝에 나 앉는다."이고, '패랭이꽃'은 "사금파리 갖고 놀다 손을 다쳐 흘리던 피/ 아니면 당신 생각 대낮에도 뜨던 별빛/ 엄마야 어쩌면 좋아 온 산 불똥 튀겠네."이다. 어디에도 산과 계곡, '초록이 지쳐 녹음이 드는' 주변은 모두가 그림이다. 크고 작은 꽃과 사물이 그의 시선을 그냥 두지 않는다. 그렇게 눈과 마음으로 투사된 시어(詩語)들이 2,000여 편 완성됐다.

그렇지만 그 개인은 자연을 통해 역사를 관통한다. 개인이 국가를 초월한다. 언어 감각이 강과 산을 휘어잡고 시를 통해 역사 국가를 완성해 가는 기법은 어디서 기인할까? 1970~80년대 고등학교 국어 교과서에 실렸던 그의 시조 '조국'에서 "손 닿자 애절히 우는/ 서러운 내 가얏고여"는 그 편린이다.

"산을 중심으로 번성한 부족 국가인 우리 문화는 지명이 역사의 중요 근거다."

지명(地名)과 어원은 정확히 내면을 투사하는 기법의 원천이다. 독학으로 역사와 문학을 관통하는 기법이 그렇게 완성됐다. 특히 지명에 얽힌 역사에서 그의 안목은 정확하게 투사된다. 그만큼 우리 지명은 과거와 현실 미래가 담긴 사상의 결실이다. 지명을 통해 역사의 인물 사상을 보기에 시의 창작은 국가와 역사를 자연스레 담아낸다.

"우리 시조로 언어가 승화됐다. 세계화는 그 나라의 시가 품격을 결정한다. 시가 없다면 국제사회에서 야만으로 예우를 못 받는다. 문화가 상승하지 못하면 역사는 정체된다."

그는 미국 21개 대학에서 강연하며 이를 되새겼다. 영국·캐나다·일본·몽골 등 세계 각국 초청 강연에서도 이를 재확인했다.

눈과 생각의 단계별 성숙에 시작(詩作)이 있다

그에게서 시어는 문화를 넘어 역사 발달과 직결된다. 영국은 시인을 위한 특별 양성법이 있고, 일본의 세계화에는 국시(國詩) 하이쿠가, 그리고 중국에는 당시(唐詩)가 버티고 있다. 불행히도 우리가 즐겨 부르는 '푸른 하늘 은하수…' 노래가 일본가락의 7×5조의 시어라고 지적한다. 역시 흔히 불리는 '고향의 봄'도 일본가락의 7×5조이다. 반면 이순신의 '한산섬 달 밝은 밤 수루에 혼자 앉아 큰칼 옆에 차고…'는 3×4조의 우리 시어를 분명히 보여준다. "시는 그만큼 감성과 직결되고 이는 시의 운율을 탄다." 우리의 시조 가락에 맞춘 시어를 통해야 언어와 문화가 발달된다는 것이다.

시가 어떻게 정신적 개종을 할 수 있는가에 대한 답도 명쾌하다. "시는 마음을 세탁한다. 자신이 자신을 타이르고 돌아보고 성찰하고 울고 탄식한다." 그런 이치는 결국 "시는 마음의 표백제다."라는 규정으로 이어지고, "반야심경의 공즉시색 색즉시공과 같다."로 연결된다.

사물을 보는 눈과 생각의 성숙이 단계별로 이뤄지는 것에 그의 시작(詩作)이 있었다. 하얀 눈밭 위에 발자국을 남기며 걷는 장면의 TV 광고를 기억해 보자. 그는 그 장면과 광고 카피를 이미 수십 년 전 시로 썼었다.

"옛날 어느 스님은 후인(後人)을 타이르기를/ 설사 텅 비워둔 눈 벌판이라 할지라도/ 함부로 흩은 발자국 찍지 말라 당부했지만// 저 보소 흩고 온 눈발자국 달빛 아래 매화꽃 같네." 제목은 '흩어진 눈발자국'이고, 원운(原韻)은 한문으로 썼다.

180년 만에 복원된 직지사 선원의 상량문도 그가 썼다. 그의 시작에는 사찰과 불교가 가득하다. '북소리─동화사에서'를 보자. "노스님 북채를 잡고 먼 구름을 두드린다/ 산 가득 앉는 어스름, 떠오르는 연꽃노을/ 두리둥 두리둥 두리둥 만산에 우레가 떨어진다." '전등사' '만해의 침묵' '상원사 종소리' '봉정암' '수종사' '풍경소리' '경주의 돌' '하늘이 지은 절─진관사에서' 등 사찰과 불교의 족적이 시상과 맞물려 이어져 왔다.

그의 시 지상주의자 뿌리에는 불교가 자리했다.

"게송이 시 중의 으뜸이다."

관응 스님과 깊이 교우한 그는 요사채 주련의 문구를 하나하나 읊어주며 그 의미와 감응한다. '산이 지인 한 사람 숨겨 뒀으니…' 사암의 주련들은 그의 시상과 연결되고 암송의 대상이다. "내 시는 궁극적으로 불교이고 도교이다. 시를 찾아 들어가니 불교가 있었고 그곳에 시가 있었다."

그는 일제 강점기에 당한 고문으로 손가락을 쓸 수 없어 지금은 컴퓨터로 시를 쓴다. 오른손 중지 골절과 팔의 인대 손상으로 처음에는 오른손 위에 왼손을 얹어 눌러서 한 자 한 자 글자로 새긴 시를 터트리듯 썼다.

"시를 쓰므로 즐겁다."는 그는 시상이 떠오르면 지금도 잠을 자지 않고 시를 쓰고 배고픔도 잊고 시를 쓴다. "시는 벌판에서 온다. 외롭고 쓸쓸할 때, 그때 시가 나온다. 안일하거나 가득 차면 시가 안 나온다." 그의 아호 백수(白水)는 정갈히 맑은 물이라는 뜻과 함께 고향 김천의 천(泉)을 쪼갠 글자(破字)다. 철저한 파사현정 조고각하(照顧脚下)의 자기실현이다. 시조를 국시(國詩)로 해야 한다는 그는 "시조의 형식에는 종장 세 글자를 제외하면 다양하게 변형될 수 있는 무한한 자유로움이 들어 있어 시의 정서와 시어는 다루지 못할 것 없다."고 규정한다.

그는 2012년 신년 축시를 미리 썼다.

"아흔에 다시 네 구비/ 구비 돌아 삼천리길/ 지칠 대로 지친 부목/

짚신간발이 다 닳았네/ 쌀 씻고 땔나무 차고/ 구름 빨아 또 널고."
'부목의 노래', '부목'은 사찰에서 나뭇짐 진 사람이고, 일상의 우리
에게는 '선 자리에서 나라의 운명을 지고 가는 사람'이다. 그의 회향
에는 우리 모두가 부목임을 일깨운다.

정완영

한학과 향리에서의 보통학교, 일본 야간부기학교 등에서 수학했다. 해방
직후 '시문학구락부'를 만들어 시를 썼다. 중앙 지방 일간지의 신춘문예를
휩쓸고 주요 일간지와 〈불교신문〉의 신춘문예 심사위원을 역임.
한국문학상·중앙일보 대상·육당문학상·만해시문학상·현대불교문학상
등과 은관문화훈장을 수상했다.
시조집《채춘보》등과, 동시조집·시조선집·시조전집 등,
그리고《시조창작법》등 다수의 저서가 있다.

뼈와 살의 글씨에 힘줄 살려야
조형미 산다

동방대학원대학교에는 생소함 투성이다. 전공과정 중에 서화심미학과, 자연치유학과, 미래예측학과, 문화정보학과, 조형칠예학과에다 불교문예학과가 등장한다. 전통의 서예에 심미학이 접목되고, 대체의학이 자연치유로 분장했다. 여기에 범패·예불 같은 불교의례가 '문화정보학'이라는 통로를 통해 대중공연으로 탈바꿈한다.

"소수의 전통의례를 다수가 공감하는 대중문화로 뒤집어 접근해 보자. 음지 영역에 머물던 민속 분야를 학문의 영역으로 끌어들이면 떳떳한 직업인이 양성된다."

동방문화에 시대 조류를 첨가하여 전통 학문의 이단을 이끄는 정상옥 총장(65)은 서예에도 실학을 더 중시한다. 1988년 한국의 서예를 비판하는 글을 쓰고, 이후 46세에 중국으로 서예학 이론을 찾아 유학을 떠난 것도 이단의 연속이었다. 심사위원 위치에 오르기 전 국전 심사 공정성에 뒤틀려 출품 자체를 거부했던 것도, 학창시절 유도 선수였다가 서예로 급선회한 것도 이단이었다. 유학 당시 서예이론가를 찾아 박사논문 지도를 받았던 주래상(周來祥) 교수에게 이제 그가 총장으로 명예박사를 수여한 것도 이단이다.

현행 미학은 고대 조화미와 근대 숭고미의 경계에서 정립

서예 이론의 개척은 그런 이단아의 정체성 찾기 단초였다. 중국 산둥대학에서 서예 미학의 새 영역을 탐구해 '한·중 수교 후 첫 박사학위 취득자'가 됨으로써 그는 뒤늦게 예능인에서 학자로 공인받았다. 이는 예능의 서예를 심미학적 접근방법으로 현세의 실학에 접목하는 디딤돌이 되었다.

"현행의 미학은 고대의 조화미와 근대의 숭고미의 경계에서 정립됐다. 미·추·숭고·골계가 미분화 상태로 남아 소박하게 결합한 장엄미와 우미(優美)의 고전주의 예술을 넘어 새로운 시대의 심미 실천에 근거해야 문예 부흥이 있다."

그는 '중국 서법 미학과 한국 서예 간의 역사 발전 대비'로 서예 이론의 줄기를 찾고 박사학위를 받았다. 그는 세계가 인정하는 서예 대가 추사 김정희의 글씨가 어떤 경로를 타고 어떻게 완결됐는지 그

줄기를 통해 '불교 문예'의 통로를 열어간다.

"추사의 글씨는 고목나무를 꺾어 놓은 기세와 필치이다. 글씨는 뼈와 살로 이뤄지지만, 그 안에 힘줄이 살아 있어야 글자 하나에서 조형미가 살고, 모여져서 구조화된 조형성이 완결된다. 추사는 9년의 제주도 유배 중 마음속에 품고 있던 큰 뜻을 글씨로 회향했다."

추사는 한석봉으로 절정을 이뤘던 송설체에, 사색당쟁을 거치며 노론(힘 있고 웅장함)과 소론(유려하고 아름다움)으로 각기 달라졌던 '글씨체의 분열상'이 반영되고, 이어 실사구시의 금석학이 가세한 새 조류를 글씨에 투사하는 힘의 결정체이다. 가는 선의 양획과, 굵은 선의 음획이 완벽히 살아 조화를 이룬다.

문자의 심미에 음악적 요소 살린다

"글씨에는 새로운 세력의 등장이 반영된다. 문자를 매개로 한 예술이라 그렇다. 역사의 흐름이 늘 새로운 풍조의 글씨를 낳았다. 개인이 품고 있는 학문과 뜻, 여기에 시대 철학과 역사 경험이 응축된다."

그가 개척 연구한 '서예 심미'는 서예사 추적과 철학사 연구가 골격을 이룬다. 한국과 중국을 관통하는 학문의 조류에서 서예의 변천사를 찾고, 양국 간 학문과 정치의 교류에서 서예가의 정신을 읽는다. 서예가의 학문 배경과 마음을 정확히 추적해야 글씨체에 대한 이론 분석이 가능하다.

"힘은 손이 아니라 마음에서 나온다. 글자 하나하나의 문자는 리듬

을 타고 붓을 움직인다. 한자의 사성에서 음악적 요소가 문자의 심미
를 살린다. 내용은 그런 심미감의 결정체이다.”

　중국 당나라 구양순체에 바탕을 두고 한국적 서풍을 낳은 최치원,
통일신라 유풍이 고려
에 완숙된 큰스님들의
서체, 고려 말 원나라와
의 지도층 인사 교류가
커지면서 유행한 ‘송설
체’로 명성을 날린 정몽
주·길재·이색의 ‘3은
시대’, 이의 한국적 완
결체인 안평대군의 불
후의 명필, 정통 사자관
출신으로 송설체를 완
벽히 자신으로 체화해
명필가가 된 한석봉, 중
국 왕휘지 서법의 복고
와 직업서예가 사자관
시대 관료별 직업에 따
른 글씨의 차이, 사색당
쟁 시대에 글씨만으로

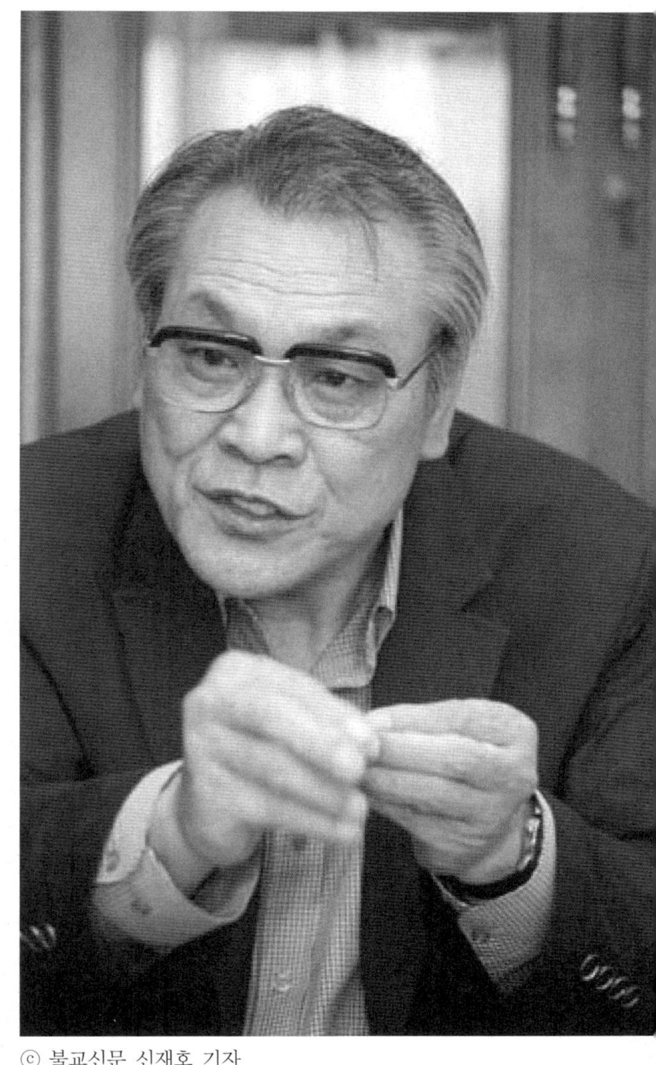

ⓒ 불교신문 신재호 기자

도 당파가 구분되는 서풍의 계보시대, 훈고학과 금석학의 실사구시를 통한 문예부흥으로 서예의 절정기를 보여준 추사의 시대.

그의 서예사에는 계급성이 등장한다. 서예가 학문을 바탕으로 시와 글을 담아내는 예술이라 그렇다. 그래서 베끼는 모필(模筆)은 마음의 감흥과 흥취가 없다.

같은 공간에 한글 붓글씨와 한자 붓글씨를 써 놓고 비교해 보자. 획수가 훨씬 많은 한자가 눈에 더 편안함을 준다. 한글이 과학적이고 합리적이지만 서예의 조형미에서는 완결성이 덜하다.

"조형성은 한 획 한 획이 아니라 여러 획이 한 순간 모이는 과정에서 나오는 예술성이다."

그 예술성이 마음을 잡는다. 그 '과정'에는 리듬·음악·공력·철학·체력·사고력 등의 총괄이다. 반대로 마음이 글씨를 만든다. '심수쌍창(心手雙窓)', 마음과 손이 같이 움직이기 위해서는 글의 내용을 먼저 알아야 한다. 그의 '불교 문예'는 문학·미술·의례·의식 등 문예 분야가 같이 움직일 수 있다는 철학에서 비롯됐다. 경전에 바탕을 둔 불교에서 문예 분야를 포괄하는 학문 영역으로 확산한 것이다.

"문예는 대중화이다. 소수에서 대중이 공감하도록 공유의 폭을 넓혀야 새로운 세계에서 경쟁력을 확보한다. 우리의 새 문화는 시대 조류를 걸러서 창달돼 왔다. 우리 문예사는 이를 압축하고 있다."

추사의 글이 국제화되는 과정이 그 길을 알려줬다. 제주도 유배 9년, 가시나무 울타리가 쳐진 처소에서 다른 사람과 접촉도 금지된 채

오로지 책 읽고 글쓰기에만 몰두해 온 김정희에게 문방사보를 구해 준 것은 제자 이상적이었다. 추사는 고마움의 답례로 '완당세한도'를 그려줬고, 이 그림을 이상적은 중국을 왕래하며 중국 정가와 학계 유력인사들에게 보여주고 19명으로부터 찬사의 발문을 받았다. 그리고 이를 다시 추사에게 보여주는 열성이 추사 사상과 서체가 19세기 중반 국제화의 길을 걷게 했다.

'완당세한도'는 1974년 국보 180호로 지정됐지만, 이는 일제 강점기에 일본으로 넘어갔다. 이를 다시 찾은 이가 국회의원 출마 자금 마련으로 저당 잡힌 끝에 사채업자 손에 넘어가 개인 소장물로 전락한 비운을 되짚어 보자는 것이다.

한 채의 집을 중심으로 좌우에 소나무와 잣나무가 대칭을 이루고 주위를 텅 빈 여백으로 남긴 극도의 절제와 간략함. 이를 거칠고 메마른 붓질로 한 채의 집과 고목을 그려내 그림 분위기 전체를 추운 겨울(歲寒)로 조형화했다. 그림 끝 글귀에 제자 이상적의 도움을 소나무와 잣나무에 비유한 인품으로 형상화하면서 직접 써넣어 밝혔다. 그 결과 겨울의 추위와 스산함이 맑고 청결하게 구조화됐다.

마른 붓질에서 묵의 농담과 구성의 간결성이 실학에 바탕을 둔 추사체의 완결성을 보여준다. 그만큼 조형에서 완벽은 추사체가 보여주는 인위적 기술과 기교를 절제와 여백의 생략으로 허식화시키는 기예이다. 실학의 예술성은 이런 허식의 탈피가 대중과의 공감을 넓힌다.

추사는 우리 한문학 역사상 명나라에 의존하지 않고 청나라를 자유롭게 바라본 첫 문인이다. 그의 학문이 분명한 목표 의식을 갖고 실천을 강조하고 과학적 고증성을 바탕으로 균형감을 잡아 '중국 학문을 우리 학문과 절충'했지만, 우리 문예는 그 본질에 다가가지 못했다는 것이다.

"가장 한국적인 것이 가장 세계적이다. 서예는 학문이 겸비돼야 한다. 작가는 내부에 축적된 독창적 체득이 있어야 창조적 모색이 가능하다. 불교 문예의 실학은 여기서 꽃핀다." 그는 창조를 위해 매일 108배로 일과를 시작한다.

정상옥

학자가 되기 이전엔 전통 서당에서 붓글씨를 배우기 시작한 평생 서예가였다. 1959년 일중, 여초 두 서예가가 이끄는 동방연서회에 들어가 서예의 길을 닦았지만, 동국대에서 석사를 하고 서예 이론을 개척하기 위해 중국 산둥 대학에서 서법 미학을 전공해 문학박사를 받았다. 계명대 미술대 서예과 교수를 거쳐 '동방문화 창달'을 위해 동방대학원대학교 초대 총장으로 새 학문 장르를 개척했다.
대한민국미술대전 심사위원, 서예부문 운영위원장, 미술협회 이사, 문화관광부 문화훈장 심사위원 등을 거쳤으며 홍익대·덕성여대·한성대 등에 출강했고, 《서법예술의 미학적 인식론》 등 저서가 있다.

내려놓고 빼고 버려야 경지의 그림 그려져

서울미술관 전시실의 한국 산수화는 세밀한 터치로 가득하다. 반면 박경호 화백은 동양화의 빈 공간의 예술성을 더 설명한다. 국내 시장에서 소외되는 한국화로 일본의 세계 3대 미술전시관을 먼저 두드렸던 박경호(51) 화백의 기예는 무엇일까? 서양 기법으로 넘어간 시대적 하중을 버텨내는 힘은 무엇인가? 의문의 답은 '허허실실'과 '여백'이다.

전통 한국화의 미감은 실제로 아주 화려하다. 그의 인물화 선은 야일(野逸)하다는 표현에 걸맞게 정밀을 넘어 세잔이라 압축된다. 물론 점의 극치는 달마도이지만 그는 여기에 이르지 못했다. 30여 년의 연마에도 불구하고 선과 점 하나로 동양화의 극점을 만끽하기엔 "안목이 덜 다듬어졌다."고 말한다.

"우리의 산수화는 3다(多)에 의해 완성된다. 많이 보고, 많이 생각하고, 많이 그리는 것이다. 그래야 더 자연스러워지고, 자연에 가까워진다. 가장 자연스러운 것은 핵심 외에는 버리는 것이다. 어차피 다 품을 수는 없다. 뺄 수 있어야 한다. 그래야 상상의 경지에서 그림이 그려진다. 여기엔 아직 부족을 느낀다. 이제 다시 시작이다."

빼기 위해 각 개체 세밀한 특성 먼저 체감해

그는 동양화엔 기본 조건이 있다는 입장이다. 자신이 걸었던 '도제 수업'의 수련 과정과 대학의 훈련 과정을 대비한 결과이다. 말없는 묵언의 반복적 그림 훈련에 익숙한 그는 이를 '허허실실'로 표현한다.

그는 한국화의 대가로 잘 알려진 이당 김은호 화백의 기풍을 이어받았다. 작고한 김 화백의 제자인 수당 김종국 화백에게서 집중적으로 30년간 수련을 받았다. 초기 수련 과정을 거친 다음 동국대 대학원에서 미술을 전공했다.

그가 겪었던 동양화 수련 과정에서는 사군자, 화조, 인물, 기명절지(그릇), 어해, 동물 등에 기술을 집중할 훈련이 필수적이다. 각각의 개별적 밑그림이 완성도를 가져야만 산수화의 독창성으로 이어질 수 있다. 대학의 동양화 훈련은 이와 달랐다. 각 개별 특성을 체화하여

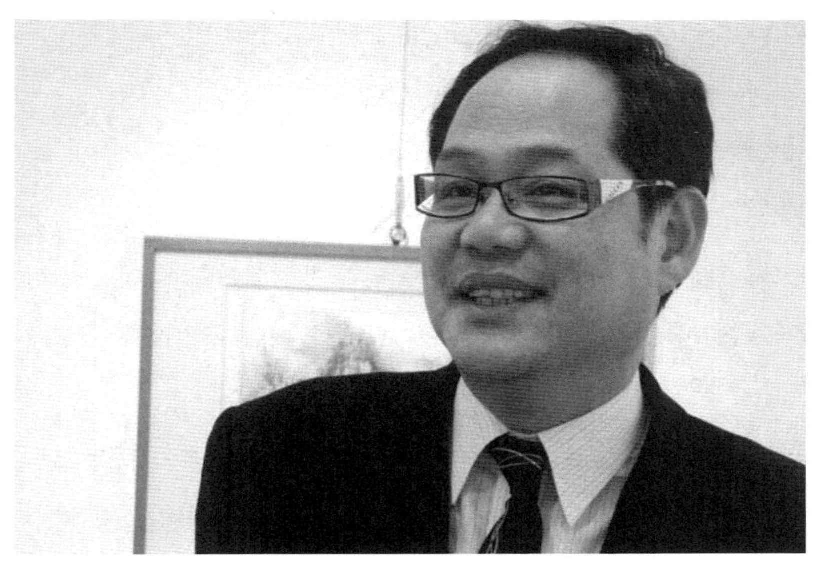

전체로 몰입하는 과정이 아니라 전체에서 부분을 각각 이해하는 방식이었다.

"빼기 위해선 각 개체의 세밀한 특성을 개인적으로 먼저 체감해야 한다. 부분과 전체는 하나이면서 동시에 각각이다. 곧 일즉다(一則多) 다즉일(多則一)이며 공즉시색 색즉시공이다. 미술 대학에서 동양화는 공과 색을 별개로 접근한다."

끊어질 듯 이어질 듯 갈대의 소슬한 표현 연마

겸재 정선, 단원 김홍도, 혜원 신윤복 등 한국화의 대가들도 그가 보기엔 수십 번 자연과 사물을 보고 그리고 연마하여 중국 의존형 기풍을 벗어 독창적 그림을 완성하는 과정을 거쳤다. 같은 사물을 볼 때마다 다르다는 점이 수련에서 알게 됐고, 제행무상·제법무아·열반적정의 3법인(法印)도 자연 체감했다.

"겸재 정선의 주름(산 그림의 작은 선들)과 김홍도의 씨름판 서민의 한복 선, 신윤복의 기방 풍속·기녀의 머릿결, 그것들은 독창적 사고와 지난한 관찰 그리고 피나는 연마의 결실이다. 이것이 조선에 맞는 그림이듯이 현대 한국의 산수화에서 이런 독창성을 일궈내야 한다."

의존하지 않는 것에 예술의 가치가 있다면 좋은 스승은 방향과 정확성을 일깨워주는 선사의 가르침과 같다. 그의 동양화 스승은 수당 김종국 화백이다. 수당 김 화백은 이당 김은호 화백의 전통 계보를 잇는 동양화의 원로이다. 독학으로 동양화를 붙들고 씨름하던 그에게 스승의 가치를 심어준 것은 수당 김 화백이다. 동양화의 기본 수련 과정을 스승에게서 차근차근 수련해 나갔고, 그로 인해 연마의 습을 익히고 알게 됐다.

동양의 '연마'는 내용을 알고 시작하는 것이 아니라 행(行)이 항상 우선이었다. 실행으로 내용의 실체를 차츰 관조하게 되는 습득에서 동양화의 근본으로 접근할 수 있었다. 그의 기법 중 '끊어질 듯 이어질 듯 하는 갈대의 소슬한 표현'은 그런 연마의 결실이다.

그림을 보고 감상하는 것이 아니라 자신의 성찰 수단으로 시작한 것이 연마의 시작이고, 그림 중에서도 전통 안으로 들어가는 과정을 자발적으로 선택함으로써 그의 독특한 '한국 산수화의 나약하지만 강인한 선'을 창작해 낼 수 있었다는 것이다. 그래서 그는 "수행하는 태도로 선을 그려야 그런 한국화 특유의 선을 그려낼 수 있다."고 말한다.

2002년 7월 독일 바이로이트 시 시청 갤러리에서 '한국의 화가가 본 자연전'에 초대 전시회를 가진 동기도 여기서 출발한다. 동양화와 다른 한국의 산수화를 그려내는 그의 작풍이 세계인의 이목을 끈 것이다. 그 이전 1989년 일본 전일전 출품작이 수상하면서 해외 진출 물꼬를 텄다. 이어 세계 3대 미술관 중 하나인 일본 우에노 모리 미술관에서도 초대 전시회를 갖게 됐다. 이제는 세계 미술의 중심인 미국 뉴욕을 겨냥하고 있다. 물론 정부 지원이 아닌 순수 개인전이 무기이다.

대다수의 동양화가들이 현대의 강렬한 화풍과 채색에 밀려 자신의 정체성을 바로 세우지 못하는 한계를 보인 반면, 한국의 산수화와 인물화를 통해 전통과 시대의 미감(美感)을 접목하는 데 성공한 작가로 평가받기 시작한 것이다.

색과 재료, 일체의 걸림을 내려놓으라

그의 구도와 선은 작품 '노안도'와 '서록도'에서 미술평론가들의 주목을 끌었다. 불화연구소장 최도송 박사는 "구도의 특징은 대상 가까이에 접근해 들어가는 서구적 시점이 아닌 관조적이며 대상과 동일시하지 않는 명상적 태도"라고 평가했다. 여기에 "소슬한 표현의 노련한 필력"이 가세한 인물화와 신선도·화조화 등이 매우 독창적이라는 논평이다.

그는 "이제 삼승기백대겁(三僧祇百大劫)에서 갓 3아승기를 지나가고 있다."고 말한다. 보살이 중생 제도를 위해 3아승기 수행을 거치고 다시 백대겁의 수행에 들어가는 초입이라는 것이다. 아승기(阿僧祇)는 수행의 오랜 시간을 말한다.

그는 지난 전시회에서 선보인 '십우도(十牛圖)'를 수행의 한 고비로 삼는다. 이를 계기로 "색과 재료에 대해 일체의 걸림을 한 번 내려놓으려 한다."는 것이다. 그 이전의 수행에서는 '필과 형의 파격'이 화두였다면, 이제 이를 넘어 '색과 재료의 파격'을 새 화두로 건진 것이다. 이후 이번 전시회에 나온 수묵담채화들이 그런 화두 수행의 초입이다. 금강산 '옥류담'과 '옥계청수', '상팔담 추일' 등이 그렇게 시도됐다.

"화선지에 수묵담채라는 전통의 소재와 재료에서 의미의 깊이를 이끌어 내기 위해서는 반복을 통한 기량의 심화가 우선이고, 여기서 자연에 더 다가가기 위해서는 여백의 운치를 살려야 하고, 이를 위해서는 자신이 열어야 하는 벽이 있다. 이 벽을 넘어서려 노력 중이다."

그가 2004년 경기도 양수리에 거처를 옮겨 작업에 들어갈 때 '무문관 입방 행자'라고 스스로 말한 행자생활이 아직 수계 단계엔 이르지 못했다는 자평이다.

그렇지만 한국화의 세계 시장 진입에 대한 자신감은 이미 벽을 넘

었다. 이것은 독일과 일본 전시회에서 확인했다. '한국인으로 본 자연'
의 창작성에 외국 미술계와 일반인들이 관심을 보였기 때문이다.

그래서 그는 '깊이 생각하고 많이 그리고, 전통을 잘 아는 한국화'
가 곧 세계 미술시장에서 높은 평가를 받게 될 것으로 본다. 이를 위
해 그는 "예술가를 아끼는 해외 미술계를 돌아보고, 순수하게 그림만
그리는 예술가들이 존중받는 풍토 조성"이 급선무라며 왜곡된 친일
파 화가들의 득세 현실이 중요한 장벽이란 지적도 빼놓지 않는다. 세
잔에의 몰입이 그런 풍토 개선과 이행동사하는 과정에 그의 한국화
가 서 있다.

박경호

동국대 교육대학원 미술교육과를 졸업했지만, 학교 교육 이전에 한국화를
그리기 시작했고 수당 김종국 화백으로부터 동양화를 사사 받았다.
호는 법명인 수암(首岩). 30년간 행자 수행과 같이 동양화의 기본기법을
반복 수련하고, 1989년 일본 전일전 수상과 모리 미술관 초대전, 2002년
독일 바이로이트 시 초청 전시회 등으로 해외에서 한국화를 주목받게
만들었다.
개인전 5회에 통일서예대전 문인화부 최우수상을 수상했고, 금강산 그림을
많이 그려 남북서화교류전도 열었다.
중앙일보 문화센터 전임강사, 종로경찰서 시민문화대학 전임강사 등으로
일반인을 지도하면서 평화미협 이사로 있다.

강렬한 색, 한국화의 감성이 세계를 움직인다

"전통의 우리 그림과 미감은 강렬한 색채의 힘이 뿜어난다. 조선조에서 색채가 없어졌고, 일제 강점기에 동양화라는 기형적 명칭으로 오역됐다."

사물의 정확성은 색채에서 온다

수묵화에 과감한 색채가 가해진다. 소나무와 정자, 수직의 폭포에다 선정에 든 인물, 영락없는 수묵 산수화에 유채물감으로 진한 원색이 감아 돈다. '빛의 정원에서' 주제로 초대전을 연 전준엽 화백은 한국화의 정체성에 생명력을 채운다.

"동양화란 일본이 붙여 놓은 이름이다. 중국은 '국화(國畵)' 일본은 우키요에(浮世畵)이고, 서양화는 원래 재료를 의미하는 회화와 조각, 소재로 구분되는 풍경화·인물화 등이 원칙이다. 동양화·서양화의 이분구조로 우리 그림의 정체성을 없애버린 일본식 명칭에 순응하며, 자국의 그림을 동양화라 이름 부른 국가는 한국뿐이다."

서구 추종적 미술교육 탓에 '금동미륵보살반가사유상'은 불교 유물로 평가 절하 됐다. 입체를 나타내는 조각임에도 선처럼 보인 이유를 보자. 그만큼 '반가사유상' 조각상에서 유기적으로 이어지는 선의 움직임이 빼어나다.

"변형된 형태인데 과장이 없고, 선들이 직선에 가까우나 정제된 곡선이고, 힘을 빼고 흘러내린 선이지만 힘이 빠져 나가지 않고, 손가락과 발가락에서 맺힌다. 뺨에 댄 손가락이나 무릎에 올린 발가락에서 보여주는 파격적 움직임, 입 꼬리와 눈 꼬리에서 절도와 질서 속에 들어간 바른 정신의 자유분방함을 본다. 보고 있으면 마음이 차분해지는 예술의 힘, 모나리자의 미소를 능가하는 미소의 섬세함과 아름다움, 생각의 이미지는 로댕의 조각을 능가한다."

그의 그림에 대한 접근은 예술가의 자존심과 창작 욕구의 발현이다. 한국 미술사의 근간을 일본 민속학자 야나기 무네요시가 만든 실체에 반기를 든다. 조선조의 그림에 한정시키려고 우리 그림에서 고려 불화의 색감을 지웠던 상실의 복원이며, 원색으로 가득한 '청룡도'와 '백호도'의 고구려 벽화를 한국화의 색채로 살려내자는 것이다.

“조선시대 관념 산수화는 색채를 쓰지 않았다. 사물의 정확성은 색채에서 온다.”

그런 그가 산수화에 집중하는 이유가 있다. “산수화는 우리식 조형 어법이 가장 잘 살아 있다. 자연과의 조화와 공존을 우리 민족의 감성으로 보자. 보이는 세계를, 미래의 빛으로 그리고 싶다.”

독자적인 화법을 꾸밀 창작의 단초는 간단하다. “사물을 보는 방식에서 고유의 특성을 살려야 한다.” 그렇기에 자연과 인간의 공존이 중요하고, 이는 욕심을 버림으로 살아나고 그로써 색채를 낼 수 있다.

조선 사대부도 욕심을 버리는 선비 정신의 결정체를 보여주며 구성의 완벽성이 탁월하다. 그림에서 선비는 감성과 이성이 적절히 조화를 이룬다. 그렇지만 글짓기(詩), 붓글씨(書)를 그림(畵)보다 앞자리에 둔 태생이 있다. 색채 쓰기를 비속과 비천의 질서 개념에 집어넣은 유교의 정서가 한계였다. 무색이 무욕의 전부는 아니라서 그렇다.

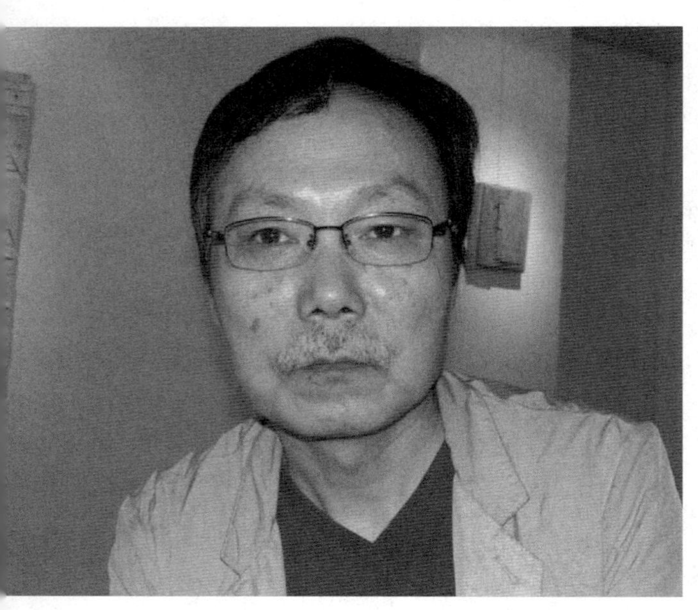

그림에서는 무색의 가치도 크다. 맑은 먹과 담담한 색채로

우리에게 친근한 수채화의 맑은 기운을 기본으로, 균일하게 힘을 주는 중봉(붓을 똑바로 세워 쓰는 서예의 기본자세)의 필치를 살린 글씨의 기운이 겹쳐져 힘을 한껏 입힌 문인 산수화의 미학은 벌써 세계적 가치를 인정받았다.

자연 현상과 이치에서 뜻을 추출해 함축하는 힘이 워낙 강한 장점도 탁월하다. 교양과 인격이 우러나오는 문인으로서 지적 충만함을 통해 과감한 변형이나 과장, 생략으로 풍류 정신을 그림에서 완벽한 구상으로 살아나게 한다. 조선시대 겸재 정선의 '인왕제색도'는 산세가 오목거울로 보듯이 조금씩 왜곡되면서 가슴속의 꿈틀거리는 감동까지 분출한다. 김홍도의 '송석원시사야연도' 역시 맑은 먹색으로 청아한 기운을 감돌게 해 시상에 젖게 만든다.

그렇지만 세속은 색감에서 친근해진다. 그는 색채의 미감을 한껏 보여준 신윤복의 풍자와 에로티즘에서 역설적으로 한국의 고급 미감을 발견한다. 2008년 우리 그림 열풍을 일으켰던 '미인도'는 조선 여인의 순수한 아름다움을, '월하정인' '봄나들이' 등에서는 서양의 인상주의 미술보다 50년이나 앞서 도회지 저자거리를 오가는 다양한 인물 형상으로 사회 풍자에 도전한다. "연인들의 사랑으로 물든 붉은 마음은 사내가 들고 있는 초롱의 과장된 붉은 색과 쓰개치마를 잡고 있는 여인의 자주색 소매로 나타난다."

그가 집중하는 전통의 우리 색감. 그것은 사찰의 단청과 산신각의 색채, 원색을 쓰는 왕실의 기물들에 또렷이 박혀 있다. 현재 우리 주변에도 흔하다. 거리의 간판을 보자. 원색 바탕과 글씨는 우리 색감의 반향이다. 여기에서 원조는 단연 고려 불화의 화려한 색깔이고, 민화에 즐겨 쓰는 고졸(古拙)한 오방색이 우리 마음의 진정한 색감이다.

우리 그림 조선시대 머물러… 고려 불화 색감 복원해야

"단청은 숨져진 본능의 자각이다. 미술과 건축에서 형태는 이성이고, 색채는 감성이다. 사찰에서 편안함을 느낀다면 그 색이 우리의 감성에 잘 맞는다고 본다."

주황이나 갈색, 붉은 색처럼 따뜻한 느낌을 주는 색채는 눈에 빨리 들어오기에 가깝게 느껴진다. 반면 청색 계열은 차가운 느낌이어서 눈에서 멀어지는 느낌을 준다. 단일 색이 아닌 경우에도 색으로 원근감을 조절한다. 밝고 어두운 색감의 차이가 심해지면 눈에 빨리 들어오면서 사물이 가까워 보인다. 단청과 고려 불화에 우리 눈이 쉽게 빨려 들어가는 이유도 여기에 있다.

풍경화의 이치는 다르다. 풍경의 정취를 재현하는 것이 아니라 화면의 견고하고 완벽한 구성을 위해 풍경을 차용하고 있어 그렇다. 어차피 '회화는 독자 공간'이다. 여기서 '우리 고유의 공간'이라는 점을 살리려면 우리 눈에 익숙한 '현실 풍경'이 공통분모가 돼야 한다. 그가 한국화의 정체성을 찾으려고 풍경화에 몰입하는 이유다.

그렇다면 풍경의 진짜 본모습은 어떨까. "그냥 바라보는 풍경이 아니라 경치를 이해하는 것이다." 빼어난 경관 못지않은 바람의 움직임, 숲과 나무의 향기, 신선한 공기가 몸으로 파고드는 정취, 이런 경치를 오감으로 받아들여야 우리의 풍경을 본다. 그림에서 풍경은 경치를 통해 작가의 마음과 생각(心思)을 말하려는 표현이다.

"현대 미술은 감상하는 미술에서 생각하는 미술로 경향이 바뀌었다. 무엇을 그렸느냐에서 어떻게 그렸느냐로 옮겨 갔다."

원래 어둠 속에서도 자연은 존재한다. 빛에 의해 순간순간 변하는 영상은 자연만물의 본모습이 아니다. 서양 회화의 전통적 원근법보다 우리 수묵화가 사물을 정확하게 있는 그대로 본다. 문인화풍의 산수로 이를 확인하자. 빈산을 가득 메운 '공산무인도'는 거친 필체로 쓱쓱 그렸다. 산수화에 흔한 집과 나무, 꽃이 등장하는데도 그냥 그려졌다. 조선의 천재화가 최백의 이 그림을 그는 "경치를 통해 작가의 심사를 말하는 풍경화"라 규정한다. 마음먹고 찾은 빼어난 경치가 아니라 자연의 이치를 충실히 따른 풍경을 찾아간 것이다.

자연은 실제 사람의 관심과 멀리 있다. 이름 없는 풀은 제 차례가 오면 어김없이 꽃을 피운다. 이런 자연 이치를 흔한 풍경으로 그려낸 것이다. 그림 중간 아래에 자신의 심경을 사람 없는 초막에 채워 넣었다. 격정적 낭만성은 완벽한 구성 안쪽에 자연의 이치를 생동감 있게 살려내 준다.

구성을 통해 그림을 보는 재미는 쉽고 크다. 구성에서 기본 뼈대를 찾아 주제를 읽어내면 된다. 극적 역동성이 재미를 더 살린다. 전통 수묵 기법의 절묘한 선이 여러 가지 의미를 갖고 그림 전체를 지배하는 맛이 절정이다. 전통 회화의 조형법인 여러 각도의 시점(다시점 화법)과 전통의 색감이 이종교배 된다.

우선 공간의 깊이가 색채의 성질을 이용하여 원근과 공간감을 나타내 보자. 하늘과 산이 굳이 다른 색조로 다른 붓질로 그려질 이유가 없다. 같은 색조와 붓질로 평면화가 이뤄지려면 서양 회화의 원근법을 벗어나 한 폭의 산수화가 그려진다. 바위는 위에서 내려다보고, 산은 초옥에서 앉은 인물이 보고, 집과 소나무 그리고 꽃은 눈높이에서 바로 본 시점이다. 색에서 일본 우키요예의 강하고 화려한 장식성이 원시적 색감을 살리지만 우리와는 다르다. 색채의 가치를 최대한 살리고 평면화시켜 사물의 특징을 간략하게 나타내는 방식이 일본 전통 미술의 조형 방법이다. '색면 구성'은 우리의 다시점 화법과 거리가 멀다.

구성은 미래까지 담아낸다. 중·고교 미술교과서에 나오는 《달마도》는 조선 중기 김명국의 그림이다. "그의 '눈 속에 나귀 타고 돌아가는 사람' 그림은 수묵기법의 절정을 보여준다. 산은 여백으로 남겨두고 하늘을 먹빛으로 옅게 칠했다. 여기서 눈 그림은 저녁시간에 그리는 전통이 만들어졌다." 화가의 사상과 시대정신은 이렇게 결합된다.

"그림은 신화나 역사를 재현하거나 현실을 그대로 모방하는 것이 아니라 작가가 창조하는 독자적인 세계를 담아내야 한다." 서양의 화가들은 창조력을 훌륭하게 구현하는 존재였다. 이는 신의 창조력에 비견되는 특별한 능력을 말하고자 했다. 반면 한국화는 전통에 담긴 불교와 자연으로 창작력이 유전된다.

애초 1세대 민중미술가로 활약했던 1980년대 그는 벽화 시리즈를 통해 장판지를 연상시키는 색감과 질감을 한국화로 살려냈다.

"장판은 우리의 생활 정서의 상징이다. 그 속에 따뜻함과 밝음의 이미지가 있다."

독자적인 조형어법을 위해 전통적 수묵 산수화의 구상에 서양 산수화의 유채물감을 가감 없이 쓴다. 붓이나 나이프로만 묘사하는 유채화와 또 달라, 번지기·덧붙이기·긁어내기 식의 현대회화 기법도 구사한다. 새로운 조형세계를 추구하는 일 자체가 창작의 윤리성이다. 이전의 화가들이 닦아 놓은 길을 답습하지 않으려는 원칙 아래 독자적 조형세계 완성의 치열함이 겹쳐지는 곳에 한국화의 길이 있다.

전준엽

중앙대 회화과를 나온 민중미술 1세대이다. 미술교사와 〈문화일보〉 기자를 거치면서도 23회의 개인전과 300회 이상의 기획전을 가졌다. 성곡미술관 설립 당시 학예연구실장을 9년간 맡았었고, 100여 회의 전시회를 기획했다. 〈이코노미스트〉 등에 '한국 미술의 아름다움' '미술 쉽게 읽기' 등을 연재했고, 도쿄·로스엔젤레스·상하이·뮌헨 등지의 해외 전시회를 통해 전통과 현대가 조화된 한국화의 서정성을 보여줬다.
미술작가상, 창작미술상, 마니프국제아트페어 특별상, KCAF 초대작가상 등을 수상하였다. 저서로 《화가의 숨은 그림 읽기》가 있다.

멋과 아름다움이 원색구도의 합리화

불화와 민화가 2010년 가을부터 미술대전 출품 대열에 올랐다. 그 간 모작이라는 이유로 창작품에서 제외되는 오랜 설움을 벗겨낸 주역 윤인수(53) 전통민화협회 회장. 그는 신설된 (사)한국미술협회 민화·불화·선묵화 첫 분과위원장을 맡았다. 6년 전 미술협회 이사진 구성 직전 제안됐다가 불발에 그친 산고도 거쳤다.

고유의 미의식과 정서 거리감 최소화한 민화

국내에서는 예술 가치가 제대로 인식되지 못했지만 민화협회가 주도한 국제 전시회에서는 호평 일색이었다. 2003년 프랑스 노르망주

루잉국제박람회 초청 전시회에서는 개장 초기에 작품이 다 팔려 순회 전시에 차질이 생길 정도였다. 네덜란드 호르큼 시립박물관과 벨기에 등 초청전에서도 "이게 진정한 당신의 예술이다."라는 평가 일색이었다.

"오늘의 예술품 상당수는 민화에서 모티브를 찾는다. 가장 한국적인 우리 회화가 우리 민화이다." 그래서 한화(韓畵)에서부터 '겨레 그림' '옛 그림' '속화·별화·잡화' '민속회화', 이런 다양한 명칭은 지극히 당연하다.

민화라는 명칭은 20세기 초 일본에서 시작됐다. '민속 회화'라는 의미의 줄임말이다. 조선 후기에 만개한 민화는 민중들이 즐기고 그리던 실용 그림의 총칭이다. 순수 회화에 치중하는 기성 화가들은 민화의 실용 가치와 예술성을 살피기보다 창작성의 결함에 얽매였다. 전문 화가들이 아닌 무명 화가들이 같은 그림을 몇 장이나 반복해서 그리기에 창조와 예술의 가치가 떨어진다는 것이다. 불화도 이 범주에 넣어버린다.

하지만 그는 민화의 예술성에 집중한다. "겨레 고유의 미의식과 정서를 가시적으로 표현한 것이 민화이고, 민화만이 갖는 독특하고 신비적·미적 요소를 살펴야 한다.

겉치레와 형식을 벗어나 순수한 서민 기질이 짙게 깔린 그림일수록 독특한 '유형'과 '진채'의 미가 있다. 일정한 주제가 그림에서 되풀이되면 화면에서 하나의 구성 형식을 갖게 되고, 이것이 일반회화와 지속적으로 섞이면서 민화라는 장르가 만들어졌다."

정형성 파기, 신비·예술성과 천진·기발한 표현

사실 민화를 배우려면 동양화의 일반 수련 과정을 동등하게 거친다. 화조·동물·인물 등을 모두 답습해야 작품이 가능하다. 통상 10년 정도 훈련해야 작품 맛이 나온다. 비슷해 보이지만 각각이 다르다. 실제 그가 3년 전 복원한 고구려벽화 '청룡'과 '백호'는 이번 국립중앙박물관이 특별전으로 여는 '강서중묘 사신도'를 사실성에서 압도한다(8월 17일~11월 28일 전시). 중앙박물관 전시물은 1912년 일본 제실박물관 예산으로 모사한 그림이다. 마찬가지로 그의 '녹원전법상'은 진채미에서 불화의 맛보다 실체감이 더해진다. 그는 여기서 '우리의 멋'을 찾는다.

민족 전승의 민화에서 전통적 작법이라는 정형성 파기의 맛이다. 민화가 기발한 표현기법과 천진스러움, 독특함으로 민중에게 파고드는 이유는 거리감의 축소이다. 민화의 독창적인 시점(視點)은 역원근법도 등장한다. 앞면을 좁게 뒷면을 넓게 그려서 호랑이의 얼굴과 형태가 앞면과 옆면이 동시에 표현되기도 하고, 좌측과 우측을 동시에 드러내려는 시도도 가능하다. 벼루와 먹을 그릴 때는 연상(硯床) 위에서 먹을 가는 장면을 위에서 아래로 내려다보는 시점을 잡으면 먹이 비스듬히 눕혀지게 된다. 이는 실제 사용 장면이 중시되는 시점을 살린 기법이다. 이로써 입체파 조형 원리도 살려낸다.

이런 기법이 실제로는 사실 묘사를 넘어서서 관념이 동원돼 현실에 없는 상상을 담아낸다. 민중들이 꿈꾸며 생각하고 상상하는 삶의 바탕을 그림으로 현시화한 것이다. 관념의 정체성, 이것은 중국화의 대가 사혁(謝赫, 남조 제양 시대 화가)이 《고화품록》에서 밝힌 육법의 첫째 '기운(氣韻) 생동'의 반기이다.

붓이 일정한 방향을 따라 유동하는 기국(氣局)을 중시하는 동양화의 삼원(三遠, 평원-고원-심원) 시점에서의 이탈이다. 서양화와 달리 투시(透視)라는 개념이 없는 동양화에서 소실점(消失點)을 되찾아낸다. 여기에 공간보다 시간의 유동을 더 중시하는 동양화를 넘어 공간의 묘를 확대한다. 곧 공간을 확대해 감상과 이해의 편리를 더해 주면서 여운을 오래 남긴다.

기국(기의 흐름)에 지나치게 집중하는 동양화와 달리, 민화의 완결성은 강렬한 색채로 보강된다. 각각 사물에 대해 대등한 가치를 부여하는 평등사상의 구현이 핵심이다. 존재 가치란 다 같이 동등하기에 어느 한 색이 다른 색으로 인해 약화되지 않는다. 그래서 원색적이며 강렬한 인상을 남긴다.

이것을 불합리하게 보면, 시공과 현실에 얽매인 인생이다. 현실 초월의 멋과 아름다움을 즐기려면 그 원색구도에서 합리를 봐야 한다. 강렬한 대비에서 사물에 대한 대등성을 발견하고 같은 행위의 반복에서 주술적 효과를 넘어서는 산수화의 리듬감 넘치는 상승 가치를 볼 수 있어야 한다. 민화에서 리듬감의 상승효과는 보는 이나 그린이 모두가 체감하는 동시 효과를 노린다.

"민화의 순수성은 때 묻지 않은 그대로의 그림, 기교에 치중하지 않고 마음 그대로 느끼는 그림이라는 의미다."

그는 '어설프지만 어린애 같은 맛'에 빠져 들었다. 고향인 경북 영천에서 빈 절을 지켜주는 아르바이트를 할 때 민화에 맛들어갔다. 예불도 해 가며 절을 지키는 동안, 무겁고 선이 고정된 불화보다 소박하면서 선이 자유로운 민화의 세계로 들어갔다. 서울로 올라와 본격적인 민화 그리기가 시작됐다.

호흡하는 그림, 살아 있는 그림의 정형에 도전

민화와 불화는 기법에서 유사성이 많다. 불화는 초선을 옅게 연필로 그리는 반면에 민화는 붓으로 먹 선을 그린다. 그리고 마지막에 다시 선을 떠 준다. 애초 먹 선을 다시 뜨게 해 그림의 명암을 살린다. 아교를 끓여 분채로 몇 번 덧칠해 색을 입히는 기법은 매우 유사하다. 불화는 고가의 암채를 쓰는 반면에 민화는 인공안료에 아교를 섞는다. 불화가 원색을 그대로 쓰는 반면에 민화는 장식에 간색으로 색을 섞어 쓴다.

물론 기본은 오방색이다. 옷소매에 등장하는 색동 오방색이 민화의 기본 줄기이다. 복주머니와 보자기에 기본 문양인 오방색의 구조는 신체 부위를 색으로 음양오행을 담고 있다. 머리가 북(寒帶)이고 좌측(東 - 木 - 바다, 고대 삼림)이 청색, 우측(西 - 金 - 사막, 鑛砂)이 흰

색, 남방(火-열대삼림, 하늘=불)이 홍색(주자), 북방(水)이 흑색이고, 중앙(土)이 황색이다. 여기에 음양오행의 이치가 붙는다. 남동은 양이고 서북은 음이며, 상의는 양이고 하의는 음이다. 그림 전체 구도에서 음양오행을 압축하며 상생과 상극의 방향을 중시하는 동양화의 구조와 대비된다.

이 역시 중국화가 음양오행설에 얽매여 있는 것에 반기를 든 것. '하도(河圖)'의 근간이 된 황하의 용마(龍馬)와 '팔괘'가 그려내는 천문 현상, 거북 등의 문자 무늬에서 나온 '낙서(洛書)', 여기에 대각-대변의 수리적 논리가 구현되어 만들어진 역경에, 일면 동승하면서 생명력을 그림 속의 동물과 사람에게 옮겨 나름의 독창성을 갖춘다. 그림에서 탄토(呑吐)와 개폐(開閉)를 중시해 '호흡하는 그림' '생명처럼 살아 있는 그림(기운 생동)'을 주는 방식이, 그림 속에서 바람과 자연의 상생을 찾아 간다.

우리들의 집 어느 방에나 격식 없이 걸어 흔하게 봐 왔던 '화조도', 여기서 나타나는 새는 반드시 암수 한 쌍이다. 의좋게 노니는 암수 한

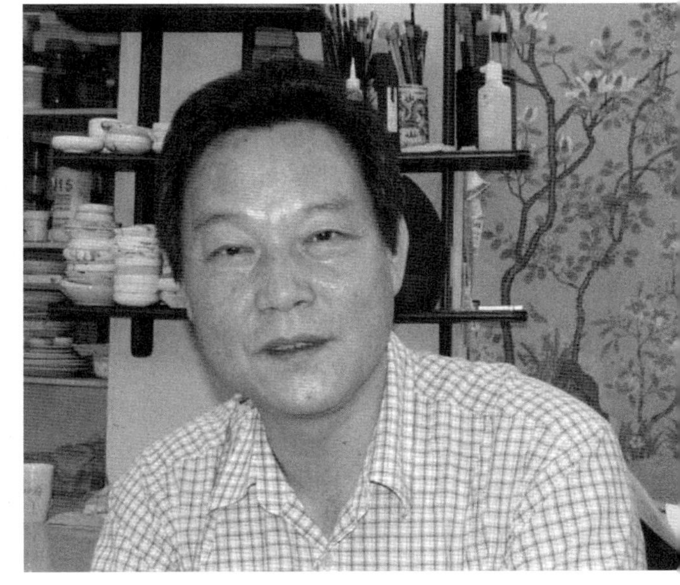

쌍으로 백년가약과 정겹고 후덕한 경사를 그려낸다. 꽃과 새의 조화로움이 지니는 상징성을 읽어내게 만들 듯이, 그리는 꽃과 새는 서로 같은 비중이 초점이다. 봉황은 오동과 대에 깃들고, 오리와 백로는 연꽃에, 학은 소나무에 깃들어 서로 짝을 이룬다. 이런 조화는 누가 정한 것도 아닌 민화의 규칙이다. 흔한 봉황은 권력과 집중의 상징이 아니다.

살아 있는 생물은 굶주려도 해치지 않고, 민중의 좁쌀도 먹지 않고 대나무 씨앗만 먹으며 한 번 날개를 펴면 9만 리를 날아가면서, 결코 무리지어 살지 않는 '어진 덕'을 받아들이는 문관의 상징이다. 화조도 병풍에 첫 폭이 송학이고 끝이 봉황으로 그려진 이유이다.

이 역시 중국화가 용을 그려 풍수를 겨냥하는 것과 대비된다. 건축 구조와 밀접히 맞물린 중국화에서 길흉에 붙잡힌 회화가 풍수의 배열을 중시한 반면, 민화는 각각에 내재된 상징에 정신적 염원을 고스란히 담았다. 봉(鳳)은 풍(風)을, 용(龍)은 수(水)를 상징하는 기본구조이지만, 구름(용)과 바람(호랑이)으로 건축물에서 사악한 기운과 방화를 막아준다는 중국화의 기조와 달리, 민화에서 호랑이는 늘 까치와 함께 있다. 서낭신의 사자인 까치와 심부름꾼 호랑이가 기본이라 그렇다. 이것이 현실을 압도하는 상상이고 민화의 본질이다.

곰의 몸과 물고기의 눈, 소의 꼬리, 범의 다리를 가진 인간보다 몇 곱절 큰 불가사리가 무쇠를 먹어치우며 요사스런 기운을 쫓아낸다. 태평성대가 오면 나타나는 기린은, 생물을 발로 밟지 않는 땅 짐승의 영수이다. 수컷은 기(麒), 암컷은 린(麟)이다. 머리 부분은 용을 닮았고 다리는 말을 연상시킨다.

그렇다고 상상이 무정형은 아니다. 역시 뿌리는 옛 그림이다. 고구려 고분벽화를 재연한 그의 '청룡' '백호' '주작' '현무'에서 민화 가치가 재평가된다. 삭아서 보이질 않는 흔적에서 복원한 '수렵도'와 '행렬도'는 인기드라마 '태왕사신기'의 배경그림으로 등장했었다. 길이 3m의 '행렬도'는 꼬박 2년이 걸렸다. 그럼에도 민화 수백 점을 그려, 200회가 넘는 초대전 공모전마다 매번 새 작품을 출품해 왔고, 공모전 심사위원은 거의 그의 자리가 됐다. 정형을 탈피하려는 민화 그리기의 편단우견(偏袒右肩) 자세가 예술에 새 정형을 만든다.

윤인수

사단법인 한국미술협회 2010년 5월 이사회에서 처음 만들어진 민화·불화·수묵화 분과위원장이다. 사)한국전통민화협회장이면서 사)한국민화협회 고문이고 한·일 미술교류회 사무국장이다. 경향미술대전, 헤럴드전통미술대전, 서울미술대전, 세계평화미술대전, 환경미술대전 등의 심사위원이었고, 한양공예대전과 서예미술대전에서는 심사위원장을 맡았다. 명지대 산업대학원 전통공예과를 수료했고, 충북대 평생교육원과 예원예술대 대학원에 출강했다. 민화연구소를 7년간 운영하며 민화의 예술 가치 복원 선두에 서 있다.

어느 순간에도 그림 그릴 자신 유지가 목표

"왜 불화 얼굴 모양은 딱딱하기만 할까?"

불화에 등장하는 나한의 얼굴과 옷자락 선을 좀 더 부드럽고 따뜻하게 그려낼 수는 없을까? 고교시절 인사동에서 품은 이 의문이 평생 직업의 단초가 됐다. 대학에서 회화를 전공하다가 불화 작가로 아예 직종을 못박은 경우는 처음이다. 20대 초반에 불화를 그리겠다고 표구와 풀 쑤기를 전수받은 경우도 처음이다.

부처님 오신 날을 맞아 두 번째 개인전을 연 강창호 씨는 '임모(臨摹)'의 전통기법에 과감히 창작을 가미했다. 고작 5년간 전통법 수련으로 첫 전시회를 열어 역대 불화의 '임모'를 보여주고, 다시 1년 후엔 단독 불화 폭을 떼어내 각각의 나한상을 하나씩 각인했다.

'왜 불화 얼굴은 딱딱할까?' 의문이 직업으로

왜 그럴까? 전통의 먹 선을 미세 금선(金泥, 금니)으로 전환시키는 기본기 이외 무엇을 더 표현하고 싶었을까. 먹 선으로 그리기 전 연필로 그린 그림의 초가 비단에 비쳐지고 여기에 금니를 그려나가는 작업에서 그는 독특한 기법을 가미했다.

"붓이나 먹 선이나 애초의 연필 선에 구애 받지 않아야 한다. 선을 그리는 것에서 또 다른 생명이 그려진다. 새 생명의 탄생이 불화에 담겨지면서 환희심도 생긴다. 인물에 옷을 갈아입히고 살아 있는 눈매와 수염이 표정을 더 존엄하게 만든다."

작업은 비단의 반투명에 비쳐진 그림의 초(초상)에 먹 선과 그 위에 석채와 금니로 세밀한 작업이 가해진다. 먼저 비단에 오리 열매를 끓여 면주머니로 희석한 천연염색을 입힌다. 반나절 꼬박 걸리는 작업 후, 이어 석채(암채, 돌가루)에는 아교를 물에 불려 끓여서 손으로 갠 다음 자연광이 나는 광물성 염료를 넣고 다시 끓여 물감을 만든다. 통상 보름 이상 걸리는 이런 준비 과정이 반복될수록 몸이 가벼워지고 더 선이 유려해져 '첫 선에 구애받지 말자'에 더 매달렸다. 이 역시 '복사품은 딱딱했다'는 고교시절 한창 그림에 빠진 상태에서 불화를 본 회의감의 확인이다.

"자신의 능력을 모두 끄집어내서 그림을 그리려면 모든 선이 살아 있어야 한다. 특히 인물에서 옷 선과 얼굴 모양이 중심이 되는 불화에서는 초선의 복제에 치중해 버리면 능력을 최고조 끌어 올리려는 욕구가 살아나지 않는다. 마지막 눈동자 그려 넣기는 그래야 살아난다."

'첫 선에 구애받지 말자'
욕심 부리면 그림 딱딱해져

색깔별로 만들어진 석채를 먹 선에 그려 넣는 작업은, 두께와 굵기가 그림의 완성도를 결정한다. 10번 칠할지 3번 칠할지 그걸 결정하는 건 그야말로 작가의 마음이다. "더 이상 덧칠이 필요 없다고 느껴질 때 그림은 완성된다."

불화는 물감을 쌓아 올리는 것이다. 고려 불화가 아름다운 것은 색을 혼합하지 않고 석채 원색을 잘 살린 효과 때문이다. 특히 금색을 많이 사용해 상호를 비롯해 윤곽선과 옷 주름, 각종 문양의 특성을 살려냈다. 일본처럼 금박을 잘라 붙이는 키리가네(切金) 기법이 아니라 순금 분말에 아교를 섞어 물감으로 쌓아 올리는 것이다.

그로 인해 금색선이 단순한 옷선과 얼굴선의 의미를 넘어 겹겹이 쌓인 바탕의 경계를 살려주는 효과까지 살려낸다. 그의 '보살도'에서 중국 베이징 법해사 벽화의 보살들을 한 폭씩 떼 내 단독 폭을 완성시키면서 '보살과 바탕 사이의 경계'가 아주 자연스러워진 기법을 과시했다. 이는 고려 불화의 전통 기법에 충실했던 기초 수련의 결과였다.

필요한 색의 물감을 만드는 공정은 교과서 그대로이다. 대학교와 간송미술관에서 배운 전통기법에 충실하게 인물·건물·나무·새 등을 그려간다.

"불화에는 세상만사가 다 들어 있다. 그림이 안 될 때 욕심을 부리면 그림이 딱딱해진다. 욕심이 순차적이고 긴 여정의 작업 과정을 방해한다. 한 발 물러서서 몇 시간이고 그림 생각에 몰두하다 다시 작업한다. 오감이 살아나기 위해 약간의 고통을 안고 간다. 항상 그 고통을 안고 언제든지 그림을 그릴 준비된 상태를 만든다. 그리고 우리가 살고 있는 이곳 이 세상을 불화에 담는다. 단지 주인공이 부처님이다."

그는 이 전시의 대표작 '영취아라한성도' 마지막 붓질을 끝낼 때 "세상을 다 가지는 희열"이었다고 말한다. 20인의 나한이 깨침을 갖고 있으면서도 각각 개성이 있는 얼굴과 옷매무새로 다양해진 것이다. 여기서 먹으로 옷 선을 두껍게만 그리던 불화의 전통을 세밀한 금니(금선)로 혁신했다. 그 두께와 굵기에 만족감이 더해졌다.

"부처의 미소를 찾기 위해 불화를 그린다. 미소 안에 깨달음이 있다고 믿기 때문이다. 매일매일 반복 작업은 해답을 찾기보다 그 믿음 때문이다."

마치 조선시대 최고의 화공에게 붙여진 금어(金魚)가 된 느낌이었다. 금어는 편수 위의 수석 화사(畵師)로, 부처를 그려 모습을 현세화한다.

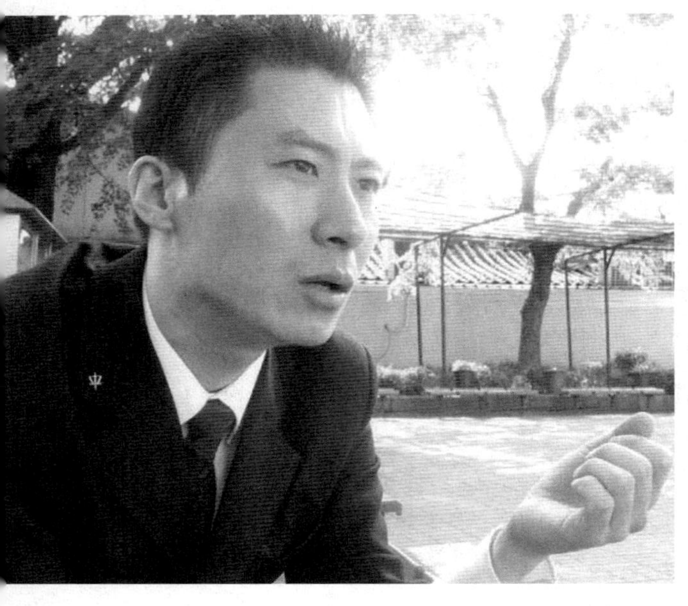

그는 고교시절 불자가 아니었다. 기독교 집안에서 태어나 전혀 불교를 접할 수 없었다. 대학에서 불화에 대한 회의감이 동양화 전공 수련 중 도전으로 당겨졌다. 수련은 일반회화보다 가혹했고, 단순 반복이 다시 회의감을 불러들였다. 군 제대 후 아예 사찰 벽화와 단청에 직접 참여했다.

겁 없이 덤벼든 노동, 그림 생각 몰입의 길 터

가칠 편수 밑에서 가칠장을 하면서 바탕에 아교를 바르고 가칠(假漆)을 하여 초지(草地)를 마련했다. 주·녹·청·묵·분·황 등을 각각 한 색씩 맡아 초상(草像)에 칠하는 화공도 했다. 가칠 바탕에 바늘로 구멍을 뚫어 분을 넣어 윤곽선을 잡는 작업도 했다. 완성된 목부(木部)에 오동나무기름을 인두로 지지면서 바르는 전통기법도 시도해 봤다.

다양한 반복 작업은 고됐지만, 단순 채공(採工)이 보살초를 반복하면서 화원을 거쳐 화사, 편수, 도편수, 금어로 오르는 길을 찾아 나섰다. 사찰에 익숙치 않은 약점으로 인해 더욱 작업에 몰두했다. 자신을 길들이면서 약점에서 벗어났다. 매일 일과는 물감을 만들기 위해 아교를 끓이고 초선 한지에 비단 표구 작업, 아교 포수(泡水)와 바탕칠 등 준비 작업이 긴장 속에 시작된다. 직장에 출근하듯이 작업실로 출근해 하루 정해진 일정이 반복된다. 불화 관련 서적과 경전 읽기도 준비과정에 포함시켰다. 똑같은 작업의 반복은 결과적으로 자신과의 갈등 해소가 관건이었다. 회의감과 미래에 대한 불안감은 고통을 키웠다.

"고통은 작업에 도움이 됐다. 직장인으로 감내할 것과 예능인이 창작에 쓸 고통을 각기 분리하면서 편해졌다. 매일매일 일정 시간씩 물감 만들기, 그림에 덧칠하기, 비단에 칠한 교반수 만들기, 은근한 불에 중탕으로 끓이고 거즈에 걸러내는 작업을 반복하면서 처음의 고통이 자리를 찾아갔다."

단청 그리기 수입으로는 물감 재료비용을 충당하기도 급급해 1주일 단위로 아르바이트도 종류를 가리지 않았다. 주유소 알바, 백화점 관리 감시원, 용달차 배달, 막노동, 겁 없이 덤빈 노동은 그림에 대한 생각의 몰입을 더욱 집중시켜 줬다. 하루 종일 불화 그림에 생각을 머무르게 할 수 있었다.

"쉼 없이 작업해야 안정감이 온다. 오랜 작업 끝에 물감을 만들어야 석채물감을 쌓아올리는 붓질에서 두께에 감이 살아온다. 준비 작업에서 충분히 몸과 마음이 풀려야 단청의 수준이 유지된다. 불화 그리기는 언제나 지고지난이다. 어느 순간이 되더라도 그림을 그릴 수 있는 자신을 유지하는 것이 목표이다."

작업 생각에 젖어 집과 작업실을 출퇴근하는 사이 어머니가 말문을 열었다.

"이제 마음을 비웠다. 서로 존중해야 되겠구나."

그는 직업 불화 작가를 실감했다. 절에 다니기도 한결 편해졌다. 비록 《일자불정륜왕경》에 기술된 화장인(畵匠人)이 지킬 팔계재(八戒齋)를 엄격한 법식으로 준수하지는 못하지만, 《화엄경》에서 말하는 "마음은 뛰어난 화사와 같이(心如工畵師)" 해내고 싶어 한다. 통일신라시대 분황사 '관음보살도'와 단속사 '유마상' 등을 사실적이며 생동감 넘치는 불화로 그려낸 솔거(率居)에 그의 미래가 꽂혀 있다.

강창호

독학으로 경전에서 나한과 관음을 찾아내고 불화를 그린다. 한자는 간송미술관에서 배웠고 배접 기술은 현대미술관에서, 석채와 아교를 혼합한 천연물감을 만드는 법은 용인대에서부터 수련했다.
고교 때 그림을 시작해 용인대 회화학과 동양화 전공으로 들어서면서 재학 중에 단청과 벽화 그리기에 참여했고, 용인대 예술대학원에서 불교회화를 전공하며 아예 불화 전업작가로 들어섰다. 간송미술관 연구원과 용인대 불교회화연구소 연구원을 맡고 있으며, 2009년 개인전에 이어 2010년 부처님 오신 날에도 개인전(장은선갤러리 초대전)을 열었다.

4장

영혼의 마음 기예로 풀어낸다

이생강·송해·이은관·김백국·장사익
문영식·웅산

팝과 재즈도 융합, 국악의 대중화 거침없다

꽁꽁 언 손을 입김으로 녹여봤는가? 그렇다면 자연의 소리를 낼 수 있다. 가을 억새 마른 잎맥이 스치고 지나가는 바람소리, 대금 산조의 발표 현장이 가을의 모두를 고이 담아냈다.

중요무형문화재 제45호 대금 산조 예능보유자 이생강 명인(75)의 '정악 대금 산조' 최초 발표(2011년 10월 9일 '한국문화의 집')를 앞둔 지난달 28일 연습실은 '바람의 만남'으로 이어짐이 한창이다.

"대금은 바람의 입김에서 나온다. 언 손 녹이듯 뱃속 깊이 우러나는 소리다." 일반인들 대부분이 크게 불려고 급바람·헛바람으로 분다. '대금의 세계화'를 시도하는 그는 '정악 대금'으로 처음 대금 산조로 독주했다. 궁중악기라서 합주에 쓰이는 정악 대금은 취구(吹口)가 작고 지공이 넓어 산조 특유의 농음과 다루치기를 살리기 어렵다. 물론 그의 스승 박종기 선생이 일제 강점기 때 음을 낮게 부르던 창소리에 맞춘 사례는 있지만, 70여 년 만에 이마저 넘어서는 도전이다.

전국 23명의 은사 둔 자연소리꾼

그의 대금 산조는 남도 판소리에서 '소리'를 뺀 '소리더늠 산조'라 보면 된다. 5개의 지공으로(단소는 4개 사용) 하여 '중임·무황태'의 다섯 음에 조(key)를 변화시키는 대금, 기본음 중 '중(仲)'을 가장 낮은 음으로 하여 연주할 수 있는 경기민요는 낮은 음역대에서 불 수 있는 반면 고음인 '태(汰)'를 가장 낮은 음으로 할 수밖에 없는 남도 민요나 동부민요는 높은 음역대를 사용해서 불어야 하며, 산조는 느린 장단에서 빠른 장단의 순으로 된 4~6개의 장단에 판소리형의 선율을 도입해 만든 순수 기악독주곡이다. 그의 독특한 산조대금은 화려한 가락의 표현을 위해 손가락의 움직임을 키워서 정악 대금보다 길이가 짧다.

한없이 내용으로 이어지는 소리꾼의 사설에서 대금 소리로만 세세한 내용까지 표현하는 대금 산조에서 궁중음악의 정악 대금과는 대척점이 많다. "손가락 잡기부터 다르다. 양손의 각 세 손가락을 위에서 잡는 산조 방식이 정악 대금에서는 양손 위 두 손가락만으로 지공을 잡아 원천부터 다르다."

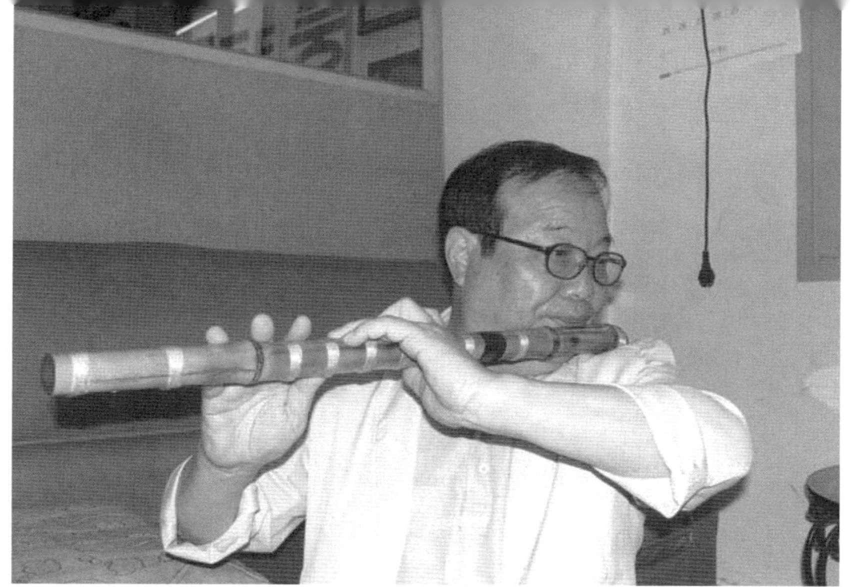

국악계 주도권을 쥐고 있는 정악류에 반해 그는 '적류(笛流)'로 발전시켜 무한대로 늘려갔다. '사람이 낼 수 있는 자연음의 극치'라는 평가를 받고 있는 그의 대금 산조, 그는 부산 금정사에서 1956년 '득음'했다. 5살 때 피리로 시작된 민속관악기 입문은 부친의 훈육 방침에 따라 전국을 돌며 23명의 은사를 만나서 사사 받고 불 수 있는 모든 민속 악기를 연주하는 수련 과정을 거쳤다. 자연음의 극치인 대금 이외 단소·소금·피리·퉁소·태평소·쌍피리 등이 그의 주 종목이다.

2시간 40분간 음절 반복 없이 다른 음으로 '고추실 이어가듯' 이어갈 수 있는 유일한 그의 대금 산조 '적류'는 그런 수행과정의 산물이다.

24세에 민속예술단원으로 파리 세계민속예술제(1960년)에 최성희·김옥진 씨와 동행해 국제무대에 올랐다. "여러 민속 악기를 연주할 수 있는 능력 덕분에 해외무대에 일찍부터 진출했다. 정해진 인원에 혼자 여러 무대의 음을 담당할 수 있어 그랬다." 이후 동경과 멕시코 올림픽 등 국제무대에 가장 많이 선 한국의 국악인이 됐다. 수천 회가 넘는 그의 공연 기록 중에서 전 세계 무대에 거의 대부분 섰다.

1960년 파리 공연, 국내외 6,000여 회 공연 기록

그렇지만 남자 국악인이 설 땅은 좁았다. "일제 때부터 남자 악기 연주자를 기피했다. 일제 때 독일과 이태리 음악을 들여와 민속음악이 파괴됐고 이는 해방 이후 그대로 지속됐으며 몇 안 되는 남성 국악인들의 궁핍도 그대로였다. 화려한 무대 몇 차례 이외에는 수입이 없었다." 1960년대 즈음 그는 사찰과 스님들의 도움을 크게 받았다. "한때 색소폰으로 전향하려고 했던 적도 있었지만 스님들의 지원이 국악인의 자존심을 지키게 했다." 그와 전 조계종 종정 서암 스님과의 각별한 인연도 그렇게 만들어졌다.

그의 회향은 '국악의 대중화'와 '대금의 세계화'이다. "평창올림픽 개막식에 다문화 가정을 포함해 1,000명의 학생들이 대금으로 아리랑을 합주해 보자." 강원도 신철원 초등학교 전교생 700여 명이 그의 지도 아래 '쉬운 단소' 연습 중이다. 아예 음을 6도 낮추고 턱에 쉽게 밀착하도록 정교하게 개량한 단소를 개발해 특허 제작했다. "시중의 대금과 단소가 음에 대한 기준이 없어 대부분 음이 다르다." 민속음악의 국제적 지위향상을 위한 '음율 조절'은 유치원생들을 위한 '병아리 단소' 보급으로 집중된다.

그는 모든 악기 음악과 조우한다. 해인사에서 임동창 피아노와 협연했고, 길상사에서는 기타리스트 김광석과 '화음'을 맞추고 음반도 냈다. 민속악기가 지닌 막강한 흡인력이 가곡·동요·팝·재즈 등 장르를 크로스 오버한다. 그의 음반은 한국보다 일본에서 더 인기 있다. 그는 대금으로 '부처님 일대기'도 창작했고 일본 오사카 사천왕사(四天王寺) 초청 왕인 박사 추모공연(1983년)에도 섰다.

그의 경력과 이력은 경이적이다. 국내외 합쳐 출연은 6,000여 회에 이르고 레코드가 500여 장 출판됐고, 강연은 2,000여 회에 이른다. 대금으로 내는 그 신기한 뻐꾸기 소리는 어떨까? 부친이 기술을 배우러 일본에 건너가 그를 낳고 그에게 피리를 가르치고, 귀국해 자동차에 같이 태우고 전국을 돌며 좋은 스승을 만나게 해 주던 70여 년의 과거행을 말하던 중 대금을 잡은 그가 기자를 위해 들려 줬다.

"국악의 뿌리가 정확해야 세계화로 나아가고, 우리 일상과 문화를 전달하는 데 대금 산조가 있다." 거침없이 이어지는 산조음만큼이나 그의 '국악 대중화' 질주가 무주처열반(無住處涅槃)의 경계를 보여준다.

이생강

일본으로 건너간 부친으로부터 5세 때부터 피리를 배우기 시작해 11세에 전주의 한주환 선생에게서 대금 산조를 배우는 등 1942년~1960년까지 이수덕·지영희·전추산·오진석·방태진·이충선·한일섭·임동선 선생들에게서 피리·단소·퉁소·소금·태평소·대금 등을 사사했다.

그는 직접 그를 이끌고 전국의 명인 23인을 찾아다니며 이끌어준 아버지가 '가장 좋은 스승'이라 말한다. 전통 관악기 명인으로 60여 년이 넘는 연주 경력은 국내외 약 6,000여 회 출연, 레코드 약 500여 종 출반의 경이적 기록을 남겼다. 1958년 진주 개천예술제 특상, 1968년 문공부 장관상, 1970년 명인 대상, 1973년 국민훈장(목련장) 서훈 등으로 화려한 수상 서훈 경력을 가졌으며 1971년 중요무형문화재 제45호로 지정됐다.

현재 한국국악협회 부이사장, 사단법인 죽향대금산조원형보존회 이사장, 한국종합예술민속악학원 원장이며, 한국종합예술학교와 중앙대에 출강한다.

내가 먼저 좋아하면 누구든 나 좋아한다

누구나 좋아하는 사람, 이름부터 친숙하고 익숙해진 모습 덕분에 지하철 3호선에서 만난 퇴근길 취객들이 '형님'이라며 불쑥 손부터 내밀 때에도 웃으며 손잡아주는 국민 MC 송해(85, 본명 송복희)는 낙원동 터줏대감이다.

그와 약속한 '한국원로연예인상록회' 사무실의 2011년 9월 8일 모습은 코미디언 배일집 씨와 영화감독 임화섭 씨 등 낯익은 연예인들과 낙원동 동네 어른들로 북적인다. 동네 사랑방의 주인공 같은 그에게 '좋아하는 사람이 이처럼 많은 비결'을 묻자 "내가 상대를 좋아해야 상대가 나를 좋아한다."고 답한다.

"인사도 사랑이다." 낙원동 거리를 50년 넘게 걷고 늘 인근의 대중음식점을 이용하는 그와 같이 있으면 인사받기 바쁘지만 그의 답변 인사도 늘 즐겁다. 이날도 그는 황해도 출신들이 즐겨 찾는 을지로 하동관 음식점에서 점심을 하고 걸어왔다. 그 전날 기자는 그와 대중음식점 '파고다타운'에서 만나 자리를 같이했다. 늘 인근 주민과 지인들 10여 명이 북적이는 자리이지만 이날따라 옆자리에서부터 인사가 오가며 한층 분주하다.

공간 창출의 마술사

다음날 기자가 찾은 낙원동 사무실의 화제는 '송해의 길'이었다. "다문화 시대를 맞아 우리 시대 문화의 상징인 낙원동의 거리에 가장 많이 걸어 다닌 인물을 넣어야 하는 것 아니냐." '종로 3가 국악로 상가 번영회' 김동옥 회장이 간단명료하게 취지를 밝힌다. '송해의 거리' 최초발의자는 전 KBS 예능국장 이문태 씨와 한국방송코미디협회장 엄용수 씨다. 엄용수 회장의 취지는 명쾌했다. "대중문화예술인 중 최고령 현역이고 국민의 벗이라서 세대간 문화 소통의 중심"이라는 말이다.

악기상이 몰려 있고 음악인들의 작곡사무실과 음반사들의 출범지였던 낙원상가 주변 길 도로명을 '송해의 길'로 명명하자는 운동은 그렇게 한창이다. 지난 6월 17일 종로2가 1일 파출소장이 돼 정장으로 동네를 순찰할 때 주민들이 인사차 던진 그 말에 대해 당사자인 그는 특유의 능청과 애교로 맞받아쳤었다.

이번에도 마찬가지다. "다문화 시대에 옛날로 돌리면 되냐." 권위와 관록은 어눌한 표정에서 솟아나는 단호한 어투의 말솜씨에서 슬며시 살아났다. 분위기는 동네 사랑방이지만 그의 말은 방송 사회자의 구력이 고스란히 간직돼 있다.

사회자 까불어야 출연자들 마음 푼다

최장수 프로그램 '전국노래자랑'의 사회솜씨는 '상황의 요리사'였다. 각종 욕구가 한꺼번에 분출되는 방송연예프로의 현장에서 한 줄기로 진행을 끌고 가는 그의 즉석처리 기법이 어디서부터 나온 건가. 천부적 재질이냐는 질문에 그의 답은 저 멀리 비켜났다. "성경과 불교경전이 다 같다. 효도·사랑·베풀자는 3화두다. 이것들이 대중가요 가사이고 추억의 노래다." 그의 답은 사람 사랑에 대한 열정이다.

그의 열정은 발품부터 파는 지구전이다. "불교방송 개국준비 때는 전국의 사찰부터 암자까지 다 돌았다. 돌과 소나무 어디에도 부처님이 계시다는 마음으로 전국을 순회하고 모금하고 불교방송 현재의 건물 공사에도 열심히 거들었다." 당시 모금 행사에는 '수덕사의 여승'을 부른 가수 송춘희 씨도 동행했다. 그는 대구 동화사에서 마이크를 설치하고 추억의 노래를 불렀던 장면의 회고에서 웃음이 만면 가득이다.

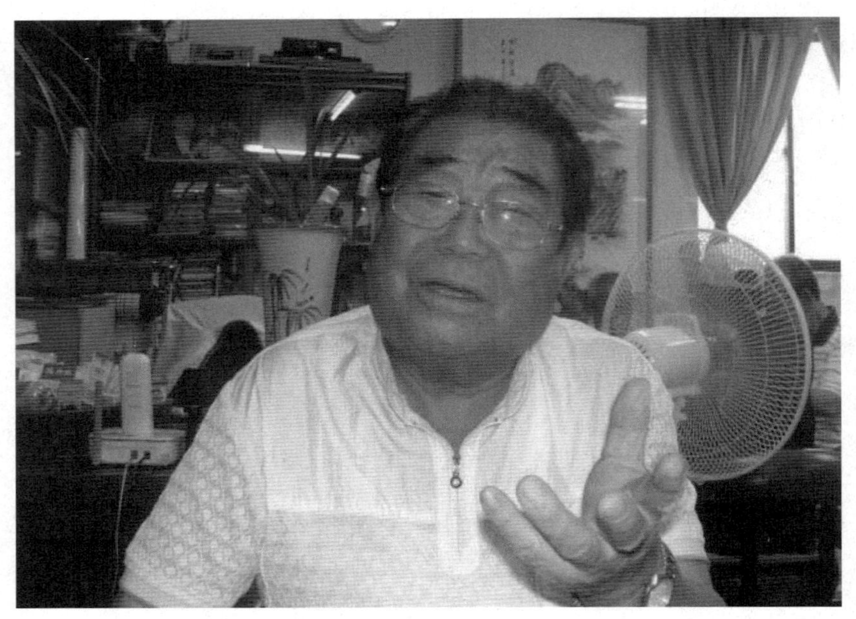

그는 누구에게나 감정의 직설 표현에 주저함이 없다. 심지어 부처님에 대해서도 "사랑한다"는 표현을 반복한다. "나를 되돌아보게 하기 때문"이라는 설명을 달아준다. 우리 주변 언제 어디에도 있는 부처님이기에 자신의 존재를 반조할 기회를 줘서 그렇다.

최고령자 95세, 최연소자 만 4세란 초유의 출연 연령 극간을 메우는 그의 '전국노래자랑' 사회 솜씨는 우리 사회 내면을 속 깊이 보게 만든다. 출연자들은 연령만 다양한 것이 아니라 직업과 삶의 환경 모두가 천차만별이다. 꽤나 특색 있다고 자신하는 인물들이 평생 한번 TV 출연 기회를 잡고 짧은 시간에 몰입하는 찰나의 공연, 그 길목에 선 그는 "누구나 그 순간을 최대한 즐길 기회를 제공한다."는 사회자이다. 출연자와 시청자, 심지어는 연출자와 음악 악단까지도 그가 만든 공간에서 동시에 만족감을 느끼므로 인해 '전국노래자랑' 프로가 28년간 지속됐다.

'공간 창출의 마술'이라는 용어가 어울릴까. "연출은 처음부터 없다. 다만 즐겁다 보니 아주 기막힌 장면들이 연출처럼 나온다. 그래서 다들 즐겁다. 출연자와 관객들이 한 덩어리가 되는 곳에 내 자신이 있을 뿐이다." 무대가 그처럼 즐거워지는 이유란 아주 단순했다. "우선 내가 편하게 비쳐져야 한다. 사회자가 까불지 않으면 출연자들이 마음을 풀지 못한다."

그토록 전국 어디서나 능청과 애교를 부릴 소재는 뭔가. "먼저 시장부터 찾아 거리를 돌아다닌다. 국밥도 사먹고 막걸리도 마시고 그들의 마음을 읽고 동시에 나를 낮춘다."

'사람 사귀는 방식도 그렇게 하면 되는가?'라는 기자의 질문에 답도 그렇다. "내가 먼저 상대를 알고자 노력해야 한다. 불교의 가르침도 그런 것 아닌가."

자그마한 외모부터 검붉게 그을려 어디서나 마주쳐도 동네어른 같은 거리낌 없는 매력, 방송프로그램을 끌고 가는 견인력이 강인하다. 천연스러움이 위엄을 넘어서는 소탈한 멋도 그의 장기다. 음식 생각이 전혀 없을 때도 출연자들이 들고 나온 향토음식을 덥석 한 입에 먹는 것이 연출 아니냐는 질문에는 "그건 삶의 현장이다. 그(출연자)와 나의 소통이고 대화이다."라고 넘긴다. 아흔 넘은 할머니부터 3살

배기까지 오빠이고 누구나 길거리에서 형님 호칭에 주저함이 없이
따라붙는 인연 소치라는 말이다. 그의 사랑론은 마지막으로 "인연도
사랑이다."라는 자연주의 순수미였다.

송해

방송인 송해 씨는 황해남도 해주시 재령군 출생으로 한국전쟁 때 월남,
한국군 통신병 복무 중 정전협정 통신문을 모스부호로 전송했다.
이전 해주예술학교 성악학과 전공에 1955년 창공악극단 가수로 데뷔,
12편의 영화와 악극단 배우, 2006년 3집 앨범 '송해송 나팔꽃 인생'으로
정식 가수 데뷔한 만능 엔터테이너이다.
친근한 방송인이며 명사회자로 만인의 사랑을 받는 그의 소원은
'전국노래자랑 황해도 편' 진행이다.

지킬 것 지켜야 순리대로 간다

75년여의 방송 출연. 그리고 여전히 뉴스의 초점이다. 역사상 가장 오랜 뉴스 메이커라 할 수 있는 이은관(중요무형문화재 29호, 95) 씨는 지난 2011년 9월 12일 추석 특집 KBS 가요무대에서 '청춘가'를 부르고 색소폰을 불었다. 이어 16일자 KBS 국악한마당 무대에도 섰다.

민요 작곡, 피아노·색소폰·아코디언 연주의 만능 소리꾼

더 이상 그는 "왔구나~ 왔소이다~~ 배뱅이가 왔소이다~~~~." 배뱅이굿의 대명사가 아니었다. 무대에서 색소폰을 불고, 신곡 작곡을 위해 피아노 건반을 현란하게 두들긴다. KBS 녹화에 앞서 그의

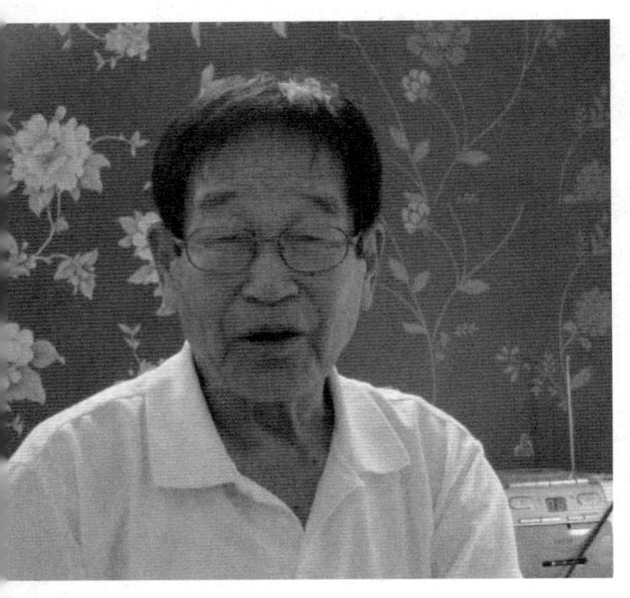

서대문 영천 연습실에서 단독으로 만났다. 다음날 온양의 공연과 후학 지도 준비가 겹친 탓에 오전 약속으로 변경 후 5층 옥탑방 연습실에서 그는 전자음반으로 작곡한 곡(곡명 '그리운 고향 산천')을 들려줬다.

이어 잠깐 들려준 그 목소리는 여전히 그가 '배뱅이굿'을 가장 뛰어나게 불러 젖힐 수 있는 유일한 사람임을 반증한다. 여성 국악인보다도 더 높이 올라가는 그 고운 목소리로 한없이 높게 뻗어냈다가 때로는 간드러지게 때로는 구슬프게 엮어나가는 노랫가락은 막혔던 속이 확 뚫리는 개운한 느낌을 주기 충분하다. 사이사이 그는 75년의 소리꾼 인생 여정을 얘기했다. 여전히 실눈을 뜨고 빙긋 웃듯 특유의 여유로운 표정이 인기의 비결임을 실감케 한다.

"단 한 번도 후회한 적은 없다. 순리대로 살았다." 기자의 질문에 답은 공격적이다. "요즘 즐기는 가장 좋은 악기는 아코디언이다. 낡은 아코디언을 100만원에 팔고 중고지만 소리가 좋은 아코디언을 400만원에 새로 샀다. 지난해 딸이 있는 캐나다에서 공연했을 때 아코디언 연주에 관중들이 하도 좋아해 내년 캐나다 공연을 위해 새 악기를 샀다."

그는 여전히 자신만만하다. "웬만한 악기는 다 다룬다. 장구야 평생 쳐 온 것이고, 가야금·피리 등 국악기는 물론이고 오르간·피아노·색소폰 등 서양악기도 다룬다." 기자가 피아노 연주 솜씨를 물었다. "악보를 보고 곡을 치는 것은 다하지만, 왼손 낮은 음을 길게 이어가는 반주에는 약하다."

그는 보통학교 출신이다. "철원고등학교 졸업이라는 언론 보도와 인터넷 이력 정보는 잘못된 것이다." 그는 자신의 학력을 과감히 바로잡았다. 보통학교 나오고 강원도 이천면 회산리(북한지역)에서 청년들이 사랑방에 모였을 때 소리 하던 것이 그의 소리꾼 인생의 시발점이다. 산에 나무 하러 다닐 때 "나무 하러 가세 나무 하러 가세, 상상마루에 올라가세." 산타령을 지게 작대기로 장단 맞춰 즐겨 부르던 부친이 그의 소리 은사이다. 보통학교에서 창가인 "학도야 학도야 청년 학도야", 동요 "낮에 나온 반달은 하얀 반달은", 산골짝에서는 '신고산타령' '닐리리야' 등 민요가 그의 애창곡이다. 그는 음악을 배운 적이 없지만 악보를 쓰고 보며 작곡을 한다.

그는 방송 출연에 인연이 깊다. 19세에 신문사 주최 철원극장 콩쿨 대회에서 '창부타령' '사설 난봉가'로 일등상을 탔다. "민요로 일등을 하니까 주최 측인 빅타레코드사에서 외면했다." 유명한 작곡가 고마부가 심사위원으로 초청됐었지만 결과는 그랬다. 그래서 홀로 서울로 가서 경성방송국에 출연해 생방송으로 '초한가'를 불렀다. "편지가 5일 걸려 전달되던 시절, 방송 날짜를 알리는 편지를 고향에 보냈다." 방송 이후 귀향하자 대접이 달라졌다. 기관장들이 그를 요리집으로 초대할 정도였다.

가혹한 수련을 하되 억지로 키우지 마라
목소리가 순리를 따른다
억지 고음에 긴소리 내면 소리 영원히 버린다

"70년 전이나 지금이나 방송 위력은 대단하다. 그렇지만 국악과 민요는 요즘 와서야 대접받지 얼마 전까지 레코드사가 상업성이 없다고 기피했다." 그는 방송이 위력적이기에 방송에 의존하지 않는다. 도리어 현장 공연을 좋아한다. "그게 순리다. 불러주는 공연에 언제라도 달려간다. 사찰도 예외는 아니다. 전국 사찰 대다수에서 공연을 해 봤다."

뒤늦게 1984년 중요무형문화재 제29호로 지정된 것을 순리로 볼 수 없지 않겠느냐는 질문에 "그것도 순리"라고 답했다. "목소리가 순리를 따른다. 목소리는 약이 없다. 무리하면 나빠진다. 억지로 고음에 긴소리를 내면 소리를 영원히 버린다." 그런 순리론이 평생 건강의 본질이다. "걸음이 좀 늦어진 것과 오래 소리를 못하는 것 이외 불편함이 없다. 그만큼 천천히 하라는 순리이다. 그런 순리가 곧 불교의 가르침 아닌가."

구체적으로 묻자 그가 답했다. "순리는 그냥 기다리는 것이 아니다. 지킬 것을 지켜야 순리가 이뤄진다. 목소리도 공연 전에 충분히 목을 풀어야 좋은 소리가 유지되고, 인생도 절제와 인욕으로 지킬 것 지켜야 내가 더 많이 받아들인다. 불교의 인욕과 자비가 인생살이의 근간이다."

소리 연습에서 주문은 더 구체적이다. "가혹한 수련을 하되 억지로 키우지 마라. 목이 쉬면 쉬어라. 굳은 심기로 인내와 수련 강행하더라도 억지를 구분할 줄 알아야 한다."

공연에선 관객과의 소통이 우선이다. 예술에서 현대감각을 중시하는 이유도 마찬가지. "현대음악을 받아들여야 옛 것이 잘 지켜진다." 정통 소리꾼이 피아노를 치고 현대음악을 연주하고 작곡하는 이유도 그랬다. "악기를 아껴야 신곡을 배우고, 악기를 아끼기 때문에 새 악기를 익히고 즐겨 사게 된다."

매주 금요일 온양 공연과 후학 지도를 위해 왕복 5시간의 전철여행을 꼬박꼬박 강행한다. 현장 공연을 결코 외면하지 않은 관습이 열정과 건강을 만들어 줬다. 배뱅이굿 자체가 기층민의 재담소리로 성장했고 판소리를 모델로 '변용과 창작'을 거듭해 왔다.

서도소리의 예능보유자로 인정받고 1997년 호주 멜리앙케이 교수의 박사논문에 그의 개인 연구가 공인된 이유도 그러했다. 한 소리꾼이 장구 반주에 소리와 말과 몸짓을 섞어 배뱅이 이야기를 서사적으로 공연하는 서도소리 '배뱅이굿'은 장구 반주로 서도 수심가토리(서

도민요조)가 주라서, 판소리 북 반주로 남도 육자배기토리(남도민요
조)와 대비된다. 이를 다시 구성형식에서 평안도와 황해도의 두 지역
제로 대별해 소리꾼 이야기의 구성과 연주 관행, 음악 어법의 구사,
연행 조건에 의해 달라진다.

한 사람의 박수무당이 19명의 배역을 소리(노래)와 재담으로 연출
하면서, 굿의 미신적 요소를 풍자적으로 꾸미는 능력은 서양 오페라
를 능가한다. 그는 평안도 김관준 계통을 이어 재담이 많으며 당대에
유행 노래를 대거 수용하고 소리 대목을 짧게 나누어 마지막 대목만
동일한 장단 아래 길게 짜이도록 부른다. 이와 달리 이인수·김종조
·양소운 등의 '배뱅이굿'에는 육자배기토리가 끼어 '산염불' '자진
염불' '서도무가'의 서도민요풍도 있다.

'2011 찾아가는 무형문화재'가 종로구민회관에서 음악회를 연 지
난 6월 18일, 주황색 한복에 흰 구두를 신고 무선 마이크로 배뱅이
굿을 완창하는 사진 역시 매스컴을 장식했었다. 끊임없는 변화가 전
통의 무한함을 보여주는 현장마다 인욕바라밀처럼 그가 여전히 서
있다.

이은관

구전 민요 140여 곡을 악보로 정리해 1999년 《가창축보》를 냈고, 50여
곡의 신민요를 작곡한 작곡가가 50대 이후의 새 직업이고, 한국국악협회

고문이다. 자타가 공인하는 평생 소리꾼으로 해방을 전후해 종로
극장가의 스타로 등극했고, 1957년 영화 '배뱅이굿'에 직접 출연한 만능
연예인이다.

황주 권번의 이인수 명창·서울의 이명길 명창(경기민요)·최경식
명창(시조)·신불출 명인(만담) 등을 스승으로 뒀고, 대한국악원 민요부에서
박천복·장소팔·김옥심·이은주·고백화·묵계월 등과 같이 활동했다.

1984년 중요무형문화재 제29호 서도소리 예능보유자로 지정되었다.

1990년 보관문화훈장 수상, 2002년 제9회 방일영국악상을 수상했다.

민속 공연에서 새 바람의 선도 주자 자청

목탁소리가 경쾌하다. 다듬이질·북소리 등과 어울려 아라리를 이
룬다. 평창동계올림픽 성공 개최를 위해 한국 민속 공연의 주축을 이
룰 '강원도평창아리랑' 연습에서 목탁이 박자를 이끈다.

연출에다 주역은 만담가로 유명세를 탔던 김뻑국 씨(본명 김진환),
유치 발표 직후 KBS예술한마당에 출연해 보여 줬던 장면보다 더 박
진감이 있다. "재담천하 김뻑국, 강산유람 구경을 가세, 구경을 가세.
이 강산 삼천리, 구경을 가세, 구경을 가세."

라디오와 거리공연에서 끊어지질 않고 온갖 만담으로 세상을 즐겁
게 했던 장소팔·고춘자·김뻑국 등 추억의 이름을 넘어 그는 북채

를 들고 장고를 두드리고 있었다. 그가 평생 일궈온 김백국예술단이 평창올림픽유치위로부터 외국인에게 공연할 한국 민속의 자랑거리로 공연을 기획하고 연출했다.

팔도유람 재담의 달인, '정선아리랑' 연주법도 개발

그가 처음으로 악보를 만들어 연주법을 개발한 정선아리랑을 재차 개작한 '강원도평창아리랑'. 기자가 연습실을 찾은 2011년 2월 18일 15명의 단원들이 공연연습 중이었다. 우리 일상과 과거 민속품의 총집합체가 악기였다. 물동이에 물을 넣고 바가지를 덮은 전통의 '물박이'도 두 동이 있다. 목어와 유사하게 개조된 목고도 악기다. 두드리는 목관악기 10여 개에 다듬잇돌 나무와 무쇠화구 뒤집은 통이 박진감을 더한다. 이를 큰 목탁이 리드하며 '아리아라리'가 구성지게 불려진다. 장구로 지휘봉을 든 그가 "여기에 아쟁과 해금을 붙이면 소리가 더 조화롭다."고 기자에게 말한다.

입구부터 불상 가득한 그의 예술단 연습실에서 뿌리패와 협연하는 장면을 녹화로 지켜봤다. 강원도 정선 출신으로 국악대상 수상자인 국악인 김순녀 씨가 그의 작사곡 '평창아리랑'을 다시 들려줬다.

"평창 아래 한마디 가지고 바발이 인사 못하세."

'순수창작이냐'는 기자의 질문에 그는 "2,000여 국악곡과 민요에서 좋은 것을 뽑아냈다."고 답한다.

'그럼 그 곡들을 다 외우냐'고 묻자, "지금은 다 못 외운다."는 말

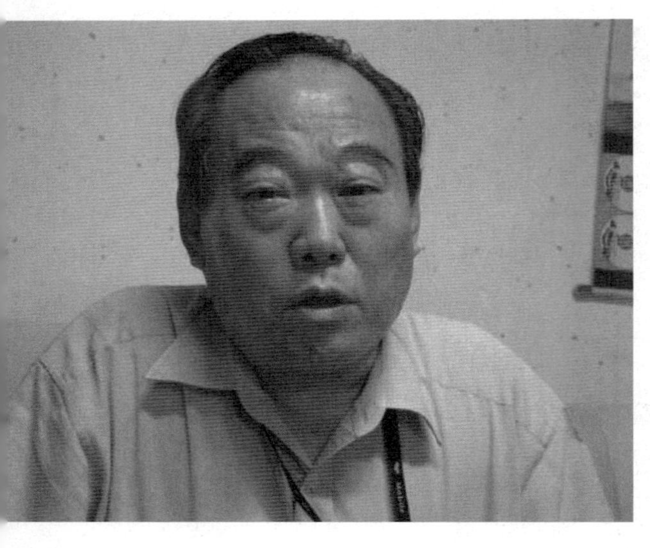

로 전성기의 화려함을 대신했다. 이어 그는 한국전쟁 전후에 서울·인천·수원·양평 등지에서 떠돌 때를 얘기하며 걷고 기차 타고 지나간 역명들을 줄줄이 손가락을 짚고 만담처럼 말했다. 지금은 없어진 역사명도 순서대로 되짚는 그의 비법을 물었다.

"일본에서 태어나 해방 직후 부모님의 고향인 충남 보령으로 왔다가 한국말을 못한다고 하도 놀려서 일본으로 되돌아가려고 했다. 서울행 기차를 타기 직전 보통학교에 잠깐 다닌 뒤로는 학교를 못 다녔다. 그래서 남들보다 더 공부하려고 철저하게 외웠다."

그가 들려준 40년대부터 70년대의 역사는 치열했다. 그의 만담에는 언제나 전국 지명과 역사명이 등장한다. 그는 그 모두를 발바닥이 닳도록 돌아다녔고, 발로 걸어 본 길이가 수만 리다. 전쟁 전에는 뚝섬에서 무당패를 따라다녔고, 전쟁 중에 인천과 수원, 양평을 걸어 다니며 자신보다 어린 고아들을 돌보고 지내다가 전쟁 후에는 파고다공원(현 탑골공원)에서 만담가 '김윤심과 최종명(인간문화재)'의 공연을 보고 그 길로 들어섰다. 국악은 조백운 선생, 무용은 김천흥 선생, 민요소리는 이창배 선생 등, 각 분야에 수많은 스승을 두고 있다.

그의 연습실은 옛 스승과 동료들의 사진으로 빼곡하다. 그처럼 많은 유명인들로부터 사사 받을 수 있었던 것은 궂은일을 마다하지 않고 언제든 걸어서라도 선생의 지시를 확실히 해 준 어릴 적 습관이 바탕이었다.

야외공연 기획의 원조, 소록도 공연 때 육영수 여사와 동행…

국악과 민요, 배우 등에게 마당발인 그는 사월초파일 기념공연의 첫 기획연출자이기도 하다. 1970년대 초반 서울 사직공원에서 수영장에 임시무대를 만들어 초파일을 기해 '시민위안잔치'를 벌였다. 연예인과 국악인을 총동원한 그의 위세는 대단했다. 가수 이미자·김정구, 코미디언 김희갑·서영춘·양성철·쓰리보이(본명 신선삼)·임희춘, 국악인 안비취·박동진·장소팔 등 150여 명의 연예인이 초파일 기념 공연 내내 두 달간 총 출동했다.

"출연자 섭외보다 무대장치 설치가 경찰의 통제 아래 있어서 힘들었다."

이를 해결하기 위해 고 육영수 여사의 힘을 입었다. 그 이전, 1968년경 그는 소록도 공연에서 육 여사와 동행했었다. 김상국·한명숙('노란 샤쓰의 사나이' 가수)·배성희(가수) 등 4명의 공연에서 그는 굿 공연을 펴면서 관객들인 나환자들을 향해 '위문 차 같이 온' 육 여사로 하여금 큰절을 시켰다. "경호원들이 눈빛과 몸짓이 무섭게 변해가는 중에 한복 입은 육 여사가 찬찬히 전통 큰절을 했다." 공연 직후 수원까지는 비포장 길이고, 이후 포장된 1번국도로 덜컹거리며 '비크' 승용차에 육 여사와 같이 타고 상경했었다.

"1960년 중반 운학 스님의 소개로 20여 명의 예술단을 이끌고 속리산 법주사에서 탑돌이 공연을 갔을 때 법장 스님이 호박을 따다가 국수를 삶아줬었다."

조계종 31대 총무원장 법장 스님과의 인연은 그렇게 깊어졌고, 이후 그와 무용단은 전국의 큰 사찰을 거의 다 돌며 탑돌이 공연을 벌였다. 실제 사찰공연의 첫 모델이었던 그의 야외공연은 1974년 남북적십자회담 환영공연에서 절정을 이뤘다.

"70년대 초 사직공원 수영장을 무대로 임시 개조할 때 베니어 판 한 트럭이 들어갔다. 불교계가 야외공연의 시원이고 개척자이다."

국악인이며 탤런트·배우인 그는 민속공연 기획과 연출에서 '성공평창'으로의 진일보를 가장 빨리 시작했다.

김뻑국

일본에서 출생, 본명 김진환으로 1960년대 초 방송 데뷔 때 뻐꾸기 효과음을 잘 낸다는 이유로 예명이 '뻑국'이로 붙여졌고, 1972년에 김뻑국예술단을 창단하고, 방송에서 만담과 재담의 달인으로 불리며 거리공연에서 유명세를 떨쳤다.
국악인 이충선 선생에게서 처음 국악을 배우기 시작해 국악인 최경명

선생으로부터 장구와 피리를 배웠고, 이후 배뱅이굿으로 유명한
중요무형문화재 29호 이은관 선생을 만나 약 30년간 도반처럼 지냈다.
1960년대 이창배(경기민요), 이정업(장구), 김천흥(춤), 박해일(재담)
등에게서 사사한 구력으로 반세기 동안 국악을 기반으로 한 연주법과 연출
경력을 보여 왔고, '국악로 국악대축제'에서 정기공연을,
종로구노인종합복지관과 서울시립북부노인병원 등에 정기공연을 갖고 있다.

죽을 힘 다해 부르면 듣는 깊이가 다르다

마음의 얘기를 그대로 노래한다

온통 시(詩)다. 북한산성 끝자락에 붙은 급경사의 2층 집 작업실 벽 곳곳이 시를 적은 메모지와 족자로 차곡하다. 그의 머리에는 시로 읽는 세상의 순리가 가득하다. 고단한 삶의 족적이 얼굴 깊이 배인 그의 트레이드마크 주름이 뜻밖에 '웃음의 산물'이란다.

"모든 게 즐겁다. 그렇게 마음의 내 얘기가 노래로 간다."

홍지문 개천 건너편 자택에서 지난 2011년 12월 27일 진행된 가수 장사익(63) 씨와의 만남은 갇힌 마음을 활짝 열어주는 자리였다. TV

화면에서 비친 모습보다 실제로 더 깊은 이마와 눈 밑 코 옆의 주름은 온화하지만 강한 눈빛을 투영하는 극적 표현에 다가가는 길의 여정이었다.

"진심으로 노래를 부르면 호소력이 느껴진다. 죽을힘을 다해 부르면 관객이 들어주는 깊이가 다르다. 열심히 살아온 결과를 말하는 인과응보와 같은 이치다."

지난 12월 24일 유엔 가입 20주년을 기념하는 미국 뉴욕 야외공연에서 그의 가창력은 다시 빛을 봤다. 흰 두루마기에 흰 고무신을 신고 짧은 하얀 백발 아래 깊은 얼굴 주름이 그대로 비쳐진 대형스크린에서 도도한 장강처럼 '찔레꽃'을 토해냈다. "언어는 달라도 노래는 국제 공용이란 걸 다시 느꼈다. 가사 내용을 노래 그 자체로 즐기는 외국인들을 마주한 자리였다."

절묘하게 음곡의 사이를 넘나드는 그의 창법은 민요와 대중가요 경계 허물기로 산사음악회에서 인기가 높다. 대학의 야외공연장 등에서도 그의 인기는 대단하다. 강한 호소력은 자신이 25년간 15개 직장을 전전하며 필연적으로 대중 삶의 애환을 넘나들고 축적해 낸 현장 발성의 소산이다. 그는 그가 몰입했던 시들을 인터뷰 내내 읊조리거나 노래로 들려줬다. 박목월 시인의 '나그네', '강나루 건너 먼 밭길에 구름에 달 가듯이 가는 나그네'도 그렇게 불려졌다. "나그네는 몇 해 전 추석을 지내고 홍성 역전에서 기차를 기다리다가 본 시를, 보고 또 보고 수십 번을 보고 노래로 불렀다."

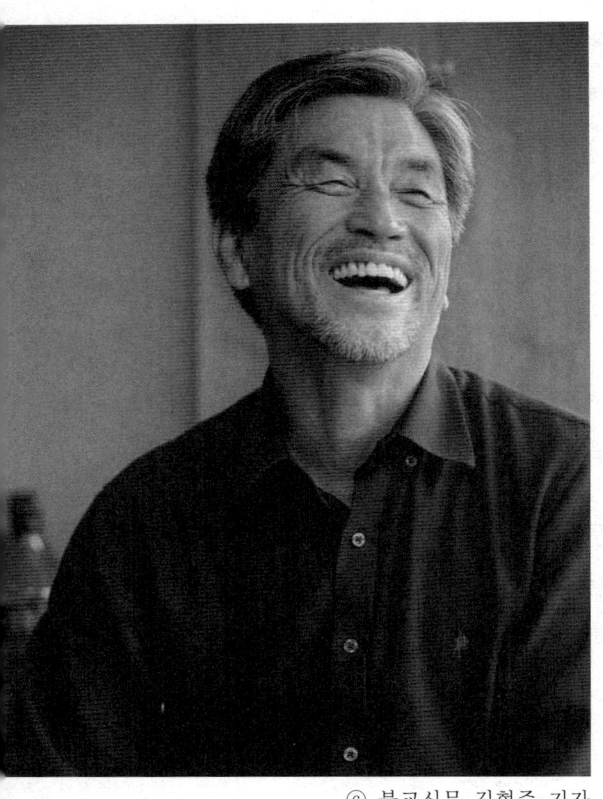

확실히 노래에서 경계는 없었다. 표현의 자유를 만끽하려는 노래는 창작을 넘어 수행의 일과였다. "기막힌 시를 수백 번 읽고 읊조리며 새로운 전달을 느낀다." 그렇게 느낌을 노래하고 차후에 노래에 맞춰 전문가들이 작곡의 과정을 밟는다. 그에게서 그만큼 악보의 정형화는 닦여진 길의 확보에 불과하다. 그는 오직 길을 닦는 초행자이며 앞서가는 음의 창작자이다.

© 불교신문 김형주 기자

"자신이 선생이다. 왜 노래를 배우려고만 하는가? 스스로 노래 감정을 취득하라." 노래를 어떻게 해야 잘하게 되는가의 질문에 답은 단도직입이다. "표현의 자유를 만끽하면서 노래를 즐겨라. 즐길 수 있는 조건은 누구나에게 있다. 음악의 기본 교육은 초중고교 교육에서 갖춰졌다. 나머지는 어떤 식으로 인생을 사느냐에 달렸다." 그렇게 쌓여진 자기 내면을 진실로 바라볼 때 노래가 나온다는 지론은 그 자신의 회고록이다.

"깊게 보면 내면이 보인다. 그 내면을 그대로 표출하라." 그만큼 그의 창법은 자신감 넘친다. 그렇다고 TV프로의 '나는 가수다'식 내지르기 가창력과는 다르다. "'나가수'는 가창력이 초점이 아니라 관중 일부의 한정된 표현을 극화시켜 노래를 몰아버린다." 노래는 여론몰이와는 정반대의 순수감성 표현인데 여론몰이로 일관하려는 '나가수'에 대한 평가는 "느끼하다."는 말로 대신했다.

과감한 창법과 작렬하는 음색이 음악의 경계 초월

그에게서 무대와 노래는 소통이 본질이다. 특히 관객은 가수 노래의 내면을 제각각 느끼고 즐기고 이를 표현할 자유가 있다. 그 자유를 빼앗은 무대에 대한 그의 반감은 확연하다.

그가 표현의 자유를 자신 있게 말한 이유가 있다. 음과 가사의 낱말, 양 축 모두에서 그의 포착력이 탁월하다. 글의 행간을 읽어내듯 음표 이전의 세밀한 음 표현 구사가 그의 장점이다. 음표 사이를 떠다니는 과감한 창법과 작렬하는 음색이 음악의 경계를 초월하여 청중을 압박한다. 그 힘은 학창시절 웅변으로 다져진 목소리에서 나온다. 여기에 시어로 단련된 언어 소화력이 받쳐준다.

> "저 하늘의 별들이 눈길을 주는 곳에/ 꽃은 피고, 지난겨울 매섭게/ 서릿발 치던 곳에 꽃은 핀다/ 어느 외론 이 홀로 찾아와, 남몰래/ 눈물 떨구고 간 자리에 꽃은 피고,/ 꽃이 피면 어둠도 환해지는 그런 곳에/ 수줍게 수줍게 꽃은 핀다."

남재만 시인의 '꽃은 어디에 피는가'를 메모장에 붙여둔 그는 신곡 '역(驛)'을 위해 꽃이 피고 지는 숨결을 찾아간다.

꽃과 죽음 어느 쪽이 더 비중이 큰가라고 물었다. 그의 곡이 무겁고 무섭기도 하고 밝고 희망이 넘치기도 한 양면에 대한 의문이었다. "곡의 1/3 정도가 꽃이고 1/3 정도가 어둠이다. 아침 7시 양평 용문사에서 2,000여 명 앞에서 '낙화'를 불렀다. '질 땐 지고/ 필 땐 피니' 기막힌 시를 노래하는데 응시하던 연못의 연잎이 뚝뚝 떨어지는 장면을 봤다." 노래가 전달하는 힘에 의해 자연도 명과 암이 동시에 존재한다는 설명이다.

자연은 그 앞에서 무대의 일부다. 청량사 산사음악회에서 그는 모든 조명을 다 끄라고 주문하고 노래를 불렀다. "이제 하늘의 별은 관객들이 하나씩 가져가라." 그에게서 노래란 청중들을 자연에 동화시키는 동력이다. 인화력이 천부적 소질인가 물었다. "진심을 담아 노래한다. 노래할 때마다 새로운 전달을 느낀다." 노래란 시를 수백 번 음미하고 시의 의미를 곡으로 살려내는 과정에서 친화력과 소통의 이행동사이다.

"관객에 대해 진심으로 대하는 것과 정해진 스케줄 때우기는 관객이 먼저 안다." 그런 소신은 무대가 열리면 자신의 순서가 오기 전 앞 사람 공연을 열심히 관청하는 자세를 유지시킨다. 세종문화회관 공연에서 고(故) 기형도 시인의 '엄마 걱정'을 "열무 삼십 단을 이고 시장에 간 우리 엄마 안 오시네."라고 부를 때 시인의 어머니를 청중으로 모셨다. "엄마가 자식 걱정을 하는 것이 아니라 자식이 장에 나물 팔러간 엄마 걱정을 노래하면서 가슴 속 감정을 한껏 끄집어냈고 관객도 그랬다."

음정이나 박자도 그런 감성 앞에서 보조물이다. 데뷔 초기 표현의 자유를 기념하는 서울대 대강당의 '자유콘서트'에서 고향인 충남 광천의 상엿소리를 현대가요로 각색한 '하늘 가는 길'을 12분간 부른 장면이 압권이다. 앞서 부른 윤도현·강산에·정태춘·안치환·노찾사 등 젊은 패기의 노래꾼들을 모두 제쳤다. 그렇게 '도도하게 흐르는 강'에 비유됐고, '봉건시대 장터 가객'이라는 별칭이 붙었다.

맨발에 검정고무신을 즐기는 그는 마라톤맨이다. 그리고 "한글에 임자가 없다."며 한글에서 창작과 표현의 자유를 만끽하기 위해 창암 이삼만의 '유수체'와 같이 한글 유수체를 창작한다. 어떤 외래 사조들도 토착 정서로 융합해 내는 기백의 목소리 주인공은 그렇게 현대 문명과 당당히 맞서 있다.

장사익

선린상고, 명지대를 나와 직장에 다니다가 45세인 1995년 가수로 데뷔했다. 한이 서린 목소리, 죽음을 노래하는 가수 등의 닉네임을 2000년 연세대 노천극장에서 열린 인권음악회에서 폭넓은 대중가수 '자유롭고 열린 노래'의 리더로서 카리스마를 얻었다. 보조 장치를 떼버리고 음정 박자를 초월해 반주자가 노래를 따라가는 형태에 대중이 매료됐다.

노래 공부는 직장에 다니면서 파고다공원 인근 가요학원을 3년간 다닌
것이 전부다. 타고난 목소리와 자유로운 시성이 임동창의 솔로 피아노만을
동반해 무대에 오른 가객 하나가 넓은 무대를 한순간에 장악하는 마력의
소유자다. 다만 명인 원장현에게 대금과 새납(태평소)을, 강영근에게 피리를
배웠고, 1994년 전주 대사습에서 새납 연주로 장원을 받았다.
데뷔 앨범의 〈하늘 가는 길〉에서의 '찔레꽃'부터 2008년 6집 〈꽃구경〉의
'귀천'과 '장돌뱅이'까지, 앨범마다 '님은 먼 곳에'와 '동백 아가씨'
'나 그대에게 모두 드리리' 등, 식민지 시대 안기영의 창작 민요
'그리운 강남'까지 이어지는 독창적 '다시 부르기'가 가미돼 있다.
국회 대중문화상, 미디어 대상 국악상을 수상했다.

소리, 마음으로 들어야 귀와 눈 열린다

우직하게 고음 반복… 가슴 속 품은 소리가 보인다

맑은 남성의 미성(美聲)이 서양 소프라노와 맞먹는다. 서양의 소프라니스트나 가성을 쓰는 카스트라토와 또 다른 음폭 높은 미성을 경기민요에서 만나보자. 3단계 높은 옥타브 '하이 C(세 번째 도)'를 자랑하는 세계적 성악가수 파바로티의 음폭도 뽑아낸다. 여성 국악인의 D음보다 높은 E플랫 음에서 섬세한 우리 가락이 또렷이 감성을 자극한다. 그것도 중간 중간 쉼 음조로 한 숨 넘어가는 남도창 소리가 아니라 높은 음이 화사한 소리가락으로 계속 이어지는 경기민요에서 그러했다.

경기 12좌창 중 4좌를 완창하는 1시간 내내 화려한 경기민요의 기복 심한 음조가 "은쟁반에 옥구슬 굴러 간다."는 세평을 실감해 보자. 유산가(遊山歌) 첫 대목.

> '화란춘성하고 만화방차이라/ 때 좋다 벗님네야, 산천경개를 구경을 가세/ 죽장망혜 단표자로 천리강산 들어를 가니/ 만산 홍록들은 일 년 일도 다시 피어 춘색을 자랑노라.'

폭발하는 격정적 감성에 간장을 녹이는 섬세한 미성. 서양 성악가가 턱을 당겨 내는 높은 음이라서 발음이 취약한 결함과 다르다. 민요에서 온갖 만유만상이 세세한 감성을 전달할 다채로운 용어로 하나하나 정확하게 쏟아진다. 그만큼 만다라에 나오는 음악천(音樂天, 음악을 만드는 천부(天部))은 우리 곁에도 있었다.

2010년 3월 국립극장에서 '하눌타리' 발표회에서 유산가, 방아타령과 잦은 방아타령 등을 부른 문영식(60) 씨는 여성 국악인보다 한 옥타브 높은 음색이다. 그는 2007년 경기민요대제전에 올랐던 '일타홍전'에서 문대감역으로 남자 주인공이었다. '하눌타리'는 고 안비취 선생 후학들의 이수자 발표회를 겸한 공연이다. 그는 중요무형문화재 57호 이수자 중 드문 남성이며, 국가지정 중요무형문화재 79호인 '발탈'의 독보적 이수자이다.

'발탈재담'은 발에 탈을 걸고 춤추고 노래하는 극놀이이다. 어릿광대와 유랑객이 어물전가에서 벌이는 힐난한 말장난이 힙합보다 빠르게 넘어간다. 신체 중 제일 밑바닥인 발바닥이 관중을 향해 인간 탈을 쓰고 삼유만상의 유한함과 질서를 말재주로 희롱한다.

> '들 물에 들 잡아먹고/ 날 물에 날 잡아먹고/ 숭어 민어 준치 갈치/ 톡톡 쏘는 쏘가리에/ 미끌미끌한 미꾸라지/ 초가지붕에 굼벵이/ 장마통에 맹꽁이/ 바다에 고래/ 산에 까투리.'

"소리와 몸은 일체이고 조화이다. 높고 깨끗하고 맑은 소리는 높아진 자기 목소리를 갖고 놀 수 있어야 한다. 소리 하면서 실제 금강산을 넘어가고 바람소리를 맞고 느끼고, 산천경계 그림 위를 올라간다. 국악은 실체감에 청량음료처럼 거침없이 구수해 부담이 없다."

불교용어 가득한 금강산타령, '기암괴석 절경 속에 금강수가 새음 솟고/ 구름줄기 몸에 감고 쇠사다리 더듬어서/ 발 옮기어 올라가니 비로봉이 장엄쿠나.'

그는 한 번도 금강산에 오르지 못했지만 소리로 금강산을 만인과 같이 수없이 오르내렸다. 소리로 전달하는 감정의 실체감도 진하다. 우리 소리꾼은 단 10초에 변하는 감정을 즉각 바꿔 전달하는 특성이 있다. 악보에선 그려지지 않는 미분음을 내야 하기에 소리꾼은 '음이 몸에 붙어 다녀야' 한다. 더구나 나도 모르게 나오는 '숨은 소리'를 들으려면 항상 깨어 있어야 한다.

"소리는 입으로 하는 것이 아니라 가슴으로 품고 한다. 노래 가락

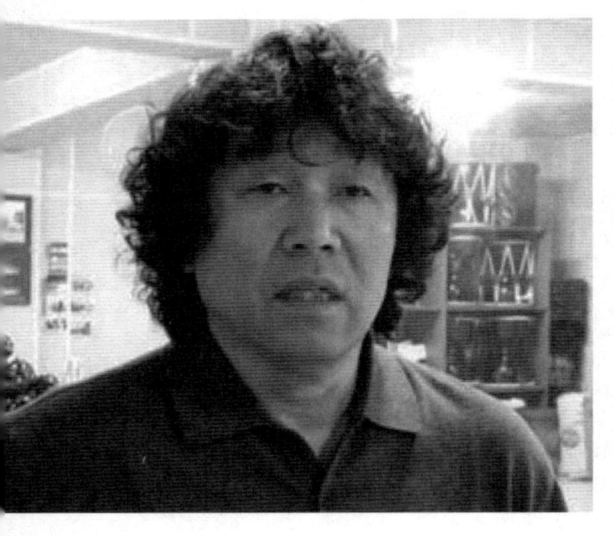

은 마음에 슬픔을 안고 나의 슬픔이 돼야 소리에 감정이입이 된다." 소리에 감정을 실어야 예인의 길을 갈 수 있고, 그러려면 '변화에 더 빨리 적응해야' 한다. "더 빠른 적응은 변신이 아니라 매일 3,000배를 우직하게 반복하듯 일관된 정체성에서 나온다."

전문 소리꾼이 되기 위한 훈련장은 고속도로였다. 질주하는 자동차 소리 가득한 고속도로 옆길에서 그보다 더 큰 소리로 자신의 귀에 자신의 소리가 들리게 반복하는 것이다. 여름철에 모기를 막기 위해 몸에 모기방향제를 바르고, 비오는 날에 우비를 걸치고 하루 4시간씩 노래 가락 연습이 반복됐다.

고속도로에서 소리 연습, 국악은 반복이 제 맛

"반복하면 할수록 맛이 나는 게 국악이다. 그중에서 아리랑이 20년을 해도 싫증은커녕 숙성 잘 된 된장처럼 맛깔이 난다. 아리랑은 내 마음에 있다가 나가는 가락이다. 그래서 듣는 이가 거부감 없이 반복해 들어준다."

총 20자 아리랑은 20초 안에 우리의 모든 것을 담아낸다. 긴 아리랑, 본조 아리랑, 구아리랑 3가지 아리랑이 고개를 넘어가는 맛은 전혀 다르다. 매우 복잡한 음조만큼 맛이 달라지고, 감성을 녹인다. 그가 부를 때마다 다르기에 사람들의 마음을 움직인다. 그건 마음의 전달이 민요 아리랑에서 가장 숙성됐기 때문이다.

그는 '청산리 벽계수'를 6개월 반복 연습했다. 같은 장소에서 1년 반 매일 반복 연습하면 어떻게 될까? '뒷산타령'이 그렇게 단련됐다.

> '강원도 금강산에 유점사 법당 안에 느릅나무 뿌리마다/ 서천서역국서 나온 부처 오십삼불 분명하다/ 동소문 밖 썩 내달아 무너미 얼른 지나/ 다락원서 들쳐 보니 도봉 망월이 천축사라/ 계명산 추야월에 장자방의 퉁소 소리/ 월하에 슬피 부니 팔천 제자 흩어진다.'

여기에서는 삼각산, 수락산, 소요산, 개운사, 천축사 등 서울 인근의 산과 사찰의 곳곳이 역사와 함께 압축 소개된다.

그는 아예 남한산성 안에서 일주일씩 철야정진을 병행했다. 이후 공연에서 그는 "소리가 나가는 것이 보인다."는 말을 실감했다. 그로써 무대 소리에서 '하늘에서 쏟아지는 소리'라는 평을 들었다. 나의 마음이 소리로 전해지는 것이, 갈가리 찢어져 청중에게 날아가는 것이 보이기 시작했다.

"음성공양에서 목어·운판·법고·범종 등 4물로 반주하는 것과 민요소리를 피리·대금·해금·가야금·장구 등 악기로 반주하는 구

조는 같다. 부처님이 오직 음성으로 설법하시는 음성불사는 중생 제
도에 목적이 있었고, 소리는 청중의 마음을 끌어당기는 도구다.”

부드럽고 서정적이면서 강렬한 표현력, 그 드라마틱으로 무장된
소리꾼의 장점은 불교의 독경음색과 흡사했다. 설법 자체가 내용과
논리로 수행자의 마음을 파고들었듯이, 맑은 음색 속에 강한 표현력
은 미성의 조건이자 마음을 전달하는 도구이다.

음성으로 말하는 교법(教法)은 확실히 미각·촉각·후각보다 전달
력이 우수하다. 소리가락은 그걸 현장에서 말해 준다. 여기에 ‘태양
처럼 맑은’ 목소리는 음성공양에서 음식이다. 육신의 모든 기관이 필
요로 하는 자양분이다.

“어렸을 때부터 가락을 좋아했고 변성기를 거치지 않았다. 처음에
는 굿과 상여소리를 쫓아 다녔다. 점차 우조의 애절함에 빠져 들었
다. 상여소리는 호소력이 크다. 인간의 영혼이 담겨 있다. 구슬픈 가
락이 심금을 쉽게 울려 우리 정서에 잘 맞다. 느리면 그만큼 소리
속이 나온다. 아리랑이 여러 얼굴을 가진 것도 그것 때문이다.”

나이가 들면서 민요풍으로 기울었다. 미성의 고음이 잘 맞는 경기
민요는 중모리에 중중모리 장단으로 넘어간다. 절로 신난다. 이것보
다 빠른 세마치로 불러도 좋다. 월드컵 때 응원가가 세마치장단이었
다. 이것이 젊은 세대를 확 끌어들었다. 일제 강점기의 한에서 생명
의 환생으로 넘어간 것이다.

그의 평생 가업 중 쌍상여 호상놀이는 지방문화재이다.

‘병들어 썩은 육신 어디다 쓰려고 날 데려 가나.’

다듬어지지 않은 소리에서 사람 냄새가 나서 더 좋다. 소리꾼은 그렇게 날아가는 소리를 보기 위해 무대에 선다.

문영식

순수 서울 태생이지만 문정동 토박이라서 농사 노동요와 상여소리에
익숙해지며 자랐다. 젊은 시절 스포츠 사진작가로 여러 차례 수상 경력이
있었지만, 결국 소리꾼으로 돌아왔다. 국가지정 중요무형문화재 57호
경기민요 예능보유자인 이춘희 선생에게서 전문 훈련을 받았고,
예능이수자가 됐다. 이제는 경기민요를 소리극으로 공연하는 데 앞서고
있다. 대중과 괴리된 경기민요를 다시 대중에게 돌려주는데 서양 오페라와
같은 형식의 종합공연인 소리극으로 꾸며 어린이가 좋아하는 무대로
만들고 있다.
국가지정 중요무형문화재 79호인 '발탈'의 예능이수자로 생소한 발탈재담을
공연하고 있으며, '쌍상여 호상놀이(경기 지방무형문화재 18호)'의
전수장학생이다.

소름 돋을 정교함 살려야 감정과
가창력 일체화

변화, 내공의 연마, 장르별 전환 빨리 소화하기. 제행무상·제법무아·열반적정, 불교의 진리를 함축하고 있는 삼법인을 대중음악, 그것도 가장 강렬한 라이브 공연에서 찾을 수 있을까. 재즈 가수 웅산의 공연 준비는 툭툭 튀는 노동의 현장이었다. 각자의 일에 몰두하다 무대 위에 올라선 순간 하나가 되는 극적 전환이 생명력을 더해 준다. 재즈가 노동요이고 흑인의 산 고통의 산물이라지만 생음악 재즈는 마음을 파고드는 환희와 열정으로 가득하다. 세종M시어터의 주말 공연(윈디 스피링 2010)에 앞서 2010년 3월 25일 양재동 연습실에서 만난 재즈 보컬리스트 웅산은 비구니 수행 이력이 재즈 입문 동기이다. 본명 김은영(37) 씨는 법명 웅산(雄山)을 예명으로 쓴다.

"고독과 회의로 인한 출가 수행은 재즈의 고통 해소와 연결된다. 내면의 탐구는 억제와 분출 중 어느 쪽이든 선택하게 마련이다. 불교의 억제와 음악의 분출이 조화를 이루는 접점을 찾던 중 재즈를 만났다."

재즈의 고통 해소와 내면 탐구 연결
억제와 분출을 오간다

웅산의 재즈는 고독에서 출발했다. 환속 이후 상지대에 입학해 대학가요제 지역예선에서 인기상에 그쳐 본선 진출이 좌절될 당시엔 록 음악에 몰두하던 그가 다시 고독과 싸우던 중 가슴을 파고드는 재즈를 만났다. 그가 "처음 듣는 순간 심장이 멎는 것 같았다."는 빌리 홀리데이의 재즈는 고통의 절정을 재즈로 넘은 신화이다.

그의 출가 시기와 비슷한 17세에 빌리 홀리데이는 여성이 겪을 수 있는 최악의 가해를 당하고도 흑인이라는 이유로 1년 반을 복역했다. 출옥 이후 축음기로 재즈가수 루이 암스트롱의 노래를 듣고 홀로 재즈를 익혀 세계적 재즈가수로 인생길을 개척했다. 웅산은 빌리의 음색을 처음 접한 순간을 "내지르는 것도 아니고 그냥 툭툭 던지는데, 그렇게 가슴을 후벼 팔 수 없었다."고 말한다.

빌리 홀리데이는 미국보다는 영국에서 많은 공연을 했다. 웅산도 이웃 일본에서 재즈 가수로 더 명성을 쌓았다. 다만 빌리의 대표곡 '나무 위의 이상한 과일'이 나무에 매단 노예의 목을 비유한 슬픈 현실을 노래한 반면, 웅산은 자작곡으로 채워진 2009년 5집 앨범 '미스·미스터'에서 혼(魂)으로 '애환의 도회지'를 농익은 영어 발음으로 부르며 국제무대를 넘나든다.

그를 재즈에 입문시킨 원로 재즈피아니스트 신관웅 씨는 24일 "자신의 감정과 화두를 연주로 푸는 습관이 몸에 밴 적극성 때문에 스스로 터득하는 것이 생명인 재즈의 세계에 잘 맞았다."고 말했다.

음악 공부는 배우는 것보다 무대연주를 통해 체험으로 연마하는 첩경을 웅산이 비교적 빨리 체화한 결과라는 것이다. 신세대가 연마에 익숙치 않은 단점을 홀로 극복해낸 내면의 힘을 갖고 있었다는 평가다.

물론 연마에는 분노와 울분이 동반한다. 이를 감성으로 넘어야 했던 그의 경험으론 불교와 재즈의 내면 탐구는 다른 점도 있었다. 불교의 치밀한 논리와 음악의 정교함이 비교될 때 그렇다. 그는 "소름이 돋을 정도의 정교한 기교를 살려야 감정과 가창력이 일체화 된다."고 말한다. 이는 완벽한 논리의 치밀성과 씨름하는 불교의 수행과 비유된다.

일본의 권위 있는 전문지 《스윙저널》에서 2009년 12월 '골드디스크'를 한국인으로서 첫 수상했을 때, 일본의 음악평론가 니시오 게이츠는 "가창력과 표현력 정교함에 있어 타의 추종을 불허하며 항상 진화하고 변화하는 노래하는 혼(歌魂)"이라 평했다.

이렇듯 환속 이후 대학에서 록으로 출발해 재즈에 들어선 이후 블루스로, 다시 방송 MC로 그리고 재즈로 다시 돌아와 대중음악의 윤

회과정을 직접 시연하는 대중가수의 변화와 응전에는 불교의 근본이 잠식돼 있다.

"섬세한 발라드와 비트는 양극단이다. 블루스, 펑키, 라틴 등을 따뜻한 음색과 강렬한 혼으로 담아내야 한다. 재즈보컬리스트로서 오케스트라의 클래식 선율에 맞춰 우아하게 노래하는 새 앨범을 구상 중이다."

한 자리에만 머물지 않는 그는 새로운 음악을 계속 찾는다. 다만 재즈의 생명인 즉흥성에서 파생된 자기 연마의 연장이다.

"언제나 새로운 무언가를 접할 때마다 음악에 대한 갈증을 느낀다. 그리고 그 안에 서 있는 나 자신은 작은 존재임을 느낀다. 그래서 또 공부와 연습에 몰두한다. 나만의 느낌을 찾을 때까지 그렇게 계속 진행되고 있다. 이는 불교의 수행과 같다."

재즈는 그 작은 존재에 대한 가치를 가장 크게 부각시켰다. 이는 자아의 발현이었다. 환속 이후 10여 년 동안 세상과 소통하는 매개체로 재즈가 존재했기 때문이다. 그는 가장 자주 즐겁게 무대에 서는 가수이다. 그가 무대에 미소를 머금고 서는 이유를 한 마디로 말한다.

"빌리 홀리데이 재즈가 내 가슴에 종을 울렸듯이 나도 누군가의 가슴에 종을 울릴 수 있는 음악을 하고 싶다. 내가 받았던 느낌을 나의 노래를 듣고 있는 이들에게도 주고 싶다. 무대에서 더 정직하고 더 솔직해질 수 있어 계속 노래할 것이다.”

일본에서 그의 인기는 도쿄와 오사카를 중심으로 500회가 넘는 공연과 4차례의 전국순회공연이 말해 준다. 여기에 2003년 첫 앨범이 한·일 동시발매로 시작해 5집까지 앨범이 모두 한국과 일본 양국에서 발매됐다.

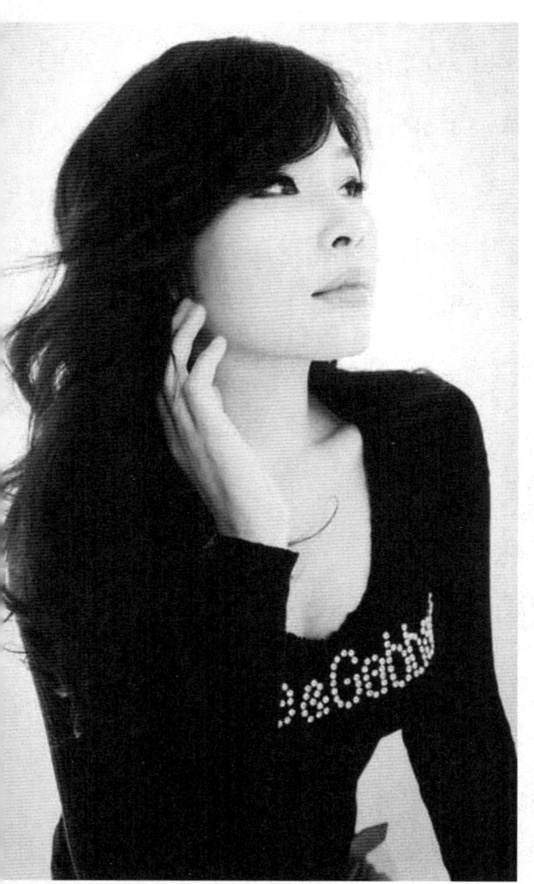

1998년부터 일본 공연을 시작해 2008년 한국대중음악상을 수상하고, 같은 해 일본 '빌보드 라이브'와 재즈 명예의 전당인 '블루노트'에 초청받는 최초의 한국 가수가 됐다. 2009년 7월 일본 '삿보르 시티 재즈 페스티벌' 초대 공연에서 그의 존재 가치를 입증했다.

그는 이제 산속과 도회지의 양극단을 오가다가 5집 앨범 '미스·미스터'로 도회적인 음악에 더 치중한다. 피안의 세계에서 차안의 세계로 들어온 자작곡 모음인 이

앨범은 국내 팬들을 위해 그가 직접 선물하는 형태이다. 현대 도시 남녀의 말끔한 사랑 이야기로 도시의 상큼한 매력이 전해지는 곳에서부터, 헤어진 연인을 향한 그리움과 아픔까지 각양각색의 사랑 이야기를 담고 있다. 그래서 앨범 제목이 '미스·미스터'이다. 차안의 세계에서 다시 고뇌의 탐험이 시작된 것이다.

"곡과 가사도 없던 초기의 재즈가 몸과 음률로 인간의 내면을 표현했다면, 불교의 염불과도 유사성이 있다. 첫 일본 무대에서 피아노 없이 색소폰과 콘트라베이스만으로 1시간 내내 노래할 때 공간을 목소리로만 채우는 과정이 출가수행의 첫 공간을 3,000배와 염불로 채우던 경험과 같다."

그는 국내와 해외를 오가는 빡빡한 공연 일정 속에서도, 재즈의 깊이를 더할수록 젊은 시절 수행의 길에 대한 느낌이 더 커진다. 목소리에 한층 더 넓고 깊은 느낌이 오는 '윈디 스피링 콘서트'를 열었다. 지난 2010년 3월 27, 28일 KBS 후원의 공연 현장에서 특유의 중저음으로 가득한 재즈와 섬세한 발라드, 그리고 정교한 클래식을 넘나드는 특유의 자유로움으로 그의 혼을 전한다.

웅산

부산 출신으로 고교시절 출가 수행을 했고, 환속해 상지대 시절 보컬로 음악을 시작했다. 1996년 재즈보컬리스트로 데뷔해 1998년부터 일본

활동을 시작했다. 2000년 한·미·일 재즈페스티벌 참가를 시작으로
국제무대에 올랐고, 2004년 앨범 1집(러브 레터)은 한일 동시발매로 내놓고
올 3월에 5집(Close your Eyes)을 발매했다.
2008년 한국대중음악시상 최우수 재즈&크로스오버 음반상 및 노래상을
동시 수상했고, 2010년에 일본에서 《스윙저널》의 골드디스크상을 수상했다.
중부대학과 단국대 음악과 보컬교수를 거쳐 현재 경희대 포스트모던과
보컬교수로 있다.

5장

역사와의 소통 길목을 터주다

이이화 · 김정희 · 서중석 · 김영로 · 이경희
권두현 · 유영재 · 하진희 · 유재철 · 김영배

합리와 균형의 사관(史觀) 창출
– 비판적 탐독 즐겨라

역사와 합리의 경합, 외골수 역사학자는 치열한 합리주의를 지향한다. 어차피 문헌과 유물에 근거하는 역사 연구의 다양성에서 최고의 합리주의를 향한 노력이 각별하다. 그렇지만 개인 연구자와 거대 학파와의 경쟁은 처음부터 객관성을 초월했다. 그래서 합리는 더 빛이 났다.

한국 역사학파의 거대 산맥 이병도에 맞서는 이이화(73) 개인의 역사 바로 잡기는 치열함을 넘어 초합리의 영역 개척이다. 홀로 역사 탐구에 나서서 '균형감'을 유독 강조하는 자신감은 어디서 나오는 것일까.

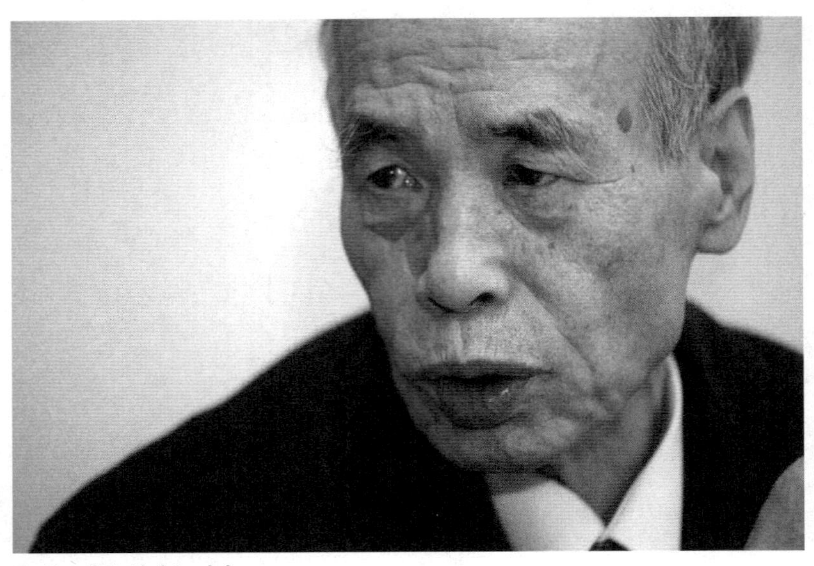

© 불교신문 신재호 기자

답은 비판적 탐독이었다. 지독한 문헌 뒤지기에 비판정신으로 끝까지 살펴 정확성을 기하는 독해력은 그의 태생적 습성이었다. 선친으로부터 물려받은 한문 수학과 냉철한 비판 검토는 역사의 질곡에 맞서는 원천이었다. "원전을 끝까지 보라." 그는 대학에서 표절에 대해 단호했다. 수강생에게서 표절이 발견되면 여지없이 F학점을 줬다.

표절 대필이 종속가치·식민사관 존속의 뿌리

그가 원전을 보는 힘은 서자 출신의 신분 한계에도 걸려 있다. 보는 힘으로 신분 차별을 넘어서고 인간의 본성에 들어가야 했기 때문이다. 서울대 규장각에서 1977년부터 5년간 한문 원전 해제 작업을 했던 경험이 이를 가속화했다. "당시 교수들이 써놓은 해제가 일제 때 사전류를 베낀 것 투성이였다."

전체 틀이 중요했던 학계의 풍조에서 표절은 절대가치에 빠지게 만들고 편견을 키웠다. 학계의 부패는 더 나쁜 대필로 이어졌다. 박사논문이나 저술, 자서전을 대필하는 것이 식민사관의 뿌리를 키워온 온상이었다. "관료들의 부정과 아부보다 표절, 대필이 더 나쁘다." 이유는 간단하다. 고위 관료들이 출세를 위해 남의 글을 베끼고 학위논문을 대필하는 행태가 학문의 종속성을 넘어 시대 가치관의 종속성을 키워온 독버섯이라 봤다.

정신적 부패가 상속되는 구조, 영속화를 위해 파벌과 권력화의 질곡을 벗어나지 못하는 태생적 한계, 그 내면에 식민사관의 배양처가 있다. 그는 이를 정면으로 돌파했다. 50여 권의 역사책 저술과 강의 강연 등이 무기였다. 《한국사 이야기》(전 22권)《인물로 읽는 한국사》(전 10권)《이이화의 역사풍속기행》《이이화의 못 다한 한국사 이야기》 등은 합리적 균형에 접근하려는 노작이다.

22권의 대장정은 2001년부터 2004년까지 집필했다. 책은 초고속으로 5,000년의 우리 역사를 관통한다. 객관화를 위해 얼마나 자신의 생각을 줄였을까? 마지막 22권에서 흔히 저자가 쓰는 '후기'조차 없다. 비판이 날이 섰을 때는 차갑다. 백성의 역사의식에 한결 다가간다. 사대사관과 식민사관의 묵은 찌꺼기를 씻어내려는 사관(史觀)이 날카롭다.

2005년 장지연 파동도 그의 저서가 발단이었다. 그간 선구적인 애국계몽운동가와 언론인으로 추앙의 대상이었던 위암 장지연은 일제 치하에서 발표했던 '시일야방성대곡' 100돌을 맞아 2005년 11월 독립기념관 기념비 건립까지 결정된 상태였다. 그 이전 그는 장지연이 〈매일신보〉 등에 친일논설을 썼던 사실을 밝혀내 저서에 기록했었다. 이것은 불씨였다. 신문사 주필이면서 일왕을 위한 축시를 쓰고 천장절에 신문을 휴간했다는 사실도 추가됐다.

그해 3월 논쟁은 언론을 달궜다. 국가보훈처와 위암장지연기념사업회가 곤혹스런 처지에 빠졌다. "한일합방 이후 변절돼 가는 위암의 모습에서 민족사의 비극을 본다. 역사 바로 잡기 차원에서 재조명해야 한다." 그만큼 친일 논쟁에서 그의 등장은 필연이다. 그렇지만 그의 사관은 명확하다. "역사에 절대가치는 없다. 역사는 상대적으로 나쁜 점을 볼 뿐이다."

미래는 현재의 소외 극복해야 열린다

그는 국가보안법 폐지에 서명했다. 친일행각에서 파괴력을 보여온 탓인지 '빨갱이' '좌파'라는 공격이 닥쳤다. '왜 반대했나'라는 질문에 "국가보안법은 인권유린법이라서 그랬다."는 답이 돌아왔다. '그것이 북한을 옹호하는 결과를 낳지 않았나'라는 질의에서 응답은 "북한에 그에 상응되는 법이 있다고 하더라도 우리 법부터 먼저 바꾸는 것이 옳다."로 간다. 친일행위 규명도 원리는 같다. "복수하자는 것이 아니라 규명하자는 것이다." 반성이 없으면 균형감을 찾기가 어렵다는 원리가 가동됐다.

그에게 '묵은 찌꺼기'와 '미래' 어느 것이 더 소중하냐고 물었다. 그는 '미래'라는 화두에 낙점을 뒀다. 묵은 이념을 합리화하고 과대긍정에 빠져서는 미래가 없다는 점이 출발점이다. 미래는 현재의 소외를 극복해야 열린다. 동학농민혁명 연구에 몰입했던 이유도 여기에 있다.

독학으로 일궈낸 사관은 어떤가. "민족의 힘이 돼 왔던 민중의 움직임과 그들의 항거를 좀 더 정당한 기준에서 정리 발굴하는 작업이 뒤따라야 한다." 역사를 민족·민중·생활사 등의 3각으로 조망한다. 서로 별개가 아니라 상호보완적이다. 패쇄적인 민족주의 사관이 서구 제국주의 온상이었던 점, 인도주의적 관점을 중시하기에 민중사관이 필요하고, 역사의 흐름을 이해하고 어우러져 가는 데 상대를 이해하기 위해 생활사가 필수적이다.

그는 최근 '된장 이야기'를 책으로 썼다. 《이이화 역사 할아버지가 들려주는 발효 이야기》에서 된장·간장·청국장·젓갈·식초 등의 전통 발효 음식의 제조법을 알기 쉽게 썼다. 패스트푸드에 파묻혀 가는 어린 세대에게 할머니와 어머니의 과거·현재를 심는 작업이다. '왜'라는 물음에 '어린이가 미래'라는 응수다.

주역의 대가인 부친 밑에서 한학 훈육으로 다져진 그가 생활문화로 깊숙이 들어가는 이유를 물었다. "지난날의 문화전통을 모두 계승해야 민족문화를 꽃피운다고 생각하는 고루한 관념도 버려야 한다.

묵은 것과 새 것, 고루한 것과 진취적인 것, 계승과 재창조를 가를 줄 아는 사관의 형성이 시급하다.”

그는 소설가 박완서 씨에게 한문을 가르쳤다. 규장각 시절부터 한문 원전 가르치기는 일상이었다. 1982년부터 거처였던 구리시의 ‘아치울 서당’에 《통감》, 《동사강목》, 《삼정책》 등 역사 사료 원전을 가르쳤다. 강독과 더불어 경기도 일원의 실학파 유적을 답사했다. 이어 동학농민전쟁이나 삼남농민봉기 등지로 답사 범위를 넓혀갔다. 1998년 아치울에 한문을 배우러 오던 박완서 작가가 아예 이주해 왔다. 이후 이곳은 ‘문화마을’이라는 지칭이 붙었다. 자연 전통의 ‘두레 공동체’가 살아났다. 동네 주민들이 ‘아치울친목회’를 만들고 박완서 선생과 그가 공동회장이 됐다. 그리고 동네주민들과 아차산 일대의 고구려 유적을 찾아다녔다.

그는 1985년부터 50여 회 진행된 ‘한길역사기행’의 단골강사였다. 기행은 봉건시대나 식민지시대 민중 저항의 유적지가 중심이었다. 평민으로 의병장이 많이 나온 영덕과 영해 일원의 신돌석과 호남의 들판, 영남의 산악지대, 여기에 지리산 일원을 빼놓을 수 없다. ‘지리산의 정신사와 저항사’ 강의가 무궁무진한 만큼 인기였다. “지리산 절은 보존된 것이 거의 없다. 저항세력이 절을 거점으로 삼았기에 관군이나 일본군이 절을 불질렀다. 연곡사는 일만 나면 불속 연기로 사라졌다. 승려들도 저항세력에 끼어들거나 협조했기에 핍박을 받아야 했다.”

그는 불교정화운동이 한창이던 1960년대 초반 대전 심광사에 살았다. 모자라던 비구측 스님들을 양산하던 시기라서 신입스님들에게 '의식화 교육'을 했다. 친일 불교의 실상과 한문 강독이 주였지만, 정치·경제와 사회 실상에 대해서도 그에게 들으려는 스님이 많았다. 공감대는 역시 '소외'였고 역사 비판의 힘이 여기에 가동됐다.

소외된 피압박 민족과 민중의 역사를 압축적으로 보는 방식이 내용 전달에 유용성을 키웠다. 그가 유불선을 관통하는 사상적 기반을 구축한 계기도 이뤄냈다. 원효의 화쟁사상의 위대함도 재발견했다. 상대를 이해하고 화합·통합이 중시되면서 한국 역사에서 불교의 공헌을 다시 보게 됐다. 그래서 더욱 화려한 현대판 금(金)불사와 대형 사찰건축에 부정적이다.

한국사 전 시대에 역사인물 260여 명을 선별 분석했다. 그중 종교인은 24명이다. "그 삶과 사상은 고통 받는 민족과 민중 속에서, 순수하게 자기네가 믿는 종교에 빠지지 않고 무언가 새로운 진리를 추구하기 위해 불꽃같은 삶을 살았다."

'끊임없는 정진으로 불교의 진리를 터득하고, 무애행으로 수행의 근간을 삼아 영원한 사상의 근간 화쟁 사상을 써낸' 원효 스님, 그를 저서 《진리는 다르지 않다》에서 "스승의 가르침보다 스스로 책을 읽고 사유하며 정진했다."라고 평가하며 자신의 이상으로 그렸다.

그렇기에 역사 인식은 훨씬 개방적이다. "고조된 남북 갈등도 민주주의 확대가 해소 방법이다. 우리 시대 변화는 단계적으로 나아지고 있다.” 독립적 역사학자의 재미있는 역사교육에서 불간법재(不慳法財) 즉, 타인에게 가르침을 주고 나누는 데 인색하지 않으면 생산력이 더 커짐을 본다.

이이화

2001년 15회 단재상(학술 부문)과 2006년 임창순 학술상을 수상한 재야사학자다. 고구려역사문화보전회 이사장, 서원대 석좌교수, 역사문제연구소장, 동학농민혁명기념재단 이사장을 거쳐 경술국치 100주년 한일공동행동위원회 상임대표를 맡았다.
《한국사 이야기》(22권), 《만화한국사》(10권), 《허균의 생각》, 《한국의 파벌》, 《역사풍속기행》, 《녹두장군 전봉준》 등 50여 권을 쓰면서 고난의 민족사, 백성들의 자취가 찾은 생활사, 압제에 눌렸던 민중사 복원에 앞서왔다.

인지력이 퍼즐처럼 총력전 펼친
유물 앞에 서라

폐사지에 서보자. 당신의 상상력이 가동되기 시작한다. 불교유적지를 찾아보자. 당신의 내재된 지혜가 그 깊이를 단박에 드러낸다. 경주에서 로마까지, 실크로드의 족적에는 불교미술이 있다. 불화와 벽화, 불탑의 구조에 박힌 인간의 지혜를 되찾기 위해 답사는 필수다. 실크로드의 중앙아시아 권역은 물론이고, 반대쪽 뉴욕과 한국 그리고 도쿄의 박물관까지 발품이 동원된다. 원광대 고고미술사학과 김정희 교수(53)의 실크로드 답사팀 20명의 전문가들은 이번엔 대승과 소승의 극적 대비를 보여주는 오아시스로(路) 정중앙을 선택했다.

7월 10일부터 9일간 오아시스로의 북부와 남부 루트를 동시에 타

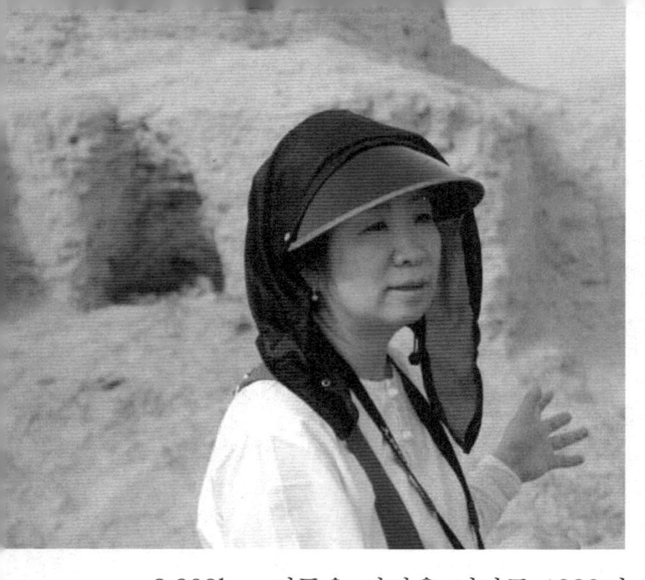

기 위해 타클라마칸 사막을 관통했다. 이미 여러 차례 답사와 국제학술회의로 현장을 두들겨 온 돈황의 막고굴은 빠졌지만, 신강성 타림 분지에서 버스와 일부 구간 기차로 2,300km 이동은 사막을 넘나든 1900년 전 불교 전승 기억을 빠르게 되살렸다. 역시 환경은 문화를 만들었고 불교 확산의 매개체였다. 불교 전승의 역순 추적은 매개의 연결고리 찾기였다.

불화 연구만 31년째… 시각의 경전으로
종교적 환희심과 신비감에 함께 동행할 연구인력 양성에 주력

"남로가 북로보다 1세기 가량 빨랐다. 이곳 호탄(于闐) 누란(樓蘭)을 중심으로 반야경, 화엄경 등 대승불교와 밀교가 2세기에 성행했다. 앞서 기차로 거쳐 온 북로의 투루판(高昌)에서 쿠차(龜玆)로는 아함경이나 율전을 전승한 소승불교가 성행했다."

국립고궁박물관의 윤여창 씨 견해에 답사단장 김 교수가 "남로에 기원전 1세기 승려가 캐슈미르로부터 호탄에 와서 불교 홍화(弘化) 기록"을 첨가한다. 자동차 새 길이 2007년 뚫린 덕에 그나마 자동차로 하루를 꼬박 걸려 북에서 남으로 관통한 타클라마칸 사막은 '한번 들어가면 나올 수 없는' 위용 그대로, 이를 오간 전법승과 구법승의 족적을 남겨 놨다.

불교 국가 호탄 왕국의 남로가 유적이 소진되는 반면, 북로에서는 석굴이 진가를 보여준다. 북로의 쿠차, 천불동 석굴과 쿰투라 석굴은 같은 지역이지만 차이가 현격하다. 서역의 강렬한 채색과 하이라이트 기법(윤곽선에 강한 색채 부각)이 뚜렷하게 나타나는 천불동 키질 석굴, 동남쪽의 쿰투라 석굴에서는 강렬함은 줄어들고 윤곽선은 점차 가늘어져 선묘 위주로 넘어가 그라데이션(바람질) 기법이 보인다.

3세기경부터 석굴을 파기 시작해 8세기 '일시적 부흥'을 주도한 쿠차에는 초기 서역승의 족적이 화려했다. 후한 말 두드러졌던 서역승의 중국 유입은 쿠차의 사막 지형에서 생성된 석굴이 대승불교의 면모를 보여준다. 한때 1만 명이 넘는 스님들의 거주지 키질 석굴의 벽화와 승방(선방) 운용이 뚜렷한 쿰투라 석굴에서 대승의 깊숙한 가치가 관통된다. 마치 한국형 '토굴'의 전승과정이다.

"키질 석굴 중 벽화가 많이 남은 중심주굴과 대상굴의 터널형 천정에 모사된 본생도는 능형구도이다."라는 강인선 연구원(국립전주박물관)의 설명에 원광대 건축학과 윤기병 교수는 "볼트형 천장구조는 그리스 건축에서 쓰였다."고 부연하고, 수학과 조봉식 교수는 '금강비율의 의미'를 석굴에서 재해석한다.

북로의 키질 석굴 벽화는 동쪽으로 투루판의 베제클릭 천불동과 돈황 석굴로 이어진다. 수많은 경전과 고문서의 발굴처였던 돈황과의 차이점은 키질에 그려진 '사신사호 본생도'가 석가모니 부처님의 전생에 행한 선행을 극적으로 묘사한 점이다. 김 단장은 벽화에 주로 쓰여진 청색 안료가 아프가니스탄의 라피스 라즐리(청금석)에서 추출된 석채라며 템페라 기법의 실마리를 풀어준다.

어려운 불교 누구나 쉽게 이해하고 성스러운 불교미술세계 즐길 수 있어…

소승에서 대승으로, 다시 소승의 유행으로 넘어가는 과정의 중심에 선 키질 석굴에는 역경승의 상징인 구마라집 동상이 서 있다. 일찍이 소승불교시대부터 석굴이 조성된 쿠차에서는 구마라집 시대에 이르러 대승불교의 성행과 함께 다양한 불교벽화가 조성됐다. 흙벽의 석굴 벽화는 고운 흙에 석회를 넣어 굳힌 스투코의 확산과 함께 서쪽 간다라에서 아프가니스탄 핫다 지역을 거쳐 이곳 키질 석굴에 큰 둥지를 틀고 다시 동진하는 간다라 미술의 경로를 입증하고 있다.

남로는 달랐다. 호탄 시에서 타클라마칸 사막 내부로 50km 들어간 라왁 사원지는 다불(多佛)의 산실이다. 반야사상과 화엄사상이 불상과 불탑에 담겨 있다.

"반야의 인연론이 화엄 연기론의 기초가 되고 반야의 공관(空觀) 사상이 호탄에서 번성한 역경 사업으로 화엄계 불상을 조성하고 있다. 복발탑의 벽 두께 90cm 주변에 회랑을 두룬 양식은 서인도 불교 사원이 기원이다."

남로의 최대 불탑 앞에 서자 최초 탐험가 오렐 스타인이 추정한 '내외벽 전체 1,000여 불상'의 구도를 재차 떠올린다. 이곳 호탄이 초기 소승 주도에서 대승으로 넘어가는 단계를 라왁 사원지 소(塑)불상의 제작기법이 반증하고 있다. 점토와 소토, 석고로 최종 마무리를 하는 기법, 대불과 다불의 전형은 대승화엄불교의 본고장을 재현한다. 간다라 미술 양식의 기본구조에서 다시금 우리의 석굴암도 연결시켜 본다. 그만큼 폐사지는 초기불교미술 연구의 유용성을 키워준 그는 "오아시스로는 느리지만 정확한 족적을 남겼다."고 평가한다.

다시 폐사지의 상상력을 가동해 보자. 내외벽 안팎으로 늘어세운 거대한 불상들, 대체 어떤 기법으로 벽체와 결합시켰을까. 오직 부분적으로 남아 있는 벽체 일부로 추정해야 한다. 현지에서 본 지형적 특성과 눈에 익은 주재료에 대한 인식이 더 중시된다. 북로의 쿰트라와 동쪽 돈황 간의 주재료 차이가 몰입의 동기를 준다. 심으로 돌을 사용한 쿰투라와, 원목과 짚을 쓴 돈황 석굴 모두 외형상으론 동일한 스투코 소조상이다.

라왁 사원에서는 돌과 목재가 귀한 탓에 심에서도 반죽 흙을 굳혀 사용한 흔적을 통해 시뮬레이션에 들어간다. 하나의 변수는 불상 두부(頭部)에서 나온 목재 흔적과 뒷면에 방형(方形)의 구멍이다.

통상 불상은 머리가 무겁고 정교함을 요구하나, 가장 먼저 훼손돼 추정의 최우선에 선다. 불교미술사 인지력이 퍼즐 게임처럼 총력전을 펼친다. 일단 불신의 형상에서 얼굴의 기본구조를 파악할 수 있다.

"라왁의 1군 불입상은 계란형에 굴곡이 심한 파상발 머리카락, 눈썹은 얇은 음각선이고, 큰 눈 아래 위에 하얀 스투코가 붙었고 뺨에 살집이 있다."

그는 불화 연구 31년째를 통해 "시각의 경전으로 종교적 환희심과 신비감"에 동행할 연구인력 양성에 주력한다. "누구나 어려운 불교를 쉽게 이해하고 성스러운 종교의 세계를 즐길 수 있다."는 점으로 흡입한다. 그래서 다양한 불교 설화를 그림으로, 탑으로, 불상으로 압축한 현장에 자신이 먼저 선다. 불교미술의 세계는 현지답사와 조사연구의 병행이라고 봐온 접근법의 소산이다.

2001년 돈황 국제학술회의는 중앙아시아 실크로드를 퍼즐의 중심역으로 당겨줬다. 험로의 현지답사는 이번이 5번째다. 한 번에 수천 km를 달리며 작은 현장의 족적을 보고 다시 본다. 회차를 거듭할수록 인접 학문과 전공을 넓혀 간다.

"폐사지에 서면 즐겁다. 불교미술의 연구는 상상과 현실의 접합이다." 다양한 재료와 용도, 주제가 전혀 다른 그림에서 줄기를 찾고 관련성을 확인하며 영역을 넓혀간다. 자신도 작품 감상의 농도가 높아지기에 늘 앞선다. 그렇게 뚫어지도록 왜소하게 남겨진 잔흔을 살피면서 관찰의 가치에 몰입했다.

"박물관이 문을 열기 전부터 계단 앞에 줄을 선다. 즐거운 모습으로 입장해선, 제목과 작가, 규격 이외엔 정보가 적혀 있지 않은 작품 앞에 서서 한참 집중해 본다. 때론 작품 앞에 쪼그리고 앉아 몇 시간이고 스케치를 한다."

그가 1년간 선임연구원으로 있었던 뉴욕 메트로폴리탄 박물관에서 매일 봐온 관객들의 하루 전경이다. 다시 독자적으로 운용하는 도시와 주(州) 박물관 수십 곳을 현지 조사하고, 인근 캐나다에서도 박물관에 집중해 봤다. 행사로 사람을 끌어들여 '살아 있는 박물관'으로 만드는 걸 봤다.

오랜 역사를 간직한 뉴욕 남부 브루클린 박물관의 'Target First Saturdays'는 매달 첫 주 토요일 오후 5시부터 11시까지 누구나 박물관에서 무료로 여러 프로그램을 즐길 수 있게 '완전 개방과 창조'의 가치실현이다. 아이들은 큐레이터와 함께 작품을 만들면서 다양한 공연을 즐기고, 공연수준도 상당하다. 인상파 화가의 그림이 가득한 전시실 중앙 홀에선 댄스파티도 열린다.

"수천 명이 박물관을 가득 메우고, 수백 명이 강사 지도로 춤을 배우며 맥주까지 마시는 댄스파티에서 박물관에 대한 선입견을 완전히 부숴 버렸다." 브루클린 박물관은 고대 이집트 미술과 아메리카 원주민 미술 컬렉션으로 세계적 권위를 누리지만, "아이들이 뭐든 직접 경험을 통해 배우기 때문에 자유로운 활동이 가능하도록 환경이 제공돼야 한다."는 몬테소리의 교육이론을 적용시켜 1899년 이미 어린이 박물관을 시작했다.

체험과 참여 중시라는 입장에서 그에겐 폐사지도 사찰도 모두 박물관이다. "누구나 박물관에 가고 누구든지 즐길 수 있는 프로그램이

있다면 대중의 예술적 안목이 높아지고 대중문화를 한 단계 끌어올
릴 수 있다. 대중과 직접 교호하고 움직이는 박물관에서 불교미술의
가치도 높아진다." 박물관의 진화와 고미술의 회간(回看)은 그렇게 맞
물려 간다.

김정희

원광대 고고미술사학과 교수로 2001년 돈황 국제학술회의에 참석을 전후로
실크로드 현지답사를 지속하고 있다. 2008년에는 미국 뉴욕 메트로폴리탄
박물관 선임연구원으로 1년간 박물관을 집중 연구했다. 이화여대 사학과
졸업 후 한국정신문화연구원 한국학대학원에서 불교회화사로 박사학위를
취득했다. 한국미술사연구소 부소장, 문화재청 문화재전문위원, 전라북도
문화재위원, 대전광역시 문화재위원, 조계종 성보문화재위원 등으로 재임
중이며, 저서로 《신장상》, 《조선조 불화의 연구》(공저), 《한국회화사
용어집》(공저), 《극락을 꿈꾸다》, 《불화, 찬란한 불교미술의 세계》 등이
있다.

화해의 지연은 정의에 대한 부정과 같다

과거사와 진실 규명, 민간인 학살과 국가 책임, 가해자와 피해자의 화해. 평행선으로만 달리던 우리 현대사의 질곡 구조를 공식기구로 끌어들인 '진실·화해를 위한 과거사정리위원회(진화위)'가 하필 한국전쟁 발발 60주년을 맞은 2010년 6월말로 일단락된다. 현대사 전공 사학자로서 '제주4·3과거사위' 위원으로 최일선에 섰던 서중석(64) 성균관대 교수를 만났다. 그는 일제강제동원위원회 등에서도 위원으로 활동하며 현대사의 아픈 상처 치유에 누구보다 앞장서 왔다.

"진화위에서 진실규명으로 결정한 사건이 법원에서 재심을 거쳐 무죄로 다수 판결이 나왔다. 9명이 사형이 집행된 인혁당 사건에 대해 정부 보상이 결정됐다. 실정법을 초월해 인권이 유린되고 집단동원 후 판결 없이 집단 처형되는 현대사의 비극이 위원회에서 국가 책임을 결정했고 이를 법원이 1심 재판에서 무죄를 판결한 것을 2심에서 '시효소멸'을 이유로 국가배상책임에 대해 면죄부를 주는 사건이 일부 생겨나서 안타깝다."

소통과 대화 없는 일방 추진은 '몰상식'

민족일보 조용수 사건은 재심도 무죄 판결이 났지만, 조봉암 사건과 이수근 사건(이중간첩)은 1심의 무죄판결 이후 2심이 '시효 소멸'로 배상 책임을 뒤집었다. 불법적인 민간인 집단학살의 대표적 사례인 보도연맹 사건은 피해규모도 크고 발생지역도 전국 규모였다. 대전 대덕이 1,000여 명 이상이고 500에서 1,000명 규모가 10여 곳, 100여 명 선은 상당수이다. 이런 진화위의 조사결과는 이제 정부 보상과 위령사업 백서 발간 등의 후속 사업을 남겨두고 있다. 아직 유골 발굴이 완료되지 않은 곳도 있고 진실과 화해라는 당초 명분에 미진한 상태에서 관련법(진실·화해를 위한 과거사정리기본법)은 6월 말로 종료된다.

"시간이 많이 흘렀다는 이유만으로 배상책임을 인정하지 않는다면, 오랜 기간 피해 회복을 위해 국가가 아무 것도 하지 않은 무책임을 법으로 보호하는 격이다. 민간인 학살사건에 대해 심급마다 시효가 다르고 배상금액이 달라지고, 그렇게 사법부에 개별 구제방식으로 흘러가면 진실규명보다는 배상에 치중되는 부작용도 있다.”

진실규명은 진화위가 결정하는 국가의 공식사과, 위령사업의 지원, 군인과 경찰 등 가해자의 평화인권교육 실시 등이 우선이다. 이런 진실규명이 그나마 궤도에 오른 곳은 제주4·3위원회이다. 4·3평화공원이 조성되고 재단이 만들어져, 기념관에서 4·3사건이 ‘한눈에 볼 수 있는 기념시설’이 완성됐다. 유품과 유물이 기념관에 보관되고 자료가 전시되며 심사위원들이 선정한 전문화가의 그림과 소설가의 작품, 사진에다 최신기법의 영상처리 등이 잘 짜여졌다. 이제는 제주를 찾는 사람 누구나 박물관 수준의 기념관에서 4·3사건의 전모를 살펴볼 수 있다.

기념관 사업은 교육 사업이라서 ‘찾아오게 만들어야’ 하고 이를 위해 기념 활동과 홍보, 평화 교육 등의 병행이 중요하다. 특히 유족회 활동이 지속적으로 지원됨으로써 ‘움직이는 박물관’의 기능을 보완하고 있다. 이는 당초 집단 학살에 대해 ‘노무현 대통령의 사죄’라는 분수령을 넘겨 순조롭게 진행됐다. 이어 기념관은 운영비로 연간 20억 원이 지원돼 기본

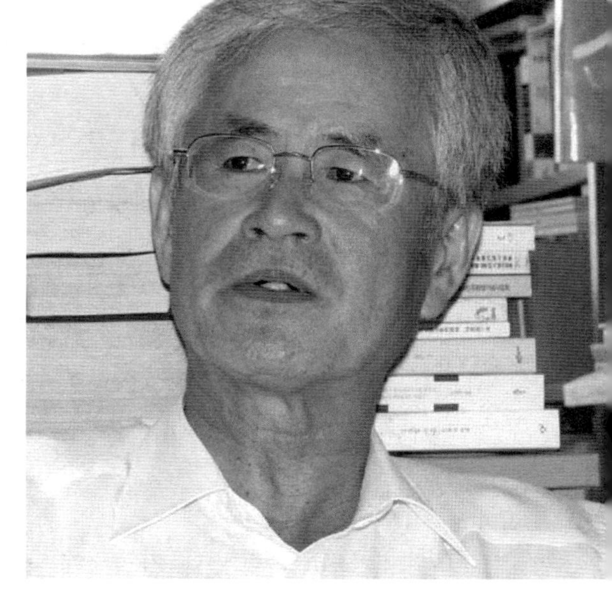

조건이 갖춰졌다. 서 교수는 4·3위원회 위원도 맡았다. 역시 그가 위원이었던 일제강제동원위원회는 기념관을 서대문에 건립키로 했다가 성사되지 못했다.

그는 불교계의 10·27 법난 기념관도 '내용'이 차지하는 비중이 높다고 조언한다. 신군부가 정권 장악을 위해 자행한 사건이라서 관련 사진이나 자료 수집이 너무 한정적이라 더욱 그렇다. 이 법난을 형상화하기 위한 최신 자료 전시에서 불교가 민주화 운동의 성지라는 사실이 부각될 필요가 있다는 것이다. 군사정권의 탄압과 민중과 사회를 위해 일해 온 불교의 밝은 모습을 담아내서 "불자 개개인의 마음이 살아나는 곳"이 만들어지면, 일반인들도 누구나 가보고 싶은 '찾아오는 법난 기념관'으로 활력을 갖춰 운영 조건이 안정화 된다.

평화 갈구하는 젊은 세대 이해하고 양보의 폭 넓혀야

특히 과거사 위원회에서 못 다한 위령사업을 법난 기념관에서 부대사업으로 이어주는 방법도 있다. 이는 민주사회를 위해 일하는 불교로서 법난에 대한 국민의 공감을 확대하기에 적합하다. 왜 신군부가 불교계를 유린의 대상으로 삼았는지, 그 유린의 배경과 진행 과정이 기념관에서 한 눈에 들어 올 수 있어야 운영이 순조롭게 이뤄진다. 이를 위해서라도 과거사의 미진한 위령사업을 불교계가 이끌어가는 방식도 하나의 대안이다.

"사실 1950, 60년대 가톨릭에 대한 인식이 나빴지만 70년대 민주화운동에 기여하면서 점차 이미지가 개선됐다. 사회를 위해 일한다는 인식이 종교의 위상을 높여주는 것이 현실이다. 불교계는 일제 강제 징용과 민간인 피해 등에서 위령 사업을 전개한 경험도 있어 유용성이 클 것 같다."

법난이 온 국민의 공분을 불러일으키는 공감대는 무엇인가?

"법난이 군사독재 수단이었다는 점에 국민이 공감하는 것은 불교가 민주화 운동에 참여해 왔고 이 사회를 위해 일해 왔음을 반증하고 있다."

그는 유신정권 초기 대표적 공안 사건인 '민청학련'으로 무기징역을 선고받고 복역했다. 구금에서 풀려났을 때 같이 수감됐던 목우 스님과 1970년대에 〈실천불교〉 무크지를 만들었다. 목우 스님은 민청학련 사건으로 구속됐다 출옥 후 곧바로 출가했고, 실천불교와 민중불교운동을 하다 미국으로 건너가 대중 법당을 통해 수행하다 입적했다.

'실천불교운동'은 1980년대 민중불교운동 이전, 원효 스님의 정토 사상을 우리 불교의 지향점으로 삼고 있었다. 그는 목우 스님과 함께 그 이론의 기초를 닦았다.

"평화를 갈구하는 젊은 세대를 이해하는 것, 긴장 고조와 대립 갈등에서 벗어나 양보와 이해의 폭을 넓히는 것, 불교가 사회에 좋은 역할을 하는 것, 평화 정착을 위해 노력하는 것, 대중 인식을 포용하는 것이 원효의 화쟁사상이다."

1975년 무기징역에서 20년형으로 감형됐다가 출옥된 후, 동아일보 기자를 거쳐 원래 전공인 현대사 박사학위를 하고 성균관대 사학과 교수로 부임했다. 대학에서 젊은 세대와의 소통에 중요성을 더 실감했다. 그는 상식과 몰상식에 민감해진 신세대를 더 이해해야 한다고 말한다.

국민 상처 치유·보상은 민주주의 국가의 의무

"젊은 세대는 정의와 인권 민주주의에 대해 민감하다. 거짓되고 과장된 수구냉전에 강한 반발을 보이고 있다. 소통과 대화 없이 무리하게 일방적으로 추진하는 방식에 부정적이다. 이번 선거에 대해 대학가에서 평가는 젊은 세대가 남북간 긴장 고조를 원하지 않는다는 점에 동의하고 있다. 전쟁 불사론에 대해 강하게 반발한다. 그만큼 과거로 돌아갈 수 없다. 이제 나이 먹은 반공세대가 마음을 열어야 한다."

공권력이 개입된 인권유린과 민간인 학살에 대한 진실규명은 피해 회복에서 난항을 겪는 경우가 흔하다. 국가책임에 대해 가해자인 국가기관이 주도권을 쥐고 있어 그렇다. 그런 만큼 위령사업의 지속은 피해 회복을 위한 적절한 조치와 연결된다.

그는 과거사의 화해에서 '배상 책임'의 중요성에 사회적 공감이 필요하다고 강조한다. 여기에는 문경 학살 사건 피해자들의 헌법소원 사건(2003년 3월 15일 선고, 2000헌마 192,508사건, 국가의 입법부작위 위헌 확인 요청)의 헌법재판소 소수 의견이 중시된다. "(전략) 불운을 겪은 일부 국민의 상처를 치료하고 보상하여 주는 것은 민주주의를 추구하는 문명국가의 마땅한 의무이고 이러한 의무는 의회와 정부의 책임으로 귀속된다. 처참한 불운과 불행을 겪은 국민들을 구제하는 입법을 하는 것은 국민들을 다시 통합하고 국가를 전진시키기 위해 의회가 반드시 하지 않으면 안 되는 기본적인 의무라고 할 것이다. 사건발생 후 50여 년이 경과한 시점에서조차 계속 입법을 지연하여 우리 국민의 일부인 이들 피해자와 그 유족들의 고통과 좌절을 방치한다면 이는 정의를 부정하는 것과 동일한 정의의 지연으로 평가될 것이다.”

그는 이를 이렇게 평가한다.

“화해와 화쟁은 ‘정의의 지연’이 곧 ‘정의 부정’과 같다는 뜻이 담겨 있다. 소통과 대화 없는 일방적 추진이 몰상식이라는 것도 화쟁 사상에서 정의의 지연이 부정의라는 점을 일깨워 준다.”

정토와 화쟁 사상을 알게 될수록 ‘정의의 지연’에 점점 동의하기 어려워지고 있다.

서중석

성균관대 사학과 교수로 현대사 전공이며, 제주4·3위원회, 일제강제동원위원회 위원을 맡았다. 서울대 문리대 재학 중 민청학련 사건으로 무기징역을 선고받았고 출옥 후 동아일보 기자를 거쳐 학자의 길을 걸었다. 출옥 당시 목우 스님 등과 무크지 〈실천불교〉를 펴내며 실천불교운동을 시도했고, 이는 차후 민중불교운동의 발아체가 된다. 저서로 《한국현대 민족운동연구》(Ⅰ, Ⅱ), 《조봉암과 1950년대》(상·하) 《이승만의 이데올로기》, 《배반당한 한국민족주의》 등 다수가 있다.

두려움 없이 읽어야
지혜와 영어도 절로 터득

7080세대 대학 시절 취업 필수품으로 들고 다닌 《vocabulary 22000》의 저자가 불서 번역자로 돌아왔다. 영한대역 《행복수업》과 《한영 보현행자의 서원》 등 잇따른 대역·번역작을 내놓은 김영로 씨는 다시 책을 쓰는 이유를 "낙망하는 사람이 너무 많아서"라고 말한다. 그래서 그의 책엔 '희망과 용기, 행복'이 필수품이다.

그의 불교는 영어로 시작돼 영어로 이어진다. 영어로 된 불교관련서 수백 권을 읽고 불자의 길을 찾게 된 것에서 영어 불서를 번역하고 한글본의 영역을 하면서 불교의 지혜를 파고든다. 이제 관심은 '불교와 영어를 동시에 배우는' 장르를 개척하는 것이다. 영어와 불교가 불가분이 된 이유는 간단했다. 영어본에 불교에 대한 정보가 더 많아 이를 소개하고 싶다는 욕구가 출발점이다. 여기에 기존 번역본을 훑어보니 오류가 너무 많이 나온 점도 계기가 됐다.

영어본 엄격함을 논리력으로 뚫어야

"영어본에는 용어의 엄격함이 있다. 지혜와 깨달음의 불교에는 논리의 치밀성이 있다. 이들 간의 결합은 논리력에 달려 있다. 유명 출판사의 베스트셀러로 10만부 이상 팔린 번역서에도 오류가 많다. 부분 오류는 논리적 오류로 이어진다. 영어 실력 부족이 원인이라기보다는 치밀한 사고력이 부족해서 문제가 생긴 것 같다."

그는 불교의 치밀한 논리가 정확성과 연결돼야 한다는 믿음이 강하다. 번역본의 오류는 '번역의 재번역'이라는 두 단계 번역 과정에서 비롯된다고 보고 있다. 그래서 그는 티베트 불교의 영어본에 집중하고 있다.

"티베트는 불교의 원래 모습을 가장 잘 보존한 곳이다. 스님들이 영어권에 들어가 영어경전을 많이 양산했다. 티베트어 경전이 아닌 경우 영어불서를 많이 읽지 않으면 상징적 언어들에 대한 이해가 어려운 부분이 많다. 책을 많이 읽지 않으면 비밀스런 언어를 알 수가 없고, 불교가 전하는 성역에 들어갈 수 없다."

그는 용어와 읽기의 중요성에 늘 초점을 맞춘다. 번역 작업도 그래서 수행의 연장이다. 정확히 번역하려면 더 많이 봐야 하는 경험

때문이다. 본 만큼 정확하게 번역된다
는 신념은 직업관이 됐다.

인기 소설에도 오역이 있는 세태에
서 불서의 번역·영역은 노년의 새 화
두가 됐다. 더구나 젊은이들이 영어로
불경을 볼 세대가 됐고, 영어가 논리
성과 구조에서 이해의 폭을 넓힐 수
있다. 어차피 서양적 논리로 교육받은
젊은 세대에게 익숙한 언어감각을 맞
춰줄 필요도 있어 영역 작업도 필요했
다. 이제는 영어로 옷만 입힌 '영역본
한국 불교책'이나 '일어판의 재번역
한글본 불교책'으로 신세대의 언어 감
각을 충족시킬 수 없다는 것이다.

그는 영어를 군복무 중에 마스터했
다. 서울대 영문과 1학년 재학 중 군
입대해 3년간 독학으로 영문독해와
영작문을 완성한 것이다. 독학은 훈련
도중 10분 휴식시간 품속에서 책을
꺼내 외우는 방식이다. 영문과 졸업
후 영어 실력은 영국 브리태니커 한국

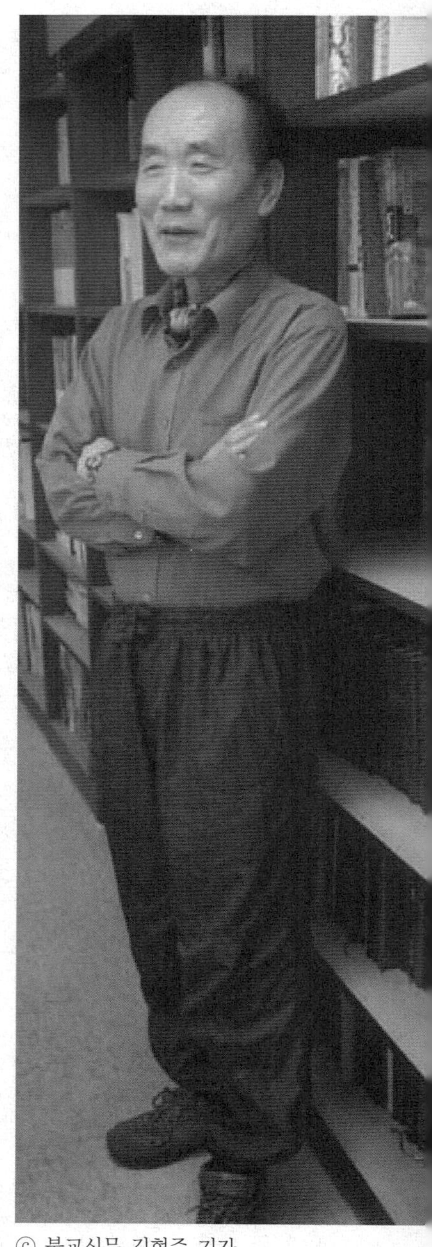

ⓒ 불교신문 김형주 기자

지부 문화부장으로 국제무대에서 공인됐다. 당시 영문 백과사전의 한국 항목 영역은 모두 그의 손을 거쳤다.

두려움 극복이 영어 습득의 왕도

영어 습득의 왕도를 그는 '두려움의 극복'이라 압축한다. "보면 못 알아듣고, 안 보면 알아듣는 것이 언어이다. 글의 순서대로 이해하는 것이 핵심이다. 읽어가면서 이해되도록 반복 연습하면 된다. 눈으로 먼저 보게 되면 감각이 걸어 잠기고 닫혀버린다."

이것이 '문맥 순해'로 풀어졌다. 어떻게 하면 '공포'를 극복할 수 있나? 여기에 초점을 맞추면 영어경전 읽기에 쉽게 다가갈 수 있다. "표현을 외우고 문장을 외우고, 글 쓴 사람의 입장에 서서 글을 내려다보면 두려움이 없어진다." '내용을 논리로 내려다보자', 이것이 '영어 순해'의 첩경이다. 문장을 두려움을 갖고 쳐다보지 말고 알고 있는 내용처럼 내려다보는 자세가 영어를 쉽게 풀이하는 기본 방식이라는 설명이다.

어렵다는 불교에서 이것이 더 가능한 이유를 그는 불교 그 자체에서 찾았다. 그의 경험으로는 이런 글 읽기 방법에서 영어와 불교가 공감대가 컸다. 그가 불교 공부에 빠른 진척이 있었던 것도 영어로 경전을 읽었기 때문이다. 불교 책은 '두려움 없이 보는' 방식이 가장 잘 먹혔다.

그가 20대 초반에 영어를 마스터하기 위해 접근했던 방식이 뒤늦은 불교 책 읽기에 그대로 적용된 것이다. 그 덕에 수백 권의 영문 불교 책을 쉼 없이 볼 수 있었다.

이해할 수 있는 것만 골라 먼저 읽어라

어려운 경전과 불교 교리를 어떻게 '내려다볼 수' 있느냐는 의문도 간단히 풀렸다. 불경과 불교이론 책 모두가 완벽한 논리력을 갖고 있기에 가능하다는 것이다. 논리가 치밀하면 언어라는 표현의 위에 설 수 있다는 점을 앞세운다.

"불교 책 중에는 영어 문장 하나하나 옮겨 놓으면 그대로 말이 되는 경우가 있다. 그만큼 논리가 완벽하고 치밀하다는 근거다. 광덕 스님의 《보현행자의 서원》 영역 작업에서 절실히 느꼈다. 옮겨서 그대로 말이 되면 논리가 완벽하고, 언어의 장벽을 넘어설 수 있다."

부처님의 가르침은 논리적으로 가장 완벽했고 언어의 장벽을 쉽게 넘을 정도였다. 그런 논리의 치밀성을 원형 그대로 보존하는 것에 티베트 불교가 기여했고, 그만큼 티베트의 수행자들이 남긴 책과 가르침은 논리적이라서 영역 작업도 손쉬웠다는 주장을 편다.

뒤늦게 보살계와 탄트라계를 받은 그는 겔상 가쵸 스님의 영어기도문을 외는 것이 일상이다. 전 세계적으로 퍼져 있는 스님의 책 10여 권이 영어권에서 '지혜의 결정판'으로 평가받고 있다. 가쵸 스님은 영국에서 선원을 열었고 '금강승의 전파자'로서 티베트 불교를 국제무대에 폭넓게 알린 주역이었다. 티베트 불교는 수행자를 소승(버

리는 출가심 수행) ─ 대승(욕망을 다스리는 공성의 수행) ─ 금강승(욕
망을 수행의 에너지로 이용하는 수행) 등의 3단계로 나눈다.

그가 공부한 티베트 스님들의 경전과 책은 논리적 치밀함이 매력
이었다. 여기서 금강승 수행은 고통과 질병도 깨달음의 자원으로 본
다. 질병을 수행의 기회로 여길 정도로 모든 것이 깨달음의 자료이다.
그는 다 읽고 난 후 저절로 기도하고 싶은 마음이 생겼던 책, 샨티데
바(Shantideva) 스님의 《입보리행론》을 번역했다. 번역하면서 그는
'하루 종일 기도한 느낌'을 받았고 '행복하다'는 생각에 젖었다. 그래
서 책 제목이 《행복수업》이 됐다.

영어로 된 불교 책이 어렵다고 생각하는 이들에게 쉽게 읽는 방법
하나 소개한다. "자기가 이해할 수 있는 것만 골라 먼저 읽고, 책의
성격이 감이 잡히면 다시 처음으로 돌아가 지나간 것을 읽고, 이를
다시 반복한다. 그래도 이해가 안 되는 것은 당분간 옆으로 제쳐둔
다." 그는 책을 이해하려 지속해서 보면 지혜는 점차 커지게 돼 있고,
지혜에 다가가면 이해되지 않았던 것이 자신의 품으로 들어온다고
조언한다. 그것이 자신이 경험한 수행의 기쁨이고 행복수업이다. 그
래서 자신을 '행복도우미'라고 스스로 이름 붙였다.

김영로

검정고시를 거쳐 서울대 문리대 영문과에 장학생으로 입학하고
1970년대에 영어어휘력 참고서 《vocabulary 22000》이 100만 부 이상 팔려

영어 달인으로 일찍부터 유명세를 탔다.
고교와 외국어학원에 재직하기도 했지만 '자유를 누리기' 위해 서울대·
연대·고대·숙명여대·한양대 등에서 강사로만 지낸 세월이 더 많다.
1969년부터 브리태니커 한국지부 문화부장으로 3년간
재직했고, 《영어순해》《문맥순해》 등의 영어 관련 저서를 내다가,
이제는 《김영로의 행복수업》 등의 불교 저서와 《샨티데바의 행복수업》,
《한영 보현행자의 서원》 등 영역 번역서를 잇따라 내놨다.
불교식 법명은 부동(不動, 아찰라)이다.

평범하지만 간결한 설명·문장력에 집중하라

고려 팔만대장경보다 앞선 초조(初雕)대장경 복간이 시작됐다. 출판의 전초기지였던 불교계로서는 대단한 역사이지만, 이번에는 불교보다 문화의 영역으로 확산하려는 접근이 활발하다. 불교 사업에서 문화로의 가치 이전, 그 내면에 비친 차이는 컸다.

"같은 세계문화유산인 고려대장경과 앙코르와트의 조성 시기는 12세기로 비슷하다. 그런데 국제적 지명도는 차이가 크다. 앙코르와트는 종교 유적이지만 문화유산으로 더 각인됐다. 세계인들이 세계문화유산 앙코르와트를 찾는다. 반면 해인사 대장경은 종교의 카테고리에 묻혀 국제사회에서 관심을 키우지 못했다."

한국 문화의 국제화, 그 일선을 지켜온 문화재위원 이경희(63) 씨. 2010년 6월 7일 국립중앙박물관 초조고려대장경 한일 공동 복간 발족식에서 만난 그가 주장하는 "세계인이 읽어야 할 내용과 우리 식으로 쓴 우리 문화의 좁은 시야"에 대한 설명이 그 차이를 파고 든다.

전통 문화를 강조할수록, 그는 한국인은 물론, 한국 문화에 생소한 외국인들이 "읽을 수 있는 글을 써주는 것"에 대한 중요성을 더 실감 나게 말한다.

글은 상대의 문화 알고 써야 소통 가능

"왜 이런 얘기를 알고 싶어 할까? 이쪽도 알고 저쪽도 알고, 소통 할 수 있는 접점을 찾아야 남의 나라말로 그 문화의 내용이 전달되는 것이다."

속 편하게, 내 기준으로 화려한 수사로 문화를 전달하는 것이 더 유용하지 않을까? 상대가 나를 먼저 알려고 찾아오는 것이라 볼 수 는 없을까?

"기호와 상징, 우리들만의 익숙한 기성 정보로 처음부터 글이 구성 되면 그 글에 익숙치 않은 외국인이 다시 쳐다볼 이유가 없다. 글은 상대의 문화를 알고 써야 한다."

우리 식으로 써진 불교와 사찰 영문 책자를 외국인이 다시 들춰 보지 않는 이유에 집중해 보자. 한글의 영문 번역본이, 우리 문화에만 충실할수록 외국인에겐 기피 대상이다. 이럴 경우 국제사회에서 문화유산으로서의 가치는 소진된다. 한국의 불교가 국제사회에 널리 알려지지 못하고, 불교문화의 국제무대 중심에서 외면당하는 이유도 여기에 있다는 것이다.

"문화는 우리만 아는 것이 아니라 인종, 언어와 관계없이 누구나 보고 느끼는 것이다. 양식은 달라도 많은 부분이 인류 공통적이다. 우리 문화를 이해시키고 가치를 인정받고 인류 문화를 더욱 풍요하게 만들어나가는 데 기여하려면 우선 우리 문화를 세계가 이해하고 호감을 느낄 수 있도록 알려야 한다."

우리 문화를 우리 눈으로 보고 우리말로 표현하기만 해 온 우리들. 과연 밖에서 들여다봐도 공감을 느낄 수 있을까? 보편적 문화가 그럴 정도면 우리 불교에 대한 공감은 또 어떨까? 최근 그녀가 영문 번역한 《한국의 불교》와 관련된 강의 경험이 실감을 더한다.

"미국 대학생들이 한국 학생들보다 불교에 대해 많이 알고 있는 것을 보고 놀랐다. 유럽에 불교가 집중적으로 알려지던 17~18세기에 지식인 사회가 불교를 받아들여 이해 수준이 높은 전통이 이런 결과로 이어진 것으로 볼 수 있다. 현재 미국 사회에서는 불교가 평화의 메시지를 담은 종교이고 철학이다."

내용이 가득 담긴 불교는 현실에서는 어려워 일반인의 접근을 더 까다롭게 만든다. 그렇게 내용이 중시될수록 불교는 더 난해해진다. 선불교의 논쟁을 '난수표 해독'이라 부르기도 한다. 《한국의 불교》

영문판뿐 아니라 불교에 관한 여러 장르를 번역해 온 그는 '내용'에 대한 설명이 다르다.

"평범하지만 간결한 설명이 불교에 대한 이해를 높인다. 상대의 궁금증을 풀어주는 것에 책의 가치가 있다. 예를 들어 《한국의 불교》는 저자의 딸이 외국인 친구와 사찰을 돌아보며 서로 질문하고 대화하는 과정에서 느낀 의문과 당혹감을 풀어주려는 마음에서 글이 시작된다. 저자가 상대를 이해하려는 입장이 우선이다."

내 기준에만 익숙, 상대 기준으로 쓰고 말해야

그는 1973년 천마총 고분 발굴의 영문 기사를 쓰면서 문화유산 영문 기사의 황무지를 개척했다. 한국의 문화유산에 대한 영어 단어를 어렵게 찾아가며 기사를 썼다. 지방 기사는 시외전화를 붙들고 편집국 데스크에 불러주고 사진은 고속버스 기사에게 부탁해 필름을 전달하고, 생경한 영어단어는 잘 들리지 않는 유선전화에 대고 목청을 높여 스펠링을 하나씩 되풀이해 주면서,

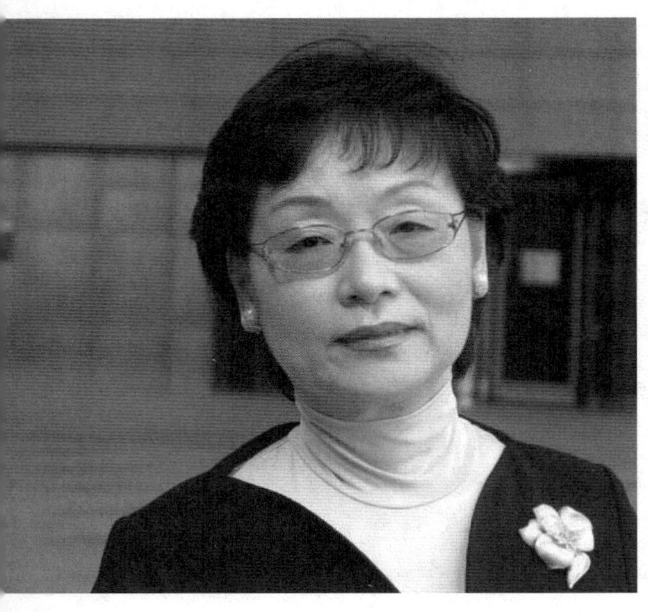

까다로운 용어 확인과 표현의 모색이 문화부 기자의 창작 욕구를 자극했다.

'한국 문화의 유산과 전승' 시리즈 취재에서 1993년 고려대장경연구소의 전산화 작업을 만났고, 문명사적 가치에 기사 초점을 맞췄다. 그리고 이제는 문화재위원으로 초조대장경 복간의 문화사업 지원 입장에 섰다.

그는 문화부 기자 초년 시절 사찰 취재 중 《금강경》을 접하고 충격을 받았다. '상을 갖지 마라' '보시를 하되 잊어버려라' 이런 문구는 어떤 책에서도 볼 수 없던 파격이다. 공정 보도와 문화의 보편 가치에 익숙해 있던 언론인의 합리주의는 고도의 초 합리주의에 묻혀버렸다.

매일 새로운 소재를 찾고 취재하고 기사를 쓰고, 반응 또한 즉각 돌아오는 언론 현장에서, 그는 '아무도 안 읽는 기사'가 어떤 것인지 체득했다. 그래서 독자가 끝까지 읽을 수 있는 내용으로 쓰는 방식을 찾아갔다.

"심지어 번역한 글에도 인격이 드러난다. 문화의 전이는 기본을 갖춘 소수의 열정적 지식인이 담당한다."

그래서 불교관련 영문 책들이 문화의 영역으로 넘어오길 바란다. 보다 많은 사람들이 보고 느끼게 만들기 위해서다. 흔히 수학여행과 가족여행에서 접하는 불국사·다보탑·석가탑의 안내 책자를 한번 들춰보자. 너무도 경주와 불국사에 익숙한 탓에 응당 "신라의 천년고

도 경주에는 불국사가 있고, 석가탑과 다보탑이 도량의 중심에 서 있
다.”는 정보 위주 문장에 익숙하다. 불행히도 이는 경주와 신라문화
정보에 생경한 이들에게는 알 수 없고 알 필요가 없는 난수표다. 이
렇게 영어로 얘기해 주면 어떨까.

“신라의 수도였던 경주에서 동쪽으로 수 km 가면 고대 불교문화
를 대표하는 아름다운 목조 건물들로 이루어진 불국사가 있다. 이 절
의 대웅전 마당에는 한국 불교의 깊은 신앙의 역사를 증명하고 그 진
실 됨을 입증하듯이 석가모니를 상징하는 우아한 석가탑과 그의 설
법을 증거하며 땅에서 솟아오른 다보탑의 아름다운 모습이…” 이렇
게 풀어나가면 한국이나 신라가 생소하게 느껴지던 외국인도 관심을
느끼고 돌아보지 않을까.

“고려대장경이 세계문화유산으로 등재만 되었을 뿐 우리가 할 일
은 아직 너무 많다. 초조대장경 간행이 시작된 지 천년을 기념하는
지금 그 방대한 유산 속에 가득한 콘텐츠를 찾아 우리도 배우고 세계
도 함께 향유할 수 있는 일들을 해야 한다. 전쟁의 와중에서 이런 위
대한 문화유산을 만들어 낸 우리 민족이 지금도 전쟁 가운데 있다.
이보다 더 절실한 평화의 염원이 있을까. 우리 문화유산 가운데 질적
으로 양적으로 가장 큰 세계적 경쟁력을 가진 문화유산이 바로 대장
경이다.”

우리 민족이 만든 세계문화유산, 고려대장경 안에 숨어 있는 문화
콘텐츠가 우리의 상상을 초월하는 것은 확실하다. 그러나 우리는 내

기준에만 익숙해 왔다. 이제 내 기준이 아니라 상대의 기준으로 쓰고
말하는 것이 소통의 근간이고 문화유산의 보존과 활용이라는 점이
분명해지고 있다.

이경희

'종합일간신문 첫 여성 편집국장' 타이틀을 갖고 있다. 《코리아 타임스》
기자로 시작된 영어 기사 쓰기는 그의 평생 직업이다. 《코리아 헤럴드》에서
문화부장·편집국장·논설위원·주필을 거쳤고, 현재
한국국제교류재단에서 발행하는 《코리아포커스》 편집장으로 주요
시사문제에 관한 오피니언과 논문을 영어로 옮겨 국제사회에 알리는 일을
하고 있다. 2004년 서울영어체험마을을 만들 때 초대 사무총장을 맡았고
아시아뉴스네트워크(ANN) 회장도 지냈다.
세종대와 한국외국어대 겸임교수를 거쳐 현재 이화여대출판부가
내는 《한국 문화의 뿌리 시리즈》 영문판 번역을 하고 있다. 지난해부터
문화재위원으로 재임 중이다.
 《Korean Culture: Legacies and Lore》《World Heritage in Korea》 등의
저서와 《조선왕조말기 왕실복식》, 《종묘》, 《한국의 고전 시가》, 《한국의
불교》 등의 영문번역본을 다수 냈다.

주변 문화 흡수하고 이해의 폭 넓혀라

전통문화 보존과 상품화, 치밀한 논리와 대형 이벤트, 그 부조화의 현장을 메워보자. 대학의 문화패가 국제문화기획에서 통할 가능성은 처음부터 전무했다. 그렇지만 전통의 고도(古都) 안동이 유네스코 세계문화유산으로 등재되는 길목에 그가 서 있다. 그것도 대학의 풍물놀이패 현장에서 거칠게 문화 가치에 눈뜬 문화운동가가 집도한 기획서가 길을 열었다.

내륙 깊숙한 안동에 외국 관광객을 위한 국제 전세기가 뜨고 세계탈문화예술연맹(IMACO) 사무처가 존재한다. 국제민간예술교류협회(IOV) 총회도 열렸다. 안동국제탈춤페스티벌 권두현(44) 사무처장은

2000년 최우수 축제에서 2008년 대표축제로 끌어올리기까지의 전략을 '중점보호주의'라고 압축한다.

전통문화 상품화는 장애물 경주

"전통문화의 상품화는 장애물 경주와 같다. 온실 속에 있으면 창의력이 상실된다. 정부의 지정문화재는 선택권이 박탈돼 대중과 괴리된다. 여기에 보편가치를 부여할 방법을 찾아야 한다."

특수성이 우선되는 문화보호주의와 지역문화들, 이들에게 보편성을 부여하는 방법은 전문성이 아니다. "가벼움의 미학을 극복하기 위해 고심이 필요하다." 곧 고심에서 해답을 순차적으로 찾아간다.

처음 출발점은 단순했다. 가장 많은 문화재를 갖고 있고, 대부분 살아 있는 유형문화재인 고택이 지니는 안동의 풍성함이 바탕이다. '정신적으로 황폐화된 지역사회의 소외 극복'이라는 난제에 '문화를 만든다'는 원칙과 '순차적'이라는 접근방법이 접목됐다. 1998년 10월 첫 시도된 안동탈춤페스티벌은 반응은 높았지만 지역사회 참여가 적어 폐지론이 나올 정도였다. 여기에 '단기적 성과와 장기적 전망'이라는 전략을 적용했다.

지역 민간인들의 참여 유도를 위해 문화단체에 대한 컨설팅에 들어갔다. 50시간씩 50개 단체에 대해 컨설팅을 했다. 대불련 경기지부 문화부장으로 문화행사를 기획하던 당시 경험이 되살려진 덕분이다. 치밀한 컨설팅으로 기본 동력이 일어났다. 내부적 변화도 뒤따랐다.

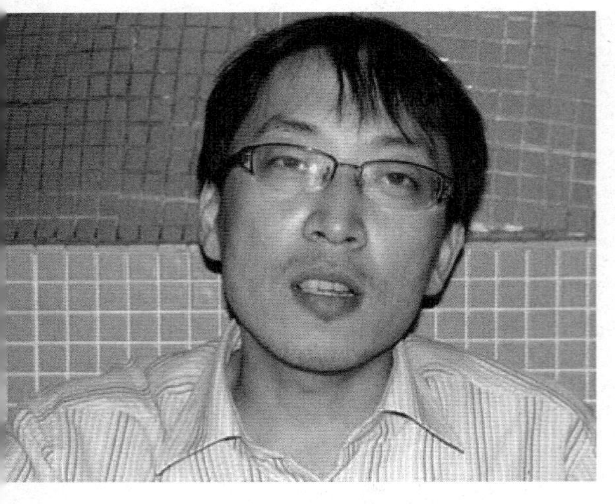

그렇게 해서 1999년 안동탈춤은 전국축제에서 2위에 올랐고 2000년부터는 문화체육관광부 최우수축제로 국제적 이목을 끌었다.

일본 관광객을 태운 전세기 2대가 인근 예천 군비행장에 내리고 외국인 공연단이 공동 출연했다. 더구나 15개국 외국 공연단이 거리에서 시민과 접촉하고 공연하면서 안동 시민의 자신감이 살아났다. '지역민과 관광객의 주체적 만남'이 주효한 것이다.

신명풀이의 국제화, 56개국 세계탈문화예술연맹 탄생

"안동국제탈춤페스티벌에는 동양의 가치관을 담았다. 탈춤이 본래 신명풀이이고, 신명스런 기운은 인간에 내재해 있다. 이를 페스티벌로 발현하도록 기획, 연출했다. 우리의 신명풀이 개념이 탈춤을 통해 국제화된 것이다."

'신명풀이의 국제화'는 그의 대학 문화패 시절 가치관의 소산이다. 그는 "연출가는 가치 관리자이다. 문화에서 가치를 높이려면 예술적 언어로 전환해야 한다."는 두 명제에 충실했다.

안동에 집중된 한옥에 예술 가치를 부여한 방식을 보자. 일단 한옥 공간 자체를 예술 감응의 배경으로 삼았다. 한옥에서 문을 열고 나오면서 가야금을 연주하고 마당극이 열린다. 한옥 자체가 무대이고 세트장이다. 이것을 MBC에서 집중 취재했고 호응도 컸다.

여기에서 '안동 문화 지킴이'도 파생됐다. 문화유산 보존의 새 방식이 접안된 것이다. 1999년부터 매월 마지막 주 토요일 시민운동으로 '안동 문화 가꾸는 날'을 만들었다. 가족회원이 중심이 됐고, '한 가족 한 문화재 가꾸기 운동'이 펼쳐졌다. 처음 20가구에서 출발해 점차 확산됐다. 안동에서 보존이 어려운 빈집이 한옥 청소 관리 등의 새 삶이 생겨났다. 가옥 소유주도 좋아했고 참여 가족들은 한옥 체험을 즐기는 맛에 빠져 들었다.

상황이 좋아지자 문화재청에서 문화재 보존에 대해 강의 요청이 들어왔다. 그리고 문화재청은 '1문화재 1지킴이 운동'을 전개했다. 이것은 이제 문화재 시민운동으로 자리매김했다.

'체험 캠프', 이것도 애초 설계자는 그다. 서원을 체험하기 위한 각종 캠프가 가미됐다. 명상 캠프, 차 캠프, 한자 교실 캠프, 민속 체험 캠프, 서원 체험 캠프, 마을 체험 캠프 등이 관리가 어려운 서원의 보존에는 제격이었다. 이를 체계화하기 위해 사단법인 경북미래재단이 만들어지고 고가옥 8개가 10년 위탁됐다. 이는 '기업형 시민운동'으로 명명됐다. 서원의 상시 관리와 시민의 체험 욕구 충족이 이런 문화기획으로 맞물려 돌아가고 있다.

2005년 11월 국제민간예술교류협회(IOV) 총회의 안동시 유치는 보다 극적이다. 2003년 유치 제안서를 내놨을 때는 모두가 부정적이었다. 100개 국을 안동에 유치한다고 하니까 아무도 안 믿었다. 그런데 2005년 총회에는 브라질, 남아공 등 전 세계 74개국 대표가 참석했다. 그해 안동국제탈춤페스티벌 개막 직전 3일간 총회를 안동에서 열었고 국제 교류의 중심지로 각인시켰다. 당시 노벨평화상을 받은 호세 라모스 동티모르 대통령이 참석했다. 물론 국제회의답게 참가비용은 각국 대표단 자비 부담이었다. '안동문화답사'에서 모든 참가국 대표들이 한복에 사모관대를 하고 서원에서 전통의례를 시연했다.

여기에서 탈(Mask)을 국제적 보편 가치로 만드는 작업이 시도됐다. 디자인, 캐릭터, 퍼포먼스에서 탈의 보편가치를 찾아갔다. 인격체로서 탈이 지니는 보편 가치에 끌려 2006년 56개국 회원국이 세계탈문화예술연맹(IMAGO)을 탄생시켰다. 물론 사무국은 안동시에 두었다. 2009년에는 태국 문화부 초청으로 30여 개 국이 모여 '세계 탈 지도'를 주제로 국제회의를 가졌다. 오는 2011년에는 인도네시아 발리에서 회의 개최를 준비 중이다.

동아시아권은 특히 탈이 보편적이다. 가령 부탄은 국가예술원에서 국가 경축일에 전통 탈춤이 공연되고, 태국 로이주의 삐타콘은 열반한 부처님이 마을로 돌아온 것을 환영하는 의식에서 비롯된 전통 탈춤이다. 인도네시아는 동남아 신화를 바탕으로 한 탈춤과 극이 다양하게 전승되고, 중국은 수천 년의 역사와 함께 해온 전통 기예로서 음악과 무용이 주축이 되는 탈 축제가 이미 국제화돼 자리 잡은 상태이고, 일본은 제의형식 가면극 카구라(神樂)가 궁중의 미카구라(御神樂)와 민간 신사에서 전해 오는 사또카구라(里神樂)로 200여 년간 전승돼 온다. 어린이 카구라도 전통 문화로 잘 전승되고 있는 일본과 오스만 터키 시대 이래 전사의 역동적 춤과 여인들의 화려한 춤으로 국립문화 사절단을 꾸려오는 유럽권의 터키까지, 탈문화의 연결고리는 확산되고 있었다. 탈의 문화성에 집중된 IMACO 규정(Statutes)은 4장(조직) 19조에서 '사무실은 안동시에 둔다'고 명기했고, 23조에서는 '국제탈의 정식 용어와 활동 용어는 한국어와 영어로 표기한다'고 못박았다.

인간 규칙보다 자연의 보편적 현장 중시

동력은 무엇인가? 기획이 새 기획을 낳았다. 집중력이 잘 집약된 하나의 기획이 성공하면 그 다음 기획은 쉽게 연결됐다. '밀레니엄 이벤트' 등 다양한 기획안이 그렇게 나왔다. 베스 축제도 순환구조에서 승부를 봤다. 외래어종의 유입으로 안동호에서 퇴치에 골머리를 앓던 베스를 낚시 관광 사업으로 기획해 지역경제 살리기로 방향을 틀었다. 일본 베스 협회에서 매우 적극적으로 참여했고, 대중적 관심을 넘어 문화 활동으로 정착됐고 경제에 순기능을 했다.

"모든 이벤트 요소는 드러내기에서 승부가 난다. 초점을 잘 잡고 집중력을 높여서 반복되는 각인 작업이 승부처다. 여기에 주변의 문화를 흡수하고 이해의 폭을 넓히는 것이 변수다."

그렇다고 이벤트에만 몰두하는 것은 아니다. "문화는 법칙성일 뿐, 자연은 자연대로 돌아간다." 그의 고심은 '존재로서의 가치'에 몰입하고 있다. 《벽암록》의 "인간이 아무리 규칙을 만들어도 자연은 그 자체로 돌아간다."는 이치에 집중한다. 존재 그 자체에서 벗어나면 괴리된다는 사실에 늘 주목한다. 지역의 문화축제에는 이렇듯 '보편적 현장정책'이 우선한다.

그는 1980년대 격동의 대학운동권에서 '최고의 문화패'라 불리었던 '대불련 경기지부 풍물패'를 이끌었다. 그림패를 만들어 탱화에서 착안한 '걸게 그림'을 양산했다. 인기가 높아지자 그림패에서 걸게 그림 용역을 받아, 이 비용으로 다시 노래패를 만드는 재투자 시스템을 가동했다. 경기 지부장 시절 '법회가 살아야 한다'는 구호를 걸고 《월간 법회 포스터》를 수원 시내에 부착했다. 법회 도중의 참선 시간에는 시낭송, 국악패, 경음악 등이 접목됐다. '선도 대중화'가 판단의 기초였기 때문이다.

고향 안동에서 대불련 간사 시절, 지역 놀이패 결성에 불을 붙였다. 경북 일원 전체를 순회하면서 풍물 강습, 민요 강습을 했다. 안동댐으로 인한 '수몰민 드라마'도 연출했다. 당시 학교 현실을 노래한 '교육 드라마'도 마당극으로 만들어 유료공연을 시도했다. 소위 안동문화운동연합회가 가동되던 시절이다. 이후 '전문가들의 시민운동'으로 전환되며 '놀이패 둥근'이 정착됐다. 초기 후원회원 200명에 회지 발송회원 500명 정도에서 인건비가 나올 수익구조가 만들어졌다.

그리고 '교사풍물패'가 문경·상주·예천·의성·안동·영양 등지에서 자연스럽게 시작됐다. 이러한 '지역의 문화일꾼'으로서의 활동은 그에게 "삶을 이해하는 범위를 넓히고 자기 훈련의 과정"이었다. 동시에 이는 '전문적 문화 활동가의 토양'을 배양했다. 민속학을 전공하며 이론이 추가되면서 대학 풍물패에서 기획안으로 자신과 상대를 동시에 컨설팅하는 방식으로 전문성에 진일보했다. 1998년 10월 안동탈춤페스티벌은 그 과정의 단초였다.

권두현

경희대 행정학과 재학 중 대불련 경기지부 문화부장을 맡아 풍물패
문화를 이끌었다. 고향 안동에서 문화운동을 시작하며
안동대 대학원 민속학과에서 석사를 하고 박사과정을 수료했다.
문화재청 시민정책자문위원과 규제개혁위원을 지냈으며,
현재 (재)안동축제관광조직위원회 사무처장, 안동문화산업협의회장,
경주세계문화엑스포 기획위원, 대구경북혁신위원회 위원,
경북관광포럼 위원, 경북 북부권 문화정보센터 회장,
세계유교문화축전 사무국장, (사)경북미래문화재단 이사장 등
다양한 직책을 맡고 있다.
저서로 《일등축제 안동국제탈춤페스티벌》과 《혁신안동》 등이 있고
안동대와 안동과학대, 가톨릭상지대 등에서 강의한다.

개인 행복권에 묶인 입맛, 공동 가치로 이동

당신의 입맛을 바꿀 자신이 있는가. 채식운동의 최대 난적, '입맛 교정'은 육신에 상처가 나야 강제 수정되는 주변적 가치에서 탈출해야 한다. 개인의 행복권에 묶여 있는 입맛, 이를 공동 가치로 이동시킬 동력을 찾아보자.

건강과 환경, 이기심 아니라 합리주의로 출범

"돼지독감이 유행했을 때 육식이 인체에 미치는 악영향을 강의 소재로 던졌다. 통상 병리학 강의보다 반응이 빨랐다."

이때 소재는 육류에 의한 호르몬 이상 증세였다. 질병이 소재의 시작이지만 인간의 보편성에 대한 인지도가 높은 젊은 세대에겐 주관보다 객관이 우선됐다. 채식운동에서 보편가치 확산을 꾀하는 유영재 교수 입장에서 채식이란 과학이다. 인간의 치아와 내장은 원래 과일과 열매 먹기에 알맞다. 강요가 아니라 몸 스스로 채식을 원한다는 것이다. 이 합리구조가 현실에서 무용지물이다.

그의 강의 소재를 들춰보는 그날 새 뉴스가 터졌다.《중국신문》2010년 8월 8일자는 장시성의 10개월 여아, 산둥성의 3개월 남아가 가슴 발육 등 조숙 증세를 보였고, 에스트로겐 과다가 원인으로 분유에 대한 조사가 시작됐다는 것이다. 비록 첨가물에 대한 시비이지만, 회사는 부인하고 있다. 사건은 15년 전 중남미 푸에르토리코에서 7살 여아가 가슴이 부풀어 오르고 서너 달 된 여아가 달거리하는 조숙 증세와 유사했다. 당시엔 유사 증세가 2,000여 명으로 번지고 나서 원인조사에 들어가 여성호르몬 에스트로겐 과다 분비로 밝혀졌다. 경로추적에선 미국 플로리다산 닭고기가 주범이었다. 달걀 다량 생산을 위해 닭에게 에스트로겐을 사료로 첨가한 것이다.

물론 유해식품과 채식운동이 직결되지는 않는다. 그렇다고 극단과 극단을 연결시켜 죄악으로 압박하는 운동론으로 회귀할 필요는 없다. 모든 것은 이기심이 아니라 합리주의로 회향한다.

우선 전공인 음식의 인체 첫 접촉점, 구강구조를 보자. 야채를 소화시킬 다량의 침을 분비하고, 32개의 치아 중 송곳니 빼고 개나 호랑이처럼 날카로운 치아가 없이 곡식과 야채를 씹거나 뜯거나 갈아먹을 치아만 갖고 있다. 육식동물이 독소가 많은 고기를 빨리 소화시키기 위해 자기 몸 길이의 3배 정도 장을 가진 데 비해, 인간은 무려 12배나 되는 긴 장을 갖고 있어 독소가 거의 없는 곡류와 야채류를 서서히 소화시키도록 신체 구조가 이뤄져 있다. 더구나 한국인은 서양인보다 장이 20cm 정도 더 길고 세계에서 가장 장의 길이가 긴 채식 구조이다.

채식 통해 연대와 협력, 공존·비폭력의 행복공동체 추구

그의 시야는 축산업이 표적이다. 질문부터 난해하다. "가축과 자동차 중 누가 더 많은 온실가스를 방출할까?" 유엔식량농업기구(FAO) 보고서('가축의 긴 그림자-환경문제의 대응책')가 상식을 뒤집어 버린다. 이산화탄소 수치만으로 축산업이 18배가 많다. 또 축산업은 인간 관련 이산화질소의 65%를 생산하는데, 이것이 지구 온난화에서 이산화탄소의 296배의 가능성을 키운다. 경제 번영으로 축산업 성장 속도가 더 가파르다. 전 세계 육류 생산은 2001년 2억2900만 톤에서 2050년 4억6500만 톤으로, 우유 생산량은 5억8000만 톤에서 10억 4300만 톤으로 2배 이상 늘어날 전망이다.

축산업의 환경오염은 축산 폐기물과 항생제 호르몬, 무두질 과정에서 배출되는 화학물질, 사료인 곡물에 살포되는 대단위 비료와 살충제 등이다. 수질악화도 축산업과 연관된다. 수질오염과 부영양화에다 산호초 퇴화까지 직접적이고 큰 영향을 준다. 지상과 지하의 수자원의 순환을 방해하고 공급을 감소시킨다. 사료 생산에도 상당량의 물이 소요되고, 24개 주요 생태계 중에서 15개가 가축으로 인해 감소된다는 것이다.

그는 FAO가 제시한 구제책이 시행되기 위해서라도 '1주 단위 채식의 날 제정'을 제안한다. 토질 악화를 막기 위해 공동 목초지에 대한 접근 통제, 풀과 소의 이동에 방해가 되는 철재 방책을 없애고, 토양보존법의 시행 권고, 친환경목축업과 가축추방관리라는 개념, 여기에다 관개시설의 개선과 도시지역에 축산단지 집중 방지 등을 시도하려면 당연히 채식운동으로 소비 감축을 시도해야 한다는 것이다.

"고기 먹는 1명이 소비하는 땅에서 20명 채식인이 먹고 살 수 있고, 미국이 육류소비 10% 감축하면 1억2000만 톤의 곡식을 절약할 수 있다."

효율로 봤을 때 450g의 소고기를 만들기 위해 콩 7kg이 사용되는 구조이다. 450g의 밀 생산에는 95L 물이 필요하지만, 450g 고기생산에는 9500L의 물이 들어간다. 450g의 스테이크를 만들기 위해 들어가는 물의 양은 한 가정의 일 년 동안 물 사용 평균치에 해

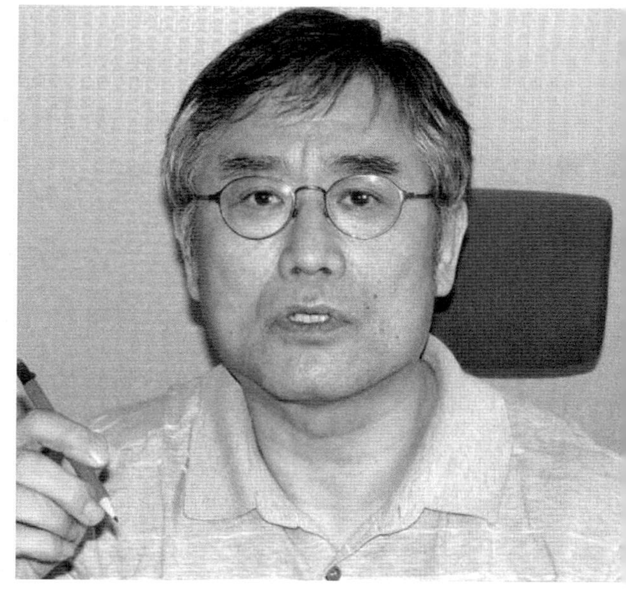

당된다. 축산폐기물과 중금속 오염으로 물고기의 오염도 점차 심각해졌다.

채식운동이 왜 합리적인가란 질문은 "음식사슬과 탄소의 순환을 보는 구조가 출발점"에 압축된다. 이는 지구온난화와 자연재해, 기후재화 등의 정확하고 빠른 이해도를 충족시켰다. 세밀하게 소의 체중 1파운드를 늘리기 위해 옥수수 7파운드(돼지고기는 6.5파운드, 닭고기는 2.6파운드)를 소모한다는 구조도 중요하지만, 그 사료 옥수수가 잡종교배로 만들어져 음식 사슬의 최상승을 차지한 미국의 구조를 보자.

풀을 먹으며 진화해 온 소는 이제 '집중가축사육시설(CAFO)'에서 사료용 옥수수가 분쇄기로 돌아가는 공장형 사육장 내에 독성 배설물을 쏟아낸다. 소와 풀의 협력관계는 깨졌고, 액화지방과 단백질 보충물, 당밀과 합성질소로 만든 요소가 옥수수가루에 섞여 소의 조속 성장(5년을 1년 반으로 단축)하도록 만들어진다. 행태는 '옥수수가 고기로 변하는' 것이지만, 옥수수 또한 잡종 교배로 조속 성장, 밀집형 재배 방식을 위해 엄청난 질소를 뿌리는 생산시스템으로 저산소지대를 만든 주범이다. 오·남용된 인공 질소는 대기 중으로 증발해 산성비를 만들고 이산화질소로 바뀌어 지구온난화를 일으킨다.

잡종 옥수수의 탄소 증가와 아울러 먹거리로 양육되는 약 500억 마리의 가축(이중 소·돼지·양·오리·닭·염소 등은 14억 마리)이 내뿜는 이산화탄소가 전체에서 18%를 차지하며, 메탄의 경우엔 80%

가 이들 가축 배출분이다.

"지구 온난화의 상징이 된 몰디브에 다녀온 사람이 채식하겠다고 말했을 때 가족공동체에 행복이 스며듦을 느꼈다." 그만큼 채식은 연대와 협력, 공존, 비폭력 등과 연결된다.

수행자들이 채식을 중시하는 이유는 '몸과 마음의 동시 충족' 때문

개인의 이기주의로 돌아가, 건강은 채식의 귀결점이다. 채식인은 장수하며 자주 병에 걸리지 않는다. 그는 골다공증도 육식에서 온다고 본다. 고기에 포함된 유황 성분과 우유의 카제인 단백질이 소변으로 체내 칼슘을 빠져나가게 한다. 육류와 유제품 소비율이 높은 국가에서 도리어 골밀도가 낮다는 것이다. 치매와 파킨슨병도 육식과 관련이 많으며, 암 발병 확률은 확실히 낮춘다.

채식인은 비건(vegan, 완전채식인)과 구분한다. 비건은 식물성 식단으로 한정하는 반면, 채식인(vegetarians)은 동물성 제품에서 유제품은 허용한다.

우유에도 채식 논쟁이 크다. 일단 우유에 풍부한 칼슘도 인 성분이 흡수를 방해해 치아와 뼈에 큰 도움이 되지 않는다. 특히 소아의 철분 결핍성 빈혈 원인이 락타아제 효소, 유당을 가진 인간이 소수라는 점과 관련, 효소가 없어 소화되지 않는 우유는 장에서 독소를 만든다는 것이다.

그의 채식 이야기는 종교간·인종간 장벽이 없다. 선재마을 의료회 홈페이지에 올려놓은 채식 이야기가 무궁무진이다.

"내가 너희에게 녹색 풀을 모두 주었노라/ 하지만 그 생명이 있는 살과 그로 인한 피는 먹지 말지어다(창세기 성경)."

"채소를 먹으며 서로 사랑하는 것이/ 살찐 소를 먹으며 서로 미워하는 것보다 낫다(잠언 성경)."

"배(belly)를 위한 고기, 고기를 위한 배/ 신들은 이들을 모두 파괴할 것이다(고린도 1서)."

"너희에게 금지된 음식은 죽은 고기와 피, 돼지의 살 그리고 신 이외 다른 이름으로 바쳐진 음식과 목 졸려 죽거나 폭력적인 구타로 죽거나 떨어져 죽거나 찔려 죽은 것들이다(코란 성찬 《알마에다》.)

"알리, 고기를 먹지 말게/ 만약 자네가 고기를 먹는다면 그 동물의 성향과 행동 습성, 그 피가 자네에게 들어와 그 품성과 행동이 자네 안에 있게 된다네/ 그 때문에 자네의 인간적 품성과 자비의 품성이 변하고/ 몸의 본질이 변할 것이네(모하메드 라힘 바와 무하이야된, 이슬람 수피교 성인).

"살코기를 사는 자는 부유함으로 폭력을 행사하는 것이며/ 고기를 먹고 그 맛을 즐기는 자도 그러하며/ 실제로 동물을 매달아 죽이는 자이고 힘사(폭력)를 행하는 것이다(마하바라타 아누사사니카 파르바)."

"아난다여, 육도의 존재들이 살생을 멈춘다면/ 끊임없는 생사의 굴레에 예속되지 않을 것이다/ 어떻게 대자비를 수행하는 자들이/ 살아 있는 존재들의 살과 피를 먹고 사는가(능엄경)."

"사람이 자신의 몸과 마음을 통제할 수 있다면/ 동물의 고기를 먹는 것과 동물 제품을 입는 것을 자제할 수 있다(능엄경)."

"고기 맛을 포기한 자들이 진정한 다르마를 맛볼 수 있다(능가경)."

"위대한 존재여,/ 육식을 하는 사람들은 그들 자신의 위대한 자비의 씨를 파멸시키고 있다/ 그러므로 성스러운 길을 수행하는 사람들은 고기를 먹어서는 안 된다(능가경)."

"채식은 합리적으로 살기 위한 방편이다. 가장 합리적 사고를 갖고 합리적 판단 분별로 돌아갈 수 있다."

수행자들이 채식을 중시하는 이유는 '몸과 마음의 동시 충족'이다. 요가 수행에서는 태양계가 부여한 음식 중 자연식(몸과 마음에 유익한 사트빅한 음식)이란 '신선하고 가볍고 영양가 있는' 것이 기준이다. 사트빅한 음식은 몸을 가볍고 유연하게 하며 마음을 맑고 깨끗하게 해 준다. 해·공기·땅·물이 조화롭게 어우러진 야채·과일·콩류·견과류 등이 자연스런 식사법이며 몸과 마음을 동시에 보충해 준다. 여기서 고기·생선·가금류 등이 식물 에너지를 한 번 처리해 낸 간접 에너지라서, 단계를 거칠수록 독소를 품고 있어 질병의 원인이 된다고 본다.

동물 살생에 따른 업(業)을 접목하기도 한다. 인간이 동물을 죽이거나 먹게 되면 동물이 원래 지니고 있는 동물에너지 파동(Aure, 念體, 혼령)이 인간의 Aure에 중첩된다는 주장이다. 성현들이 살생을 금한 이유는 대개 여기에서 연유한다. "인체 오라와 동물 오라의 중첩이 내부 장기를 훼손한다는 이론도 합리구조가 있다." 채식운동은 자신을 합리적으로 만들기 위해 비폭력 연대, 협력으로 이끌려는 정진의 연장이다.

유영재

무의촌 진료의 활성기였던 1972년 서울대 치대불교학생회(치불회) 창립에서, 서울역(노숙인)·봉은사(외국인) 무료의료봉사가 주임무가 됐고 몽골 무의촌 진료 등을 이끈 선재마을의료회에 몸담고 있다. 1980년대 '건강과 사회를 위한 치과의사회(건치)' 회장으로 수돗물 불소화운동을 시도했었고, '북한 어린이 살리기 의약품지원본부' 공동대표였다. 치의학 박사이면서 협력과 연대에 우선하는 한양여대 치위생과 교수이다. 이 기사가 나간 이후 의사·치과의사·한의사 등이 주축이 된 베지닥터 모임이 결성돼 활동을 시작했다. 유 교수가 공동대표이다.

인간의 직관, 조형미의 완벽성,
손을 따라 그냥 가라

예술의 전당이 주관하는 '세계의 박물관 기행' 연속 강좌 마지막 (2010년 5월 18일) '인도 박물관'편 강사로 나온 하진희 박사(52)는 기존 강의와 전혀 다른 접근을 했다.

"인도는 그 자체가 거대한 박물관이고 담 없는 미술관이다."

장엄한 시설, 과학적 설치에 길들여진 박물관 조형이 편견으로 벗겨지는 순간이다. 그러면서 그는 그 거대한 인도 박물관을 한국에, 그것도 작고 구석진 제주도에 옮겨 놓고 싶어 한다. 신화와 민화는 제주도에도 인도에도 같이 있지만, 3,000년의 인간 사회를 담은 인도 민화의 순수함을 살리고 싶어서다.

그만큼 불교 미술사 연구에서 시작된 그의 인도 탐구는 종교와 문
화를 넘어 인간애로 들어갔다.

종교를 소꿉놀이처럼 즐기는 삶의 현장

"인도인들에게 신의 경배는 신성한 행위이자 즐거움이다. 인도인
들에게 민화를 그리는 행위는 삶의 기쁨과 즐거움 자체다. 종교에서
즐거움을 찾는 인도인의 삶을 이해하는 데 민화가 존재한다."

500여 점이 넘는 인도 민화를 개인 소장하고 있는 하 박사는 1987
년부터 줄곧 인도를 찾았다. 그가 들려주는 인도는 명상과 요가의 산
실이 아니었다. 인도 민화와 공예품이 인간의 직관과 의식을 다시 보
게 만들어 그렇다.

"5,000년의 전통기법은 자신의 모든 것을 담는 행위다. 장난감 하
나에도 혼신의 힘을 기울인다. 생활필수품을 스스로 만들어 쓰기 때
문에 최선을 다한다. 고도의 조형감각은 여기에서 생긴다. 인간의 직
관, 조형미의 완벽성을 인도 민화에서 발견하는 이유다."

인도에서 민화는 누구나 자신이 좋아하는 신을 그리는 행위다. 인
도인은 그런 만큼 당당하게 전통을 지키며 고도문명과 더불어 살아
간다. 그렇게 민화를 그리며 자신이 신화 속의 주인공이 되어 이야기
속의 삶을 살아가는 느낌을 받는다. 그는 이런 인도인의 생활 속 민
화를 줄기차게 관찰하고 연구했다.

"어떤 지역에서는 매일 아침 자신의 집을 찾아오는 신을 맞이하기

위해 그 집 여인이 집
입구에 새롭게 문양을
그리는 광경을 본다. 아
이들이 들락날락거리면
서 금세 지워지기도 하
지만 여인들의 섬세한
손길 작업은 끝까지 이
어진다. 이를 통해 자신

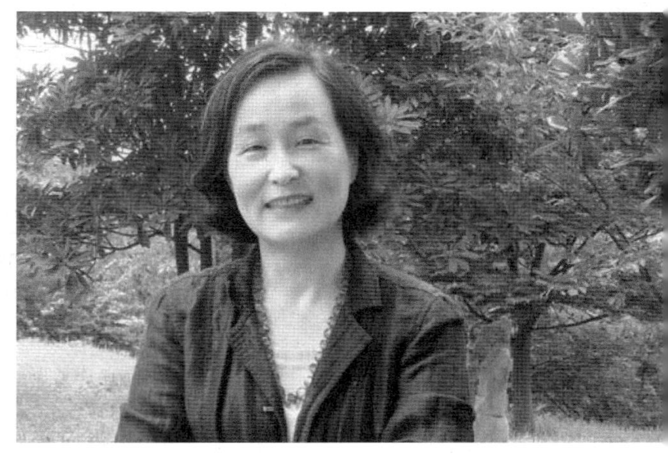

의 신에 대한 사랑과 경배를 표현하고, 이는 결국 자신과 가족에 대한 사랑의 행위이다."

민화 그리기에 열정을 바치는 이유는 민화에 그려진 신이 그때부터 생명을 부여받아 자신들과 함께 살아간다고 생각하기 때문이다. 의례적 숭배에는 동질감과 신심이 병행된다. 신화의 내용을 그리면서 창작행위를 하는 것이 아니라 그저 놀이이고, 신성하지만 유희로서 일상에 자리 잡고 있다. 그런 인도 여인들의 일상을 깊이 관찰하면서 3,000년 이상을 변함없이 이어져 온 삶의 기록을 민화 수집으로 역추적했다.

"인도는 명상의 나라가 아니라 신화가 살아 숨쉬며 종교도 놀이로 즐기는 나라이다. 종교를 소꿉놀이처럼 재미있게 받아들이기에 인도인은 개종을 안 한다. 그렇게 자라 어른이 돼서도 재미있는 유희로서 종교가 있다. 인도인에게 힌두교는 그런 인간 삶의 존재다."

그의 주전공은 고려 불화와 아잔타 불화의 비교연구이다. 인도 국립 비스바바라티 대학에서 이 연구로 석사와 박사학위를 했다. 당초 불화 연구에서 인도인의 무한한 에너지는 도대체 어디에서 나오는지 찾다가 인도 신화와 민화를 만났다. 한국에서 비현실주의로 알았던 인도가 직접 연구를 통해 생존 에너지를 발견하고 작은 점을 찾기 시작했다. 극점은 바로 인도인의 생활 속, 그것도 인도 여인의 일상에 있었다.

민화 창작성이 인도를 과학·문화 강국으로 만들었다

그의 첫 인도 방문지였던 샨티니케탄은 전형적 교육도시였다. 독특한 대안교육에 매료돼 인도 장기유숙자가 됐고 유학생으로 변신했다. 캘커타 인근의 샨티니케탄은 노벨상 시인 타고르가 세운 교육도시이다. 시성(詩聖) 타고르는 마음과 영혼을 학생에게 바치는 헌신적 교사를 '구르'라고 불렀다. 타고르는 교사가 학생을 가르치면서 기억이나 사실 등의 지식을 단순하게 전달하는 데 그칠 것이 아니라 선생의 영혼과 함께 주어져야 한다는 원칙을 고수했다. 규칙보다 자율이 학교의 규범이었고, 즐거운 놀이터였다. 노벨 상금으로 운영되던 초기 학교 아슈람(전통학교)은 세계와 교류하며 영적·지적으로 자유로워지고 배움을 통해 세계가 하나가 되는 타고르의 건학정신을 실행했고, 차후 국립 비스바바라티 대학으로 성장했다.

그가 한국에서 대학원까지 수학한 경험이 여기서 무기력해졌다. 동양미술사의 오른다 교수는 시험시간에 문제를 주고 나갔다가 시간이 끝나면 걸어갔다. 인도미술사의 자얀타다 교수는 개별적 구술시험에서 영어 답변이 막히면 "공부한 것이 분명하니 천천히 생각하라."고 여유를 준다. 서양미술사의 시브쿠마르다 교수는 작품 감상 리포트에서 책을 보고 요약한 내용에 점수를 주지 않았다. 작품 감상은 오직 자기의 느낌과 생각이 기술돼야 학점이 나왔다. 외부 교수가 낸 논술식 문제로 치러지는 기말시험은 감독관이 있고 커닝하다 들키면 다음 시험 기회가 박탈되고 게시판에 이름이 올라갔다. 타고르가 만든 초기학교에서는 시험이 없었지만 1950년 국립대학이 되고 달라진 면모였다.

"대학원 첫 입학 시 1년 치 등록금과 도서관 이용료 등을 내고 7년을 다녔다. 박사 후 서류를 떼려다가 6년 치가 미납된 걸 그제야 들었다. 그 사이 학교는 고지서도 독촉도 없었다. 7년 치가 한국의 1학기분 정도이다. 대학원에 등록하면 개인연구실을 주고 학교병원은 무료이고, 사소한 비용까지 학교는 학생에게 제공한다. 학교는 마음이 편해야 한다는 타고르의 정신이 남긴 유산이다."

그는 여기서 평화와 영혼의 순수성을 배웠다. 미술사 연구가 원초적 삶의 지혜를 알게 만들었다. 인도 민화에는 인간 삶의 지혜가 온갖 상상력으로 살아 있었다. 여기서 불교도 살아 있는 현장으로 탈바꿈했다. 아잔타 미술과 고려 불화는 그렇게 다시 만날 수 있었다. 지혜와 상상력 자극이라는 기제로 불교와 불화를 재조명하면 훨씬 여유가 생기고 폭이 넓어졌다.

"아이들은 소꿉놀이할 때 몰입하고 행복을 느낀다. 이런 삶의 원초적 지혜를 인도 민화가 간직하고 있다. 화려했던 인도 고대 문명이 희미한 흔적만 남은 반면에 인도 민화는 3,000년 이상을 변함없이 이어져 왔다. 여기서 인간의 지구력과 인내심이 예술 작품의 뿌리라는 것을 다시 확인한다."

그가 수집한 민화 이외 금속 공예 500여 점과 토기공예 500여 점에서 고대 기법은 그대로 살아 있다. 손 기술이 주는 세밀화의 정수이다. 인내심이 작품의 산실이다. 어떻게 인내심이 길러질까.

"인도 여성들은 어려서부터 코바르 그림을 그리기 위해 가정에서 할머니와 어머니 혹은 이웃으로부터 그림을 배운다. 다 쓴 공책이나 낡은 책에, 때론 여러 장의 종이를 붙여 넓은 화면을 만들어, 솥단지나 등잔의 그을음을 긁어서 소 오줌이나 아라빅 고무, 염소젖과 섞어서 물감으로 쓴다. 붓은 볏단에서 뽑아낸 몇 개의 가는 볏짚이나 낡은 사리에서 뽑아낸 실을 엮어 만든다. 훗날 자신의 남편이 될 남자에게 청혼하기 위한 코바르를 그리기 위해 연습하고, 그려진 그림은 장신구와 옷의 포장지로 쓴다. 고대부터 현대까지 그대로 살아 있는 코바르는 세계 어느 나라의 미술사에도 그 유례가 없는 독특한 낭만의 창작이다."

그 창작성이 인도에서 과학과 문화 강국을 만들었다고 본다. 민화에는 그림을 그리는 것을 즐기며 그 과정 자체를 기도로 생각하는 전통이 살아 있다. 신을 경배하는 것 같지만 왈리 민화에서는 자연예찬이 소중한 주제다. 흙벽에 흰쌀가루로 그려진 벽화에서 삶의 모든 것에 자연과 나무가 있고 이는 이웃이며 경배의 대상이다. 자연물에 정령이 들어 있다고 생각하기에 바람이 불어와 나무를 흔드는 표현 기법은 미적 즐거움과 친근감을 동시에 제공한다.

"통상 모든 민화에서 다뤄지는 소재는 인간 삶에서 가장 소중한 순간들이다. 민화는 고단한 일상에서 누릴 수 있는 최대한의 즐거움이자 행복이다. 단지 인도인은 '자신의 손이 움직여서 저절로 그려진 것이지 자신이 잘 그려서가 아니라'고 생각하고 살아간다."

그는 오랜 회화 전통이 고대로부터 오늘날까지 그대로 전수되는 인도 민화 연구에서 전통과 종교의 힘을 다시 봤고 불교의 지혜, 그 지혜의 창의력 근원도 찾아냈다. 곧 '종교가 다양성과 부드러운 조화의 양축으로 구성됐다'라는 정의이다. 그 주장이 현실에서 균형을 맞춘 그의 즐거움이 바로 민화의 재발견에 자리 잡고 있다.

하진희

인도 국립 비스바바라티 대학에서 미술사학 연구로 석사·박사를 하고 국립 제주대 박물관 특별연구원이면서 대학에서 미술학과 강의를 맡고 있다. 1,500여 점의 다양한 인도 미술품을 소장하고 있으며, 이중 인도 민화와 관련, 청계천문화관과 충북대박물관에서 '인도 민화전'을 개최했다. 유학 전 홍익대 산업미술대학원 석사를 마쳤고, 저서로 《천상에서 내려온 갠지스 강》, 《샨티니케탄, 평화를 부르는 타고르의 교육도시》, 《인도 세밀화》, 《인도 민화로 떠나는 신화 여행》 등이 있다.

죽은 자와 산 자 간에 화합과
희망의 다리 놓자

순간의 베팅으로 변해가는 장례문화. 유명인의 사망 순간 무료에서 수억대의 입찰가격이 순식간에 계약되는 장례비의 극적 거래 행태. 각종 사고가 끊이질 않았던 상조회 비리. 반면 해양장·수목장·산골장 등으로 진화하며 납골당도 낙후되는 속에서 불교 장례의식은 걸음마 단계를 막 지나고 있다. 유관 사업 분야도 가지 수가 많아 수수료 거래에 둘러싸인 내면을 가늠하기 어렵지만 대가족이 줄고 유교의례가 축소되는 도시 집중의 장례 현장에서 종교의 외피는 갈수록 커진다. 그 덕에 300여 개의 상조회에는 '바지사장'이 유행이다. 종교가 영업망 확충에 제격이라 그렇다. 이제 불교계는 공략의 대상이다. 불교가 장례의례가 덜 정비된 탓도 있지만 준비 부족이라는 묵은 숙제가 난제였다.

순발력·정확성으로 대통령 국민장 의례 탈바꿈

"장례일수록 준비가 필요하다. 준비돼야 현장에 즉각 달려갈 수 있다. 짧은 기간에 세 분 대통령의 장례를 주관할 수 있었던 것도 현장에 즉각 달려갔기 때문이다."

짧은 경력에도 대형 국가의례에 주도자가 된 과정에 언제나 '준비'가 깔려 있다. 고(故) 최규하·노무현·김대중 대통령의 국민장·국장 등에 장례 진행을 맡은 그가 갖고 있던 공덕은 준비였다. 최규하 대통령 국민장 때는 논문 준비로 행안부에서 국장 관련 자료를 뒤적이다가 장례절차 준비회의에 들어갔고 여기서 장례를 주관하는 일을 맡았다. 노무현 대통령 국민장은, 서거 당일 탤런트 여운계 씨 염습 진행 직후 부산대병원으로 달려갔고, 여기에서도 급작스런 서거에 혼돈상태의 장례준비 과정에서 모든 실무를 주관할 길이 열렸다. 마찬가지로 김대중 대통령 국장에선 조직적 관료와 정치계의 전문적 준비를 뚫고 장례행사 진행을 맡았다.

"장례 절차 준비에서 전문적 판단과 조언이 필요하다. 이것이 준비이고 장례의 전문성이다. 김대중 대통령 장례 준비에서는 영정 사진에서 검은 휘장을 없애게 조언한 것이 전문성과 신뢰성을 만들었다."

그가 연구하기엔 영정사진에 으레 등장하는 두 줄의 검은 띠 휘장은 세계 어디에도 유래가 없었다. 단지 일본에 잠깐 있었고 일본도 40년 전에 없앴다. 그래서 자신이 주관한 노 대통령 국민장에서부터 이를 관철시켜 없앴다. 그리고 전면 영단의 국화 장식은 '사랑해요'의 개념으로 디자인 형으로 바꿨다. 이는 김대중 대통령 영결식장에서도 되살려 냈다.

순발력과 정확성은 노무현 대통령 국민장에서 유용했다. 만장 2,000장 제작을 위해 1,000장은 조계사에, 1,000장은 서예가 정상옥 총장(동방불교대대학원)에게 부탁했다. 정 총장은 서예가들을 급히 동원해 3시간 만에 해결했다. 그 이전 정 총장에겐 입관에 대비해 가장 급한 명정 글씨를 부탁했고 글씨의 장엄미가 현장을 압도했었다.

진짜 어려움은 주 전공이라 자부했던 법정 스님 다비장이었다. 대나무 평상 운구에 가사장삼을 덮고, 학인스님들이 어깨에 메고 운구하는 형식은 간단하지만 복잡한 검토과정을 거쳤다. 항상 짧은 순간에 유족과 관계자들 요구를 모두 수용하는 형식에 충실하며, 일관된 의례에서 벗어나지 않으면서 조형감으로 참여자에게 만족감을 주고, 다중의 동시 참여로 혼돈 속에서 실수 없이 완벽하게 시현되는 조건을 맞춰야 하지만, 연습할 시간이 전혀 없는 사전 준비에서 다중의 요구부터 통제해야 한다. 그것도 항상 경쟁자와 반대자와의 조화로운 합의를 짧은 시간 내에 치러내야 한다.

법정 스님의 유언은 장례의례에서는 모두가 파격이었고 길상사, 송광사 양쪽 모두에서 유언과 괴리된 현장 투성이었다. 다비장에서

시설 미비로 인한 곳곳
의 불편함에 대한 남다
른 경험도 했다.

늘 긴박감은 장례 준
비의 기본이다. 노 대
통령 국민장에서 봉하
마을의 입관 의식을 치
르고 서울 MBC 본사
에 중계해설을 위해 앰

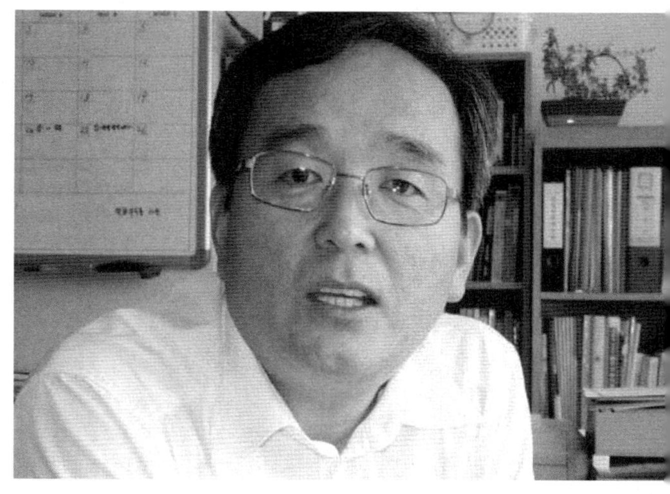

뷸런스를 탔다. 다시 수원 화장장으로 달려가 의례를 주관했다. 장례
주관 임무는 숨 가쁘게 전국을 누비고, 시간 엄수를 철칙으로 고수하
고 있다. 여기에 어떤 변명과 이유도 붙지 못한다.

"행정안전부 의전팀에서 국장을 관장해 기술 축적은 됐지만 장례에
서 가족 등과의 협의와 다양한 종교 문화 등에서 더 전문성이 요구된
다. 다양한 사건과 연관된 장례일수록 초기 회의가 복잡하다. 여기서
주도자는 전문 장례인이다. 권위로서가 아니라 풍부한 실무경험과 과
거 사례, 손에 익은 장인기술이 사안별 판단에 앞서기 때문이다."

염습의 다양한 지역문화 통괄해야 새 의례 선도

장례의례는 변수가 많다. 그만큼 신속한 판단이 요구된다. 그 판단
은 장의사 경력만으로 호전되지 않는다. 그는 염습에서 전문성을 개
척했다. 뒤늦은 나이에 그것도 입문은 불교활동 중에 이뤄졌다. 개운

사 청년회 소속으로 1991년 광주에서 열린 대불청대회에 참석했다가 능인회와 인연을 맺고 거기서 염습을 배웠다. 아예 본격 수업을 위해 전국을 돌며 염습을 배워갔지만, 능인회 회원들의 정성스러운 염습과 장의사 염습간의 차이를 다시 느꼈다. 정성 표현의 초기 단계는 장식의 가미였다. 기존의 염습에다 얼굴을 꽃으로 장식하는 시도가 주효했다. 의례가 가미될수록 '노잣돈 문화'에 식상한 유족들의 호응이 커졌다. '대한불교 연화회'를 만들고 전국에 회원을 둔 불교식 장례업체가 출발했다.

마침 장의사가 허가제에서 신고제로 바뀌고 독점체제가 무너지기 시작했다. 수의에 달린 멱목과 단전보에 연화문을 새겨 넣었고, 목관에는 육자대명왕진언과 십바라밀도·사천왕도가 안치됐다. 여기에 손으로 들고 다니던 유골함을 '극락 가는 반야용선' 장엄에 싣고 상여 운구하는 형태의 장엄도 등장시켰다. 1995년 경기도 파주에서 이장 작업 중 나온 수의에서 불상과 다라니가 찍힌 부장품 등이 발견돼 이를 학자 전문가들과 고증을 거쳐 현실에 반영했다. 봉선사 인묵 스님의 도움이 컸다.

아마추어 장의사는 대형 행사에서 프로로 변신한다. 1996년 서경보 일붕선교종 종정스님의 장례에서 수천 명의 조문객과 함께 장례를 치러내면서 의례의 가치를 재발견했다. 큰일은 계속 그에게 왔다. 삼풍백화점 6주기 천도재를 주관한 이후 2003년 멕시코에서 WTO(세계무역기구) 쌀 개방을 반대해 할복 자결한 이경해 열사 세계농민장을 맡았다. 왕조시대 이래 가장 큰 상여에 상여꾼 32명이 붙었다. 대형분향소와 무대 설치에서 의례의 진가를 찾아갔다. 2005년 법장 조계종 총무원장스님 종단장을 치러내고 (주)생활의례문화원을 설립했다.

"전통의례에서 염장이는 가족을 대신해 고인의 몸을 씻기고 수의를 입히는 염습으로 가족이 된다. 한편으로 가족에게 고인의 단장한 모습을 보여주고, 새로운 환생을 위해 의례로 마무리하면서 장례 동참자들에게 화합과 희망이 생겨나는 자리로 만드는 다리도 된다."

장례에서 유교와 불교가 혼재하는 가운데 그가 임종 염불법 마련에 분주한 이유가 있다.

관혼상제 의례에 유연해야 동참자 많아져

"다른 종교에서는 호스피스운동이나 죽음에 친구가 되어주는 사회적 운동이 전개돼 평생 불자가 임종 직전 개종하는 경우를 많이 봤다. 가톨릭이 1960년대 50만 명 신도에서 2005년 515만 명으로 급신장한 배경에는 장례문화를 선교에 받아들여 연령회 활동이 성공했기 때문이다. 관혼상제 의례를 유연하게 받아들이는 것은 현대 종교의 의무이다."

이제 염불봉사만으로 한계를 본다. 시급한 임종에선 일반인도 임종염불을 할 수 있게 해야 한다. 《무량수경》(18원 십념왕생원, 19원 임종현전원, 20원 보개회향원)과 《관무량수경》(하품하생의 구족십념) 등을 통해 임종시에 십념만 하면 왕생할 수 있다는 가르침의 근거도 있다. 최근에는 불치병으로 임종을 기다리는 고통에 노출되는 경우도 많아 죽음에 이르기 전의 임종의례가 더욱 절실하다. 고전적 임종의례는 죽음에 임한 환자 앞에 아미타불 불화나 불상을 동쪽으로 향해 모신 후, 환자의 머리를 북쪽으로, 얼굴은 서쪽으로 향하게 하고, 오색실을 아미타불상 손에 걸고 그 끝을 잡게 하고 염불하는 형태였다. 그가 전문가들과 복원한 형식을 보자.

"내영불이나 내영도를 동쪽으로 향하게 환자는 서쪽으로 향하게 눕힌다. 불상의 손에 오색실의 한쪽 끝을 걸쳐두고 다른 한쪽 끝을 환자의 손에 잡게 한 후 향을 피우고 임종염불을 한다. 불상은 아미타불과 관음·세지를 모신 불감(佛龕)이 적당하다."

생사의 고해를 벗어나 열반의 언덕에 이르는 마지막 길, 이승의 사바세계에서 아미타부처님의 극락정토로 왕생함을 기원하기 위해 그는 유골을 반야용선에 태운다. 이승의 끝에서 십바라밀로 꾸며진 용선을 타고 못 다한 수행이 장례의례와 염불봉사로 이행된다. 신종 DNA 위패까지 '준비'는 그렇게 진행된다.

유재철

개운사청년회 활동 중 염불봉사와 염습의례에 관심을 갖고 배우기
시작했다. 1994년 불교식 장례전문업체인 '대한불교 연화회'를 만들고,
불교방송 불교문화센터 원왕생 교육강좌 강사로 활동하며 직업인이 됐다.
일본 장례시설 견학과 미국 텍사스 샌안토니오 장의대학 연수 등을 거치고,
중요무형문화재 111호 사직대제 전수자가 됐다.
동국대 불교대학원 장례문화학과에서 석사를 마치고, 이제는 동대학원
생사의례학과 외래교수이다.

중세 언어 알아야 민족주체성 살린다

올해 말 나올 나머지 4권에 대한 공동 역주도 거의 마무리된 상태였다. 원로 국어학자의 30년 역주 작업, 초반 《석보상절》은 독자 출간이었고 중반 이후 《월인석보》는 불교계가 아닌 세종대왕기념사업회가 주관했다. 최초 한글본 경판에 해당되지만, 불교보다는 한글이란 가치를 중시해 온 결과다. 역설적으로 이는 세조가 왜 '한글판 불교 이야기'를 고집했는가에 모아진다.

"한글 창제 과정에서 사대부의 반대가 심했다. 세종과 세조는 조정 대신들의 반대에도 불구하고 《석보상절》과 《월인석보》 편찬 작업을 왕실 사업으로 이끌었다. 반대에는 한글본 불교경전의 유포를 반기지 않은 조정 대신들의 입장이 있었던 것 같고, 세종과 세조는 백성들에게 불교 경전의 진리를 널리 알리고 싶었던 것 같다."

보림사 소장 '월인석보' 세종대왕사업회와 역주
조선 건국, 불교 의거 입증 최초 한글대장경

실제 당시 최초 한글본 출판 사업은 한글의 전파와 불교 진리의 보급이란 두 개의 목표가 담겨 있었다. 이들 책 내용은 부처님의 생애에서부터 불교 경전 상당수가 포괄된 것이다. 이는 편찬 작업을 주도한 왕들이 불교에 대해 상당한 지식을 갖고 있었다는 점을 반증하고 있다.

세종대왕의 훈민정음 창제 직후 첫 대중본은 사실상 부처님의 족보를 상세히 밝힌 《석보상절》이다. 먼저 나온 《용비어천가》는 조선의 건국신화에 대한 것이라 왕실 내 이야기이고 보면, 백성에 대한 '한글과 불교의 전파'는 당시 동시에 진행됐다. 이어 《월인천강지곡》이 나오고, 세조는 이 두 권을 묶어 새로이 《월인석보》 25권으로 편찬했다. 조선 초기 국가 건설의 주역인 두 임금이 불교를 통해 백성을 교화하고 그 수단으로 한글이 첫 적용된 것이다.

"583수 노래를 보면 세조가 부처님의 일대기를 꿰뚫고 있었고 불교 경전에 탁월한 지식을 갖고 있었음이 드러난다. 연구하면 할수록 15세기 조선왕조가 불교에 의거하고 있음을 새롭게 보게 해 최초의 한글 대장경이 될 수 있다."

세조가 부처님 생애 편찬의 원전으로 쓴 것은 승우(僧祐) 스님(5세기 초 중국 양나라 율학 전문가)의 《석가보》 5권과, 도선(道宣)스님(중국 남산율종의 始祖)의《석가씨보》 1권이다. 여기에《법화경》《능엄경》《원각경》《불설아미타경》《약사여래경》 등의 경전 내용이 다 녹아들어가《월인석보》가 만들어졌다. 특히 계율에 관한 것과 가사·발우·좌구 등, 계·정·혜 삼학이 배합돼 종합적이다.

그만큼《월인석보》 목판본은 왕실사업의 일환이었다. 세조 때에 '간경도감'을 만들어 불경 간행 관청을 별도로 둔 것이 근거이다. 여기서 전문서에 해당되는《묘법연화경언해》가 나왔다. 이 시기, 16년 동안《석보상절》과《월인석보》 등 3권에서《법화경》의 내용이 각기 다른 형태로 편찬됐다는 점은 놀랍다.

편찬에 대한 평가도 전문성으로 보면 새롭다. 우리말을 글로 옮기는 최초의 시험 단계에서 '주석'과 '해설' '보조 설명(夾註, 어려운 낱말 풀이)' 등을 경판에 편집 형태로 구분해 판각해 놓아 다른 한문 경전보다 질적 우위를 보여준다.

"25권의 방대한 분량에 대한 편집기술이 상당하다.《월인천강지곡》의 본문과《석보상절》의 글씨체를 구분해 놓았고, 본문과 부속문은 한 칸을 비워 이해하기 쉽게 했고 어려운 말은 하행에 작은 두 줄로 협주를 달았으며 편집상 괄호도 사용했다. 판각된 글씨의 정성은 일각일배(一刻一拜)라는 말을 실감케 한다."

《월인석보》에 기록된 '撰集은 모도바 딩 글씨라'를 보자. '모으다'

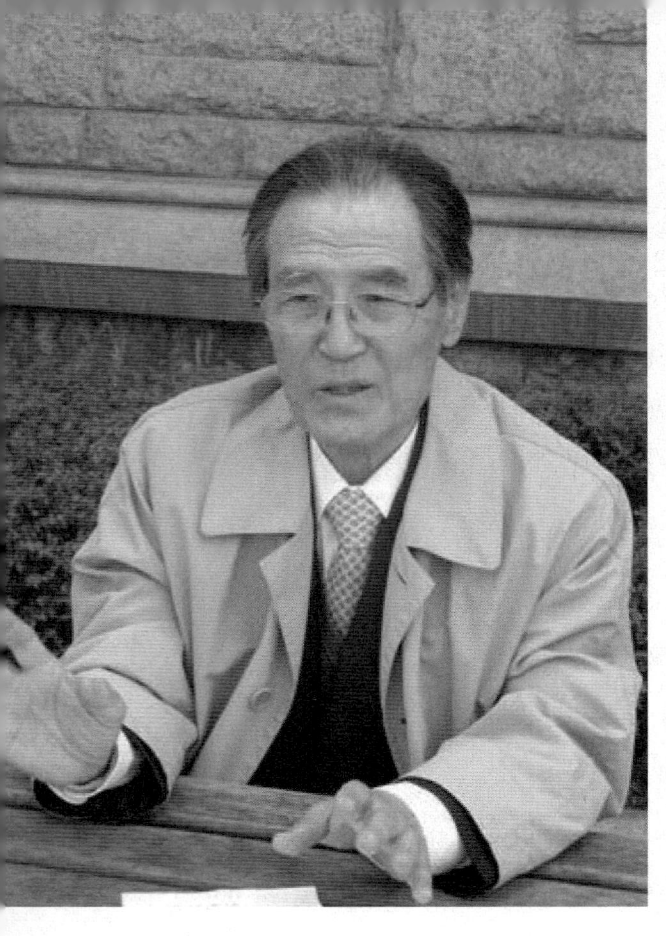

는 옛말 '모도봐'. 이런 언어 구조를 찾아가는 전문적 풀이가 김 교수의 작업 영역이다. 500년간 우리말이 변해 온 구조를 글에서 찾아내 역추적하는 연구가 그의 주전공이다. 《월인석보》가 서지학과 불교학의 영역에서 언어학이 주도자가 된 이유이다.

"말이란 시대에 따라 변하는 것이다. 우리 겨레의 얼이 스며 있는 옛 문헌의 접근을 꺼려하는 젊은 학도들에게 중세국어와 문학을 이해하게 하여 주체성 있는 겨레 문화를 이어가는 데 기여할 수 있다."

세조, 월인석보 25권에 각종 경전 녹여
부처님일대기 꿰뚫은 '진면목' 드러나

그래서 그는 "과거의 말이 곧 역사를 살린다"고 정의 내린다. 《석보상절》에 실린 《법화경》 내용을 동국역경원이 간행한 것과 대비(사례로 권2 〈방편품〉 앞 '10여시'의 800여 글자)해 보자. 520년의 간행 격차를 둔 두 내용은 한자어의 쓰임에는 변화가 없으나, 불교어의 쓰임은 31대 22로 불과 30% 줄어든 정도다.

결과적으로 초기 한글 창제 때나 지금이나 불교용어의 한글 풀이는 어려운 상대였다. 반면 이는 불전에 쓰여진 불교용어를 일반 대중이 알아보기 쉬운 언어로 옮기는 작업이 여전히 더 필요하다는 사실을 반증하고 있다. "만약 불경에 대한 한글판 본이 500년간 지속됐더라면 불교가 우리에게 훨씬 쉬워졌고 그만큼 불교 한자어가 더 많이 우리 글로 풀어졌을 것이다."

그래서 그는 내용이 어렵다기보다 특정 용어가 어려운 근거를 '말을 글로 옮긴' 첫 과정에서 찾는다. 부처님 일생의 첫 한글본인 《석보상절》에서 우리 토박이말로 되어 있던 내용 일부가 《월인석보》에서는 한자말로 바뀌어졌다. 그러면서 주해가 더해져 본문의 3배 이상으로 늘어났다.

이는 불교사전이 없던 당시에 본문에서 불교어를 이해하게 만든 편집 때문이다. 세조의 《석보상절》은 본문 41행 중 7곳에 주해를 끼워 52행으로 판본된 부분이, 세조의 《월인석보》에서는 46행 분량에 협주가 끼워져 141행으로 늘어났다.

이 둘은 의역이다. 직역인 《묘법연화경언해》와는 다르게 '백성의 내용 이해'가 목적이다. 세조가 심혈을 기울인 《월인석보》는 전문 용어가 더 들어가면서 이를 '주해'로 해결하고 있다. 번역문만 읽어도 이해 가능케 만든 편집 기술이 돋보이나, 말이 글로 변하는 초기라 '단어'의 한계를 보여주고 있다. 이것이 500여 년이 지나도 여전해 안타까움을 더한다.

사대부 반대 불구 왕실사업으로
백성들에게 불교 알리는 경(經) 편찬

언어로 보는 초기 문헌이 그런 역사의 현장이다. 당시 16년 동안 《법화경》이 3가지 다른 번역판이 나올 때 불교용어의 풀이에서 상당한 진전을 보여줬다. 《묘법연화경언해》(전 7권, 1463년 간)은 전문 관청인 간경도감에서 펴냈고, 《월인석보》는 제 11~19권이 《법화경》 부분이며 백성을 위한 왕실의 직접 편찬이었다.

그만큼 우리말에서 우리 글로 전환되는 조선 초기 불교는 치열한 고뇌가 살아 있었다. 그 고뇌가 묻혀 버린 점을 되살리는 것이 역주본 간행이다. 여기서 불교가 어려운 것이 아니라 불교 한자어가 어려운 현실을 일깨워주고 있다. 그래서 '표준 번역판'에 앞선 선결작업을 강조한다.

"풀어 쓸 용어와 그대로 쓸 용어의 기준 설정이 급선무이다. 범 종단적 차원에서 학계를 포괄해 종래의 풀이를 현대인의 이해에 알맞은 풀이로 바꾼 불교사전이 표준 번역에 앞서 필요하다."

제대로 된 용어사전 하나 만들어내지 않고는 '표준번역'을 내세우는 것은 오류에 빠지는 지름길이라는 지적이다. 500여 년의 변화 자체가 언어의 생명력인 만큼, 표준화는 역사 점검과 용어 점검에서 동시 진행으로 시작돼야 한다는 주장이 강렬하다.

김영배

 동국대 국문과를 시작으로 석·박사 학위와 교수, 문과대학장, 명예교수 등 60여 년을 국문과와 동행했다. 부산여자대학(현 신라대)과 상명대에서 잠깐 교수를 맡은 것과 일본 쓰쿠바(筑波)대 교수로 자리를 비운 이외엔 한국전쟁 당시 부산 피란시절부터 동국대 국문과를 지켰다.
평안북도 묘향산 보현사 근처인 영변군 북산현면에서 출생해 초등학교 시절 보현사로 소풍 다녔고 사찰과 더불어 자랐다. 동국대 국문과에서 방언연구를 시작한 것도 이런 성장 인연 때문이다.
'평안방언의 음운체계 연구'로 박사학위를 받았고, 대한민국 화랑무공훈장을 비롯해 국민훈장 모란장, 일석국어학상 등을 수상했다. 1972년 《석보상절 제 23·24 주해》(일조각)이 나온 이후 1991년부터 세종대왕기념사업회에서 《역주 석보상절 제 6·9·11》과 《월인석보 제 20》을 펴내기 시작해 30년간 주해와 역주에 매달렸다. 그 외 《남북한의 방언연구》《평양방언연구》《역주 금강경삼가해》 등의 저서를 냈다.

일인자

- 장인 50選 -

초판1쇄 발행 2012년 9월 10일

지 은 이 | 김종찬
펴 낸 이 | 이규만
펴 낸 곳 | 참글세상
책임편집 | 사유진
편집디자인 | 토방

등록일자   2009년 3월 11일
등록번호   제300-2009-24호
주   소 | 서울시 종로구 삼일대로 30길 21, 1020호
전   화 | 02-730-2500
팩   스 | 02-723-5961

ISBN 978-89-94781-05-1 03800

* 잘못된 책은 바꾸어 드립니다.
* 값은 뒤표지에 있습니다.
* 이 책의 수익금 1%는 나눔의 기금으로 쓰입니다.